LA OBRA MAESTRA

DANIEL SILVA

LA OBRA MAESTRA

HarperCollins

Editado por HarperCollins Ibérica, S. A.
Avenida de Burgos, 8B - Planta 18
28036 Madrid
www.harpercollinsiberica.com

Título original: *An Inside Job*
© 2025 Daniel Silva
© De la traducción del inglés, Victoria Horrillo Ledesma
© De esta edición, HarperCollins Ibérica, S. A., 2026
Esta edición ha sido publicada con autorización de HarperCollins Publishers, 195 Broadway, New York, NY 10007

Diseño de cubierta: MilanBožić/HarperCollinsPublishersLtd
Imagen de cubierta: Adobe Stock
Maquetación: MT Color & Diseño, S.L.

ISBN:978-84-1064-567-7
Depósito legal: M-201-2026
Impreso en España por: Black Print

MISTO
Papel
FSC   FSC® C159065

Como siempre, para mi mujer, Jamie,
y mis hijos, Lily y Nicholas

«La belleza fenece en la vida, pero en el arte es inmortal».

Leonardo da Vinci

Lista de personajes

Gabriel Allon	Restaurador de arte, espía retirado
Chiara Zolli	Compañía de Restauración Tiepolo
Irene y Raphael Allon	Hijos de Gabriel Allon y Chiara Zolli
Elenora Saviano	Directora de la Scuola Primaria Bernardo Canal
Cesare Ferrari	Comandante de la Brigada Arte
Luca Rossetti	Agente de la Brigada Arte
Coronel Baggio	Oficial de los Carabinieri de Venecia
Coronel Manzini	Oficial de los Carabinieri de Florencia
Massimo Ravello	Médico forense, Venecia
Luigi Donati	Sumo pontífice de la Iglesia católica
Padre Mark Keegan	Secretario privado del papa
Alois Metzler	Comandante de la Guardia Suiza Pontificia
Cardenal Matteo Bertoli	*Sostituto*, secretario de Estado del Vaticano
Antonio Calvesi	Conservador jefe de los Museos Vaticanos
Penelope Radcliff	Conservadora en prácticas de los Museos Vaticanos
Donatella Ricci	Conservadora de los Museos Vaticanos
Alessio Tomassini	Jefe de seguridad de los Museos Vaticanos
Ottavio Pozzi	Guardia de seguridad de los Museos Vaticanos

ESTEBAN RODRÍGUEZ	Director de la oficina de prensa del Vaticano
VERONICA MARCHESE	Directora del Museo Nacional Etrusco
GIORGIO MONTEFIORE	Experto en Leonardo, Galería de los Uffizi
MARTIN LANDESMANN	Financiero suizo
INGRID JOHANSEN	Ladrona profesional y *hacker*
AMELIA MARCH	Revista *ARTnews*
JULIAN ISHERWOOD	Marchante de arte londinense
SARAH BANCROFT	Marchante de arte londinense, exagente de la CIA
CHRISTOPHER KELLER	Agente del Servicio Secreto de Inteligencia
OLIVER DIMBLEBY	Marchante de arte londinense
NICHOLAS LOVEGROVE	Consultor de arte británico
NILES DUNHAM	Comisario de la National Gallery
JEREMY CRABBE	Bonhams, Londres
SIMON MENDENHALL	Christie's, Londres
GEOFFREY HOLLAND	Director de la Galería Courtauld
PETER VAN DE VELDE	Marchante de arte holandés
STÉPHANE TREMBLAY	Consultor de arte francés
JACQUES MÉNARD	Inspector de policía francés, experto en delitos artísticos
FRANCO TEDESCHI	SBL PrivatBank, Lugano
NICO AMBROSI	Piedmont Global Capital, Milán
MARKUS VOGEL	Executive Jet Services, Zúrich
ALEXANDER PROKHOROV	Oligarca ruso, coleccionista de arte
TERESSA SIMONETTI	Aristócrata florentina
SALVATORE ALVARO	Sicario de la Camorra

Prefacio

Luigi Donati apareció por primera vez en *El confesor*, el tercer libro de la serie de Gabriel Allon. Era entonces secretario privado de Pietro Lucchesi, quien eligió para sí el nombre pontifical de Pablo VII. Donati fue elegido papa en el turbulento cónclave que siguió al fallecimiento de Lucchesi. En mi recreación ficticia del Vaticano, los papados de Joseph Ratzinger y Jorge Mario Bergoglio, los sumos pontífices Benedicto XVI y Francisco, no han tenido lugar.

PRIMERA PARTE

SFUMATO

1

San Polo

Las sillas de madera de respaldo recto de la sala de espera de la *dottoressa* Saviano eran instrumentos de tortura. Por más que lo intentaba, Chiara no conseguía colocar sus miembros en una postura que le proporcionara ni un momento de comodidad. Tiesa como una bailarina, tenía las manos cruzadas sobre las rodillas y los pies juntos sobre el rayado suelo de madera. La secretaria de la *dottoressa* había lanzado varias miradas de admiración a sus elegantes zapatos, y también a su elegante marido. Chiara estaba acostumbrada a que las mujeres miraran a Gabriel, que seguía siendo asombrosamente guapo. Era, además, uno de los mejores restauradores de pintura del mundo, lo que, muy a su pesar, le había hecho famoso en la ciudad. Chiara dirigía la empresa de restauración en la que trabajaba. Por suerte o por desgracia, eran una de las parejas más conocidas de Venecia.

Sus gemelos, un niño llamado Raphael —por el pintor— y una niña llamada Irene, iban a una *scuola primaria* pública situada a escasos minutos a pie del piso con vistas al Gran Canal en el que vivían. La *dottoressa* Elenora Saviano, directora del colegio, había pedido a Chiara que se pasara por su despacho a las dos de la tarde para tratar un asunto de la máxima urgencia, cuya naturaleza se negó a revelar por el *telefonino*. La *dottoressa* había insistido, además, en que Gabriel estuviera también presente, sin decirle por qué. Todo indicaba que el misterioso problema era grave. Y Chiara creía saber quién era el culpable.

La secretaria lanzó otra mirada a Gabriel, que fingió no darse cuenta. Estaba echando un vistazo a los titulares de prensa en su iPhone nuevo, que había sustituido al que se le rompió durante una visita reciente al oeste de Inglaterra. Su silla era idéntica a la de Chiara y, sin embargo, él parecía la viva imagen de la satisfacción.

—¿Cuál es tu secreto? —le preguntó Chiara.

—Me paso todo el día de pie delante de un cuadro. Agradezco el cambio de postura.

—¿Y tu espalda?

—Me he tomado un par de pastillitas verdes antes de salir de casa.

Chiara volvió la cabeza hacia la única ventana de la antesala. Daba al patio central del colegio, que estaba desierto y en sombra. Había un aparato para trepar y un espacio reservado para jugar a la pelota, pero, por lo demás, los alumnos podían moverse con libertad durante el recreo. Así era la vida de los niños en Venecia. Jugaban en la *calle* o en el *campo**[*]* y después iban a la *pasticceria* a por un bollo. A Chiara, veneciana de nacimiento, nunca se le había ocurrido que los niños pudieran vivir de otra manera. De pequeña, adoraba su ciudad encantada, llena de canales y puentes y de iglesias antiguas repletas de arte. De vez en cuando iba a los *giardini pubblici* para tener un poco de paz y tranquilidad, pero la mayor parte del tiempo la única flora que veía eran los seis árboles de Campo di Ghetto Nuovo, la espaciosa plaza de Cannaregio donde sus antepasados habían vivido durante siglos.

Activó su teléfono y miró discretamente la hora. Aun así, la secretaria, atenta a todo, se dio cuenta.

—Seguro que ya no tarda mucho, *signora* Zolli.

—Nos dijeron…

---

[*] En el original se emplean muchas palabras en italiano que se escriben igual en castellano (calle, campo, laguna), en la traducción se consignarán en redonda. *(N. del E.)*

El teléfono de la secretaria sonó antes de que le diera tiempo a acabar la frase. Al parecer, la *dottoressa* iba a recibirlos por fin. Y solo quince minutos más tarde de lo prometido.

Los recibió con la solemnidad de un dux, sentada detrás de su escritorio. Era una mujer baja, de unos cincuenta años, con la figura de un barril de vino. Llevaba el pelo peinado hacia atrás con severidad. Unas gafas de gran tamaño agrandaban sus ojos, que no pestañeaban.

Aquellos ojos se posaron primero en Gabriel.

—¿Es cierto, *signore* Allon?

—Si es cierto ¿qué, *dottoressa* Saviano?

—Que le han encargado restaurar el Tiziano de Santa Maria della Salute.

El cuadro, *El descenso del Espíritu Santo,* colgaba en una de las capillas de la basílica. La Compañía de Restauración Tiepolo, encabezada por la muy diligente Chiara, había ganado la licitación para llevar a cabo la limpieza del lienzo, pospuesta desde hacía mucho tiempo, a condición de que se encargara de la restauración el afamado director del departamento de pintura de la empresa. La semana anterior se había publicado la noticia en *Il Gazzettino.* Pues claro que era cierto, pensó Chiara. Todo el mundo en Venecia sabía que era cierto.

La respuesta de Gabriel fue más diplomática.

—De hecho, empecé a trabajar en el cuadro ayer.

—¿Es su primer Tiziano?

Chiara contó despacio hasta diez mientras su marido, con paciencia admirable, explicaba a la *dottoressa* que había restaurado numerosos cuadros de Tiziano y de su taller. Podría haber añadido que había restaurado también los retablos de Bellini en San Zaccaria y San Giovanni Crisostomo, el Veronés de San Sebastiano y un Tintoretto de Dell'Orto. Y luego, claro, estaba la magistral *Deposición de Cristo* de Caravaggio, uno de los lienzos que había limpiado en secreto para los Museos Vaticanos. Daba la casualidad de que un viejo amigo suyo era ahora el sumo pontífice de Roma. Pero, como era de esperar, Gabriel tampoco aludió a ello.

—¿Podría pedirle un pequeño favor? —preguntó la *dottoressa*.

—¿Cómo de pequeño?

—Quería preguntarle si estaría usted dispuesto a enseñarles a los niños cómo se restaura un cuadro. No nos quedaríamos mucho tiempo. Una hora o dos, quizá.

Gabriel, con una mirada, pidió socorro a Chiara.

—Lo lamento, *dottoressa* Saviano, pero mi marido no permite que nadie lo observe mientras trabaja.

—¿Y eso por qué, *signore* Allon?

De nuevo, fue Chiara quien respondió.

—Cree que los grandes artistas del Renacimiento veneciano merecen que sus obras se exhiban en estado óptimo. Se opone a que se expongan al público cuadros en mal estado.

—¿No quiere estropear la ilusión?

Chiara frunció el ceño.

—Imagino que no es por eso por lo que quería vernos.

—Ojalá lo fuera.

La *dottoressa* Saviano tenía encima de la mesa el expediente de los niños. Apartó el de Raphael —el niño era un prodigio de las matemáticas, que ahora estudiaba con un tutor de la universidad— y abrió el de Irene. Chiara se preparó para lo peor.

—Su hija es una niña extraordinaria, *signora* Zolli. Estoy muy impresionada por su rendimiento académico, eso por no hablar de la rapidez con que se ha adaptado.

Chiara levantó una ceja.

—Solo quería señalar que Irene es de alguna manera nueva en Venecia.

—Pero su madre no. La familia Zolli vive aquí desde el siglo xv.

—Pero sus hijos nacieron en el extranjero.

—Son tan italianos como sus compañeros de clase.

La *dottoressa* suspiró. Habían llegado a un punto muerto.

—Quizá deberíamos empezar otra vez.

—Sí, eso es. Díganos cuál es el problema.

20

—Irene es una líder nata. Hasta los alumnos mayores la admiran. Pero me temo que tiene opiniones políticas bastante radicales para ser tan pequeña.

—¿Desde cuándo es un problema tener opiniones?

La *dottoressa* Saviano abrió el expediente de Irene y sacó una hoja.

—Hace tres días aparecieron copias de esto por todo el colegio. Tenemos motivos para creer que fue Irene.

—¿Qué es?

—Échenle un vistazo —dijo la *dottoressa* Saviano, y les entregó el documento.

Era un panfleto llamando a los estudiantes a celebrar una jornada de huelga para protestar contra la inacción del Gobierno italiano en materia de cambio climático.

—Tengo que reconocer que está sumamente bien escrito para una niña de su edad. O quizá la ayudó usted a redactarlo.

—Yo no.

—¿Irene tiene ordenador en casa?

—Sí, claro.

—Quizá deberían vigilarlo más de cerca.

Chiara le pasó el documento a Gabriel. Él sonrió mientras lo leía.

—¿Le parece divertido, *signore* Allon?

—Bastante, sí.

—A mí no. Ni lo más mínimo. Evidentemente, su hija ha conseguido convencer a casi todo el alumnado de que boicotee las clases el próximo miércoles. Se proponen hacer una marcha por los seis *sestieri* y organizar una manifestación en la Piazza San Marco.

—¿Y qué tiene eso de malo? De hecho, puede ser beneficioso. Los jóvenes tienen derecho a preocuparse por su futuro.

—El Gobierno actual no lo ve así. El ministro de Educación opina que el calentamiento global es un montaje orquestado por la izquierda.

—Eso dicen por ahí.

—Si la huelga sigue adelante, habrá graves consecuencias.

—¿Para quién?

—Para su hija, para empezar.

Gabriel le devolvió el papel.

—¿Y si encontramos una solución elegante al problema?

—¿Se le ocurre alguna?

—Prefiero no negociar conmigo mismo.

—Ahí es donde usted y yo diferimos.

—¿En qué sentido?

La *dottoressa* sonrió.

—Yo nunca negocio.

La propuesta inicial de Gabriel era que la marcha se celebrara un sábado en vez de un día lectivo, que no se interrumpieran las clases ni se volvieran a colocar carteles en el recinto del colegio y que ninguno de los participantes, incluida la organizadora, fuera sancionado en modo alguno. A cambio, el padre de la organizadora aceptaría que una pequeña delegación de alumnos lo observara trabajar mientras llevaba a cabo una de las restauraciones más importantes que se acometían en Venecia desde hacía muchos años.

—La delegación —replicó la *dottoressa* Saviano— estará formada por toda la *scuola primaria*.

—Ni hablar.

—Y la visita durará dos horas. Así tendrá tiempo de darles una charla sobre el Renacimiento veneciano antes de comenzar su demostración.

Gabriel suspiró.

—De acuerdo.

—No del todo.

—¿Qué más?

—Varios de nuestros alumnos han demostrado tener talento artístico. Creo que con la orientación adecuada…

Chiara hizo amago de protestar, pero Gabriel le puso una mano en el brazo.

—Nada me gustaría más. ¿Cuándo podemos empezar?

—Eso lo dejo a su criterio, *signore* Allon. —La *dottoressa* volvió a guardar el panfleto en la carpeta del expediente académico de Irene y, tras pensárselo mejor, lo tiró a la papelera—. Sé que está muy ocupado.

Chiara logró esbozar una sonrisa mientras le daba las buenas tardes a la *dottoressa,* pero su ira se desbordó en la planta baja, cuando salió a la calle con Gabriel.

—¡Qué cara más dura tiene esa mujer!

—Debo admitir que es una adversaria formidable.

—Es una chantajista. Y tú, por alguna razón inexplicable, te has rendido sin luchar.

—Mi locura tenía un método.

—¿Intentabas proteger a tu hija?

—Supongo que sí.

—Hablando de locura… —murmuró Chiara.

—Tiene mucho temperamento, que es distinto.

Como quedaba media hora para que acabara la jornada escolar, fueron andando hasta el bar Dogale, en Campo dei Frari, y pidieron dos cafés. El camarero sirvió el de Gabriel con *un'ombra,* un vasito de vino blanco. Chiara pidió uno también.

—¿Qué vamos a hacer con ella? —preguntó.

—¿Con la *dottoressa*?

—Con tu hija.

—Disfrutar de cada minuto que pasemos con ella.

—Para ti es fácil decirlo.

—¿Qué quieres decir con eso?

—Quiero decir que, por razones comprensibles, Irene hace contigo lo que quiere. Por eso, a pesar de lo mal que se porta, no la has castigado ni una sola vez.

—¿Por qué iba a castigarla?

—Dime una cosa, Gabriel, ¿crees que tu hija es una niña normal?

—Claro que no. Pero tampoco lo es su hermano.

—Ni su padre, ya que estamos —añadió Chiara en voz baja.

23

—Esperemos que la *dottoressa* Saviano no se entere. Si no, quizá se replantee lo de reclutarme como profesor de arte a tiempo parcial.

—¿Es que te has vuelto loco?

—Es algo que quería hacer desde hace mucho tiempo.

—¿Dar clases?

Gabriel asintió con un gesto.

—¿Y por qué no las das en la universidad?

—Porque no me aceptarían. A diferencia de ti, yo no tengo ningún título de una prestigiosa institución de enseñanza superior.

Gabriel, en efecto, no tenía ningún título; había abandonado sus estudios formales de pintura para emprender una misión de represalia por orden de los servicios secretos de su país. Chiara, tras completar sus estudios de posgrado en la Universidad de Padua, había trabajado para el mismo organismo.

—Quizá debería hacerme llamar *dottoressa* Zolli —dijo.

—Suena bien.

—Pero ¿cómo te llamarán a ti tus alumnos?

—*Signore* Allon, supongo.

—¿Qué tal «maestro Allon»?

—¿Te imaginas?

—La verdad es que sí. Cada día te pareces más a un maestro antiguo. —Chiara pasó la punta de su dedo índice por el cabello de color platino de Gabriel. Luego se volvió hacia el camarero y le preguntó—: ¿No te parece, Paolo?

—Desde luego que sí, *dottoressa* Zolli. A partir de hoy, lo llamaré siempre así. —El camarero le guiñó un ojo a Gabriel—. ¿Otro vino, maestro?

—Qué gran idea. Y otro para la *dottoressa* Zolli, de paso.

—No, no, yo no puedo más —protestó ella.

—He de obedecer al maestro —dijo el camarero, y puso otros dos vasitos de vino sobre la barra.

Chiara le acercó el suyo a Gabriel.

—¿Has pensado ya qué vas a decirle a tu hija?

—Pensaba dejar eso en tus eficacísimas manos.

—Esta vez no, cariño. Te toca a ti.

—¿Le leo la cartilla?

—Le explicas que lo que ha hecho está mal. Y luego le sugieres que se busque otro *hobby*. Salvar el mundo del apocalipsis climático que se avecina es agotador para su madre.

Gabriel miró al camarero.

—¿Tú qué opinas, Paolo? ¿Crees que debería castigar a mi hija por intentar organizar una marcha por el cambio climático?

—No, por favor, maestro Allon. Irene es una niña perfecta. Puede que sea la niña más perfecta de todo el *sestiere* de San Polo.

—Arreglado, entonces.

Gabriel dejó dos billetes sobre la barra y acompañó a Chiara de vuelta al colegio. Cuando llegaron, los primeros niños estaban saliendo en tropel por la puerta. Irene y Raphael salieron al mismo tiempo, como siempre. Se llevaron una sorpresa al ver a su padre y a su madre esperándolos en la calle. Irene, que era una niña extremadamente perspicaz, tuvo el impulso de agarrar la mano de Gabriel en vez de la de su madre.

—¿Sabes por qué hemos venido? —le preguntó él mientras iban por la calle dei Saoneri.

La niña asintió en silencio y empezó a hacer pucheros. Gabriel miró a Chiara con impotencia. Ella, haciendo un gesto circular con la mano, le imploró que aprovechara la ventaja que se le ofrecía.

—¿Cómo se te ocurrió? —le preguntó Gabriel.

—Me pareció que era lo correcto.

—Eso está muy bien, pero lo has hecho de manera totalmente equivocada.

—¿Por qué?

—El panfleto, para empezar. Fue un terrible error. —Gabriel secó las lágrimas de la cara de su hija—. Nunca debes permitir que tu adversario sepa lo que estás pensando.

2

Dorsoduro

Llegó en el verano de 1630, tras avanzar hacia el este desde Milán, que había intentado en vano frenar su propagación. La República, con su puerto populoso y su aire húmedo, demostró ser una anfitriona generosa, como lo había sido ya varias veces en el pasado. Las pulgas mataron primero a las ratas y luego a los seres humanos. Solo entre septiembre y diciembre perecieron casi veintiuna mil personas. Cuando terminó por fin, había muerto un tercio de la población. Aunque el dux y el Consejo de los Diez lo ignoraran entonces, Venecia nunca volvería a ser la misma.

Mientras la peste campaba aún a sus anchas, el Senado veneciano decretó que se construyera una nueva basílica dedicada a la Virgen María en la Punta della Dogana, en Dorsoduro, y que una vez al año, el día que se celebraba su presentación en el Templo de Jerusalén, los senadores y el dux se reunieran allí tras cruzar en procesión el Gran Canal por un puente de barcas. Gabriel llegó a la basílica a primera hora del día siguiente de una manera mucho menos llamativa: a bordo del *vaporetto* número 1. Cruzó el muelle desierto hasta llegar a una entrada lateral que rara vez se usaba, rematada por un león veneciano de piedra. Dos golpes en la maciza puerta de madera hicieron aparecer a un cura entrado en años, vestido con sotana negra.

—*Buongiorno, signore* Allon. ¿Qué tal está hoy?

—No muy bien, me temo.

—¿Se encuentra mal?

—No, padre Giovanni. Pero parece que mi esposa se ha enfadado conmigo.

—¿Otra vez? —El sacerdote soltó un suspiro de resignación—. ¿Qué ha hecho usted ahora, hijo mío?

—A estas alturas, un montón de cosas, padre. Así que no tengo ninguna esperanza de que me perdone.

—Quizá yo pueda hablar con ella.

—Yo que usted no lo haría. Es probable que solo consiga empeorar las cosas.

El viejo cura se adentró con él en la penumbra de la basílica. Seis capillas radiales rodeaban la altísima nave octogonal. Un andamio cubierto con una lona impedía la entrada a una de ellas.

—Le dejo con su trabajo —dijo el sacerdote, y desapareció en la penumbra.

Gabriel se metió por una abertura de la lona y trepó por el andamio hasta su plataforma de trabajo. De momento, su instrumental se limitaba a un frasco de disolvente cuidadosamente medido, un paquete de varillas de madera y cuatro bolsas de algodón, que esperaba que le bastaran para retirar el barniz sucio de casi la mitad del enorme lienzo. Tres meses era el plazo aproximado que había dado a las autoridades culturales venecianas, más otros tres para hacer los retoques necesarios. Podría haber terminado en menos tiempo de no ser porque la basílica, que era una de las principales atracciones turísticas de Venecia, permanecía abierta al público durante los trabajos de restauración. Aquel no era, por muchos motivos, el método de trabajo predilecto de Gabriel.

Encendió un par de lámparas halógenas que proyectaron una luz blanca y desabrida sobre la superficie del cuadro y acto seguido enrolló un trozo de algodón en el extremo de una varilla. Tenía la costumbre de escuchar ópera o música clásica mientras trabajaba, en un viejo reproductor de CD portátil que había sido su fiel compañero durante innumerables sesiones de restauración, pero las presentes circunstancias lo impedían. Mojó el primer hisopo de algodón en disolvente y lo pasó suavemente, girándolo, por el ala de la radiante paloma blanca situada cerca del extremo superior del lienzo. El barniz sucio se disolvió de inmediato, dejando a la vista la pincelada magistral de Tiziano.

—*Buongiorno, signore* Vecellio —murmuró—. ¿Cómo se encuentra en esta hermosa mañana? ¿No muy bien? Cuánto lo lamento. ¿Es su esposa quien le está dando quebraderos de cabeza, o acaso su hija ha incurrido en la ira del dux al intentar organizar una marcha para protestar contra la quema de combustibles fósiles? ¿Que qué son los combustibles fósiles, pregunta usted? Quizá se lo explique en otra ocasión, mi viejo amigo. Es largo de contar.

Desechó el trozo de algodón sucio y preparó otro hisopo. Adoptó el ritmo habitual de su oficio —mojar, girar, desechar…, mojar, girar, desechar— y a las nueve de la mañana, cuando la basílica abrió sus puertas, había conseguido limpiar un rectángulo de lienzo de unos veinte centímetros por treinta. Poco después oyó chirridos de zapatos y arrastrar de pies sobre el suelo de mármol, y a las diez se oía ya una insistente algarabía de conversaciones en múltiples idiomas. Perseveró hasta las diez y media, cuando apagó las lámparas y bajó del andamio. Al salir de detrás de la lona, una mujer que hablaba inglés con acento británico intentó entablar conversación con él. Fingió no hablar su idioma y, sonriendo con aire de disculpa, se alejó por la nave central.

Fuera, se paró en la escalinata de la basílica y aspiró el primer soplo de aire fresco y seco de la temporada. Al otro lado del Gran Canal, escondida entre las lujosas tiendas que bordeaban la calle Larga XXII Marzo, se encontraba la oficina de la Compañía de Restauración Tiepolo. Llamó por teléfono a la directora de la empresa y le preguntó si tenía tiempo de tomar un café.

—Lo siento, cariño, no estoy disponible.

—¿Por cuánto tiempo?

—En el futuro próximo.

—¿Y si te lo suplico?

—Quizás acceda a tomar algo contigo más tarde.

Gabriel cruzó el puente de madera que atraviesa Rio della Salute y se dirigió al Caffè Poggi, un bar pequeño y coqueto cerca de la Accademia. Era la segunda vez que visitaba el local, pero el dueño lo saludó como si llevara años yendo cada mañana. Charlaron de esto y aquello e intercambiaron trivialidades sobre la situación mundial mientras Gabriel se tomaba dos cafés y devoraba un *cornetto* relleno de crema de almendras dulces.

—¿Qué tal va el Tiziano? —preguntó de pronto el dueño.

—¿Cómo lo sabe?

El hombre señaló los periódicos italianos que había a la vista.

—Lo he leído en *Il Gazzettino, signore* Allon.

—El Tiziano va bastante bien.

—¿Le veré mañana?

—Imagino que sí —contestó Gabriel, y salió a la calle.

Volvió a la basílica dando un paseo y, al llegar, se encontró con una fila de turistas que se alargaba desde la puerta. Era la hora punta de la mañana, el momento más ajetreado del día. Por suerte, las puertas se cerraban a mediodía y así seguían tres benditas horas, durante las cuales Gabriel tenía la iglesia para él solo. Era preferible retrasar la vuelta unos minutos, se dijo, que tener que soportar tanto alboroto.

Así pues, siguió andando por la *fondamenta* hasta el mirador de la Punta della Dogana. Medio kilómetro más al este, al otro lado de una extensión de agua centelleante, se alzaba la espléndida iglesia de San Giorgio Maggiore. Ni siquiera Gabriel, un lugareño hastiado ya de Venecia, se cansaba de aquellas vistas.

Durante unos minutos pudo disfrutarlas en soledad. Al cabo de un rato aparecieron dos turistas —estadounidenses recién casados, al parecer— y le pidieron que les hiciera una foto. Les hizo posar con Maggiore al fondo e hizo la foto. La chica estaba a la izquierda de la imagen; su marido, a la derecha. Gabriel juzgó que la foto había quedado bastante bien, aunque la estropeaba un poco una masa oscura que flotaba en la superficie del agua, cerca del hombro del chico.

Volvió a encuadrar la imagen, pulsó el icono de la cámara y les devolvió el teléfono. Los estadounidenses se quedaron un minuto más y luego se marcharon. Al encontrarse solo de nuevo, Gabriel buscó en las aguas orladas de blanco de la laguna el objeto que había visto un momento antes, pero aquella masa oscura flotante, fuera lo que fuese, había desaparecido.

Había un taxi acuático parado junto al muelle, delante de la basílica. Gabriel le contó al piloto lo que había visto en la laguna y el piloto, que pasaba catorce horas diarias navegando por las aguas de Venecia, le dijo que seguramente no sería nada.

Gabriel le dio cien euros.

—¿Qué le parece si echamos un vistazo, solo para asegurarnos?

—Si quiere, *signore*. Es su dinero.

Gabriel se situó junto al piloto cuando se apartaron del muelle y pusieron rumbo a Maggiore.

—Aquí —dijo al cabo de un momento—. Aquí es donde lo he visto.

—Aquí no hay nada, *signore*.

—Ponga el motor en punto muerto, haga el favor.

El piloto frunció el ceño, pero hizo lo que le pedía Gabriel y la elegante lancha de madera se detuvo. El piloto escudriñó el agua a babor; Gabriel, a estribor. Como no vio ni rastro del objeto, se metió en la cabina de pasajeros y se acercó a la popa.

—¡Ahí! —gritó—. Ahí está.

Había vuelto a emerger a unos treinta metros de la popa del taxi. Gabriel se reunió con el piloto, que encendió los motores intraborda y dio lentamente la vuelta, pero el objeto, visible un momento antes, había vuelto a desaparecer.

—Seguro que no es más que una bolsa de basura, *signore*. La laguna está llena de ellas.

—¿Tiene un bichero a mano?

Era un modelo retráctil, de cuatro metros de largo cuando

estaba extendido del todo, con un gancho de plástico resistente a los arañazos. Gabriel sondeó el agua a estribor de la lancha hasta dar con algo pesado. Tras varios intentos fallidos, consiguió enganchar el objeto y subirlo despacio a la superficie. El piloto agarró atropelladamente la radio al ver aparecer un cadáver humano, hinchado y medio descompuesto.

—No —dijo Gabriel mientras se sacaba el teléfono del bolsillo—. Ya me encargo yo.

3

San Zaccaria

La sede regional del Arma dei Carabinieri, uno de los dos cuerpos nacionales de policía de Italia, se hallaba en Campo San Zaccaria. El *capitano* Luca Rossetti estaba adscrito a la División para la Defensa del Patrimonio Cultural, más conocida como Brigada Arte. Gabriel, que de tanto en tanto actuaba como consultor de la unidad, había colaborado con Rossetti en la investigación de un sonado caso internacional de falsificación. A pesar de un lamentable incidente de confusión de identidad en un oscuro *corte* de San Polo —que dejó a Rossetti con la mandíbula rota y a Gabriel con varios huesos de la mano derecha fracturados—, seguían siendo muy buenos amigos.

—¿Dónde? —preguntó el policía italiano.

—Cruza el *sotoportego*. No tiene pérdida.

Rossetti bajó corriendo las escaleras, salió al campo y, con el teléfono en la mano, cruzó a toda prisa el pasadizo que llevaba a la Riva degli Schiavoni, el monumental paseo marítimo que bordea el Gran Canal. Estaban los turistas y los vendedores habituales, pero Rossetti no vio ni rastro de un cadáver.

—Lo siento, pero no te veo.

—Estoy en un taxi acuático, a unos cien metros al oeste de Maggiore.

Rossetti divisó enseguida la embarcación. Gabriel estaba inclinado sobre el lado de estribor, con el teléfono en una mano y un bichero en la otra.

—Por lo que más quieras —dijo Rossetti—, que no se te escape.

Como aquello era Venecia, los Carabinieri contaban con una importante flotilla de embarcaciones, la primera de las cuales llegó apenas tres minutos después de que Gabriel diera el aviso. Al poco rato aparecieron cinco lanchas más, junto con varias unidades acuáticas de la Polizia di Stato, la Guardia di Finanza y hasta la Guardia Costera. Aquella armada cercó rápido el lugar de los hechos, interrumpiendo un tiempo el tráfico en el Gran Canal y el Canal de la Giudecca. Gabriel siguió sujetando adustamente el cadáver unos minutos más antes de dejarlo en manos de dos técnicos forenses de los Carabinieri. Cuando sacaron el cuerpo a un pontón, el piloto del taxi acuático se giró y vomitó violentamente por encima de la borda de babor.

—¿Quiere que conduzca yo de vuelta a la basílica? —preguntó Gabriel.

—Va contra el reglamento.

—Creo que en este caso puede hacerse una excepción.

Gabriel arrancó los motores del taxi y avanzó despacio, atravesando el cerco entre dos lanchas policiales. El tráfico en el Gran Canal estaba detenido. Fue sorteando barcazas y *vaporetti* parados y atracó en un hueco libre junto al muelle.

—¿Se encuentra mejor? —le preguntó al piloto.

—Un poco. Pero no sé si se me olvidará alguna vez lo que he visto esta mañana.

Gabriel tampoco lo sabía. Una vez había encontrado el cadáver de un famoso saqueador de tumbas italiano metido en una cuba de ácido. Esto era peor.

Bajó al muelle y subió la escalinata de la basílica. La nave estaba llena de turistas que no parecían haberse percatado del jaleo que había fuera. Gabriel se alegró de su compañía. Trepó por el andamio hasta su plataforma de trabajo y encendió las lámparas halógenas, bañando el Tiziano con una luz blanca deslumbrante.

—Disculpe el retraso, *signore* Vecellio —dijo en voz baja mientras preparaba el primer hisopo—. Pero seguro que no adivina lo que acabo de descubrir en el Canal Grande.

Las puertas de la basílica se cerraron puntualmente a las doce del mediodía y un profundo silencio se extendió por la nave. Gabriel trabajó de seguido hasta la una y media, cuando recibió una llamada de Luca Rossetti.

—Necesitamos que hagas una declaración.

—¿Sobre qué en concreto?

—El hallazgo de esta mañana. El inspector que lleva el caso quiere que te pases por la *stazione.*

—Seguro que sí, pero me pillas bastante ocupado.

—Entonces, iremos nosotros.

Llegaron veinte minutos después y, conforme a las instrucciones de Gabriel, llamaron a la puerta lateral. El inspector era un hombre alto y flaco apellidado Baggio, que lucía en los hombros las tres estrellas plateadas del rango de *colonnello.* Gabriel le explicó que había visto algo flotando en la superficie de la laguna sobre las once de la mañana, que había tomado un taxi acuático para investigar el asunto y que, tal y como se temía, el objeto que había en el agua resultó ser un cadáver humano. Su avanzado estado de descomposición impedía saber con certeza si la persona fallecida era un hombre o una mujer, pero Gabriel se inclinaba más por esto último.

—Así es, en efecto —respondió Baggio.

—Parecía llevar bastante tiempo en el agua.

—Puede ser, *signore* Allon, pero sé por experiencia que la laguna trata muy mal a los muertos.

—¿Algún indicio de traumatismo?

—La investigación acaba de empezar. Pero no se preocupe por esas cuestiones. A partir de este momento, su papel en este desafortunado incidente ha terminado de manera oficial.

—Les agradecería que no le mencionen mi nombre a la prensa.

El coronel Baggio se encogió de hombros con gesto ambiguo.

—Siempre hay filtraciones, *signore* Allon, pero le aseguro que la prensa no se enterará por mí.

Gabriel acompañó a los dos *carabinieri* a la puerta y siguió trabajando en el Tiziano. Los turistas regresaron a las tres y se quedaron hasta las cinco, cuando los ordenanzas los hicieron salir. Gabriel esperó a que la nave estuviera vacía para apagar las lámparas y bajar del andamio.

Al salir, cruzó el muelle hasta la parada del *vaporetto*. Un número 1 se acercaba por el Gran Canal en diagonal desde San Marco. Subió a bordo un momento después y entró en la cabina de pasajeros. Chiara estaba sentada en la primera fila, con los ojos fijos en el móvil.

Gabriel se sentó a su lado.

—Me prometiste una copa.

—¿Un día duro en la oficina?

—Movidito.

—Ya me he enterado —dijo Chiara, y le pasó el teléfono.

La noticia de cabecera de *Il Gazzettino* hablaba de un macabro hallazgo efectuado en la laguna, cerca de la iglesia de San Giorgio Maggiore. El artículo iba acompañado de una fotografía en la que se veía a un hombre con el pelo de color platino inclinado sobre la borda de un taxi acuático, sosteniendo una pértiga retráctil. El objeto que sujetaba contra el costado de la lancha solo se veía borrosamente.

—¿Te importaría explicármelo?

—Te invité a tomar un café. Y tú, claro, te negaste. —Gabriel le devolvió el teléfono—. ¿Lo saben los niños?

—Ha sido Irene quien me lo ha contado.

Gabriel suspiró.

—En serio, hay que limitar el tiempo que pasa delante del ordenador.

* * *

El *palazzo* se alzaba en la orilla norte del Gran Canal, no muy lejos de la parada de *vaporetto* de San Tomà. Desde la ancha galería de su *piano nobile* se divisaba el puente de Rialto, al este. El mobiliario de los espaciosos salones contiguos era moderno y confortable, y las paredes estaban decoradas con una ecléctica colección de cuadros, entre los que había varias obras de la madre y del abuelo de Gabriel, un destacado expresionista alemán, discípulo de Max Beckmann. En el dormitorio principal había un par de desnudos de Modigliani que Gabriel había pintado respondiendo a una especie de reto. Apoyado en el caballete de su estudio había un lienzo de Sebastiano Florigerio, un favor que le estaba haciendo gratis al director de la Galería Courtauld de Londres.

Se suponía que debía trabajar en el cuadro cuando pudiera, en sus ratos libres, pero esa noche no tenía fuerzas, así que se sentó en un taburete junto a la encimera de la cocina y se bebió una copa grande de Brunello mientras Chiara preparaba la cena. El menú, a petición de Gabriel, era vegetariano. Nada con huesos ni carne, ni nada salido del mar.

Su teléfono yacía boca abajo delante de él. Le dio la vuelta y volvió a mirar la fotografía que aparecía en la pantalla. Según *Il Gazzettino,* la había hecho un pasajero de un *vaporetto* que iba a Maggiore. No estaba claro cómo se las había arreglado el periódico para identificar al hombre que sostenía el bichero, aunque lo detallado de la noticia permitía suponer que había habido una filtración de una fuente oficial bien situada. Probablemente, el coronel Baggio, de los Carabinieri. Gabriel le contó sus sospechas a su esposa, pero no recibió respuesta. Chiara estaba tecleando en el móvil.

—¿Quién es ahora?

—Bianca Locatelli, de *La Repubblica.*

—Por favor, dale la misma respuesta que a los periodistas de *Il Gazzettino* y el *Corriere della Sera.*

—Deberíamos emitir un comunicado, al menos.

—¿Por qué?

—Aunque solo sea porque podría venirnos bien para el negocio.

—Solo si nuestro negocio consistiera en pescar cadáveres. Además, esto no tiene nada que ver conmigo.

Chiara colocó una plato de *antipasti* variados sobre la mesa del comedor y llamó a Irene y a Raphael. Gabriel tenía de pronto un hambre de lobo, pero perdió el apetito cuando los niños empezaron a preguntarle por los horribles acontecimientos de esa mañana. El relato que les hizo era casi idéntico al que le había hecho al coronel Baggio, aunque omitió los detalles sobre el estado del cadáver.

—¿Dónde está ahora? —preguntó Irene.

—En la morgue, imagino.

—¿Qué es una morgue? —preguntó Raphael.

—Es un sitio donde tienen a los muertos hasta que los entierran. Un especialista llamado patólogo forense intentará descubrir qué le ha ocurrido a esa mujer.

—¿Quién era?

—La policía aún no lo sabe.

—¿La han matado? —preguntó Irene.

—Tampoco lo saben. Es muy posible que simplemente tuviera un accidente.

También cabía la posibilidad de que se hubiera quitado la vida, pero Gabriel no tenía ganas de estropear aún más la comida hablando de suicidio. Chiara, que notaba su incomodidad, cambió hábilmente de tema y se puso a hablar de la marcha de protesta del sábado. Había sido una idea brillante de Gabriel, pero él había tenido la sensatez de dejar la organización en manos de su esposa. La marcha comenzaría, explicó Chiara, en Campo Santi Giovanni e Paolo, en el barrio de Castello, y terminaría —tres horas más tarde, siempre y cuando los niños mantuvieran un ritmo constante— en la Piazza San Marco. Ocho padres más habían aceptado echar una mano supervisando el evento. El protocolo social veneciano dictaba que la ardua caminata fuera seguida de una comida para celebrarlo. Chiara aún no había decidido el lugar.

—¿Cuántos manifestantes esperas que haya?

—Podrían ser hasta cien.

—En ese caso, habrá que comer al aire libre.

—A no ser que hagamos la comida aquí.

—¿Dónde? —preguntó Gabriel.

—En nuestro piso, cariño. Tenemos espacio más que suficiente y estoy segura de que las otras madres me ayudarán a preparar la comida. Al fin y al cabo, estamos en Venecia. Es lo normal.

Chiara entró en la cocina y volvió unos minutos después con una cazuela humeante de *risotto alla milanese*. Gabriel devoró dos raciones del arroz azafranado mientras Irene y Raphael discutían animadamente los pormenores de la organización de una comida para cien compañeros de colegio. El sonido de sus voces ahuyentó de su mente la visión espantosa del cadáver, que volvió a asaltarlo más tarde, esa noche, mientras estaba junto a la balaustrada de la galería, observando a un taxi acuático que subía por el Gran Canal. La laguna, en efecto, había tratado muy mal a aquella mujer, que ahora yacía en una mesa de frío acero, en la morgue municipal de Venecia, sola en la oscuridad. Una mujer sin nombre. Una mujer sin rostro.

4

Terraferma

Durante los dos días siguientes, la vida en Venecia prosiguió más o menos a su ritmo habitual. Los turistas deambulaban de acá para allá, los puestos del mercado de Rialto se llenaban y vaciaban y las mareas subían y bajaban sin dejar nuevos horrores a su paso. El jueves por la mañana, *Il Gazzettino* publicó en la portada de su edición impresa un extenso artículo sobre el macabro descubrimiento en la laguna, pero el viernes la noticia ya había quedado relegada a la sección local. La policía partía de la hipótesis de que había algo delictivo en el asunto, aunque la identidad de la fallecida estaba aún por determinar. La solicitud de cooperación ciudadana no había dado resultado, de momento.

Gabriel pasó esos dos días otoñales, por lo demás tranquilos, subido a su andamio en la basílica de Santa Maria della Salute. El Tiziano y los ruidosos turistas que atestaban la nave cinco horas al día le sirvieron de agradable distracción. Como no tenía ganas de hablar sobre sus dudosas hazañas con el camarero del Caffè Poggi, cada mañana se llevaba un termo con café y se saltaba su habitual descanso de mediodía. El jueves se quedó trabajando hasta última hora, pero el viernes por la tarde tomó algo con Chiara en la terraza del Monaco. Ella le informó de que el número de manifestantes para la marcha climática del día siguiente había aumentado a ciento veinticinco.

—¿Cómo vamos a darles de comer?

—No te preocupes, cariño. Los del cáterin se encargan de todo.

—¿Los del cáterin?

Llegaron a las ocho de la mañana siguiente y empezaron a montar mesas redondas por todo el piso. Gabriel, tras cerrar con llave la puerta de su estudio, acompañó a Chiara y a los niños a Campo Santi Giovanni e Paolo, donde ya se habían congregado no menos de ochenta escolares. A las nueve, hora prevista para el inicio de la marcha, eran ya ciento cincuenta. Irene se las arregló para organizarlos en dos columnas ordenadas. Se oyeron entonces fuertes vítores y emprendieron la marcha.

Doce padres vigilaban a los manifestantes, con Chiara al frente de la ruidosa procesión y Gabriel, que sabía un par de cosas sobre técnicas de vigilancia y protección, en la retaguardia. Su itinerario los llevó hacia el oeste por la concurrida Strada Nova, donde, quitando un pequeño rifirrafe con un comerciante partidario de los Fratelli, fueron bien recibidos. Pararon un momento en Campo Santa Fosca para volver a contar a los participantes, por si acaso, y enfilaron a continuación Rio Terà San Leonardo en dirección a Santa Lucia. Llegaron solo quince minutos después de la hora prevista. Gabriel hizo otro recuento rápido y confirmó que no habían sufrido pérdidas.

Cruzaron después el Ponte degli Scalzi y callejearon hasta llegar a la Accademia, donde corearon un eslogan delante de la entrada del museo antes de cruzar el Gran Canal por segunda vez. Tras un último recuento, desfilaron por delante de las lujosas *boutiques* que bordeaban la calle Larga XXII Marzo y entraron en la Piazza San Marco en el momento en que la gigantesca campana de la torre daba las doce del mediodía.

Confiando en haber salvado al planeta del apocalipsis climático, viajaron en varios *vaporetti* sucesivos de San Marco a San Tomà. La comida, al igual que la marcha, transcurrió sin incidentes y a las cuatro de la tarde los niños y los del cáterin se habían marchado, y un silencio profundo y sólido se extendió de nuevo por las habitaciones del *piano nobile* de la familia Allon. Todos estuvieron de acuerdo en que, a pesar de las desafortunadas circunstancias que la habían motivado, la marcha había sido un éxito rotundo.

Gabriel pasó el resto de la tarde trabajando en el Florigerio y, a la mañana siguiente, tras consultar el pronóstico del tiempo, convenció a Chiara y a los niños para montar en su velero Bavaria 42 y pasar el día navegando por el Adriático. Regresaron al puerto deportivo al atardecer por la misma ruta que habían tomado a la ida: a través de la concurrida ensenada del Lido. Si el cadáver de la mujer había llegado a Venecia con la marea de la mañana, habría seguido esa misma ruta. Mientras observaba su entorno, Gabriel pensó que era poco probable. La mujer había tenido una muerte veneciana, se dijo, seguramente dentro de los seis *sestieri* históricos de la ciudad.

El lunes por la mañana había desaparecido de las páginas del diario local de Venecia, pero la imagen pavorosa de su cadáver sin rostro seguía grabada en la memoria de Gabriel. Así pues, no le molestó en absoluto que la *dottoressa* Saviano propusiera que los niños se pasaran por la Salute el jueves para la demostración y la charla que les había prometido. Gabriel lo organizó todo para que la visita comenzara a mediodía, cuando la basílica estaba cerrada a los visitantes. Su público permaneció atento durante toda la charla, pero a Gabriel lo distrajo la vibración insistente de su teléfono. Esperó a que los niños se marcharan para devolver la llamada.

—¿Por qué has tardado tanto? —preguntó Luca Rossetti.

—Estaba liado. ¿A qué vienen tantas prisas?

—El Arma dei Carabinieri necesita tu ayuda.

—Me encantaría ayudaros, Luca, pero no puedo.

—Estupendo. El coronel Baggio y yo te recogemos delante de la Salute dentro de veinte minutos —dijo Rossetti antes de cortar la llamada.

La lancha policial tenía el aspecto típico de un taxi acuático veneciano: era baja y elegante, con el timón al descubierto en la proa

41

y la cabina en la popa. Gabriel se sentó junto a Rossetti en uno de los bancos tapizados, con el coronel Baggio enfrente. Tras zarpar de la Salute, la embarcación rodeó la Punta della Dogana y tomó el Canal de la Giudecca. Iban rumbo al oeste, cruzando la laguna hacia tierra firme.

—¿Alguien podría decirme adónde vamos? —preguntó Gabriel.

—A Terraferma —respondió Baggio.

—Eso ya lo veo. Pero ¿por qué?

—Tengo entendido que el *capitano* Rossetti le ha explicado la situación.

—Ha dicho que necesitaban mi ayuda.

—Eso es —dijo Baggio.

Atracaron en una pequeña rada cerca del aeropuerto y subieron a un Alfa Romeo sin distintivos que atravesó a toda velocidad Mestre, el mayor de los cuatro barrios de Venecia situados en tierra firme. Al cabo de un rato, el coche los dejó junto a un lúgubre edificio administrativo sobre el que colgaba una lacia bandera italiana. Dentro, Gabriel siguió a Rossetti y Baggio hasta una pequeña sala de reuniones. Poco después se les unió un hombre vestido con un uniforme de hospital azul claro. Llevaba un portafolios y olía a muerte. Baggio lo presentó como el *dottore* Massimo Ravello, el forense más importante del Véneto.

El patólogo abrió el portafolios y se dirigió a Gabriel con formalidad judicial.

—La mujer que encontró usted en la laguna tenía probablemente veintitantos años, treinta a lo sumo. Medía un metro setenta y calzaba un treinta y ocho. En algún momento de su breve vida, sufrió una fractura en la muñeca izquierda. La forma del cráneo indica un origen étnico del norte de Europa.

—¿Causa de la muerte?

—Determinar la causa de la muerte siempre es difícil cuando el cuerpo se encuentra en el agua, pero, en mi opinión, murió ahogada.

42

—¿Cuándo?

—Hace una semana, diría yo. Puede que uno o dos días antes.

—¿Fue un accidente?

—Es poco probable. —Ravello sacó una fotografía del portafolios y la puso delante de Gabriel. Mostraba la parte inferior de la pierna derecha de la mujer, o lo que quedaba de ella—. Parece que le ataron una cuerda al tobillo. No puedo aventurar si fue antes o después de su muerte. Pero es indudable que la cuerda estaba atada a un peso.

Gabriel le devolvió la fotografía.

—¿Qué pinto yo en todo esto?

El forense cedió la palabra al coronel Baggio.

—Como probablemente sabe ya, *signore* Allon, no hemos podido identificar a la fallecida, en parte porque nadie parece haberla echado en falta. Confiábamos en que accediera usted a ayudarnos a descubrir quién es y por qué la mataron.

—¿Cómo?

—Dándole un rostro.

—¿Un retrato robot? —Gabriel negó con la cabeza—. Lo siento, coronel Baggio, pero no tengo experiencia en ese campo. Busquen a un profesional.

—Tenemos una en plantilla. Introduce las medidas exactas del cráneo en un programa informático y el programa genera bocetos digitales. Ninguno de ellos —añadió Baggio con énfasis— ha servido nunca para identificar un cadáver.

—¿Qué le hace pensar que yo lo haría mejor?

Baggio cruzó una mirada con Rossetti antes de responder.

—Mi colega asegura que es usted un pintor de talento excepcional, sobre todo en lo relativo a la anatomía humana.

—Puede que eso explique por qué me han contratado para restaurar el Tiziano.

—Según me han dicho, podría usted pintar una copia de ese Tiziano y nadie notaría la diferencia. —Baggio lanzó otra mirada a Rossetti—. ¿No es así, *capitano*?

Rossetti dijo mirando a Gabriel:

—¿Podrías intentarlo, al menos?

Gabriel miró a Ravello y preguntó:

—¿Puedo ver las radiografías del cráneo?

El patólogo sacó tres imágenes del expediente —una frontal y dos laterales— y se las entregó. Gabriel las examinó detenidamente. De joven, cuando estudiaba arte, había pasado horas sin fin dibujando esqueletos humanos. Después aprendió a dibujar esqueletos dentro de sus desnudos o, al revés, desnudos alrededor de sus esqueletos. Estaba seguro de que era capaz de producir un retrato que guardara al menos algún parecido con la mujer originaria del norte de Europa a la que había encontrado en las aguas de Dorsoduro. Eso, no obstante, le obligaría a pasar un rato con su modelo.

—Ha dicho algo de una muñeca rota.

El *dottore* Ravello le pasó otra radiografía. Se distinguía claramente la fractura del radio izquierdo.

—¿Qué edad tenía cuando ocurrió?

—Ocho o nueve años, diría yo.

La misma edad que Irene.

—¿Puede decirme algo más sobre ella?

—No llevaba ninguna joya, salvo un colgante.

—¿De qué tipo?

—Está en el laboratorio de patología —dijo Ravello—. Quizá deberíamos echarle un vistazo.

Gabriel siguió al forense por el tramo de escaleras que bajaba al sótano del edificio. El laboratorio estaba situado detrás de dos puertas cerradas con llave. Solo una de las tres mesas de acero inoxidable estaba ocupada. Una sábana blanca cubría el cadáver.

Ravello la retiró con cuidado, dejando al descubierto la cabeza y los hombros de la mujer. Gabriel tardó en bajar la mirada. Se fijó primero en el importante hueco que tenía entre los dos dientes frontales. Sonreiría, pensó, sin separar los labios. El cabello que le quedaba le llegaba hasta los hombros y tenía el color del lino. Gabriel dedujo que sus ojos habían sido de un azul pálido.

—Ha examinado el interior de los pulmones, imagino.

—Me temo que los carroñeros del mar no me han dejado mucho con lo que trabajar.

—¿Era fumadora?

—Yo diría que no.

—¿Estaba embarazada?

—No.

—¿Problemas de salud? ¿Malas costumbres?

—¿Drogas o alcohol, quiere decir? —Ravello negó con la cabeza—. El tejido restante del hígado parecía normal. Era una buena chica. No se merecía acabar así.

Nadie se lo merecía, pensó Gabriel, y menos aún la joven que yacía ante él.

—¿Puedo ver el colgante?

Estaba metido en una bolsa de plástico para pruebas: era una medalla redonda, chapada en oro, que representaba una mano de hombre tendida hacia un dedo estirado. Gabriel lo reconoció de inmediato. Era la famosa imagen del fresco del techo de Miguel Ángel en la Capilla Sixtina, el instante en que Dios otorgaba a Adán la chispa de la vida. El grabado del dorso indicaba que la medalla procedía de una tienda de regalos de los Museos Vaticanos.

Gabriel fotografió ambos lados del colgante antes de devolvérselo a Ravello.

—Necesito tocarla.

El patólogo abrió un armario y sacó un par de guantes de necropsia de color carne. Gabriel se los puso y dijo:

—Salga, por favor, *dottore*.

—Este cadáver es una prueba de una investigación criminal. Debo permanecer con usted en todo momento.

—Cinco minutos —dijo Gabriel.

El patólogo soltó un suspiro de resignación y se dirigió hacia la puerta.

—¿*Dottore* Ravello?

Se detuvo.

—Apague las luces al salir.

Los fluorescentes del techo se apagaron con un chasquido del interruptor. Luego se cerró la puerta y la oscuridad fue completa. Ahora estaban solos, ellos dos. Disponían de apenas cinco minutos. Gabriel no necesitaba más.

Se inclinó y posó la mano enguantada sobre la parte del hueso expuesto y los ligamentos donde tendría que haber estado la cara. Los examinó con delicada minuciosidad, como si su modelo pudiera sentir cada movimiento de sus manos. Los huesos de la frente y la nariz, los huesos orbitales de los ojos, los huesos cigomáticos de los pómulos, el mandibular de la quijada inferior. Ella se le apareció de inmediato, con claridad fotográfica: una chica sencilla y pálida de veintitantos años, con el pelo rubio hasta los hombros, los ojos azules un poco hundidos, la nariz respingona y un hoyuelo bien visible en la barbilla. Estaba sentada, sola, en una cafetería de Venecia, con una medalla dorada colgada del cuello. La cafetería era el bar Dogale, en Campo dei Frari. Gabriel y los niños estaban sentados en la mesa de al lado.

5

Rialto

Durante el viaje de vuelta desde tierra firme, Gabriel logró convencerse de que estaba equivocado. Sí, había una joven en el bar Dogale esa tarde en cuestión —una tarde de hacía aproximadamente dos semanas— y, sí, los niños y él estaban sentados en una mesa contigua. Eran las tres y media y hacía un calor bochornoso. Irene y Raphael estaban merendando *tramezzini* y hablando de lo que les había pasado ese día en el colegio. La joven, que había llegado antes que ellos, estaba tomando un capuchino. Vestía vaqueros, un jersey de algodón sin mangas y zapatillas de lona. Sus ojos azul claro recorrían el campo como si esperara a alguien. Parecía inquieta, como si no estuviera disfrutando en absoluto de su visita a Venecia. Miró varias veces el teléfono, que sostenía con la mano derecha, de largos dedos.

Gabriel no mencionó a la mujer del bar Dogale durante el trayecto por la laguna. De hecho, no dijo ni una palabra. El coronel Baggio le preguntó por fin cuánto tiempo tardaría en tener listo el boceto. Gabriel respondió ambiguamente que necesitaba una semana, como mínimo.

—Cuanto antes, mejor.

—Haré todo lo posible.

Lo dejaron en la parada del *vaporetto* en San Tomà y se fue derecho al *palazzo*. Arriba, encontró el piso desierto. Se acordó entonces de que era jueves, el día en que Raphael tenía clase con su tutor en la universidad. Tenía la casa para él solo casi hasta las seis.

Entró en su estudio y cerró la puerta. El patólogo le había permitido quedarse con las tres radiografías del cráneo y con una fotografía de la cabeza y los hombros del cadáver. Las examinó solo un instante antes de coger un bloc Strathmore Serie 300 y un lápiz Faber-Castell. Su método era rudimentario: un simple óvalo dividido por tenues líneas horizontales para los ojos y la boca. A pesar de lo que le había dicho al coronel Baggio, solo le llevó unos minutos acabar el boceto.

Era la chica del bar Dogale.

Arrancó la hoja del bloc y la dejó sobre su mesa de trabajo. No podía ser, se dijo. Sencillamente, le había puesto a la mujer muerta la cara de una joven en la que se había fijado. Era comprensible, teniendo una memoria casi perfecta para las imágenes visuales. Además, ¿qué probabilidades había de que fueran la misma persona? Solo su hijo podía responder a esa pregunta, pensó.

De algún modo tenía que borrar de su memoria a la nerviosa joven del bar Dogale. Lo hizo ocultándola bajo una capa de pintura imaginaria. Después pasó un buen rato observando las cuatro fotografías. Puso la mano sobre la radiografía frontal del cráneo y palpó los catorce huesos de la cara como si leyera una página en braille. Por fin cogió el bloc Strathmore y se puso a dibujar, deslizando rápidamente la punta del lápiz por la tersa superficie del papel Bristol. El resultado fue una copia casi perfecta del primer boceto.

Para hacer el tercer y último boceto, utilizó lápices de colores. Dibujó a su modelo con el pelo un poco largo, a la altura de los hombros, unas cuantas pecas esparcidas por la nariz, un lunar encima del labio y una medalla dorada con el Dios de Miguel Ángel concediéndole la chispa de la vida a su creación. La mujer tenía una expresión seria, precavida. El hueco entre los dos dientes delanteros quedaba oculto a la vista.

Le hizo una foto al boceto terminado con su iPhone y luego recortó la imagen digital y la oscureció. No, se dijo al mirar la pantalla, no se había equivocado. Exactamente nueve días antes de que sacara el cadáver de una mujer de veintitantos años de las aguas de la laguna, esa misma mujer estaba sentada a su lado en Campo dei Frari, esperando ansiosamente a alguien que llegaba tarde.

Chiara llamó minutos antes de las seis para avisarle de que estaba saliendo de la universidad con los niños. Luego añadió que estaba muy cansada para ponerse a cocinar y que iban a cenar fuera. Gabriel propuso que fuesen a Vini da Arturo, una *trattoria* al otro lado del Gran Canal, en San Marco. Llegaron en *traghetto* y se dieron un festín de *antipasti* y chuletas de ternera. Irene y Raphael se pasaron toda la cena hablando entusiasmados de la magnífica actuación de su padre en la Salute. Al parecer, su charla era la comidilla de la *scuola primaria*.

Al salir del restaurante, decidieron volver a casa a pie por el puente de Rialto, en vez de usar otra vez el cómodo y rapidísimo *traghetto*. Gabriel animó a Irene y Raphael a adelantarse. Luego, en voz baja, le contó a Chiara su visita forzosa a tierra firme, su breve reencuentro con el cadáver que había descubierto en la laguna y la conclusión a la que había llegado sobre la joven con la que había coincidido nueve días antes en el bar Dogale.

—Imposible —dijo Chiara.

—Improbable, no imposible. —Gabriel le dio su teléfono—. Échale un vistazo.

—Es guapa —comentó Chiara.

—No mucho. La mayoría de la gente no se habría fijado en ella.

—Pero tú sí te fijaste.

—Porque yo me fijo en todo.

—¿Hasta en el lunar de su labio superior?

—Y en las pecas —añadió Gabriel—. Recordaba que tenía algunas.

—¿Qué hay de la medalla?

Gabriel le dijo que ampliara la imagen.

—Puede que sea la copia más pequeña del mundo de *La creación de Adán*.

—La llevaba puesta cuando la mataron.

—¿La chica del bar Dogale llevaba una medalla parecida?

—No —respondió Gabriel—. Llevaba exactamente la misma medalla.

Habían llegado a Campo San Bartolomeo. Los niños se detuvieron para orientarse y luego doblaron una esquina y se perdieron de vista. Chiara le devolvió el teléfono y preguntó:

—¿Por qué crees que estaba esperando a alguien?

—Instinto profesional.

—¿Y cuál es su profesión, maestro Allon?

—Dibujante forense, al parecer. —Doblaron la esquina y entraron en Salizzada Pio X. Gabriel buscó a Irene y Raphael entre la gente—. Parece que hemos perdido a los niños.

—Estamos en Venecia, amor. Es imposible perderse. Además, conocen el camino.

—¿Adónde han ido?

—A Venchi, imagino.

Venchi era una heladería y chocolatería *gourmet*, en Rialto.

—¿Desde cuándo llevan dinero nuestros hijos?

—Los hijos del maestro Allon no necesitan dinero. Los tenderos saben que tú pagas sus deudas.

—Menuda vida.

—¿La tuya o la suya? —Chiara lo sujetó de la mano mientras pasaban junto a los puestos del puente de Rialto—. Pongamos por caso, solo por especular, que tienes razón sobre la chica del bar Dogale.

—La tengo.

—Entonces, no debería ser muy difícil averiguar quién era. ¿Quién sabe? Quizás incluso descubramos el nombre de la persona con la que había quedado.

—No es que quiera ponerme puntilloso, pero ¿eso no es tarea de las autoridades?

—Las autoridades han acudido a ti en busca de ayuda.

—Me han pedido que haga un retrato robot, no que resuelva el caso.

—¿Quién ha dicho nada de resolver el caso? Solo digo que tomemos un café en el Dogale mañana por la mañana, después de llevar a los niños al colegio.

Habían llegado al lado del puente que da a San Polo. Irene y Raphael no estaban por ninguna parte.

—Hablando de los niños… —dijo Gabriel.

—Sígueme.

Atravesaron el mercado de Rialto hasta llegar a la Ruga dei Spezieri, donde encontraron a Irene y Raphael comiendo helado de chocolate en la puerta de Venchi. Chiara sacó un billete del bolso y se lo dio a Gabriel.

—Y otro helado de chocolate para mí, maestro Allon.

La risa de los niños resonó en la callejuela.

—¡Y galletas de mantequilla, maestro! —gritó Irene—. Trae galletas de mantequilla para el camino.

6

Bar Dogale

Poco después de las tres de la madrugada del día siguiente, el estampido de un trueno sacudió el piso. Gabriel se quedó en la cama una hora más, oyendo la lluvia azotar las ventanas que daban al Gran Canal, hasta que los primeros indicios de un dolor de cabeza causado por la falta de cafeína lo llevaron a la cocina en busca de café. Se llevó la primera taza al estudio y se la bebió mientras trabajaba en el Florigerio. Chiara se asomó por la puerta cuando pasaban unos minutos de las seis.

—Se supone que tienes que ponerte mascarilla para trabajar con esos disolventes horribles.

—Se me ha olvidado.

—Porque ya no te queda ni una neurona.

Chiara se acercó a la mesa de trabajo de su marido. Los tres bocetos estaban uno junto al otro, por orden de ejecución. Cogió, en cambio, el sobre de color marrón sin membrete.

—Yo que tú no lo haría.

—¿Qué hay dentro?

—Tres radiografías y una fotografía que no querrás ver.

Chiara sacó solo la radiografía frontal y la puso junto a los dibujos.

—Con todo respeto —dijo pasado un momento—, yo no veo el parecido.

—Evidentemente, no estás mirando bien.

—Podría ser cualquiera.

—No.

A las ocho, una *acqua alta* de poca altura había inundado las calles y plazas de San Polo. Pertrechados con impermeables y botas de goma, Gabriel y Chiara llevaron a los niños al colegio y se fueron luego a Campo dei Frari, vadeando el agua. Cuando cruzaron la puerta del bar Dogale, Paolo puso automáticamente sobre la barra dos capuchinos y una cesta de *cornetti* todavía calientes. Gabriel se lo agradeció pasándole su *telefonino*.

—¿La reconoces?

—¿Debería?

—Estuvo aquí hace semana y media. Era un lunes por la tarde. La atendiste tú.

—Si usted lo dice, *signore* Allon.

Gabriel miró la cámara de seguridad que había encima de la barra.

—¿Ese chisme funciona?

—Cuando le apetece.

—¿Y la cámara de fuera?

Paolo se encogió de hombros.

—A veces.

—¿Podemos revisar la memoria?

—¿Es importante?

—Puede que sí.

El camarero los condujo a través de un almacén abarrotado hasta una oficina del tamaño de un armario. Gabriel le dio la hora y la fecha exactas en que había visto a la joven y Paolo introdujo la información en el ordenador. La imagen de la cámara interior del local apareció al instante en la pantalla.

—Estábamos sentados fuera —dijo Gabriel.

Paolo hizo clic con el ratón y apareció la imagen de la cámara exterior. La disposición de las figuras era tal y como Gabriel la recordaba. Él estaba sentado, como de costumbre, de espaldas a la entrada de la cafetería. Irene estaba a su izquierda, y Raphael, justo enfrente. La chica ocupaba la mesa de su derecha. Miraba hacia el campo, de espaldas a la cámara.

—¿Puedes rebobinarlo diez minutos, por favor?

Paolo lo hizo y puso la escena en marcha. Las dos mesas aparecían ahora desocupadas. Pasaron tres minutos antes de que la primera de las cuatro figuras apareciera en el encuadre.

—Páralo, por favor.

Con un clic del ratón, la imagen se congeló.

—Dios mío —musitó Chiara.

Gabriel sostuvo el teléfono junto a la pantalla del ordenador. El parecido entre la modelo de su boceto y la mujer del vídeo era asombroso.

Chiara adoptó el papel de abogado del diablo.

—Aun así, eso no demuestra que…

—Estoy de acuerdo —la interrumpió Gabriel.

Luego le pidió a Paolo que adelantara la grabación hasta las cuatro menos cuarto de la tarde. Gabriel y los niños ya se habían ido a esa hora, pero la mujer siguió sentada en su mesa hasta las cuatro y cuarto, cuando dejó unas cuantas monedas encima de la cuenta y se marchó. Paolo apareció un momento después para recoger la taza de café vacía y el dinero.

—¿Te acuerdas de ella ahora? —preguntó Gabriel.

—Vagamente.

—¿Te dijo algo?

—Me saludó y pidió un capuchino.

—¿En italiano?

Paolo asintió con un gesto.

—¿Qué acento tenía?

—Puede que británico.

A petición de Gabriel, aumentó la velocidad de reproducción del vídeo. Cuatro clientes salieron apresuradamente de la cafetería como personajes de una película muda; luego llegaron tres más. Una era una mujer alta y morena, con el pelo corto. Llevaba pantalones tobilleros blancos, zapato plano y *blazer* azul oscuro de algodón. Su bolso y su maleta de cabina hacían juego y parecían caros. Llevaba unas gafas de sol grandes y modernas, que se quitó antes de sentarse en la misma silla que poco antes ocupaba Gabriel. Paolo tomaba nota de su pedido y se lo servía en tiempo récord.

—¿Británica? —preguntó Gabriel.

—Sin duda.

—Parece que venía directamente del aeropuerto.

—Me dijo que había quedado con alguien.

—¿Y estuvo con alguien?

—Creo que no, pero deberíamos ver el vídeo, por si acaso.

Lo revisaron a la máxima velocidad de reproducción. Paolo tenía razón.

—Retrocede hasta las cuatro y veintiocho —dijo Gabriel—. Y ponlo a velocidad normal.

Paolo hizo lo que le pedía y vieron a la mujer acercarse al bar Dogale, tirando de su maleta de cabina por los adoquines del campo. En el instante en que se quitaba las gafas de sol, Gabriel dijo:

—Ponlo en pausa, por favor.

Con otro clic del ratón, la imagen se congeló.

Gabriel miró a Chiara y le preguntó:

—¿La reconoces?

—¿Debería?

Gabriel buscó una fotografía de la mujer en internet. Luego amplió la imagen y puso el teléfono junto a la pantalla del ordenador.

—¿Y ahora?

—Imposible —murmuró Chiara.

—Improbable —dijo Gabriel—. Pero no imposible.

Es cierto que Gabriel debería haber llamado a Luca Rossetti y al coronel Baggio para informarlos de sus sospechas. Pero, en lugar de hacerlo, metió una muda en una bolsa de viaje y se fue al aeropuerto. Por suerte, había un asiento libre en clase *business* en el vuelo de las once de British Airways con destino a Londres. Esperó a

55

pasar el control de pasaportes en Heathrow para llamar a Amelia March, de la revista *ARTnews*. Saltó directamente el buzón de voz. Dejó un breve mensaje y ella le devolvió la llamada enseguida.

—¿Cuándo y dónde? —preguntó.

—Tú dirás.

—Hay una pequeña cafetería en Portobello Road, cerca de la casa de George Orwell.

—¿A las dos y media?

—Nos vemos allí.

La casita adosada del número 22 de Portobello Road no había sido en realidad de Orwell. El escritor se había alojado allí durante el invierno de 1927, tras renunciar a su puesto en la Policía Imperial India. Gabriel llegó a la cafetería, situada al otro lado de la calle, con quince minutos de adelanto y se sentó en una mesa del jardín. Amelia apareció a las dos y media en punto. Llevaba el mismo bolso de diseño y, pese a la grisura del cielo inglés, las mismas gafas de sol. Dejó ambas cosas sobre la mesa y miró a Gabriel con una mezcla de curiosidad y recelo.

—¿Estás enfadado conmigo? —preguntó por fin.

—¿Por qué iba a estar enfadado contigo?

—Por el artículo.

—Ah, eso —respondió Gabriel.

El artículo en cuestión versaba sobre el papel que había desempeñado Gabriel en el hallazgo y restauración del *Autorretrato con oreja vendada* de Vincent van Gogh, que había sido sustraído de la Galería Courtauld en un atrevido robo con fuerza hacía más de una década. La noticia, escrita en tono elogioso, describía a Gabriel como uno de los restauradores de arte más prestigiosos y solicitados del mundo. Confirmaba, además, lo que muchos chismosos del mundillo del arte sospechaban ya: que había pasado gran parte de su extraordinaria carrera usando una identidad falsa creada por una división clandestina del servicio secreto israelí. Se había retirado del servicio activo tras pasar cinco años tumultuosos desempeñando el cargo de director general. A excepción de una operación aislada contra los rusos, había logrado romper limpiamente con su pasado. Amelia March había desempeñado, sin saberlo, un papel secundario en una de sus mejores operaciones.

—¿Debería haberte pedido una declaración? —preguntó.

—¿No es lo que suele hacerse en tu oficio?

—¿Me la habrías dado?

—No seas absurda.

Ella sonrió.

—El que nace espía espía se queda. ¿No es ese el dicho?

—No soy espía, Amelia. Dirijo la sección de pintura de la Compañía de Restauración Tiepolo, en Venecia.

—¿Nada más?

—En mi tiempo libre, a veces ayudo a la policía a resolver delitos relacionados con el arte.

—¿Y ahora tienes algo interesante entre manos?

—Una investigación de asesinato, de hecho. —Gabriel le pasó su teléfono. En la pantalla había una fotografía de su retrato forense—. La encontré en el agua, cerca de San Giorgio Maggiore. De momento, la policía italiana no ha podido identificarla. Confiaba en que tú supieras quién es.

Amelia levantó la vista del teléfono.

—¿Yo? ¿Por qué?

—Porque se suponía que ibas a encontrarte con ella hace dos semanas en el bar Dogale, un pequeño local de Campo dei Frari. Y cuando por fin llegaste, ella ya se había ido.

—¿Cómo sabes eso?

—Pasa a la siguiente fotografía.

Amelia lo hizo y frunció el ceño.

—El que nace espía espía se queda. ¿No es ese el dicho, señor Allon?

—Yo no soy espía, Amelia. Soy restaurador de arte y da la casualidad de que vivo en el barrio.

7

Portobello Road

—¿Cómo contactó contigo?

—Por correo electrónico.

—¿A tu dirección de *ARTnews*?

—De Proton Mail. La suya era un galimatías total.

Habían salido de la cafetería e iban dando un paseo por Portobello Road. Amelia avanzaba con paso parsimonioso y pensativo, como si le costara encajar las implicaciones de lo que acababa de oír. Su trabajo giraba casi siempre en torno a ventas y adquisiciones, inauguraciones de galerías y chismorreos variados del mundillo del arte. Gabriel estaba casi seguro de que nunca habían asesinado a una de sus fuentes.

—El galimatías exacto, por favor.

—LDV y luego ocho números. Supuse que eran sus iniciales.

—¿Y el contenido?

Amelia sacó su móvil del bolso y, tras abrir el correo en cuestión, se lo pasó a Gabriel. La dirección del remitente era LDV14521519@protonmail.com. El texto constaba de tres frases y estaba escrito en lenguaje formal, con perfecta puntuación. La autora anónima quería informar a Amelia de un sorprendente descubrimiento artístico que había hecho, cuya índole no podía revelar en un correo electrónico, ni siquiera cifrado. Deseaba hablarle del asunto en persona tan pronto como fuera posible. Si Amelia accedía a reunirse con ella, podían acordar una hora y un lugar, siempre y cuando fuera en Italia.

Gabriel le devolvió el teléfono.

—¿Qué le respondiste?

—Le pedí más información, claro.

—¿Te la dio?

—Dijo que el asunto tenía que ver con un cuadro. Daba a entender que había algún delito de por medio.

—¿Qué tipo de delito?

—No quiso entrar en detalles.

—¿Podría tratarse de un robo?

—No tengo ni la menor idea.

—¿De una falsificación?

—Sé tanto como usted, señor Allon. Pero, por lo que a mí respecta, el tema no justificaba un vuelo a Italia. Se lo dije muy claramente.

—¿Qué respondió?

—Me aseguró que estaba cometiendo el mayor error de mi carrera.

—El segundo mayor. —Gabriel tiró su café a medio beber a una papelera—. ¿Quién retomó el contacto?

—Ella.

—¿Te dio más detalles esta vez?

—Solo sobre sí misma. Sobre su formación, concretamente. Estaba claro que intentaba impresionarme.

—¿Qué te decía?

—Que había estudiado en Cambridge y que luego había hecho un posgrado en el Instituto Courtauld. No me impresionó mucho, claro está.

—¿Qué te hizo cambiar de opinión?

—Me envió otro correo. Una hora y un lugar, última oportunidad. Si no, le daría la historia a un periodista de *The New York Times.*

—¿En el bar Dogale, a las tres?

—A las tres y media, en realidad.

—¿Cuáles eran las reglas del encuentro?

—Dijo que me reconocería ella a mí.

—¿Por qué llegaste tarde?

—Retrasaron mi vuelo en Heathrow por un problema mecánico. Le mandé un correo explicándole la situación y contestó que me esperaría. Pero, cuando llegué, no había ni rastro de ella. Pasé la noche en un hotelito cerca de la Piazza San Marco y volví a Londres a la mañana siguiente, convencida de que había sido víctima de una broma pesada bastante retorcida.

—¿Intentaste ponerte en contacto con ella otra vez?

—Varias veces.

—¿Y?

—Silencio total.

—Ahora sabemos por qué —dijo Gabriel—. Si tuviera que aventurar una hipótesis, diría que la asesinaron pocas horas después de irse del bar.

—¿Quién?

—Lo primero es lo primero, Amelia.

—¿Su identidad? —Amelia ojeó los contactos de su teléfono—. No creo que sea muy difícil averiguar quién era. A fin de cuentas, sabemos cómo era y dónde estudió.

—¿Puedo preguntar a quién llamas?

—Al director de la Galería Courtauld. Es uno de mis mejores informantes.

—No le llames, por favor —dijo Gabriel.

—¿Por qué?

—Porque las cosas buenas se hacen esperar.

Ella se guardó el teléfono en el bolso.

—No se olvide de mí, señor Allon. Si no, escribiré un reportaje muy largo sobre usted. E incluiré todo el material que me ha llegado después de publicar el artículo. Tienes un historial bastante impresionante en el mundo del arte. Sobre todo aquí, en Londres.

—Te aseguro, Amelia, que no sabes ni la mitad.

—¿Puedo citar tus palabras?

* * *

Gabriel llamó al doctor Geoffrey Holland, el ínclito director de la Galería Courtauld, mientras cruzaba a toda velocidad Bayswater Road en el asiento trasero de un taxi. Le explicó que había llegado a Londres en visita relámpago y le preguntó si tenía un rato libre. El director supuso que tenía algo que ver con el cuadro que ocupaba el caballete del estudio de Gabriel en Venecia. Gabriel no le sacó de su error.

—Nos vemos en la cafetería a las cuatro y media —dijo Holland antes de colgar—. Creo que ya sabes dónde está.

El prestigioso Instituto de Arte Courtauld y su galería asociada tenían su sede en Somerset House, un complejo palaciego renacentista situado en una zona del Strand que desde hacía poco tiempo era peatonal. Gabriel pasó cuarenta y cinco minutos muy agradables recorriendo las salas de exposición antes de bajar a la cafetería. Geoffrey Holland, con traje de Savile Row y corbata, llegó cuando estaban dando las cuatro y media. Eran puntual a más no poder.

Pidieron té en la barra y ocuparon una mesa cerca de la ventana. Gabriel le mostró una fotografía del Florigerio, tal y como estaba ahora. El director quedó claramente descontento con el ritmo al que avanzaba Gabriel.

—Me aseguraste que no tardarías más de tres meses en restaurarlo.

—Lo siento, Geoffrey, pero me han hecho una oferta mejor. Una en la que me pagan.

—¿El Tiziano?

Gabriel asintió.

—Teníamos un trato —dijo Holland—. Te dejé ver ese vídeo de las cámaras de vigilancia y a cambio accediste a limpiar mi Florigerio. Sin coste alguno, debo añadir, y en un plazo razonable.

El vídeo en cuestión se había grabado en esa misma sala e implicaba a la esposa del ministro del Interior británico en el asesinato de una historiadora del arte de Oxford. El escándalo consiguiente había sido uno de los peores de la historia política británica. El papel secundario que había desempeñado en el asunto el ínclito director de la

Galería Courtauld nunca se había hecho público. El de Gabriel tampoco.

—No te preocupes, Geoffrey. Pienso cumplir mi parte del trato. Pero, mientras tanto, necesito tu ayuda en un asunto que no tiene nada que ver con el cuadro.

Holland suspiró.

—¿Qué es esta vez?

Gabriel le pasó su teléfono.

—¿La reconoces?

—Sí, claro. Es Penelope Radcliff, una antigua estudiante de posgrado del Instituto. Una auténtica superestrella.

—¿Historia del arte?

—Conservación, en realidad. Se especializó en los pintores de la escuela florentina.

—¿Qué ha sido de ella?

—Creo que está en Roma.

—¿Qué hace allí?

—Trabajar con un contrato de prácticas.

—¿En la Galería Borghese? ¿En la Doria Pamphili?

—En ninguna de las dos.

—¿Dónde, Geoffrey?

Holland le devolvió el teléfono.

—En el Vaticano.

8

Londres-Roma

Penelope Radcliff había realizado sus primeras prácticas en el laboratorio de restauración de la Galería Courtauld y su número de móvil figuraba aún en los archivos de la institución. Gabriel lo marcó por primera vez mientras estaba parado en la concurrida acera del Strand. Saltó el buzón de voz, igual que las tres veces siguientes. Quizá tenía el dispositivo apagado o se había quedado sin batería. La explicación más probable, sin embargo, pensó Gabriel, era que el teléfono se hallaba ahora en el fondo de la laguna de Venecia.

Llamó entonces a Chiara para ponerla al corriente de sus averiguaciones.

—El mundo es un pañuelo —comentó ella—. ¿Dónde crees que hizo ese sorprendente descubrimiento?

—Se negó a decírselo a Amelia por correo electrónico, pero deberíamos partir de la hipótesis de que fue en el Vaticano.

—¿Y ahora está muerta?

—Eso tendrá que determinarlo el coronel Baggio.

—¿Cuándo piensas decírselo?

—En cuanto colguemos.

—¿Puedo sugerirte otra vía de actuación?

—Por supuesto.

—Deberías ir a Roma y avisar a tu amigo de que el Vaticano está a punto de verse envuelto en otro escándalo.

—¿Qué te hace pensar que va a recibirme?

—Eres uno de sus amigos más leales. Además, no sería papa de no ser por ti.

—Razón de más para que se niegue a verme.

—Muy bien, pero debes avisarle de que tiene otro problema entre manos.

—Sus problemas siempre acaban convirtiéndose en mis problemas.

—Y viceversa —repuso Chiara.

Gabriel pasó la noche en el hotel Sloane Square y a primera hora de la mañana tomó un vuelo a Roma. Al salir de la pasarela en Fiumicino, vio a Luca Rossetti, vestido con traje oscuro y camisa con el cuello desabrochado, esperándolo en la puerta de llegadas.

—¿Cuándo pensabas decírnoslo? —preguntó.

—Deciros ¿qué?

—Lo de la chica del bar Dogale.

—Veo que has estado hablando con mi amigo Paolo Caruso.

—Me pasé por la Salute ayer por la tarde para ver si habías avanzado algo con el boceto y como no estabas…

—Te fuiste directamente a mi bar de siempre en Campo dei Frari.

Rossetti asintió.

—Paolo me contó lo del boceto de la joven inglesa que se había sentado a tu lado un día que estabas allí con los niños.

—Y sumaste dos y dos.

—Las mates siempre fueron mi asignatura favorita.

—¿Cómo te has enterado de que estaba en Londres?

Rossetti hizo gesto de teclear con los dedos de una mano, indicando que había buscado en las listas de pasajeros de los vuelos que salían de Venecia.

—Ni que decir tiene —añadió— que me sorprendió bastante la segunda parte de tu itinerario.

—¿Sabe Baggio que estás aquí?

Luca Rossetti negó con la cabeza.

—Entonces, ¿quién te manda?

—¿Quién crees tú?

La sede de la Brigada Arte se hallaba situada en un ornamentado *palazzo* amarillo, en la tranquila Piazza di Sant'Ignazio de Roma. El espacioso despacho de techos altos del veterano comandante de la unidad, el general Cesare Ferrari, estaba en la primera planta. Sentado detrás de su mesa, con el elegante uniforme azul y dorado de los Carabinieri, Ferrari contemplaba el boceto forense abierto en el teléfono móvil de Gabriel. El general sostenía el aparato con la mano izquierda, debido a que le faltaban el tercer y el cuarto dedos de la derecha, arrancados por el estallido de un paquete bomba que recibió cuando dirigía la división de los Carabinieri en Nápoles. El intento de asesinato, perpetrado por miembros de la violentísima organización criminal conocida como la Camorra, también le había costado el ojo derecho. Su prótesis ocular, con su pupila inmóvil y su mirada inflexible, inquietaba por igual a sus subordinados y a sus adversarios. Incluso a Gabriel, que había colaborado con Ferrari en varios casos muy sonados, le costaba soportar su mirada.

—¿Cuándo te diste cuenta de que era ella? —preguntó por fin el general.

—En cuanto palpé los huesos de su cara. El vídeo de la cámara del bar Dogale confirmó mis sospechas.

—Y aun así no informaste de tus hallazgos al coronel Baggio.

—¿Eso es un delito?

—Y bastante grave, además. —El general se volvió hacia Rossetti—. ¿No te parece, Luca?

—Como mínimo, ha interferido en una investigación oficial. Me temo que no tenemos más remedio que denunciarlo y llevarlo ante un juez.

Ferrari asintió con gesto solemne.

—Lamentablemente, tienes razón. Sin embargo, concurren

circunstancias atenuantes. Al fin y al cabo, la conducta de nuestro amigo común, por deplorable que sea, nos ha proporcionado una información valiosa.

—Una información —añadió Gabriel— que bien podría permitir a la Brigada Arte asumir el mando de la investigación. —Con una sonrisa, añadió—: ¿No le parece, general Ferrari?

Ferrari se llevó la mano al corazón con gesto de inocencia.

—Ni se me ha pasado por la cabeza. Dicho esto, lo que dices tiene sentido. La delegación de Venecia no puede ocuparse de un caso delicado que atañe al Vaticano. Esto requiere a alguien con mi experiencia. —Hizo una pausa y añadió—: Y con la tuya.

—¿Puedo introducir otro matiz? —preguntó Gabriel.

—Por favor.

—Todavía no sabemos si la mujer a la que encontré en la laguna es Penelope Radcliff.

El general fijó su mirada monocular en Rossetti.

—Quizá deberías averiguar dónde vivía.

—¿Llamo al Vaticano?

—No, Luca. Todavía no.

Luca Rossetti solo tardó unos minutos en averiguar que Penelope Anne Radcliff, de veintisiete años de edad, nacida en la ciudad de Bristol, en el oeste de Inglaterra, tenía su domicilio en un apartamento alquilado en Prati, un elegante barrio *art nouveau* de Roma situado junto al extremo norte del Vaticano. El general Ferrari, con el dedo índice de su maltrecha mano derecha, pulsó al azar varios botones del portero automático del edificio hasta que un vecino, sobresaltado, les abrió el portal. Arriba, Rossetti aporreó la puerta de su apartamento y, al no obtener respuesta, probó a girar el pomo. La llave estaba echada.

—Permíteme —dijo Gabriel, y sacó dos finas herramientas metálicas que solía llevar en el bolsillo interior de la americana. Se agachó, las insertó en el bombín de la cerradura y comenzó a manipular los pasadores con mano experta.

—¿Hay algo que no sepas hacer? —preguntó Ferrari.

—No voy a poder abrir esta cerradura si te empeñas en hablar. —Gabriel giró la cerradura hacia la derecha y el resbalón cedió. Luego miró a Luca Rossetti y dijo—: Adelante.

Rossetti sacó una gruesa Beretta Cougar de la pistolera que llevaba en el hombro y entró, con Gabriel y el general Ferrari un paso por detrás. El cuarto de estar estaba en penumbra. Rossetti, atento a cualquier peligro, movió la Beretta a izquierda y derecha, agarrándola con las dos manos. El general observaba sus movimientos con expresión ligeramente divertida.

—Ya vale, Luca. Guarda eso, no vayas a hacerle daño a alguien.

Rossetti enfundó la Beretta mientras Gabriel iba por la habitación encendiendo las luces. El registro había sido minucioso pero poco profesional: una chapuza. Los cojines del sofá estaban torcidos, había una silla volcada y el cajón de arriba del escritorio estaba entreabierto. Había un cable de alimentación de Apple enchufado a una toma de corriente, pero no había a la vista ningún ordenador. Encima de la mesita baja había una pequeña colección de monografías. Giotto, Botticelli, Miguel Ángel, Rafael: cuatro gigantes de la escuela florentina.

—Qué curioso —comentó el general Ferrari.

—¿El qué?

—No hay ningún libro sobre Leonardo.

Las puertas del armario de la pequeña cocina americana estaban entornadas y el contenido de dos cajones estaba esparcido por la encimera. Gabriel arrancó una hoja del rollo de papel de cocina y la usó para abrir la nevera. El general Ferrari contempló la comida estropeada que había en los estantes.

—Quizá deberíamos echar un vistazo al resto del apartamento.

Entraron en el dormitorio y encontraron a Luca Rossetti con los brazos en jarras, observando el desorden circundante. Habían quitado las sábanas de la cama y el suelo estaba cubierto de ropa y efectos personales; entre ellos, una colección de pinceles Winsor & Newton de pelo de marta y varios frascos de pigmentos y médiums, comprados en L. Cornelissen & Son, una tienda de material artístico situada en Great Russell Street, en Londres. Gabriel era cliente habitual.

—¿Habéis visto suficiente? —preguntó.

—Sí —contestó el general—. Creo que sí.

El sumario oficial del caso afirmaría después que el general Ferrari llamó al comandante de los Carabinieri a las doce y cuarto de esa misma mañana para facilitarle el nombre y la dirección en Roma de la desafortunada joven cuyo cadáver había pescado de las aguas de la laguna de Venecia nada menos que Gabriel Allon, el famoso restaurador de arte y exespía. El general se abstuvo de explicarle cómo había obtenido esa información, aunque le dio a entender que procedía de una fuente de la máxima confianza. Esa fuente, añadió, también le había informado de que la joven trabajaba con un contrato en prácticas en el laboratorio de restauración de los Museos Vaticanos.

—¿Debo suponer —preguntó el comandante— que la Brigada Arte desea hacerse cargo de la investigación?

—Creemos que es lo mejor.

El comandante de los Carabinieri era de la misma opinión.

—¿Cómo piensas plantearle el asunto al Vaticano? —preguntó.

—Con el mayor tacto posible. De lo contrario, cerrarán filas y se negarán a cooperar.

—El jefe de la Gendarmería Vaticana es buen amigo mío. Estaré encantado de llamarlo de su parte.

—Según mi experiencia, es mejor empezar por arriba.

—¿El secretario de Estado?

—El hombre de blanco.

—¿Su santidad? Te deseo suerte, Cesare.

—No la necesito —respondió el general—. Tengo a Gabriel Allon.

9

Arco de las Campanas

Por lo general, Gabriel entraba en las zonas de acceso restringido del Vaticano por la Puerta de Santa Ana o por el Portón de Bronce, la entrada principal del Palacio Apostólico. Aquella tarde, en cambio, se dirigió al Arco de las Campanas, situado en el flanco sur de la basílica de San Pedro, justo debajo de las estatuas de los apóstoles Tadeo y Mateo. Dos guardias suizos, con sus uniformes de gala renacentistas, montaban guardia en el umbrío pasadizo, uno con una alabarda de dos metros de largo y el otro con las manos juntas y los pies separados al ancho de los hombros en ángulo exacto de sesenta grados. Su porte era más rígido que de costumbre, sin duda porque su comandante, el coronel Alois Metzler, se encontraba parado entre los dos, vestido con traje oscuro y corbata. El coronel Metzler era el único oficial en los cuatrocientos años de historia de la Guardia Suiza Pontificia que había matado de un disparo a un sacerdote católico. Había cometido ese acto inconcebible para ahorrarle a Gabriel la indignidad de tener que apretar el gatillo.

Se saludaron con gesto expeditivo y formal. Metzler preguntó a Gabriel, en el impenetrable alemán suizo de los oriundos del cantón de Uri, si llevaba algún arma de fuego. Gabriel, en el *hochdeutsch* con acento berlinés de su madre, contestó la verdad: que no. Metzler, aun así, le puso discretamente una mano en la espalda, solo para asegurarse.

—¿Qué te preocupa tanto, Alois? No sería la primera vez que llevara un arma estando con el santo padre. Soy prácticamente un miembro honorario de la Guardia Suiza.

—La pertenencia a la Guardia está reservada a varones católicos solteros de nacionalidad suiza que hayan servido en el Ejército suizo y tengan un carácter intachable. Tú, Gabriel, no cumples ninguno de esos requisitos.

—¿El gusto por la *fondue* y el *chasselas* no puntúa para nada?

Metzler le obsequió con una de sus raras sonrisas.

—Vamos. El secretario privado te está esperando.

Echaron a andar siguiendo la fachada de la basílica. Gabriel se ajustó rápidamente la corbata que había comprado al salir del apartamento de Penelope Radcliff.

—¿Nervioso? —preguntó Metzler.

—¿Por qué?

—Por volver a ver al santo padre.

—¿Tendría que estarlo?

—Es el sumo pontífice de la Iglesia católica y el vicario de Cristo.

—Da la casualidad de que también es amigo mío.

—Ya no. —Pasaron bajo un par de arcos, cerca del lado izquierdo del transepto de la basílica—. Deduzco que no se trata de una visita de cortesía.

—Me temo que no.

—¿Corre peligro el santo padre?

Gabriel negó con la cabeza.

—Es un problema de relaciones públicas.

—¿Qué ha pasado esta vez?

—Vas a enterarte muy pronto.

—Eso no suena muy alentador.

—Siento ser portador de malas noticias, Alois.

—¿Para qué ibas a romper con la tradición?

Torcieron a la izquierda y cruzaron una pequeña *piazza* camino de la Casa de Santa Marta, la residencia clerical de cinco plantas del Vaticano. Había otro guardia suizo apostado delante de la puerta de cristal, y el padre Mark Keegan, secretario privado del santo padre, los esperaba en el vestíbulo. Era un irlandés de Filadelfia, miembro de la Compañía de Jesús, al igual que su superior. Tenía cara de monaguillo y la mirada de alguien que nunca perdía a las cartas. Gabriel sabía que el secretario privado del papa era eficiente, implacable y, sobre todo, que carecía de sentido del humor.

El sacerdote posó un instante su mirada inescrutable en el comandante de la Guardia Suiza.

—Gracias, coronel Metzler. Yo acompañaré a la salida al señor Allon después de su audiencia con el santo padre.

Metzler salió a la *piazza* soleada y Gabriel siguió al padre Keegan hasta los ascensores. Había un ascensor vacío esperando. El sacerdote pulsó el botón de la primera planta y las puertas se cerraron.

—Más vale que sea importante.

—No estaría aquí si no lo fuera.

—Puedo darle diez minutos, como máximo.

—Yo que usted iría reorganizando la agenda del santo padre.

—Está tallada en piedra.

—Si usted lo dice, padre Keegan.

Las puertas del ascensor se abrieron. En el recibidor había un guardia suizo vestido de paisano. Otros dos centinelas ataviados con sencillas túnicas azules flanqueaban la puerta de la habitación 201. El padre Keegan giró el pomo sin llamar e hizo pasar a Gabriel.

Su primera aparición en el balcón de San Pedro había electrizado a los mil millones de católicos que había en el mundo, en parte porque era la primera vez desde el siglo xiv que se elegía papa a un candidato que no era cardenal. Gabriel, en una ruptura sin precedentes del derecho canónico y la tradición de la Iglesia, estaba presente en la Capilla Sixtina cuando el decano del Colegio Cardenalicio pidió al nuevo sumo pontífice que diera el nombre por el que deseaba que se le conociera. Su primera respuesta —que no tenía ni idea— suscitó risas bienhumoradas entre los hombres de rojo. Con la segunda, sin embargo, mandó un mensaje nada sutil a los príncipes de la Iglesia avisándolos de que se avecinaban cambios.

Pasó la primera noche de su pontificado —y todas las noches desde entonces— no en el espacioso *appartamento pontificio* del Palacio Apostólico, sino en una *suite* de dos habitaciones de la Casa de Santa Marta. La oficina de prensa del Vaticano, tras mucha deliberación y diversas consultas con la curia, hizo público que la *suite* tenía setenta y cinco metros cuadrados. Gabriel, que tenía un ojo infalible para las dimensiones lineales, opinaba que eran más bien cincuenta. Junto a las ventanas con vistas a la basílica había un conjunto de sillones y sofás tapizados de terciopelo, demasiado ampulosos para un espacio tan reducido. La enorme cama papal renacentista, la misma en la que habían exhalado su último suspiro varios papas anteriores, ocupaba la mayor parte de la otra habitación. El suelo de tarima oscura brillaba, recién encerado. Las paredes de color crema estaban desnudas.

El santo padre estaba sentado detrás del pequeño escritorio, con el auricular de un teléfono fijo pegado a la oreja. Llevaba una sotana blanca sencilla y una cruz pectoral de plata sin adornos, en lugar de las recargadas cruces de oro que habían llevado los papas a lo largo de los siglos. Calzaba unos zapatos de piel corrientes, con cordones, en vez de las tradicionales zapatillas rojas. El anillo de oro macizo del Pescador no se veía por ninguna parte. Igual que a su predecesor, le resultaba engorroso e incómodo de llevar.

Por fin, levantó el dedo índice para indicar que aún tardaría un momento. El padre Keegan explicó en voz baja el retraso.

—El cardenal Doyle. —Luego, para aclarárselo a Gabriel, añadió—: El arzobispo de Nueva York.

—Sí, lo sé.

—Su santidad visita Estados Unidos por primera vez el mes que viene.

Con una árida sonrisa, Gabriel le hizo saber que también estaba al tanto de los planes de viaje del santo padre. El itinerario, al que se había dado amplia difusión, incluía una reunión en el despacho oval con el presidente de Estados Unidos y sendos discursos históricos ante el Congreso y la Asamblea General de las Naciones Unidas. Los conservadores estadounidenses estaban indignados por los planes del pontífice de visitar también la Cuba comunista, en gran medida porque su santidad había publicado hacía poco una incisiva exhortación apostólica denunciando lo que él llamaba «la tiranía invisible» del capitalismo y el mercado. También había condenado el auge mundial de la extrema derecha, expresado su apoyo a los derechos de los migrantes y hecho un llamamiento a la acción inmediata contra el cambio climático, posiciones estas que llevaron a un periodista conservador norteamericano a bautizarlo como «su santidad el papa Che Guevara». Los más tradicionalistas consideraban su decisión de residir en dos pequeñas habitaciones de la Casa de Santa Marta una afrenta contra la majestad del papado. Los reparos de Gabriel al alojamiento del santo padre eran de índole más práctica. Llevaba solo dos minutos en el diminuto apartamento pontificio y ya tenía la sensación de que las paredes le oprimían.

El santo padre se despidió del cardenal estadounidense, colgó el teléfono y exhaló un profundo suspiro.

—¿Tan mal están las cosas? —preguntó el padre Keegan.

—A su eminencia le preocupa que yo no sea del todo consciente de la profundidad de la división política que aqueja en la actualidad a Estados Unidos. Me ha aconsejado que me ande con pies de plomo cuando hable ante el Congreso.

—¿Qué le ha contestado su santidad?

—Le he dejado claro que no pienso morderme la lengua en Washington.

—Entiendo —dijo el padre Keegan con cautela.

El santo padre se volvió hacia Gabriel y dijo:

—A mi secretario privado le preocupa que me enemiste sin necesidad con el prelado católico más poderoso de Estados Unidos.

—¿Y lo has hecho?

—Puede que sí.

—En tal caso, quizás el padre Keegan debería llamar a su eminencia y pedirle que anote algunas ideas para tu discurso. Sin entrar en mucho detalle, eso sí. Solo temas generales.

—¿Que le siga la corriente, quieres decir?

—Exacto.

El santo padre hizo un gesto de asentimiento mirando al padre Keegan, que salió en silencio al pasillo con el iPhone en la mano. Al quedarse a solas con el sucesor de san Pedro, Gabriel paseó deliberadamente la mirada por los confines de la modesta sala de estar.

—Sé lo que estás pensando —dijo el santo padre.

—Ya me lo imagino.

—No necesito más espacio.

—Tiene el tamaño de un confesionario.

—¿Alguna vez has entrado en uno?

—Últimamente no.

—Si quieres desahogarte…

—Estaríamos aquí todo el día. Además, según tu secretario privado, tenemos poco tiempo.

—No te preocupes por el padre Keegan. Aunque no te lo creas, tengo un poco de mano por aquí.

El santo padre se levantó de la silla y se estiró en toda su imponente estatura. La sobria sotana blanca no restaba ni un ápice de atractivo a su apostura umbra. Ni Hollywood se habría atrevido a darle el papel de sumo pontífice.

Le tendió la mano.

—Ni se te ocurra besarla.

—No pensaba hacerlo —respondió Gabriel, y estrechó la mano que le ofrecía el papa.

Riendo, el santo padre tiró de él y le dio un fuerte abrazo.

—Empezaba a pensar que te habías olvidado de mí.

—De eso nada.

—¿Por qué no has venido a visitarme?

—Porque no se visita así como así al sumo pontífice, santidad.

—¿Cómo que no? Y, por favor, olvídate de esa paparrucha de «santidad». Insisto en que me llames por mi nombre de verdad.

—¿Todavía te acuerdas de cuál era?

—Luigi Donati —respondió—. En otro tiempo fui un humilde cura de barrio, un misionero que predicaba el Evangelio y construía escuelas y hospitales para los desdichados de la tierra. Y ahora, gracias a ti, estoy atrapado en esta jaula dorada y llevo sotana blanca.

—Sí que es una jaula, pero le vendría bien un toque dorado.

—Mis fuentes en Venecia me cuentan que vives en un *palazzo* con vistas al Gran Canal.

—Vivimos en una planta del *palazzo,* santidad.

—Luigi —dijo el santo padre—. Me llamo Luigi Donati.

—Lo intentaré, santidad.

—Ponle más empeño. —Donati señaló los recargados sillones—. ¿No te sientas?

—¿Está permitido?

—Normalmente, no, pero tratándose de ti estoy dispuesto a hacer una excepción.

Donati se dejó caer en el sofá y puso los pies encima de la mesa baja. Gabriel, tras dudar un momento, se sentó en el borde del sillón en forma de trono que había enfrente.

—No hace falta que juntes las manos en mi presencia, Gabriel. No soy un objeto de veneración. —Donati frunció el ceño—. Más bien al contrario, en realidad.

—Te quiere gente de todo el mundo, Luigi. Católicos y no católicos por igual.

—Mis enemigos me llaman «el papa estrella del *rock*». Y, por supuesto, no lo dicen como un cumplido.

—Son unos envidiosos.

—Y muy decididos, también —dijo Donati—. Me entregaron el papado en un momento de crisis y ahora hacen todo lo posible para que no me salga del camino marcado. Si hablo sin acritud de la comunidad gay y lesbiana, claman «¡herejía!». Si sugiero que se permita a los católicos divorciados recibir el sacramento de la eucaristía, me acusan de apóstata. Y, si me atrevo siquiera a pronunciar la palabra «mujeres», en fin, ponen el grito en el cielo.

—¿No estarás pensando de verdad en…?

—No importa lo que yo piense —le interrumpió Donati—. La Iglesia no tiene autoridad para conferir la ordenación sacerdotal a las mujeres. Desde un punto de vista doctrinal, está descartado.

—¿Roma ha hablado, punto y final?

—Ahora y por los siglos de los siglos.

—¿Y qué hay del celibato y los curas casados?

—Lo único que puedo decir al respecto es que la situación actual es insostenible. Según los últimos datos, hay más de cincuenta mil parroquias en todo el mundo sin sacerdote. Y hay miles que solo tienen un sacerdote a tiempo parcial o un cura inmigrante cuyo dominio del idioma y la cultura locales es muy precario, en el mejor de los casos. A riesgo de parecer su santidad el papa Obviedades, el catolicismo no puede prosperar sin un clero entregado a su labor y enérgico que predique el Evangelio y administre los sacramentos. Algo tiene que cambiar. Pero si presiono demasiado o actúo con excesiva rapidez, la institución más antigua del mundo podría hacerse pedazos.

—¿Qué ha de hacer un sumo pontífice reformista?

—Proceder con cautela y aguardar el momento oportuno. En resumidas cuentas, la responsabilidad recae sobre él. Soy bastante joven para los estándares históricos de la Iglesia, lo que significa que, salvo un percance de salud repentino, es probable que viva más que los dinosaurios tradicionalistas que ahora mismo se interponen en mi camino.

—¿Y mientras tanto?

—El sumo pontífice reformista hace el papel de papa pastoral, un cura de barrio global que atiende las necesidades de los pobres y los enfermos. Y como ha dejado claro que quiere que la Iglesia católica también sea pobre, predica con el ejemplo.

—Confinándose en una celda de cincuenta metros cuadrados.

—La oficina de prensa del Vaticano dice que son setenta y cinco.

—La oficina de prensa se equivoca.

—No sería la primera vez —dijo Donati.

—Ni la última, me temo.

Donati torció el gesto.

—¿Por qué has venido a Roma, *mio amico*?

—He encontrado el cadáver de una joven en la laguna de Venecia.

—¿Y?

Gabriel miró su reloj de pulsera.

—Parece que se me ha acabado el tiempo, santidad.

—Tómate todo el tiempo que necesites. Pero, si vuelves a llamarme santidad, no respondo de mis actos.

—Perdóname, Luigi.

—*Ego te absolvo*. Ahora, empieza a hablar.

10

Casa de Santa Marta

Cuando Gabriel concluyó su relato, Donati se levantó y se acercó sin prisa a una de las ventanas. Debería haber sido la ventana del despacho del *appartamento pontificio,* la misma ventana desde la que cada domingo al mediodía rezaba el ángelus ante la multitud congregada en la plaza de San Pedro. Pero no estaban en la tercera planta del Palacio Apostólico, sino en un modesto cuartito de la Casa de Santa Marta, y Gabriel pensó que su viejo amigo nunca había parecido tan solo.

Dirigió sus primeras palabras a la cúpula de la basílica.

—¿Sabes lo que pasará cuando tu amigo el general Ferrari haga pública la identidad de esa mujer?

—En realidad, la hará pública un tal coronel Baggio de Venecia.

—¿Cuánto tiempo tenemos?

—El coronel Baggio está en estos momentos poniéndose en contacto con sus homólogos de la Policía Metropolitana de Londres. Los trámites llevarán algún tiempo.

—No has respondido a mi pregunta.

—Setenta y dos horas. Puede que un poco más.

—¿O un poco menos?

—Podría ser —reconoció Gabriel.

—¿Sabe ese tal coronel Baggio dónde trabajaba la fallecida?

—Ahora sí.

—¿Informará a las autoridades británicas?

—En realidad, va a dejar que los británicos le informen a él.

Donati le lanzó una mirada de reproche papal.

—Eso no me parece muy ético.

—Con razón, pero así el Vaticano ganará algún tiempo, y le hace mucha falta.

—¿Para preparar nuestra versión de los hechos?

—Para esclarecer los hechos.

—Lo primero que quiero saber —dijo Donati— es por qué nadie en el laboratorio de conservación informó a la policía de la desaparición de esa joven.

—Estoy seguro de que hay una explicación perfectamente razonable.

—Bueno, hay una forma de averiguarlo. —Donati se acercó a su mesa y levantó el teléfono.

—¿Puedo preguntar qué vas a hacer? —dijo Gabriel.

—Esclarecer los hechos.

—Cuelgue el teléfono, santidad.

Donati puso mala cara, pero dejó el auricular en su soporte.

—Formas parte de un club muy minoritario, Gabriel Allon.

—¿El único no católico que ha asistido a la elección de un papa?

—O que se ha dirigido a un papa con insolencia —añadió Donati.

—Ha sido por su bien.

—¿De veras?

—Es esencial que no intervengas en este asunto de ningún modo, Luigi. De lo contrario, te expondrás a que te ataquen si hay indicios fundados de que alguien relacionado con el Vaticano ha cometido un delito.

—¿Negación plausible?

—*Ignorantia affectata.*

—¿Aquino? Empiezas a hablar como un miembro de la curia romana, *mio amico*. Pero ni toda la ignorancia voluntaria del mundo servirá para protegerme si hay otro escándalo en el Vaticano. Y menos aún si ese escándalo implica la muerte de una joven. —Donati se dejó caer en el sofá, abatido—. La prensa acabará acusándome de ordenar personalmente su asesinato. Debo conocer los hechos.

—Deja que los esclarezca yo por ti.

—¿Qué pudo descubrir esa joven?

—¿En el Vaticano? No hablarás en serio, Luigi.

—Tienes razón. De hecho, guardo muy buenos recuerdos de la mañana en que hicimos un descubrimiento asombroso en los Archivos Secretos. Si mal no recuerdo, tú llevabas un traje eclesiástico que no era de tu talla. Me temo que no recuerdo el nombre que figuraba en tus credenciales del Vaticano.

—Creo que era padre Benedetti. Y nunca le he dicho a nadie lo que descubrimos aquel día.

—Ni lo que le sucedió de verdad a mi predecesor. —Donati se quedó callado un momento—. Para que lo sepas, esa es la verdadera razón por la que vivo aquí y no en el Palacio Apostólico. Por lo que a mí respecta, el *appartamento* siempre será la casa de Lucchesi.

—No tienes por qué fustigarte por lo que ocurrió, Luigi. No fue culpa tuya.

—¿No? Si hubiera estado allí esa noche… —Donati cambió de tema—. Por si tienes alguna duda, lo último que necesito antes de hacer mi primer viaje a Estados Unidos como papa es un escándalo horroroso.

—No lo habrá, si yo puedo evitarlo.

—¿Por dónde piensas empezar?

—Estaba pensando en hacerles una visita a mis buenos amigos del laboratorio de conservación.

—El padre Keegan te acompañará.

—No es necesario, santidad. Creo que recuerdo el camino.

—Un club muy minoritario, sin duda —dijo Donati, y acompañó a Gabriel a la puerta.

* * *

Pasó entre los guardias suizos apostados a la entrada de la Casa de Santa Marta y rodeó la parte trasera de la basílica hasta llegar a un pequeño patio situado a los pies de un edificio de aspecto anodino con paredes de color parduzco. La puerta, como de costumbre, estaba abierta y no había vigilancia. Al entrar, subió un estrecho tramo de escaleras hasta la Sala Regia, la espléndida antecámara de la Capilla Sixtina.

La última vez que había estado allí, la Sixtina estaba ocupada por los ciento dieciséis cardenales electores y salía humo blanco por la chimenea, para alborozo de la enorme muchedumbre que esperaba ansiosamente en la plaza de San Pedro. Ahora, la capilla estaba llena de turistas que, estirando el cuello, admiraban los frescos de Miguel Ángel. Gabriel se sumó unos instantes a un grupo de peregrinos latinoamericanos que se habían congregado bajo *La creación de Adán* y se dirigió a continuación a una *loggia* repleta de tesoros que daba al patio del Belvedere. Cuando por fin llegó a la galería de pinturas, pasó unos minutos admirando los cuadros de la sala xii, tres de los cuales había restaurado. Después, bajó al laboratorio de conservación.

Esta vez, se topó con una puerta cerrada. Como el código numérico que introdujo en el teclado ya no era válido, pulsó el botón del interfono. Reconoció la voz que respondió. Era la de Donatella Ricci, una experta en el Renacimiento temprano que susurraba palabras tranquilizadoras a los cuadros que restauraba.

—¿Quién va? —preguntó.

—Soy yo, Donatella.

—¿Tú? ¿Quién?

—Gabriel.

—El único Gabriel que conozco nunca se molesta en llamar a una puerta, ni aunque esté cerrada con llave. —Sonó un zumbido y la cerradura se abrió con un golpe seco—. Bienvenido a casa.

Entró en el laboratorio y la puerta se cerró automáticamente a su espalda. Encontró a Donatella sentada en un taburete alto, con la paleta en una mano y el pincel en la otra. Fijada a su caballete había una obra de Bellini, *Dolor por el Cristo muerto*. Gabriel sintió una insidiosa punzada de envidia profesional.

—¿Cómo te atreves a tocar mi Bellini? —murmuró.

—No es tuyo, Gabriel. Ahora me pertenece a mí. —Donatella se giró en el taburete y lo miró a través de las gafas de aumento—. ¿Eres tú de verdad?

—¿Quién iba a ser, si no?

—Un caballero italiano de cierta edad y físico suculento que vive en un enorme *palazzo* de Venecia con una de las mujeres más bellas del mundo.

—Solo la última parte es cierta.

—¿La encantadora Chiara aún no te ha echado?

—Estoy pendiendo de un hilo. —Gabriel le quitó el pincel—. ¿Puedo?

—Por supuesto que no.

Mojó el pincel y retocó una pequeña abrasión en la mejilla izquierda de la Magdalena.

—No está mal, Gabriel. —Donatella recuperó su pincel—. ¿Qué te trae por el Vaticano?

—Estoy buscando a una persona.

—¿Quién es esta vez? ¿Un terrorista? ¿Un sicario ruso?

—En realidad, es una de tus aprendizas. Una chica inglesa, Penelope Radcliff.

—Penny —dijo Donatella—. Odia que la llamen Penelope.

Gabriel tomó nota de que Donatella había hablado en presente.

—¿Está por aquí?

—Terminó las prácticas hará cosa de un mes. Lo último que sé de ella es que estaba buscando trabajo.

—¿Dónde?

—¿A qué vienen tantas preguntas, Gabriel?

—Quizá me interese contratarla —mintió, no sin mala conciencia. Siempre le había tenido cariño a Donatella Ricci.

—Harías un buen negocio —respondió ella.

—El director de la Courtauld me ha dicho que es una superestrella.

—Tiene mucho talento, pero le queda mucho por aprender.

—¿Habéis tenido algún problema con ella?

—Define problema.

—Cuestión que se trata de esclarecer o que se somete a consideración, o incógnita a la que se busca solución. Motivo de perplejidad, angustia o preocupación.

—Creo que deberías hablar con Antonio —dijo Donatella, y mojó su pincel.

Antonio Calvesi, conservador jefe del Vaticano, estaba descansando en su despacho. Acababa de volver de Da Fortunato, el restaurante donde comía al menos tres veces a la semana, casi siempre a expensas de otros.

—¿Qué haces aquí? —preguntó cuando Gabriel entró sin avisar.

—Estoy bien, Antonio. ¿Qué tal tú?

—Eso depende de por qué hayas vuelto al Vaticano.

Gabriel pensó que era preferible ceñirse a la mentira que le había dicho a Donatella: que la Compañía de Restauración Tiepolo de Venecia buscaba ampliar su plantilla de conservadores. Le habían recomendado encarecidamente a Penelope Radcliff, dijo.

—¿Quién te ha hablado de ella?

—Geoffrey Holland la puso por las nubes la última vez que estuve en Londres.

—Necesita uno o dos años más de práctica. Pero sí, tiene mucho talento.

—¿Ha dado algún problema?

—Su poquito de intriga —dijo Calvesi—. Pero ningún problema.

—¿Intriga de qué tipo?

Antes de responder, Calvesi mordisqueó pensativamente la patilla de sus gafas.

—La tomé bajo mi ala cuando llegó, e hizo muchísimos progresos.

Gabriel decidió añadir un toque de falsa adulación a su relato.

—No me sorprende, Antonio. Yo aprendí mucho contigo.

—Si no me falla la memoria, rechazaste todas las sugerencias que te hice. La *signorina* Radcliff era una alumna mucho más receptiva. Hasta el punto de que accedí a dejarla encargarse de una restauración ella sola.

—Una restauración ¿de qué?

—De un cuadro, Gabriel. ¿De qué iba a ser?

—¿No sería de un cuadro de la colección principal?

—Santo cielo, no. Buscamos algo en los almacenes para que trabajara. Una *Virgen con el Niño y san Juan Bautista*.

—¿Italiana?

—De la escuela florentina.

—¿Soporte?

—Tabla de nogal.

—Raro para Florencia —señaló Gabriel.

—Bastante, sí.

—¿Y la atribución?

Calvesi se encogió de hombros de forma ambigua.

—A la manera de Rafael.

Aquella era una de las modalidades de atribución más endebles. Daba a entender que la obra había sido realizada al estilo de un artista destacado, con posterioridad a su año de fallecimiento. Que, en el caso de Raffaello Sanzio da Urbino, era 1520.

—¿Cuándo se pintó?

—En algún momento del siglo XVIII, probablemente.

Dos siglos después de la muerte de Rafael.

—¿Probablemente? —preguntó Gabriel.

—La procedencia es bastante dudosa. De hecho, no estamos muy seguros de cómo llegó el cuadro a la colección papal. Si se subastara en Londres, con suerte alcanzaría las mil libras.

—Por eso era el cuadro perfecto para que una conservadora novata hiciera sus primeros pinitos.

—Conmigo llevándola de la mano —añadió Calvesi.

—¿Qué tal fue la cosa?

—Calculó muy bien la fuerza del disolvente y empezó a eliminar el barniz sucio. Y entonces descubrió el *pentimento.*

Se hablaba de *pentimento* cuando reaparecían imágenes o material descartado que el artista había cubierto con una nueva capa de pintura. Una versión distinta de una mano, por ejemplo.

—¿El *pentimento* era de la *Virgen con el Niño?*

—Eso pensábamos hasta que lo examinamos con infrarrojos.

—¿Y?

—Era un cuadro totalmente distinto. Y bastante bueno, además.

—¿Cómo de bueno?

—Mi joven aprendiz estaba convencida de que había hecho uno de los mayores descubrimientos artísticos de la historia.

Y entonces Gabriel lo entendió de golpe.

LDV14521519...

Penny Radcliff, de veintisiete años de edad, graduada en la Universidad de Cambridge y el Instituto de Arte Courtauld, estaba convencida de haber descubierto un Leonardo perdido.

11

Pinacoteca

En las más de siete mil páginas que se conservan de sus cuadernos —llenos de ecuaciones matemáticas, listas de tareas cotidianas, observaciones aparentemente casuales y acertijos, y meticulosos bocetos de temas variados, desde la aorta humana a máquinas voladoras fantásticas e ingenios de guerra— no había ni una sola mención a las circunstancias que rodearon su nacimiento. Fue el 15 de abril de 1452, alrededor de las diez de la noche, puede que en la pequeña localidad toscana de Vinci, situada en lo alto de un monte, o puede que en Anchiano, una aldea cercana. Su padre era un próspero notario florentino, y su madre, una campesina de dieciséis años. Aunque sus padres no estaban casados ni se casarían nunca, acudió mucha gente a su bautizo, pues los nacimientos *non legittimi* eran muy comunes en la Italia del siglo xv, sobre todo entre la nobleza y las clases altas. De hecho, gracias a las intrigas de un diplomático florentino llamado Maquiavelo, andando el tiempo entraría al servicio del despiadado César Borgia, uno de los diez hijos ilegítimos que tuvo su santidad el papa Alejandro VI.

Permaneció en Vinci, viviendo sobre todo en la finca de sus abuelos paternos, hasta los doce años, cuando se trasladó a la casa que su padre tenía en Florencia. Sin más formación que unos pocos rudimentos matemáticos aprendidos en una escuela de ábaco, necesitaba un oficio con el que ganarse la vida. Como era zurdo, aprendió por sí solo a escribir en espejo, de derecha a izquierda. Hizo sus primeros dibujos de la misma manera, con un característico plumeado cruzado de derecha a izquierda y hacia arriba. Su padre le enseñó unos dibujos suyos a Andrea del Verrocchio, amigo y cliente suyo que regentaba uno de los talleres más prestigiosos de Florencia, y Verrocchio accedió a tomar al chico como aprendiz.

La República de Florencia era entonces el epicentro de un gran despertar artístico e intelectual —un movimiento que más tarde recibiría el nombre de Renacimiento— y el bullicioso taller de Verrocchio producía en serie pinturas y otras obras de arte para la élite cada vez más acaudalada de la ciudad-Estado. Sus aprendices, entre ellos el joven Leonardo da Vinci, vivían en habitaciones en el piso de arriba y recibían una rigurosa formación artística a cambio de sus servicios. Los ejercicios consistían, entre otras cosas, en pasar innumerables horas haciendo bocetos de drapeados sobre lienzo, usando solo pintura blanca y negra. Leonardo, mediante su uso del claroscuro, perfeccionó la habilidad de crear una ilusión de tridimensionalidad. Su invento más revolucionario fue, sin embargo, el *sfumato*, el difuminado de los bordes y las transiciones de color, que acabaría siendo el rasgo definitorio de su arte. «Las sombras y la luz han de mezclarse —escribiría más adelante—, como humo que se disipa en el aire».

Leonardo pintó cuatro cuadros mientras formaba parte del taller de Verrocchio —tres obras religiosas y un retrato de la hija de un banquero florentino— y, en 1477, con ayuda de su padre, abrió su propio taller. Que se sepa, solo recibió tres encargos, pero no llegó a completar ninguno. Arrastraría esa falla el resto de su carrera: esa aparente incapacidad para terminar un trabajo a tiempo, si es que lo terminaba. La aristócrata Isabella d'Este, después de convencerlo para que pintara su retrato, tuvo que rogarle que se pusiera manos a la obra. Un emisario explicó el retraso. Leonardo, escribió, «no soporta ni ver un pincel».

Prefería infinitamente su pluma de ave y sus cuadernos. Llevaba siempre un cuadernito consigo cuando paseaba por las calles de

Florencia. Apuesto y de complexión musculosa, era un conversador ingenioso y encantador y, según todos los testimonios, generoso hasta la exageración. Llevaba ropa colorida; por lo general, una mezcla de rosa palo y morado oscuro, y, a diferencia de la mayoría de los hombres florentinos de su época, el bajo de la túnica solo le llegaba hasta la rodilla. No era ningún secreto en Florencia que, lo mismo que a su rival, Botticelli, le atraían sexualmente los hombres. En una ocasión se le acusó de practicar la sodomía con un prostituto —una acusación que podía haberle llevado a la cárcel si no se hubiera desestimado el caso—, y varios muchachos de inquietante belleza trabajaban como aprendices en su taller.

Su favorito era Gian Giacomo Caprotti, un joven campesino de pelo rizado al que llamaba Salaì, «Diablillo». Entró al servicio de Leonardo a la edad de diez años, no en Florencia, sino en Milán, donde Leonardo se instaló en 1482 invitado por Ludovico Sforza, el despiadado gobernante *de facto* de la ciudad-Estado. Durante los diecisiete años que pasó en Milán, Leonardo retrató a dos de las amantes de Ludovico, en tablas de nogal sacadas del mismo árbol, y pintó un fresco para el refectorio de un monasterio en el que Ludovico proyectaba crear un mausoleo para su familia. Leonardo, que no tenía experiencia como pintor al fresco, usó principalmente témpera y óleo sobre yeso seco, en lugar de utilizar la técnica preferida por los artistas: aplicar pinturas al agua sobre una superficie húmeda. De ahí que el fresco, que representaba la última cena de Jesús y sus apóstoles, empezara a desconcharse al poco tiempo. Giorgio Vasari, cronista del Renacimiento italiano, escribió en 1550 que la pintura estaba muy deteriorada.

En el otoño de 1499, la inminente guerra con Francia obligó a Leonardo a abandonar Milán. Durante los años de caos que siguieron, trabajó como asesor militar tanto de los venecianos como del sanguinario César Borgia. En abril de 1508 regresó por fin a Milán a instancias del gobernador real francés. Se instaló en una casa situada en la parroquia de Santa Babila, acompañado por Salaì, que tenía ya veintitantos años, y por un muchacho llamado Francesco

Melzi, un aprendiz de moderado talento, hijo de un noble milanés. Leonardo, tan inquieto intelectualmente como de costumbre, no aceptó nuevos encargos durante este periodo, a excepción de un león mecánico para el desfile con el que se celebraría la llegada del rey Luis XII de Francia. Es posible, incluso probable, que dedicara al menos parte de su tiempo a dar los últimos toques a otro cuadro que nunca entregó: el retrato de una noble florentina llamada Lisa del Giocondo.

El retrato, que con el tiempo sería el más famoso del mundo, acompañó a Leonardo el resto de su vida, igual que Salaì y Francesco Melzi, primero en Roma, donde el maestro trabajó una corta temporada para el papa Medici León X, y finalmente en Francia, donde pasó sus últimos años en un *château* de ladrillo rojo de la villa de Amboise, en el valle del Loira. Allí murió el 2 de mayo de 1519 —en brazos del rey Francisco I, o al menos eso nos quiso hacer creer Vasari— y allí fue enterrado, en la iglesia del castillo real de Amboise.

Ocho días antes de su muerte, con ayuda de un notario local, redactó sus últimas voluntades y su testamento. A Francesco Melzi, al que consideraba su hijo adoptivo y heredero legítimo, le dejó la mayor parte de sus bienes, incluyendo su dinero, sus cuadernos y «todos los instrumentos y retratos pertenecientes a su arte y a su vocación de pintor». Salaì, su amante y asistente durante tantos años, solo recibió parte de un viñedo en las inmediaciones de Milán que Ludovico Sforza había entregado a Leonardo como pago por el fresco que por entonces se caía ya a pedazos. Salaì, sin duda celoso del afecto que su maestro profesaba a su rival, Melzi, se apropió de varias pinturas de Leonardo.

Murió apenas cinco años después, víctima del disparo de una ballesta durante un nuevo asedio francés a Milán. En el inventario de sus bienes figuraban doce pinturas, entre ellas el retrato de la noble florentina Lisa del Giocondo. Un inventario de la colección real francesa hecho en el siglo XVII reveló que el rey Francisco I había pagado cuatro mil coronas de oro por el retrato, aunque no se registraron ni la fecha de la transacción ni el nombre del vendedor.

Su majestad quedó tan cautivado con su nueva adquisición que colgó el cuadro en su suntuoso cuarto de baño del palacio de Fontainebleau, donde sufrió los estragos del vapor y el calor. En un intento desacertado por reparar los daños, un restaurador real —puede que el pintor holandés Jean de Hoey, o puede que su hijo Claude— cubrió el cuadro con una gruesa capa de laca que destruyó los colores originales de Leonardo y produjo la característica telaraña de grietas de su superficie. Expuesto al público en el Louvre en 1797, el cuadro despertó sobre todo la admiración de los miembros de la clase intelectual. No fue hasta su espectacular robo en agosto de 1911 cuando la *Mona Lisa,* la obra cumbre de Leonardo, alcanzó fama mundial.

Pero ¿qué fue de los demás cuadros que el astuto Salaì se llevó del *château* de Amboise cuando la vida de Leonardo tocaba a su fin? ¿O de las obras que heredó Francesco Melzi? ¿Y de las que sin duda desaparecieron misteriosamente de los talleres de Leonardo en Florencia y Milán? ¿Estaban todas ellas localizadas o quizás un puñado de pinturas —puede que hasta cinco— se había perdido en la neblina del tiempo? Una legión de presuntos leonardistas creían que así era y rastreaban el mundo buscando los cuadros desaparecidos. Gabriel, por su parte, nunca se había topado con un cuadro que pudiera ser un Leonardo perdido. Debía reconocer que tampoco se había parado a pensar en el asunto hasta las dos y media de esa misma tarde, cuando Antonio Calvesi, jefe de conservación de pintura de los Museos Vaticanos, le enseñó una fotografía de la *Virgen con el Niño y san Juan Bautista,* óleo sobre tabla de nogal de 78 centímetros por 56, quizá del siglo XVIII, quizá de un imitador de Rafael.

12

Pinacoteca

La fotografía ocupaba la gran pantalla del ordenador del despacho de Antonio Calvesi. La habían tomado el día que Penelope Radcliff y él sacaron el cuadro de los almacenes de la Pinacoteca. La superficie estaba cubierta de polvo y suciedad, y el barniz, del color de una mancha de nicotina, apagaba los colores. La siguiente fotografía, sin embargo, mostraba el cuadro ya completamente restaurado, con colores vivos y brillantes. Gabriel, con ojo experto, localizó de inmediato los lugares donde se habían hecho repintes significativos. Eran un poco toscos para su gusto, pero él era conocido en el mundo del arte por la delicadeza de su toque. Aspiraba a entrar y salir sin ser visto, a dejar el cuadro tal y como lo había encontrado, pero restaurado en su esplendor original.

—¿Y bien? —preguntó Calvesi.

—Estoy impresionado. Pero ¿qué parte del trabajo hiciste tú?

—¿No lo notas?

Gabriel señaló dos zonas repintadas, una en el rostro de María y otra en el torso del Niño Jesús.

—¿Tan evidente es?

—Conozco tu trabajo.

Calvesi señaló una sección retocada en el arroyo azul claro que corría por el fondo del cuadro.

—Eso es de Penny.

—Es bastante buena para ser tan joven —comentó Gabriel, usando de nuevo el presente para referirse a ella a pesar de saber que estaba muerta.

—Su padre era pintor. Nació con un pincel en la mano. —Calvesi sonrió—. Igual que tú, Gabriel.

Él hizo caso omiso del cumplido.

—¿Puedo ver el *pentimento,* por favor?

Calvesi hizo clic con el ratón y una nueva imagen apareció en pantalla: el contorno fantasmal de otra mujer, acechando justo debajo de la Virgen. Estaba oculta por la gruesa capa de suciedad superficial y el barniz color tabaco, pero Penelope Radcliff, sirviéndose solo de disolvente y un hisopo de algodón, había desvelado su existencia.

—Como verás —dijo Calvesi—, parece ser una versión anterior de María. Pero, cuando examinamos el cuadro con reflectografía infrarroja, encontramos esto.

Volvió a hacer clic con el ratón y una imagen infrarroja en blanco y negro apareció en el monitor. Era el retrato de una joven de cabello claro que miraba directamente al espectador por encima de su hombro izquierdo. Tenía los ojos grandes y los párpados gruesos. Su pupila izquierda era considerablemente más pequeña que la derecha.

Gabriel sintió un leve malestar en la boca del estómago. Le ocurría siempre que veía un cuadro que, por la razón que fuera, le chocaba. En el léxico del mundo del arte, a los infelices como él los llamaban a veces «cazadores de falsificaciones» por su inquietante habilidad para detectar al instante una falsificación o una atribución exagerada. También funcionaba al revés, sin embargo. En más de una ocasión, Gabriel había autentificado obras originales de grandes maestros atribuidas de forma errónea a imitadores o a seguidores posteriores. Y no le avergonzaba admitir que ninguna autoridad superior había cuestionado nunca su dictamen.

Dejó pasar un momento antes de formular con calma su primera pregunta.

—¿La reconoces?

—Se parece un poco a la chica que...

—No se parece un poco, Antonio. Es ella.

—No puedes afirmarlo con rotundidad.

Gabriel se sacó el teléfono del bolsillo y buscó en internet una fotografía de la obra de Leonardo *Cabeza de muchacha*. Los estudiosos aceptaban en general que el exquisito dibujo a punta de plata, expuesto ahora en la Biblioteca Reale de Turín, era un boceto preparatorio para la *Virgen de las rocas*. La joven había servido de modelo para la figura del arcángel Gabriel. Leonardo, como tenía por costumbre, había dejado indefinido el género del ángel.

Gabriel sostuvo el teléfono junto a la pantalla del ordenador de Calvesi.

—Fíjate en los ojos. En las pupilas, concretamente. Son de diferente tamaño. Leonardo creía por error que las pupilas humanas se dilataban cada una por su lado cuando se exponían a la luz.

—Penny también se fijó. Pero eso no prueba nada.

Gabriel se guardó el teléfono en el bolsillo.

—Supongo que no hay un dibujo subyacente, ¿no?

Calvesi hizo clic en el icono correspondiente y otra imagen infrarroja apareció en el monitor. Era una versión muy detallada del cuadro. Algunos artistas del Renacimiento italiano, como Tiziano, dibujaban directamente sobre el *gesso*. Leonardo, en cambio, solía colocar un boceto preparatorio perforado sobre la tabla y lo cubría con polvo de carbón muy fino. El polvillo se colaba por los agujeros —*spolveri*, los llamaban los italianos— y de ese modo el boceto quedaba plasmado en el soporte donde se pintaría después.

—¿La reconoces? —preguntó Gabriel de nuevo.

—Admito que el dibujo subyacente se parece mucho a la *Cabeza de muchacha*.

—Con razón.

Calvesi le dedicó una sonrisa condescendiente.

—¿Alguna vez has restaurado un Leonardo?

—No he tenido ese honor.

—¿Has pasado mucho tiempo con él? ¿Alguna vez has tenido uno en tus manos? ¿Un Leonardo auténtico?

—¿Adónde quieres ir a parar, Antonio?

—Una o dos veces por década, algún marchante o algún estudioso se convence de que ha dado con un Leonardo perdido. Pero desde 1909 solo dos óleos nuevos de Leonardo se han aceptado como obras autógrafas del maestro. La *Madonna Benois* y el *Salvator Mundi*.

—Eso no significa que no haya más.

—¿De verdad crees que nuestro artista florentino anónimo pintó encima de un Leonardo?

—Cosas más raras se han visto, Antonio. En el siglo XVIII, los óleos de Leonardo que se conservaban estaban escondidos en colecciones privadas y *La última cena* estaba en tan mal estado que los monjes de Santa Maria delle Grazie pusieron una puerta en medio. Es muy posible que nuestro pintor florentino anónimo nunca hubiera oído hablar de Leonardo da Vinci, y mucho menos visto su obra.

—Pero no hay nada en los archivos que sugiera que Leonardo pintó un retrato de esta mujer, sea quien sea.

—Tampoco le encargaron el *Retrato de un músico* y aun así Leonardo lo pintó porque le gustaba su aspecto.

—Pero no pintó este.

—¿Quién lo dice?

—Yo.

—¿Basándote en qué?

—En la preponderancia de las pruebas disponibles.

—Habría muchísimas más pruebas —repuso Gabriel— si hubieras quitado la pintura de la superficie y sacado el retrato a la luz.

—Eso mismo propuso Penny.

—¿Y?

—Rechacé la sugerencia.

—¿Pediste al menos una segunda opinión?

—Al mismísimo Dios.

—¿A Montefiore?

—Pues claro.

Giorgio Montefiore era considerado universalmente como el mayor experto mundial en la vida y la obra de Leonardo da Vinci. Tenía un cargo rimbombante y un lujoso despacho en la Galería de los Uffizi, pero pasaba la mayor parte del tiempo escribiendo, dando conferencias y codeándose con lo más granado del mundillo del arte. Se le consideraba la máxima autoridad en lo que se refería a Leonardo y a los demás maestros florentinos. Su dictamen sobre el *Salvator Mundi* había contribuido muchísimo a su aceptación generalizada, aunque controvertida, como obra original de Leonardo.

—¿Y qué dijo Dios del cuadro?

—No le impresionó.

—Quizá le habría impresionado si no hubiera estado tapado por otro cuadro.

—Giorgio se opuso de forma tajante a que destruyéramos la *Virgen con el Niño* si no era necesario.

—No sabía que os tuteabais. —Al no recibir respuesta, Gabriel preguntó—: ¿Qué pasó después?

—Que Penny acabó de restaurar el cuadro y yo le escribí una carta de recomendación muy elogiosa y dejé que se marchara. Fin de la historia —concluyó Calvesi.

—¿Dónde está el cuadro ahora?

—De vuelta en el almacén.

—Me gustaría verlo.

—¿Por qué?

—Porque me temo que ese no es el fin de la historia, Antonio. Ni mucho menos.

13

Pinacoteca

—Me has engañado.

—No es cierto.

—¿Cómo lo llamarías tú?

—Te he mentido a la cara.

Calvesi pasó su tarjeta por un lector y la puerta se abrió ante ellos.

—¿Por qué?

—La extraña naturaleza de mi investigación requería una pizca de engaño.

—Tu especialidad.

—Perdóname, Antonio, pero necesitaba saber qué descubrió Penelope Radcliff cuando trabajaba aquí.

—¿Y temías que no te lo dijera si sabía que estaba muerta?

—¿Habrías respondido a mis preguntas si te hubiera dicho la verdad?

—No sin un abogado presente. —Cruzaron la puerta y bajaron un tramo de escaleras—. ¿Para quién trabajas esta vez? ¿Para el general Ferrari o para tu amigo el santo padre?

—Para ambos, supongo.

—En tal caso, encenderé una vela por ti.

—Enciéndela mejor por Penelope Radcliff.

—¿De verdad crees que la mataron por ese cuadro?

—Alguien registró su apartamento poco después de que la mataran. Tengo la sensación de que buscaban copias de esas imágenes infrarrojas.

—Tenía un juego completo de copias impresas. La última vez que las vi, las tenía guardadas dentro de su ejemplar de la monografía sobre Leonardo de Giorgio Montefiore.

La indispensable *Pinturas y dibujos completos de Leonardo da Vinci*.

—Eso explica por qué el libro no estaba en su apartamento —comentó Gabriel.

—Puede que se lo llevara a Venecia.

—Es improbable. Ese mamotreto pesa tonelada y media.

Al final de la escalera se encontraron con otra puerta cerrada. Calvesi la abrió con su tarjeta y juntos echaron a andar por un pasillo bien iluminado. Gabriel calculó que se hallaban dos pisos por debajo de la galería de pinturas. Las salas de exposición solo albergaban un pequeño porcentaje de la ingente colección pontificia de cuadros, esculturas y otras piezas artísticas cuyo valor de mercado era tan incalculable que el Vaticano lo había fijado de manera simbólica en un euro. Gabriel pensó que estaba a punto de aumentar sustancialmente.

Antonio Calvesi se detuvo ante una puerta etiquetada como CÁMARA IV. La abrió con la tarjeta y condujo dentro a Gabriel. Los fluorescentes del techo se encendieron de forma automática.

—Detectores de movimiento —explicó Antonio. Señaló luego una cámara de vigilancia y añadió—: Saluda a los chicos de la sala de control.

—Dado que en realidad no estoy aquí, prefiero no hacerlo.

—¿Tus pesquisas son de índole extraoficial?

—¿Es que las hay de otro tipo?

—En el Vaticano no.

La sala tenía el tamaño aproximado de la Capilla Sixtina. Dispuestos a lo largo de las paredes había estantes extraíbles. Gabriel agarró el asa de uno de ellos y tiró de él. A ambos lados colgaban cuadros, todos ellos de origen italiano; la mayoría, necesitados de una restauración. El mejor de todos era un cuadro de Jesús resucitado.

—Si no me equivoco —dijo Gabriel—, eso es un Botticelli.

—No te equivocas.

—¿Por qué está aquí abajo?

—Es una larga historia.

Gabriel volvió a colocar el estante en su sitio.

—¿Dónde está mi Leonardo?

—Nuestro único Leonardo está arriba, en la galería de pinturas —respondió Calvesi, y se dirigió hacia el fondo de la sala.

Mientras Gabriel lo observaba, agarró el asa de un estante con la etiqueta 27 y lo sacó. Había ocho cuadros a un lado de la malla metálica y seis al otro. Gabriel pensó que había espacio de sobra para un séptimo cuadro de, digamos, 78 centímetros por 56.

—Quizá te hayas equivocado de estante.

—No.

—¿Estás seguro?

—Lo puse aquí yo mismo.

—¿Podría haberlo cambiado de sitio otra persona?

—Si esa persona carece de instinto de supervivencia, sí.

Calvesi volvió a colocar el estante en su sitio y sacó el de al lado. Nueve cuadros a un lado, siete al otro. Ninguno se parecía ni en tamaño, ni en soporte ni en tema al cuadro que habían ido a ver. Lo mismo podía decirse del estante contiguo y de todos los demás de la sala. Gabriel llegó entonces a la perturbadora conclusión de que Penelope Radcliff, de veintisiete años de edad, graduada por la Universidad de Cambridge y el Instituto de Arte Courtauld, había descubierto un retrato perdido de Leonardo da Vinci. Y ahora ese Leonardo había desaparecido.

* * *

Volvió al laboratorio de conservación el tiempo justo para recoger copias impresas de las fotografías y las imágenes de infrarrojos del cuadro, y salió luego a la galería de pinturas por una puerta trasera poco frecuentada, situada debajo de la Sala della Biga. Llamó al padre Mark Keegan mientras cruzaba el patio del Belvedere.

—Tenemos que hablar.

—Le escucho —dijo el sacerdote.

—Por teléfono no.

—¿Tan grave es?

—Diez en la escala de Richter.

Se encontraron cinco minutos después en la escalinata de la basílica.

—¿Un Leonardo auténtico? —preguntó el padre Keegan.

—Un posible Leonardo, de momento.

—¿Dónde está?

—Se ha esfumado.

El secretario privado del papa, que rara vez se inmutaba, se sintió indispuesto de repente.

—¿Lo han robado? ¿Eso es lo que me está diciendo?

—No le han crecido patas y ha salido del almacén por su propio pie, desde luego. Alguien ha tenido que llevárselo. Alguien que sabía que estaba ahí.

—¿Alguien que trabaja en el museo?

—Sin duda.

—¿Por eso asesinaron a Penelope Radcliff?

Gabriel asintió.

—Se enteró de que habían birlado el cuadro y decidió advertir al mundo del arte.

—Pero ¿por qué no se limitó a decirle a Antonio Calvesi que faltaba el cuadro?

—Es usted un jesuita muy astuto. Dígamelo usted.

—¿Porque pensaba que Antonio podía estar metido en el ajo?

—Exacto.

—¿Cree usted que...?

—¿Que Antonio Calvesi está involucrado? —Gabriel negó con la cabeza.

—Qué confiado es usted. —Cruzaron juntos la plaza de San Pedro. El viento racheado de la tarde hinchaba y hacía restallar la sotana negra del padre Keegan—. Y ahora ¿qué? —preguntó.

—La Santa Sede esperará el momento oportuno y no dirá nada.

—Eso se nos da bastante bien por aquí.

—Ya lo he notado.

—¿Y cuando las autoridades de Venecia revelen la identidad de la joven cuyo cadáver apareció en la laguna?

—La oficina de prensa del Vaticano expresará su profundo pesar por su fallecimiento, pero no mencionará el asunto del cuadro desaparecido, lo que me permitirá continuar mi investigación sin que interfiera la prensa.

—Sus pesquisas para recabar datos —puntualizó el padre Keegan—. Dado que no se ha cometido ningún delito, no puede haber investigación.

—Tiene usted razón.

—Soy un jesuita muy astuto, ¿recuerda? —El padre Keegan se detuvo al pie del obelisco egipcio—. ¿Está libre para cenar, por casualidad?

—¿Por qué lo pregunta?

—El santo padre desea saber si le apetecería cenar con él en la Casa.

—Aunque suena muy tentador, creo que voy a cenar en otro sitio.

—Permítame sugerirle un sitio pequeño y muy tranquilo cerca de Via Veneto. —El sacerdote le entregó un trozo de papel—. La comida es excelente. Y, sobre todo, es muy discreto.

Gabriel miró el papel. Reconoció las señas.

—¿A qué hora me esperan?

—A las ocho.

—¿Mesa para dos?

—No sabría decirle.

—¿Código de vestimenta?

El padre Keegan sonrió.

—Prohibidas las sotanas.

14

Villa Marchese

Gabriel convenció a Chiara de que le reservara una habitación en el lujoso hotel Hassler, aunque se abstuvo de revelarle el motivo por el que necesitaba alojamiento en Roma y prefirió no aventurar un cálculo, ni siquiera aproximado, de cuánto tiempo pasaría allí. Arriba, en su *suite*, se afeitó, se duchó y se puso ropa limpia. Sopesó fugazmente la posibilidad de guardar las fotografías y las imágenes infrarrojas en la caja fuerte de la habitación, pero al final decidió guardarlas en su maletín. Veronica Marchese, la mujer con la que iba a cenar, tenía buen ojo para la pintura renacentista italiana y un oído finísimo para los chismorreos más jugosos del mundillo del arte. Gabriel no la veía desde la noche en que su amigo común salió al balcón de la basílica de San Pedro siendo ya el flamante sumo pontífice. Temía, por tanto, que lo recibiera con frialdad. La doctrina católica instaba a los sacerdotes a perdonar a sus ofensores, pero Gabriel siempre había tenido la impresión de que Veronica era más bien rencorosa.

Se habían visto por primera vez en la cafetería del jardín del Museo Nacional Etrusco de Italia. Veronica, una de las mayores autoridades mundiales en civilización y antigüedades etruscas, era ya en aquel entonces una conservadora experimentada y, de tanto en tanto, asesoraba a la Brigada Arte. Ahora era la directora del museo y su mayor mecenas particular, tras heredar una fortuna considerable de su difunto marido, Carlo, miembro de la llamada nobleza negra de Roma. A espaldas de su esposa, Carlo era también el cabecilla de una red de tráfico de antigüedades vinculada con los rincones más violentos de Oriente Medio. Gabriel se encargó de fulminar la red en su primera colaboración con el general Ferrari. Luego, una noche en la basílica de San Pedro, hizo lo propio con Carlo Marchese.

Veronica, sin embargo, también le ocultaba un secreto a su marido: que muchos años atrás, mientras trabajaba en una excavación arqueológica cerca del pueblo umbro de Monte Cucco, se había enamorado perdidamente de un cura jesuita que había perdido la fe siendo misionero en el departamento salvadoreño de Morazán. Su aventura terminó abruptamente cuando el sacerdote regresó al seno de la Iglesia. Veinticinco años después, tras uno de los cónclaves más breves de la historia moderna, fue elegido papa. Veronica había llorado al ver al hombre al que amaba en la Loggia delle Benedizioni con los brazos abiertos de par en par. Y no eran lágrimas de alegría.

El lujoso *palazzo* que Veronica Marchese había heredado de su difunto marido estaba a cinco minutos a pie del Hassler; un paseo muy agradable. Gabriel llamó al timbre cuando estaban dando las ocho y una voz sensual le informó por el telefonillo de que la puerta estaba abierta. Daba a una larga galería decorada con cuadros de la escuela italiana. Veronica, vestida con un precioso traje pantalón verde esmeralda, le esperaba al final del corredor. Al darle el segundo de los dos *baci sulla guancia,* sus labios se demoraron en la mejilla derecha de Gabriel un poco más de lo que mandaba la costumbre romana.

—Te he echado muchísimo de menos, Gabriel Allon. ¿Dónde te habías metido?

—En Venecia.

—A solo dos horas en tren. Y no has venido a verme ni una sola vez.

—No estaba seguro de que fueras a alegrarte de verme.

Veronica se apartó y lo miró con expresión juguetona a través de las elegantes gafas de ojo de gato.

—¿Por qué no iba a alegrarme?

—Porque puse tu vida patas arriba.

—Y más de una vez, además —señaló ella.

—Y, sin embargo, aquí estoy.

Ella sonrió, pero no dijo nada.

—¿Cómo has sabido que estaba en Roma? —preguntó Gabriel.

—Me lo ha dicho el padre Keegan.

—¿Habláis a menudo?

—De vez en cuando. Me ha dicho que hoy has pasado por el Vaticano para ver al santo padre y me ha sugerido que te invitara a cenar.

—¿Por algún motivo en particular?

—Le preocupa tu bienestar, nada más.

—Me detesta.

—Está resentido contigo porque seas tan amigo de su jefe, pero te admira muchísimo. ¿Y cómo iba a ser de otra manera? Si no fuera por ti, estaría enseñando historia en un instituto jesuita de Estados Unidos.

—¿Y qué tendría eso de malo?

—Para un clérigo como el padre Keegan, sería intolerable. Tiene una ambición tan negra como su sotana, igual que el resto de la curia romana. Lo único que le salva es que defiende al santo padre como una fiera.

—Eso es algo que tenemos en común.

—Entonces su santidad no tiene nada que temer.

—No estoy tan seguro de eso.

Veronica enarcó una ceja.

—¿Qué pasa esta vez?

—Otro escándalo, me temo.

—¿Hay alguna mujer de por medio?

—¿Cómo lo has adivinado?

—Espero no ser yo.

—No, Veronica. No eres tú.

Condujo a Gabriel a una sala amueblada con elegancia y sacó una botella de champán Krug añejo de una cubitera de cristal.

—Es la última botella de la colección de Carlo. La estaba reservando para una ocasión especial. —Llenó dos copas y luego levantó la suya—. ¿Por qué brindamos?

—Por los viejos amigos —propuso Gabriel.

—Últimamente me he vuelto alérgica a la palabra «viejo». Se me viene a la cabeza cada vez que me miro al espejo. Tú, en cambio, no has envejecido nada desde la última vez que te vi. —Se sentó y cruzó las piernas—. Fue el día del cónclave, si no recuerdo mal. Vimos la procesión de apertura por televisión con los demás jesuitas, en la residencia de Borgo Santo Spirito. Luego Luigi y tú os fuisteis a la Capilla Sixtina y él ya no volvió.

—¿Podrás perdonarme alguna vez?

—La Iglesia me quitó a Luigi hace muchos años, Gabriel. Tú solo lo pusiste definitivamente fuera de mi alcance.

—¿Nunca lo ves?

—¿Al vicario de Cristo?

—A Luigi.

—Alguna vez he asistido a la audiencia general de los miércoles. Y los domingos por la mañana a veces me acerco a la plaza de San Pedro a oír a su santidad rezar el ángelus. Creo que una vez me vio debajo de su ventana, pero no he tenido ningún contacto con él, aparte de alguna que otra llamada de su secretario privado. Ejecutamos una curiosa pantomima. Él me pregunta cómo estoy y yo le aseguro que mejor que nunca. Hoy me ha dicho que un amigo muy querido había venido a Roma de improviso. Ha sido la mejor noticia que me han dado en mucho tiempo.

—Deberías buscarte a otra persona, Veronica.

—Ya lo intenté una vez y mira cómo acabó. —Bebió un sorbo del champán de su difunto marido—. Además, soy demasiado vieja para entregarle el corazón a otro hombre. Pero estoy pensando en buscarme un amante. Alguien joven, guapo y totalmente inapropiado. Sería la comidilla de toda Roma.

—¿Estás pensando en alguien en concreto?

Hizo un ademán desdeñoso con la mano.

—Ya basta de hablar de mí, Gabriel. Háblame de la protagonista de ese escándalo que se está cociendo en el Vaticano.

—No hay mucho que contar, en realidad.

—¿Tiene nombre?

—Supongo que sí, aunque no hay constancia de ello.

—¿Es de Roma, la chica?

—De Milán, diría yo.

—¿Qué aspecto tiene?

—Pelo rubio, ojos grandes, bastante guapa.

—Mal asunto. ¿Y cuántos años tiene esa chica rubia de Milán?

Gabriel sonrió.

—Cinco siglos, por lo menos.

—Podría ser obra de alguno de sus discípulos o seguidores.

—¿Los *leonardeschi*?

—Exacto.

—Es posible —reconoció Gabriel—. Pero el hecho de que haya desaparecido indica que alguien está convencido de que es un Leonardo auténtico.

—¿Por qué no han denunciado el robo?

—Nadie sabía que había desaparecido.

—Entonces, ¿fue un robo planeado desde dentro?

—Como lo son la mayoría de los robos en museos.

Estaban sentados cada uno a un extremo de la mesa, en el comedor señorial de Veronica, compartiendo un entrante de *vitello tonnato*. Las fotos y las imágenes infrarrojas descansaban entre ellos, junto con el ejemplar de Veronica de la monografía de Giorgio Montefiore sobre Leonardo.

—¿Te he contado alguna vez mi pesadilla recurrente? —preguntó ella.

—¿Cuál?

—Esa en la que llego a Villa Giulia una mañana, muy temprano, y descubro que han robado toda la colección del Museo

Nazionale Etrusco y que todos mis guardias de seguridad han huido del escenario del crimen.

—Eso sí que sería un escándalo —comentó Gabriel.

Veronica cogió su cuchillo y su tenedor.

—Supongamos, solo por suponer, que el cuadro desaparecido es de verdad un Leonardo.

—Vale —dijo Gabriel, y se sirvió más ternera.

—¿Qué crees que se proponen hacer los ladrones con él?

—Eso depende de quiénes sean los ladrones.

—¿Qué quieres decir?

—Cabe la posibilidad de que el cuadro acabe en manos de un coleccionista rico que quiera poseer lo que no puede poseerse. Pero lo más probable es que los ladrones intenten forrarse poniendo el cuadro a la venta.

— ¿Eso puede hacerse?

—Con bastante facilidad.

—¿Cómo?

—Lo primero que tendrían que hacer es eliminar la *Virgen con el Niño* y modificar la apariencia de la tabla. Si tuviera que hacerlo yo, adosaría otra tabla al dorso del panel original. Luego restauraría el Leonardo e inventaría una historia convincente que explicara su reaparición.

—¿Como la tapadera de un espía?

—Es más o menos el mismo concepto.

—¿Y dónde crees que reaparecerá nuestra chica?

—Donde menos lo esperemos.

—El *Salvator Mundi* se descubrió en una galería de Nueva Orleans.

—Un buen sitio para un Leonardo —comentó Gabriel.

—Y doce años después se vendió por cuatrocientos cincuenta millones de dólares en Christie's.

—Cuatrocientos millones más comisiones y honorarios. Pero ¿qué más da, millón arriba, millón abajo?

—¿Cuánto vale tu Leonardo?

—El historiador del arte Kenneth Clark describió *Cabeza de muchacha* como uno de los bocetos más bellos del mundo. Si Leonardo de verdad pintó un retrato al óleo de esa mujer, valdría mucho más que el *Salvator Mundi*.

—¿Quinientos millones?

—Fácilmente.

—Pero hay un problema —dijo Veronica—. Tu Leonardo lo han robado en los Museos Vaticanos.

—¿Sabes cuántas versiones hay del *Salvator Mundi*? Treinta, como mínimo. Y hay decenas de versiones de la *Mona Lisa*. Sería muy fácil explicar la existencia de dos versiones distintas del mismo retrato. Además, ya sabes lo que dicen: que cuenta más la posesión que la titularidad. Y, en el mundo del arte, es así por partida doble.

—¿Los coleccionistas serios no se mostrarán reacios a comprarlo si sospechan que detrás hay juego sucio?

—Será una broma, ¿no?

Una criada con uniforme almidonado apareció con el plato de pasta.

—*Amatriciana* —dijo Veronica—. Espero que te guste picante.

—Cuanto más picante, mejor.

Veronica le llenó el plato.

—Me parece que no tenemos más remedio que hacerlo público.

—Si lo hacemos público, el Leonardo desaparecerá para siempre.

—¿Qué alternativa hay?

—Dejar que los ladrones crean que se han salido con la suya, que han dado el mayor golpe que ha conocido el mundo del arte desde el robo de la *Mona Lisa*.

Veronica probó un primer bocado de pasta.

—Era italiano, ¿sabes?

—¿Quién?

—El hombre que robó la *Mona Lisa* del Louvre.

—Eso también fue un robo planeado desde dentro.

—Siempre lo son —comentó Veronica—. Pero que pase en el Vaticano... En fin, podría ser tremendo, en efecto.

15

Musei Vaticani

Antonio Calvesi se reunió con Gabriel en la entrada pública de los Museos Vaticanos a las diez de la mañana siguiente. Una vez dentro, bajaron por la escalera en espiral de Bramante y cruzaron una puerta de seguridad que daba a una sala tenuemente iluminada donde había cuatro técnicos sentados, mirando muy serios una pared llena de monitores de vídeo. La avalancha había comenzado. De media, cada día visitaban el museo más de veinte mil personas. Solo el Louvre tenía más visitantes.

El hombre encargado de proteger los inestimables tesoros del papado era un antiguo experto en seguridad corporativa llamado Alessio Tomassini. Le tendió la mano con cautela a Gabriel.

—Bienvenido de nuevo a los Museos Vaticanos, *signore* Allon. Ha pasado mucho tiempo.

—¿Me echabas de menos, Alessio?

—Se lo diré dentro de unos minutos. —El jefe de seguridad acompañó a Gabriel y a Calvesi a un despacho contiguo y se sentó detrás del ordenador de sobremesa—. ¿El almacén número 4?

—¿Cómo lo sabe? —preguntó Calvesi.

—Los vi allí ayer por la tarde, al *signore* Allon y a usted. —Tomassini pulsó unas cuantas teclas y en el monitor apareció una imagen de la sala—. ¿Buscan algo en concreto?

—Podría decirse así —contestó Gabriel.

—¿Falta algo?

—Algo se ha extraviado —puntualizó Calvesi.

—¿Cuándo fue la última vez que se sacó del almacén?

Calvesi le dio una fecha y Alessio Tomassini la introdujo en el ordenador.

—¿Hora aproximada?

—Creo que eran alrededor de las once y media.

Tomassini inició la reproducción a las once en punto, a velocidad tres veces superior a la normal. Pausó la imagen a las 11:42, cuando Antonio Calvesi entraba en la sala acompañado de una joven.

—¿La *signorina* Radcliff?

Al ver que no respondían, Tomassini puso la escena en marcha con un clic del ratón. Antonio Calvesi y la prometedora conservadora en prácticas buscaban un cuadro necesitado de restauración. Uno de poco valor monetario. Uno olvidado hacía mucho tiempo. El estante extraíble marcado con el número 27 contenía quince obras entre las que elegir. Ocho a un lado de la malla metálica y siete al otro. Eligieron la *Virgen con el Niño y san Juan Bautista,* óleo sobre tabla de nogal, de 78 centímetros por 56, quizá del siglo XVIII, quizá de un imitador de Rafael.

Tomassini pulsó la pausa y miró a Calvesi.

—Supongo que usted y la *signorina* Radcliff se llevaron el cuadro al laboratorio.

—Así es.

—¿Vemos el vídeo?

—No es necesario.

—¿Cuándo lo devolvieron al almacén?

Calvesi le dio otra fecha, tres meses posterior.

—¿Hora?

—Por la tarde. Sobre las cinco.

En realidad, eran casi las cinco y media. Esta vez, Calvesi estaba solo. Devolvía el cuadro recién restaurado a su sitio en el estante 27 y se marchaba.

El jefe de seguridad volvió a pausar la grabación.

—¿Ese es el cuadro robado?

—El cuadro extraviado —repitió Calvesi.

—Puede que alguien lo haya cambiado de sitio.

—Hemos registrado los cuatro almacenes.

—Sí, lo sé. También lo vi.

Tomassini pulsó el *play* y aumentó al máximo la velocidad de reproducción. El almacén 4 quedaba un poco apartado. Podían pasar días y días sin que nadie lo visitara; a veces, una semana o dos. Cada vez que alguien entraba, se activaban los detectores de movimiento y las luces del techo se encendían. Y cuando la persona en cuestión se marchaba, volvía la oscuridad. Una de esas personas llegó a las cuatro y cuarto de la tarde de un viernes y se fue derecha al estante 27.

Alessio Tomassini pulsó la pausa.

—¿La *signorina* Radcliff?

Calvesi asintió y miró la fecha.

—Era el último día de sus prácticas. Supongo que quería ver el cuadro por última vez.

Tomassini pulsó el *play* y Penelope Radcliff extrajo el estante apartándolo de la pared. Contenía catorce cuadros. Ocho a un lado de la malla metálica. Seis al otro. La *Virgen con el Niño y san Juan Bautista,* óleo sobre tabla de nogal, de 78 centímetros por 56, había desaparecido.

—Ponlo en pausa —dijo Gabriel.

Tomassini hizo clic con el ratón.

—¿Cómo es posible que no hayamos visto el robo?

—No es posible.

—Dale marcha atrás.

Tomassini obedeció. Los mismos visitantes entraban y salían, aunque esta vez caminando hacia atrás.

—Páralo otra vez —dijo Gabriel. Luego preguntó—: ¿Qué ha sido ese fallo en la imagen?

—Lo siento, pero no he notado nada.

—Ponlo hacia delante, Alessio. A velocidad normal.

Tomassini pulsó el *play*. El reloj marcaba las 23:23. El fallo tenía lugar cuatro minutos después: una onda que se desplazaba de arriba abajo por la pantalla.

—Ya lo veo —dijo Tomassini—. Fue la noche del apagón.

—¿Qué apagón?

—Esa noche se quedó sin electricidad todo el Vaticano.

—¿Y los generadores de emergencia?

—Fallaron. El personal del turno de noche estuvo quince minutos completamente a oscuras. Cuando volvió la luz, registraron todo el museo, de arriba abajo. No había señales de que hubieran entrado a robar ni faltaba nada.

—¿Cuántos guardias hay en un turno de noche normal?

—Cinco.

—¿Hay un registro de quién trabajó esa noche?

—Sí, por supuesto.

—Necesito los nombres, Alessio. Y también su expediente personal.

—Lo siento, pero los expedientes son confidenciales.

—¿Llamamos al santo padre?

—No, *signore* Allon. No es necesario.

16

Ostiense

A las once y media de esa misma mañana, Luca Rossetti tenía ya en sus manos los cinco nombres y sus expedientes personales correspondientes. Llevó a cabo una investigación exhaustiva de sus antecedentes, con la misma minuciosidad con que la Brigada Arte comprobaba el historial de todos los candidatos que solicitaban empleo en los numerosos museos nacionales de Italia, especialmente si se trataba de guardias de seguridad. A las dos y media, mientras Gabriel y el general Ferrari disfrutaban de un almuerzo tardío en Campo de' Fiori, Rossetti dio con su hombre. Quince minutos después, recogió a Gabriel en un Alfa Romeo sin distintivos. Se dirigieron hacia el sur por Corso Vittorio.

—Es Pozzi —dijo Rossetti—. Ottavio Pozzi.

—¿Qué esconde?

—A su hermano mayor, Sandro.

—¿Un alma atormentada?

—Por decirlo de algún modo. —Rossetti inclinó la cabeza hacia el Trastevere—. Sandro reside actualmente en Regina Coeli.

—¿Cuánto tiempo le queda de condena?

—Le cayeron entre veinticinco y treinta años por robo a mano armada, venta y distribución de narcóticos ilegales y asesinato. Ottavio no dijo nada al respecto cuando solicitó trabajo en el Vaticano.

—¿Cómo es posible que nadie se diera cuenta?

—Ya sabes cómo funciona el Vaticano. Con tal de que digan que son católicos practicantes, entran. Ni siquiera a los guardias suizos se los investiga como es debido.

—Qué me vas a contar —murmuró Gabriel.

Luca Rossetti rodeó el Coliseo prácticamente derrapando sobre dos ruedas y luego pasó a toda velocidad por el Circo Máximo. Su destino era un bloque de pisos del barrio obrero de Ostiense. La planta baja estaba cubierta de pintadas. Gruesas rejas defendían las ventanas y el portal.

—¿Cómo lo hacemos? —preguntó Rossetti.

—¿Poli bueno, poli malo?

—¿Cuál me toca a mí?

—Como tú eres el que tiene placa, Luca, propongo que hagas el papel de poli malo.

Rossetti llevaba consigo dos documentos. Uno era el expediente personal del guardia del Vaticano. El otro, más grueso, el extenso historial delictivo de Sandro Pozzi. Provisto de ambos, se acercó al portal del edificio y pulsó el botón del maltrecho portero automático. Al instante respondió una mujer.

—*Buongiorno*.

—¿*Signora* Pozzi?

—¿Quién es?

—Capitán Luca Rossetti, de los Carabinieri. Vengo a ver a su marido.

—¿Puede volver después? Ottavio está durmiendo.

—Me temo que no. Abra, por favor.

Pasaron unos segundos antes de que se oyera el zumbido del portero automático y se abriera la puerta. Gabriel entró detrás de Rossetti en el portal y subieron las escaleras hasta la cuarta planta. Giada Pozzi, esposa de Ottavio Pozzi, los esperaba en la puerta del piso 408. Era una mujer delgada y nervuda, de unos treinta y cinco años, con *piercings* y numerosos tatuajes. Hizo caso omiso de la identificación de los Carabinieri que Rossetti puso ante sus ojos casi negros.

—¿Por qué quieren hablar con él?

—Apártese, *signora* Pozzi.

—No ha hecho nada.

—Entonces no tiene por qué preocuparse.

La mujer se mantuvo firme un momento más. Después, cedió por fin. Rossetti pasó a su lado, con Gabriel detrás. Dos niños, chico y chica, miraban absortos la tele en el cuarto de estar. El niño parecía tener ocho o nueve años. La niña era uno o dos años más pequeña.

—¿Dónde está Ottavio? —preguntó Rossetti.

—Ya se lo he dicho, está durmiendo.

—Despiértelo. No tenemos todo el día.

La mujer desapareció por el pasillo y volvió un momento después con su marido. Ottavio Pozzi llevaba una sudadera de algodón arrugada y unos vaqueros. Tenía los ojos enrojecidos, la piel pálida y el pelo moreno revuelto.

Miró a Rossetti y le preguntó:

—¿Qué quieren?

—¿Hay algún sitio donde podamos hablar en privado? No quiero que los niños se preocupen.

Entraron los cuatro en la cocina. Pozzi se sentó con Gabriel y Rossetti a la mesa cubierta con un hule mientras su mujer llenaba una cafetera Bialetti con Illy y San Benedetto.

Rossetti dejó una de las carpetas encima de la mesa y la abrió.

—Su expediente personal del Vaticano, junto con una copia de su solicitud de empleo y el cuestionario de seguridad.

Ottavio Pozzi miró el material con la expresión perpleja de quien no ha dormido.

—¿De dónde ha sacado todo esto?

—Nos lo ha facilitado su jefe. —Rossetti puso la segunda carpeta encima de la mesa—. Este lo hemos encontrado por nuestra cuenta.

Pozzi se quedó callado.

—¿Por qué mintió en su solicitud? —preguntó Rossetti.

—Necesitaba el trabajo. Y sabía que no me contratarían si decía que mi hermano era un delincuente.

—Podría haber encontrado trabajo en otro sitio.

—Quería trabajar en el Vaticano.

—¿Por qué?

—Para estar cerca del santo padre.

—¿Admira a su santidad?

—Me encantan todos los papas.

—¿Es usted católico practicante?

—Mucho, sí.

Rossetti miró a la mujer tatuada y llena de *piercings*.

—¿Y usted, *signora* Pozzi?

Ella puso una taza de café delante de su marido, pero no dijo nada.

—Giada dio la espalda a la Iglesia por culpa de los escándalos de abusos sexuales —explicó Ottavio Pozzi—. Se niega a pisar el Vaticano.

—En cambio, su marido pasa allí todas las noches —comentó Rossetti—. Nunca hace el turno de día. Siempre de noche.

—Lo prefiero.

—¿Y eso por qué?

Pozzi puso una sonrisa soñadora.

—¿Ha estado alguna vez solo en la Capilla Sixtina? ¿O en las Estancias de Rafael?

—¿Qué me dice de los almacenes? —preguntó Gabriel.

A Pozzi se le borró la sonrisa.

—Voy poco por allí, *signore*.

—Pero estuvo allí la noche del apagón, ¿no? Y mientras estaba allí, sacó esto. —Gabriel dejó una fotografía del cuadro encima de la mesa—. La persona que le contrató para que sustrajera el cuadro le aseguró que nadie se daría cuenta de que faltaba. Y usted hizo la tontería de creérselo.

Pozzi miró el cuadro y apartó la vista.

—Se equivoca, *signore*.

Rossetti soltó un profundo suspiro.

—Le aconsejo que no vaya por ese camino, Ottavio. Si no, no me quedará más remedio que detenerlo delante de sus hijos y encerrarle en Regina Coeli con su hermano.

—Pero si no he hecho nada.

Rossetti hizo oídos sordos.

—En cambio, si nos ayuda a recuperar el cuadro, quizá pueda convencer a mi superior de que pase por alto su conducta. Perderá el trabajo, claro. Pero sus hijos no tendrán que ir a verlo a la cárcel.

Pozzi cambió una larga mirada con su esposa antes de contestar.

—Lo siento, *capitano,* pero me temo que no puedo ayudarle.

—¿Por qué?

—Porque, si lo hago, lo matarán.

—¿A quién?

—A mi hermano Sandro.

—¿Por eso accedió a robar el cuadro? ¿Porque amenazaron a su hermano?

Pozzi dudó. Luego asintió con la cabeza.

—Pero no fue solo por eso, ¿verdad? Seguro que algo le pagaron.

—Cien mil.

—¿Nada más? —Luca Rossetti sonrió—. Pruebe otra vez, Ottavio.

17

Ostiense

Ottavio Pozzi paraba casi todas las tardes en el Caffè Roma, un popular bar de barrio de Via Casati, a tomar un *doppio* antes de subir al primer metro de los dos que tenía que coger para ir de Ostiense al Vaticano. Fue una de esas tardes, poco después de la fiesta de la Asunción, cuando conoció al hombre que se hacía llamar *signore* Bianchi. Se empeñó en pagarle el café y le propuso a continuación que hablaran en privado.

—Descríbalo —dijo Luca Rossetti, con el bolígrafo suspendido sobre su libreta de detective, que tenía abierta.

—Tenía unos cuarenta años, llevaba una chaqueta bonita y un reloj de oro. Uno de esos tipos con los que conviene no enemistarse.

—¿Italiano?

—Claro.

—¿Romano?

—Si lo era, no había nacido aquí.

—¿Tenía acento?

Pozzi asintió con la cabeza.

—Como el suyo, *capitano*.

Rossetti se había criado en Nápoles, en el barrio obrero de Secondigliano. Hablaba un italiano con fuerte acento napolitano.

—¿Cómo sabía el *signore* Bianchi lo de Sandro? —preguntó.

—Me dijo que lo sabía por un socio suyo.

—¿Un socio?

—No entró en detalles, pero me dejó claro que sus socios podían llegar hasta Sandro dentro de Regina Coeli si no hacía lo que me pedía.

—Y usted, por supuesto, se fue derecho a ver a su jefe y se lo contó todo.

—Si hubiera hecho eso, habrían matado a mi hermano. Y luego a mí. O puede que a Giada o a uno de mis hijos. ¿Qué habrían hecho ustedes en mi lugar?

Sin responder, Rossetti pasó a una hoja en blanco de su libreta.

—¿Y cómo, exactamente, le propuso el *signore* Bianchi que robara el cuadro y lo sacara del museo sin que nadie se diera cuenta?

—Dijo que habría un apagón que desactivaría el sistema de seguridad del museo.

—¿Le dio la fecha y la hora del apagón?

—En ese momento no.

—¿Cuándo, Ottavio?

—Se pasó por el Caffè Roma dos semanas después. Dijo que el apagón iba a ser la noche siguiente.

—¿Dónde estaba usted cuando se fue la luz?

—En la Pinacoteca. En la sala xii.

—¿Por qué en la sala xii? —preguntó Gabriel.

—Porque es ahí donde está el Caravaggio. *La deposición* es mi cuadro favorito. Voy a rezar allí a menudo.

—¿Estaba teniendo dudas?

Pozzi asintió con un gesto.

—¿Por qué no escuchó lo que le aconsejaba su conciencia? —preguntó Rossetti.

—Por mi hermano.

—¿Qué pasó cuando se fue la luz?

En la sala xii, dijo Pozzi, la oscuridad era tan completa que casi no se veía la mano si se la ponía delante de la cara. Llamó inmediatamente por radio a la sala de control y le ordenaron que recorriera todo el museo en busca de indicios de allanamiento. Comprobó la entrada principal, a pesar de que sabía perfectamente que allí no pasaba nada raro, y luego bajó a los almacenes. Como las cámaras y los detectores de movimiento se habían desactivado, sus cuatro compañeros no sabían dónde estaba.

—¿Cómo abrió la puerta? —preguntó Rossetti.

—Las cerraduras tienen una batería de reserva. Solo tuve que meter el código de emergencia. El cuadro estaba exactamente donde me había dicho el *signore* Bianchi.

—¿En el estante 27? —preguntó Gabriel.

Pozzi hizo un gesto afirmativo.

—¿Cómo lo sacó del Vaticano?

—No lo saqué yo.

—¿Quién fue, entonces?

—El cura.

—¿Qué cura? —preguntó Gabriel.

—No sé su nombre.

—¿Dónde se lo entregó?

—En la puerta que da al aparcamiento de personal. Metió el cuadro en un maletín de nailon y lo sacó del Vaticano.

—¿Recuerda qué aspecto tenía?

—Estaba bastante oscuro. No le vi bien la cara.

—Seguro que algo recuerda.

—Tenía el pelo negro.

—¿Cómo lo llevaba?

—Bien peinado.

Gabriel se sacó un bolígrafo del bolsillo y cogió una hoja del expediente personal de Pozzi. Su método era rudimentario: un simple óvalo cruzado por líneas horizontales para los ojos y la boca.

—¿Dónde tenía la raya del pelo, Ottavio? ¿A la izquierda o a la derecha?

—A la izquierda, creo.

—¿Llevaba barba?

—No.

—¿Y los pómulos? —preguntó Gabriel—. ¿Eran redondeados o angulosos?

Gabriel, que era ambidiestro, trabajó con la mano izquierda, con trazos cruzados, de abajo arriba. El boceto terminado representaba a un hombre de unos treinta y cinco años, de ojos hundidos, pómulos marcados, nariz recta y boca ancha. Gabriel vistió a su modelo con traje eclesiástico y alzacuellos, y le mostró el boceto a Ottavio Pozzi, el humilde guardia de seguridad del museo que, sin saberlo, había robado un retrato perdido de Leonardo da Vinci.

—Es él, *signore*. Es ese hombre.

—¿Le dijo algo?

—Ni una palabra. Solo me dio un trozo de papel y se marchó.

—¿El lugar donde estaría el dinero?

Pozzi dijo que sí con la cabeza.

—Estaba en una consigna, cerca de la estación Termini.

—¿Cien mil?

—Un cuarto de millón.

—¿Qué ha hecho con él?

El guardia del museo miró a su mujer y luego dijo:

—Lo tenemos escondido debajo de la cama.

—¿Cuánto queda?

—Todo. No hemos gastado ni un euro.

El recuento minucioso de los billetes nuevecitos que hizo Luca Rossetti en la mesa de la cocina confirmó que así era. Unos veinte minutos después, el dinero iba en el maletero del Alfa Romeo sin distintivos de Rossetti, camino del centro de Roma. Ottavio Pozzi, en cambio, seguía en su casa. Unas horas después entraría en el Caffè Roma para tomarse un *doppio* y luego se subiría a un vagón para hacer el primero de los dos trayectos en metro que lo conducirían hasta los Museos Vaticanos.

—Me quedaría más tranquilo si estuviera encerrado en Regina Coeli con su hermano —comentó Rossetti.

—Yo también —respondió Gabriel—. Pero, si lo detenemos, el *signore* Bianchi y sus socios napolitanos sabrán que vamos tras ellos.

—¿Tú también has llegado a esa conclusión?

—Sería difícil llegar a otra.

—Parece que nos las estamos viendo con la Camorra.

—Sí —dijo Gabriel—. Qué suerte la nuestra.

—Eso explica que el *signore* Bianchi supiera lo de Sandro. La Camorra mueve muchos hilos en el sistema penitenciario.

—Pero eso no explica cómo consiguió entrar en el Vaticano el padre del maletín.

—¿Cómo crees que lo hizo?

—O escaló los muros —dijo Gabriel—, o alguien lo dejó entrar. Yo apostaría por lo segundo.

Rossetti tardó casi una hora en abrirse paso trabajosamente entre el tráfico de hora punta hasta la Puerta de Santa Ana. Había un único alabardero montando guardia en el lado vaticano de la frontera. Vestía un uniforme azul sencillo y tenía las manos, enfundadas en guantes blancos, entrelazadas a la espalda. Justo a su derecha se encontraba la entrada principal del cuartel de la Guardia Suiza. En la zona de recepción, el agente de guardia estaba sentado, tieso como un palo, detrás de un mostrador semicircular. Tenía delante varios monitores de circuito cerrado. Detrás de él, en la pared, colgaba un crucifijo junto a las banderas de los veintiséis cantones de Suiza.

—¿Dónde está tu jefe? —preguntó Gabriel.

—En su despacho.

—Necesito hablar con él.

—¿Se acuerda del camino?

—La primera puerta pasada la armadura.

El agente de guardia sonrió y cogió el teléfono.

—Voy a avisarle de que va para allá.

Gabriel recorrió un estrecho pasillo que llevaba a un patio interior, donde dos alabarderos de cara lozana estaban destrozando uniformes de gala viejos con gruesas hachas, la forma de castigo más habitual en la Guardia Suiza. El edificio del otro lado del patio era de color marrón apagado y albergaba las cómodas viviendas de los oficiales, entre ellas la del comandante Alois Metzler, cuyo despacho estaba en la planta baja.

Gabriel sacó el boceto de su maletín y lo puso sobre la mesa de Metzler.

—¿Quién es? —preguntó el comandante.

—Esperaba que me lo dijeras tú.

Metzler cogió el dibujo y lo examinó detenidamente.

—Lo siento, pero no lo reconozco.

—Tengo la sensación de que al menos uno de tus hombres podría reconocerlo.

—¿Por qué?

—Porque nuestro amigo el cura salió del Vaticano hace un par de semanas con un cuadro bajo el brazo.

Metzler apartó la vista del boceto.

—Supongo que esto tiene algo que ver con la inglesa.

Gabriel asintió con la cabeza.

—¿Cuándo fue el robo?

—La noche del apagón.

—Si no me falla la memoria, fue alrededor de las once.

—A las 11:27 —dijo Gabriel—. De modo que nuestro amigo el cura tuvo tiempo de sobra para salir del Vaticano antes de que se cerraran las puertas a medianoche. Pero alguien tuvo que dejarle entrar en el Vaticano.

—Podría haber entrado por el Arco de las Campanas, por el Portón de Bronce o por la Puerta de Santa Ana.

—¿Puedes averiguar qué alabarderos estaban trabajando esa noche?

Metzler consultó los turnos de guardia en el ordenador y luego hizo una serie de escuetas llamadas telefónicas. Al poco rato, había tres jóvenes guardias suizos en posición de firmes en su despacho. Uno vestía uniforme de gala; otro, el sencillo uniforme azul de noche, y el tercero, al que habían levantado de la cama, vaqueros y un forro polar del Ejército suizo.

Metzler les enseñó el boceto.

—¿Alguno de ustedes vio a este hombre salir del Vaticano la noche del apagón?

—Yo, coronel Metzler.

Era el alabardero que llevaba el colorido uniforme de gala. Había estado de guardia en la Puerta de Santa Ana.

—¿Transportaba algo?

—Una bolsa grande de nailon.

—¿No le pareció extraño?

—No, coronel Metzler. No me pareció extraño.

—¿Le dijo algo?

—Ni una palabra.

Metzler apretó los dientes.

—¿Y quién fue el idiota que le dejó entrar en el Vaticano?

—Fui yo —contestó el alabardero vestido con vaqueros y forro polar.

La noche de autos estaba trabajando en el Arco de las Campanas.

—¿Recuerda la hora?

—Sobre las ocho y media.

—Espero que hablara con él.

—Sí, coronel.

—¿Cómo se llamaba?

—Padre Spada.

—¿Nombre de pila?

—Giuseppe.

—¿Llevaba acreditación del Vaticano?

—No, coronel.

—¿Quién le dio acceso al Vaticano?

—Fue el padre Keegan.

—¿Está seguro?

—Sí, coronel.

Con un ademán, Metzler hizo salir a los tres alabarderos de su despacho. Luego miró a Gabriel y dijo:

—Un giro de los acontecimientos bastante inesperado.

—Por decirlo de algún modo. —Gabriel sacó su teléfono y marcó el número del secretario privado del santo padre—. Tenemos un problema.

—En el Panteón, a las ocho en punto —dijo el padre Keegan.

18

Osteria Lucrezia

La comitiva de cuatro coches llegó al Panteón, el antiguo templo pagano convertido en basílica católica, cuando estaban dando las ocho. Tres de los vehículos eran turismos sin distintivos; el cuarto era una berlina Mercedes con cortinas opacas en las ventanillas traseras. Cuando Gabriel se acercó al coche, la puerta trasera derecha se abrió dejando ver a un hombre moreno y guapo, vestido con pantalones chinos y americana a cuadros.

—No te quedes ahí parado —dijo Luigi Donati—. Sube.

Gabriel se deslizó en el asiento trasero y la comitiva se puso en marcha.

—¿Su santidad se ha quedado sin sotanas limpias?

—Tengo doce, para que lo sepas, pero es bastante difícil pasar desapercibido yendo vestido de blanco de la cabeza a los pies.

—No me digas.

—Es un hecho comprobable. Podemos buscarlo, si quieres.

—Eres una de las figuras públicas más reconocibles del mundo, Luigi, da igual cómo vayas vestido.

—No estoy de acuerdo. En palabras del teólogo Erasmo de Róterdam, *vestis virum facit.*

—¿El hábito hace al monje?

—Desde luego que sí.

La comitiva papal secreta torció hacia Via del Tritone. Los peatones que transitaban por las aceras no le prestaron atención. A fin de cuentas, eran romanos.

—¿Adónde vamos? —preguntó Gabriel.

—No quiero estropearte la sorpresa.

—¿A un domicilio particular?

—A un restaurante público.

—No lo dirás en serio.

—Espera a probar la *trippa alla romana*. Te va a cambiar la vida.

Era un plato tradicional romano: callos guisados con tomate y hierbas aromáticas.

—Antes me como un zapato que los órganos digestivos de un bovino —repuso Gabriel.

—Pues, si no recuerdo mal, te gustaba bastante el *fegato alla veneziana*.

—El hígado de ternera es distinto, santidad.

—Pontificaré sobre el tema en mi próxima encíclica. —Donati se asomó por el borde de la cortina que cubría su ventanilla—. Esta es mi diócesis, ¿sabes?

—Eso explica por qué te llaman el «obispo de Roma».

Donati lo miró de reojo con reproche.

—¿Estás molesto por algo?

—Como consultor ocasional del Vaticano en asuntos relacionados con la seguridad papal, puedo afirmar sin ninguna duda que esto es una idea pésima.

—No es la primera vez que me escabullo del Vaticano vestido de paisano. Y nadie parece darse cuenta, principalmente porque nunca viajo en mi coche oficial.

—¿Y tu equipo de seguridad?

—Es una versión reducida de mi equipo habitual. Los dos hombres que van delante son guardias suizos vestidos de civil. Los de los coches de atrás son de la Polizia di Stato. Descuida, estoy muy bien protegido.

El restaurante, la Osteria Lucrezia, estaba situado en una calle tranquila, no muy lejos de la estación de tren. Al llegar, encontraron el letrero de neón apagado y las persianas de las cristaleras bajadas. El cartel en la puerta decía «CHIUSO».

—Lástima —dijo Gabriel—. Supongo que no nos queda más remedio que volver al Vaticano.

—El restaurante está cerrado para una pequeña celebración privada.

—¿Cuántos invitados va a haber?

—Solo dos.

Donati salió del coche y, rodeado de escoltas, entró tranquilo en el restaurante. Gabriel le siguió un momento después. El local en el que entró era pequeño y estrecho, como el Vini da Arturo de Venecia. El obispo de Roma, con su americana y sus pantalones chinos, se puso a charlar cordialmente con el dueño y el chef. No hubo reverencias ni besamanos, solo tres italianos intercambiando cumplidos. Al parecer, al resto del personal le habían dado la noche libre.

Donati presentó a su acompañante sin revelar su nombre ni su profesión, y se sentaron a una mesa cubierta con un mantel de papel blanco. El dueño descorchó una botella de vino blanco de la casa y sirvió dos copas. Con una mirada, Donati indicó a sus escoltas que se alejaran. Los agentes de la Polizia di Stato salieron del restaurante. Un guardia suizo se apostó junto a la puerta, dentro del local.

—Espero que tengas hambre.

—Estoy famélico —respondió Gabriel.

—¿Un día ajetreado?

—Bastante.

—¿Me va a quitar el apetito?

—Es probable.

—En tal caso, vamos a tomar primero unos *antipasti*.

El festín comenzó con un plato de alcachofas a la romana y flores de calabacín fritas y siguió con un surtido de *crostini* y embutidos.

Luego llegaron las verduras bañadas en aceite de oliva y las bolas de mozzarella fresca. Durante un breve receso, antes del plato de pasta, Gabriel puso el retrato robot encima de la mesa. Donati lo miró con interés mientras se limpiaba las comisuras de la boca con una servilleta de papel.

—Tengo la sensación de haber visto a este hombre antes.

—¿Pudo ser hace poco, la noche del apagón?

Donati levantó la vista.

—Sí, eso es. Se llamaba padre Spada, si no recuerdo mal.

—No me digas que estuviste con él.

—Un momento nada más.

—¿Dónde?

—En mi apartamento de la Casa.

—¿Y cuál fue el motivo de la reunión?

—El padre Spada trabaja para Cáritas Internacional en una casa para migrantes, en Mali. Cáritas proporciona ayuda y techo a los migrantes antes de que emprendan la travesía del Sáhara, camino de Europa.

—Una noble labor de la Iglesia, Luigi, pero el padre Spada no trabaja para Cáritas. De hecho, dudo mucho que sea sacerdote.

—Lo parecía, desde luego.

—*Vestis virum facit* —repuso Gabriel, y le contó a Donati el resto de la historia.

Su santidad empuñó un tenedor y una cuchara y atacó sus espaguetis a la carbonara.

—Pero ¿por qué no sacó el cuadro del museo el propio guardia de seguridad?

—La entrada pública del Viale Vaticano se clausura cuando cierra el museo. El cuadro tenía que llevarlo alguien que pudiera pasar con él delante de la Guardia Suiza, por la Puerta de Santa Ana.

—¿Alguien vestido de sacerdote, con traje eclesiástico y alzacuellos?

Gabriel asintió.

—Y que llevara una bolsa de nailon lo bastante grande como para contener una tabla de nogal de 78 centímetros por 56.

—Eso explica por qué me regaló una fotografía enmarcada. Un grupo de trabajadores de Cáritas dando de comer a refugiados agotados.

—Muy astuto. —Gabriel probó sus *tagliatelle* con setas—. Pero ¿cómo consiguió reunirse contigo?

—Si no recuerdo mal, la visita la organizó alguien de la sede de Cáritas aquí, en Roma.

—¿Había alguien más presente?

—El padre Keegan, claro. Y también Bertoli.

—¿Bertoli?

—El cardenal Matteo Bertoli, el sustituto para Asuntos Generales de la Secretaría de Estado.

—¿El *sostituto*?

Donati asintió con un gesto.

—Es básicamente el jefe de gabinete de la Iglesia católica. Dirige la curia, gestiona el flujo de los documentos papales y supervisa la actuación de los nuncios en el extranjero. Incluso custodia el anillo del Pescador cuando no lo llevo puesto.

—¿Qué opinión le merece el papa actual?

—Fue mi maestro quien nombró a Bertoli, con mi bendición, por supuesto. No me cabe ninguna duda de que, en asuntos doctrinales, es más conservador que yo. Pero ha demostrado ser muy leal, y la maquinaria de la curia funciona como una seda.

—Salvo la seguridad del santo padre —comentó Gabriel.

—No corrí ningún peligro con el padre Spada. De hecho, era bastante simpático.

—La mayoría de los ladrones lo son.

—Eso no lo sé —dijo Donati.

—¿Cuánto tiempo pasaste con él?

—Ni cinco minutos. Hablamos un momento. Luego el padre Keegan lo acompañó a la salida.

—Pues de algún modo consiguió quedarse intramuros hasta la hora del apagón.

—Seguro que ayudó el que fuera vestido de sacerdote.

—O el que sea un delincuente profesional extremadamente competente —añadió Gabriel.

—¿De la mafia?

—De la Camorra.

—Peor aún —comentó Donati—. Pero ¿cómo sabían de la existencia del cuadro?

—Obviamente, alguien se lo dijo.

—¿Sospechas de alguien?

—Creo que tu secretario privado piensa que debería llevar a Antonio Calvesi al Castel Sant'Angelo y atarlo al potro de tortura.

—¿Crees que está detrás de este asunto?

—Antonio tiene sus defectos —dijo Gabriel—, pero no es un ladrón.

—¿Quién más estaba al tanto?

—¿Aparte de Penelope Radcliff? Todo el mundo en el laboratorio de conservación, supongo. Y luego, claro, está el famoso Giorgio Montefiore, de los Uffizi.

—¿Lo conoces?

—Una vez habló elogiosamente de un trabajo mío de restauración. Pero no, no tengo el placer.

—Tiene un ego del tamaño de San Pedro. —Donati bajó la voz—. O eso dicen.

—¿Quién lo dice?

—Una amiga que lo conoce bien. Una vez fue a una fiesta en la villa que Montefiore tiene en Florencia. El tal Giorgio vive como un Medici. Y todo porque se las da de ser el principal leonardista del mundo.

—¿Crees que aceptaría recibir a tu amiga de repente?

—No veo por qué no. Pero yo no mencionaría tu nombre. Giorgio podría sospechar.

Gabriel clavó el tenedor en los *tagliatelle* y empezó a darle vueltas.

—No está mal, santidad.

—Soy jesuita —dijo Donati—. Un conspirador nato.

19

Galleria degli Uffizi

Gabriel estaba esperando a la entrada del Hassler a la mañana siguiente, cuando llegó Veronica Marchese en su llamativo Mercedes Cabriolet descapotable. Llevaba unas gafas de sol de estrella de cine y un pañuelo de Hermès le cubría la oscura melena. Lo único que le faltaba era tener a su lado a un galán endiabladamente guapo, pensó Gabriel. Supuso que tendría que hacer él ese papel.

Se dejó caer en el asiento del copiloto y posó los labios en la mejilla que ella le ofrecía. Olía a jazmín y a vainilla.

—Ese embriagador perfume francés ¿es en mi honor o en el de tu amigo Giorgio?

—Un poco ambas cosas. —Veronica pisó el acelerador y el coche se alejó bruscamente del bordillo—. ¿Te gustó la Osteria Lucrezia?

—No recuerdo haber mencionado dónde cené anoche en el mensaje que te mandé.

—¿Y cómo iba a saberlo, si no?

—Buena pregunta. —Pasaron rápido delante de la iglesia de la Trinità dei Monti y, un momento después, rodearon derrapando la Piazza del Popolo—. ¿Funcionan los frenos de este cacharro?

—No los uso mucho, la verdad.

—Son bastante útiles para controlar la velocidad de avance.

—Venecianos… —dijo ella con fingido desdén.

—Es cierto que nos movemos a ritmo más lento.

—Pero en Roma la velocidad es esencial. Además, no queremos hacer esperar a Giorgio.

Siguieron el curso del Tíber un rato y callejearon a continuación por los barrios del norte de Roma hasta llegar a la *autostrada*. Poco después, circulaban casi al doble de la velocidad permitida.

—¿Pediste *trippa* anoche?

—Pasé.

—¿Cuál era el tema de la reunión?

—Un problema relacionado con la seguridad del Vaticano.

—¿El padre Spada, quieres decir? —Veronica apartó la vista de la carretera el tiempo justo para lanzarle una mirada sagaz—. El padre Keegan me lo ha contado todo sobre tu bochornoso descubrimiento.

—¿Y te ha revelado algún otro detalle de mi investigación?

—Que el cómplice de dentro era un guardia de seguridad, un tal Ottavio Pozzi.

—Tenía que haber alguien más.

—¿Alguien que sabía lo del retrato?

—Exacto.

—¿Quién crees que será? —preguntó Veronica.

—¿La mujer a la que acabas de atropellar? Creo que era Myrtle Wilson.

—La chica del Leonardo.

—No tenemos ni idea.

—Quizá Giorgio pueda arrojar algo de luz sobre el asunto.

—Creo que en su monografía sobre Leonardo no dice nada al respecto.

—Tienes razón —dijo Veronica—. Anoche releí sus notas sobre la *Virgen de las rocas*.

—Yo también estuve leyendo un poco —dijo Gabriel.

—¿Algo interesante?

—Las memorias de Montefiore. Donde habla por extenso del único fracaso de su por lo demás fulgurante carrera.

—¿Y cuál es?

—No haber encontrado un Leonardo perdido. —Gabriel apuntó a una señal de límite de velocidad—. ¿No cree que debería reducir un poco la velocidad, *signora* Buchanan?

Veronica sonrió y pisó a fondo el acelerador.

Por lo general, se tardaban tres horas en llegar de Roma a Florencia en coche; Veronica, no obstante, hizo el trayecto en poco menos de dos horas y media. Dejó el coche en un aparcamiento fuera de la *zona a traffico limitato* y fueron dando un paseo junto al Arno hasta los Uffizi. Montefiore había quedado en encontrarse con Veronica en la puerta 3, la entrada principal del museo, a las once en punto, pero a las once y cuarto aún no había dado señales de vida.

—Quizá deberías llamarle —comentó Gabriel.

Veronica prefirió mandarle un mensaje. No hubo respuesta.

—Estará en una reunión —dijo.

—¿Por qué no te ha avisado de que iba a llegar tarde?

—Porque es Giorgio Montefiore.

Aprovecharon el tiempo para dar una vuelta sin prisa por la Piazzale degli Uffizi, deteniéndose un rato a contemplar la estatua de Leonardo, y a las once y media estaban otra vez en la puerta 3. Seguía sin haber rastro de Montefiore.

Esta vez, Veronica marcó su número. Saltó directamente el buzón de voz.

—Prueba en su despacho —sugirió Gabriel.

Veronica encontró el número fijo en internet. Una secretaria le informó de que Montefiore aún no había llegado al museo.

—Habíamos quedado a las once.

—No se preocupe, *dottoressa* Marchese. Casi nunca es puntual.

Veronica colgó y volvió a llamarlo al móvil. Saltó otra vez el buzón de voz.

—¿Te acuerdas de dónde vive? —preguntó Gabriel.

Veronica señaló hacia la otra orilla del Arno.

—¿Dentro de la zona o fuera?

—Fuera.

—Vamos a por el coche —dijo Gabriel—. Y no te preocupes por los frenos.

La villa se alzaba en lo alto de una loma, al sur de la ciudad, detrás de un muro de piedra de unos tres metros de alto. La verja estaba cerrada. Gabriel pulsó el interfono, pero nadie respondió. Veronica llamó al móvil de Montefiore una última vez, con el mismo resultado.

—Y ahora ¿qué? —preguntó.

—Supongo que uno de nosotros tendrá que saltar la valla.

—Te nomino para la tarea.

—La espalda me está matando.

—Seguro que te las apañas.

Gabriel sopesó sus opciones un momento y luego se encaramó al capó del Mercedes de Veronica. Incluso así, a duras penas pudo agarrarse a la parte superior de la verja. Los barrotes eran verticales, de modo que no podía apoyar los pies para facilitarse el ascenso. Sin embargo, tras unos segundos de esfuerzo sostenido, consiguió pasar la pierna por encima de la valla. Después, con un simple giro de hombros, pasó el resto del cuerpo. Se quedó colgado un momento, calculando la distancia entre sus pies y el camino de grava, y luego se dejó caer. El aterrizaje fue doloroso pero digno, en general.

—Bravo —dijo Veronica por entre los barrotes de la verja—. Has estado magnífico.

—Ahora te toca a ti.

—Prefiero esperar aquí, si no te importa.

Gabriel se sacudió el polvo del pantalón de gabardina y echó a andar por el camino, hacia la entrada de la casa. No se molestó en llamar al timbre; echó directamente mano al picaporte. Al igual que la verja, la puerta estaba cerrada con llave. Abrirla, en cualquier caso, no requirió más esfuerzo que unos segundos de delicada manipulación con las finas ganzúas que llevaba en el bolsillo interior de la americana.

Abrió la puerta y penetró en la fresca penumbra del recibidor. Allí fue donde encontró a Giorgio Montefiore, tendido en un charco carmesí de sangre reciente, con tres orificios de bala muy juntos en el centro de la frente. Por fin había cumplido su mayor ambición, pensó Gabriel. Había encontrado su Leonardo perdido. Y ahora estaba muerto.

20

Hotel Hassler

Fue la *contessa* Teressa Simonetti, una noble florentina venida a menos por cuyas venas corría sangre de color azul noche, quien dio la voz de alarma. A las 12:17 del mediodía llamó a la central de los Carabinieri en Florencia. El operador se mostró escéptico, como no era para menos, puesto que la *contessa,* entrada ya en años, era testigo habitual aunque poco fiable de todo tipo de delitos y fechorías.

—¿Un intruso, dice usted?

—Lo he visto con mis propios ojos.

—¿Cuándo?

—Cuando estaba saltando la valla.

El operador pidió a la *contessa* que describiera al sospechoso y anotó cumplidamente su respuesta. No era, desde luego, el retrato típico de un delincuente toscano, pero la *contessa* era ciega como un murciélago.

—¿Había alguien más con él?

—Una mujer.

—¿Dónde está la mujer ahora?

—Sentada en el coche.

Al operador no le pareció que aquello sonara a que se estaba cometiendo un delito. Aun así, convenía comprobar la veracidad del hecho denunciado, aunque solo fuera porque la finca en cuestión era el domicilio de Giorgio Montefiore, el mayor experto mundial en Leonardo da Vinci. Dio la casualidad de que había un coche patrulla de los Carabinieri cerca de allí. Llegó al lugar de los hechos menos de dos minutos después. Los agentes descubrieron allí a una mujer atractiva sentada al volante de un Mercedes-Benz Cabriolet descapotable. A su acompañante lo encontraron en el vestíbulo de la casa, agachado tranquilamente junto a un hombre que había recibido tres disparos a bocajarro.

Los agentes no tardaron en comprobar que la mujer era la directora del Museo Nazionale Etrusco, que su acompañante era un afamado restaurador de arte procedente de Venecia y que la víctima era el propietario de la finca, el susodicho Giorgio Montefiore. Del estado de la sangre se deducía que lo habían matado hacía unas cuatro horas, mucho antes de que el afamado restaurador veneciano entrara en la villa.

—¿Cómo ha entrado? —preguntó uno de los agentes.

—Por la puerta principal. ¿Cómo, si no?

—¿Estaba abierta?

—No exactamente.

A la una, la villa se había llenado de técnicos forenses, y la directora del museo y el restaurador, a quienes les habían confiscado sus dispositivos móviles y otros efectos personales, estaban sentados en sendas salas de interrogatorio, en la *stazione* de los Carabinieri en la Piazza dei Giudici. El interrogatorio fue cortés pero lo bastante exhaustivo como para revelar importantes discrepancias en sus explicaciones sobre el motivo por el que habían viajado a Florencia para reunirse con Giorgio Montefiore. La directora del museo dijo que era una visita de carácter personal. El restaurador, en cambio, insistió en que era de índole profesional.

—¿Puede concretar más? —le preguntó su interrogador, un *colonnello* apellidado Manzini.

—Quería que me aconsejara sobre un trabajo de restauración.

—Eso explica las fotografías que hay en su maletín.

—En efecto.

—¿Puede haber alguna relación entre ese cuadro suyo y el asesinato de Montefiore?

—Ha leído usted demasiadas novelas policíacas, coronel Manzini.

El *colonnello,* que algo sabía sobre los antecedentes del restaurador, estaba seguro de que aquella historia ocultaba mucho más, y confiaba en que unas horas de celda servirían para aflojar la lengua del restaurador. Las autoridades romanas, sin embargo, eran de otra opinión. Tras manifestar sus objeciones, Manzini destruyó a regañadientes las notas que había tomado durante el interrogatorio y acompañó abajo a los dos detenidos. El Mercedes descapotable estaba aparcado en la *piazza.* El restaurador se sentó en el asiento del copiloto y la directora del museo se puso al volante. El motor rugió, los neumáticos chirriaron y un momento después se habían marchado.

Llegaron al Hassler poco después de las siete. Veronica le dio las llaves del Mercedes al aparcacoches y acompañó a Gabriel al restaurante del hotel, que tenía varias estrellas Michelin. El general Ferrari, vestido con traje gris carbón, estaba sentado a una mesa cerca de la ventana. Con un gesto indicó a Gabriel que se sentara a su derecha, donde no había forma de esconderse de la mirada implacable de su prótesis ocular.

—Teníamos un acuerdo —dijo sin preámbulos.

—¿Sí?

—Tu autorización para investigar este asunto se limitaba al territorio de la Santa Sede. Que yo sepa, Florencia forma parte de la República Italiana.

—Mis pesquisas dieron un giro inesperado.

—Por decirlo suavemente —repuso Ferrari, ceñudo—. Imagina mi sorpresa cuando el comandante de los Carabinieri en la Toscana me informó de que te habían detenido para interrogarte por el asesinato de Giorgio Montefiore. Por suerte te acompañaba la directora del Museo Nazionale Etrusco, gracias a lo cual he conseguido que os soltaran sin mucha dificultad.

Veronica abrió la carta de vinos, una de las mejores de Roma.

—Y serás generosamente recompensado por ello.

—Eso sería muy poco ético.

—¿Tinto o blanco?

—Quizá deberíamos empezar con un blanco —propuso el general.

—¿Qué tal un delicioso *chardonnay* del Alto Adige?

—Si te empeñas...

Veronica pidió la botella al sumiller, que fue a buscarla. El general Ferrari admiró las vistas de Roma un momento y luego se volvió hacia Gabriel.

—Quizá deberías empezar por el principio.

—Una restauradora en prácticas de los Museos Vaticanos descubre un retrato perdido de Leonardo da Vinci oculto debajo de una *Virgen con el Niño* sin ningún valor. El jefe del laboratorio de conservación del Vaticano pide al leonardista más famoso del mundo que examine el cuadro. Y el leonardista más famoso del mundo le asegura que no es un Leonardo, aunque de hecho sospecha que sí lo es.

—¿Y por qué haría eso? —preguntó el general Ferrari.

—La explicación más lógica es que quería quedarse con el cuadro. O con una parte, por lo menos.

—¿Quieres decir que se metió en una conspiración?

Gabriel se encogió de hombros con gesto vago.

—En una sociedad mercantil, digamos.

—¿Con quién?

—Con una organización que disponía de medios para sustraer el cuadro de los almacenes de la Pinacoteca Vaticana.

—¿La Camorra?

—Eso parece.

—Pero ¿por qué lo mataron?

—Posiblemente porque dejó de serles útil.

—¿En qué punto?

—En el minuto en que les confirmó que el cuadro era un original de Leonardo da Vinci.

El general Ferrari se quedó pensando un momento.

—Disculpa, pero me cuesta imaginarme a Giorgio Montefiore negociando con algún jefecillo de la Camorra de Secondigliano o Scampia para robar un Leonardo perdido.

—A mí también —respondió Gabriel—. Tiene que haber algo más.

—¿Qué, por ejemplo?

—Un vínculo con el Vaticano.

—¿Aparte del guardia del museo?

Gabriel asintió con la cabeza.

—Me temía que ibas a decir eso. —El general Ferrari abrió su maletín y sacó el retrato robot que Gabriel había hecho del padre Spada, el sacerdote que no era tal—. ¿Cómo rayos consiguió que le dejara pasar la Guardia Suiza?

—Alguien le consiguió una audiencia privada con su santidad.

—Será una broma.

—Ojalá. Fue un error imperdonable de la seguridad papal.

—Imagina por un momento que hubiera ido al Vaticano con otros fines. Ahora podrías estar investigando el asesinato del papa.

—No sería la primera vez —respondió Gabriel—. Pero volvamos al tema que nos ocupa.

—¿El Leonardo?

Gabriel asintió.

—¿Qué crees que piensan hacer con él?

—Venderlo al mejor postor.

—Si eso ocurre, desaparecerá para siempre.

—Por eso tenemos que recuperarlo cuanto antes.

Ferrari levantó el boceto.

—Me gustaría enseñárselo a algunos de mis informantes en Nápoles.

—¿Para qué?

—Si das con el ladrón, das con el cuadro.

—Ninguno de tus informantes va a traicionar a la Camorra, Cesare. A no ser que quieran morir.

—¿Qué propones, entonces?

—Olvidarnos del ladrón y esperar pacientemente a que reaparezca el cuadro.

—Y luego ¿qué?

Gabriel sonrió.

—Robarlo.

SEGUNDA PARTE
CONTRAPPOSTO

21

Dorsoduro

En algún momento —puede que en 1496, aunque se desconoce la fecha exacta—, el prior de Santa Maria delle Grazie perdió por completo la paciencia con el artista florentino al que le habían encargado pintar un mural de la última cena en la pared del refectorio del convento. El proyecto llevaba muchísimo retraso y, como de costumbre, solo podía culparse de ello al florentino. Algunos días daba una sola pincelada al trabajo y luego se marchaba bruscamente. Otros, ni siquiera aparecía. El prior, que no sabía a quién más recurrir, apeló el duque Ludovico Sforza, gobernante de Milán, que mandó llamar al florentino. Lo que siguió fue una larga conferencia, del pintor al mecenas, acerca de la naturaleza de la creatividad. «Los hombres de genio elevado —declaró el artista— a veces logran más cuanto menos trabajan, pues ocupan su mente con ideas y conceptos de perfección a los que luego dan forma».

También había días en que el florentino se subía al andamio al amanecer y se quedaba allí, pincel en mano, sin comer ni beber, hasta que anochecía. Gabriel, a su regreso a Venecia, siguió un horario parecido, aunque, a diferencia del florentino, que permitía que lo observaran mientras trabajaba, él permanecía oculto detrás de su lona protectora. No era un pincel lo que empuñaba, sino hisopos artesanales empapados en apestoso disolvente. Chiara, durante una visita de inspección a la basílica, le suplicó de nuevo que se pusiera mascarilla para trabajar. Sonriendo, él dejó caer un trozo de algodón sucio sobre el andamio y le sugirió que fuera a quejarse al dux.

—Aunque yo no esperaría un dictamen favorable, *dottoressa* Zolli. Verá, su serenidad el dux está de acuerdo conmigo en que las mascarillas son incómodas, además de que retrasarán la finalización del encargo.

Su *smartphone,* un artilugio que ni siquiera el florentino alcanzó a imaginar, era ya distracción suficiente, pues se estremecía cada vez que aparecía publicado el nombre de Giorgio Montefiore en algún sitio de internet, ya fuera en una publicación de prestigio o en los mentideros de las redes sociales. Tras su muerte, se elogiaba al leonardista en términos olímpicos. «Un intelecto monumental», declaró el presidente del Louvre. «Irremplazable», agregó el director de la National Gallery de Washington, también él un destacado especialista en Leonardo. Hubo, con todo, especulaciones incómodas, algunas de ellas susurradas, acerca del móvil del asesinato de Montefiore, que tanto se asemejaba a una ejecución. Las autoridades de Florencia dieron a entender que se trataba de un robo, pero se abstuvieron de revelar si faltaba algo en la villa de Montefiore.

La intensa cobertura mediática eclipsó casi por completo un comunicado de la sede regional de los Carabinieri en Venecia relativo a la identidad de la mujer cuyo cadáver había sido hallado flotando en la laguna, cerca de la iglesia de San Giorgio Maggiore. Horas después, la policía británica informó de que la víctima había terminado hacía poco un periodo de prácticas en el laboratorio de conservación de los Museos Vaticanos. La oficina de prensa del Vaticano expresó el profundo pesar de la Santa Sede y dio el pésame a la familia, pero no mencionó en ningún momento la desaparición de una tabla de nogal de 78 centímetros por 56. Algunos periodistas preguntaron si aquellas dos muertes en el mundo del arte, una en Venecia y la otra en Florencia, estarían relacionadas. El general Cesare Ferrari, el prestigioso comandante de la Brigada Arte, declaró inequívocamente que no.

Había, en realidad, numerosos vínculos; entre ellos, la identidad del hombre que había descubierto ambos cadáveres. Cada mañana, al alba, se subía a su andamio en la Salute y allí se quedaba, sin comer ni beber y sin mascarilla, hasta que se ponía el sol. Gracias a ello, completó la primera fase de la restauración —la eliminación de la suciedad superficial y de los repintes previos— varias semanas antes de lo que preveía. Fotografió el retablo dañado, ya limpio, y dio comienzo a la fase final del proyecto: el retocado de las partes del cuadro que se habían desprendido o que habían perdido color con el paso del tiempo. Usaba la paleta y las pinceladas de Tiziano, pero de tanto en tanto, cuando se le antojaba, empleaba la técnica zurda del florentino procrastinador, el que había pintado un retrato desaparecido de una muchacha milanesa que carecía de nombre, pensó, pero que tenía el rostro de un ángel.

Una noche, mientras cenaban en Al Covo, un restaurante pequeño y tranquilo del *sestiere* de Castello, Chiara le propuso que pintara una copia aproximada del Leonardo desaparecido. Gabriel le recordó que estaba bastante ocupado por el momento.

—¿Por el Tiziano? —Ella hizo un ademán, quitándole importancia al asunto—. Tienes tiempo de sobra.

—Por lo visto, el director de la Courtauld quiere recuperar su Florigerio.

—Está casi acabado.

Lo cual era cierto.

—Necesitaría un panel de madera —dijo Gabriel—. Preferiblemente, de nogal.

—¿Por qué no lo pintas sobre lienzo y ya está?

Él miró a Chiara con desaliento.

—Hay un hombre encantador en tierra firme, Marco se llama, que hace tablas a medida. Seguro que puede hacerte un panel de nogal.

Gabriel se inclinó hacia su hija y le preguntó en tono confidencial:

—¿Crees que tienen una aventura?

—Tórrida —respondió la niña, y le dio un ataque de risa.

Marco el encantador tardó una semana en encontrar una pieza de nogal adecuada y una semana más en convertirla en un panel digno del célebre maestro Allon. Gabriel, por su parte, solo necesitó tres sesiones nocturnas delante de su caballete para acabar su primera versión del retrato. Su esposa no pareció muy impresionada.

—Se te ha ido la mano con el *sfumato*. Parece desenfocada.

Gabriel enterró a la joven bajo una capa de pintura opaca e hizo una segunda versión que fue más del gusto de Chiara.

—¿Sabes cuánto valdría en el mercado? —le preguntó ella.

—Doscientos o trescientos euros. Pero si fuera un Leonardo original… En fin, eso sería otra historia.

—¿Qué hacemos con este?

Gabriel llevó la tabla al salón del piso y la colocó sobre un montón de astillas de madera, dentro de la chimenea. Chiara miró con tristeza cómo se consumía la muchacha de Milán en su pira funeraria.

—Hoy ha llamado la *dottoressa* Saviano.

—¿Qué ha hecho tu hija ahora?

—Nada, menos mal. La *dottoressa* solo quería saber cuándo quieres empezar tu nueva carrera profesional.

—¿Y qué le has dicho?

—Que primero tenías que terminar el Tiziano.

—Lo terminé hace dos días.

—Friki —masculló Chiara, y se calentó las manos delante de las llamas.

La *dottoressa* opinaba que el miércoles era el mejor día: los miércoles a las tres y media, en un aula luminosa de la última planta de la escuela. Se había elegido para el taller a doce alumnos, divididos equitativamente por sexos, de entre siete y diez años. Gabriel dio a cada uno un bloc de dibujo Strathmore y una caja de lápices Faber-Castell, y les hizo saber que su formación artística, aunque grata,

150

sería también rigurosa. De hecho, el primer miércoles pasaron toda la hora aprendiendo a dibujar una línea curva de grosor variable. La semana siguiente dibujaron círculos y cuadrados, y la siguiente convirtieron los círculos y los cuadrados en esferas y cubos, con el sombreado preciso para crear un efecto de tridimensionalidad.

El punto culminante de su primer mes en el taller de arte fue un sencillo bodegón con jarrón y pera. A Gabriel le impresionó la calidad de los trabajos, igual que a la *dottoressa* Saviano, que le preguntó si estaría dispuesto a aceptar a uno o dos alumnos más. Él le confesó que le extrañaba que su hijo, cuyo talento artístico saltaba a la vista, no estuviera incluido en la primera tanda.

—Estaba, *signore* Allon.

—¿Y?

—No quiso participar.

Gabriel ni siquiera hizo intento de disimular su desilusión.

—Quizá yo pueda convencerlo de que cambie de opinión.

La *dottoressa* sonrió con ternura.

—No debe de ser fácil tener un padre como usted. Mi consejo es que sea paciente.

La semana siguiente, Gabriel llevó a sus alumnos, que ya eran catorce, a Campo San Polo, donde les explicó la perspectiva y el concepto de punto de fuga. Pusieron en práctica la lección una semana después dibujando el exterior de la enorme basílica Dei Frari. Chiara e Irene estuvieron observándolos desde su mesa en el bar Dogale mientras Raphael garabateaba algo en un cuaderno. Gabriel dio por sentado que era una compleja ecuación matemática, pero esa misma noche, al echar un vistazo a escondidas a la mochila del niño, descubrió que no era así.

Le mostró el boceto a Chiara y preguntó:

—¿Por qué no me lo has dicho?

—Paciencia —se limitó a responder ella.

A esas alturas, sin embargo, Gabriel estaba empezando a perder la fe, no en su hijo, sino en su predicción de que el Leonardo no tardaría en reaparecer. El caso, en efecto, se había enfriado. Los

Carabinieri de Florencia habían clasificado oficialmente el asesinato de Giorgio Montefiore como «sin resolver» y sus compañeros venecianos seguían sin saber cómo había acabado Penelope Radcliff en las aguas de la laguna. Ambas muertes desaparecieron de las páginas de los periódicos italianos cuando su santidad Luigi Donati partió hacia Estados Unidos. El papa deslumbró en Naciones Unidas y sacó de sus casillas a algunos conservadores en Washington, pero por lo demás su primera visita pontificia al Nuevo Mundo no se vio empañada por ningún escándalo vaticano. Era, pensó Gabriel, el único punto positivo dentro de aquel sórdido asunto.

Si había otro, eran los arrolladores elogios con que fue acogida la restauración del Tiziano. Los turistas acudían en masa a Santa Maria della Salute para ver el retablo, al igual que conservadores, expertos y marchantes de todos los rincones del mundo del arte. Entre quienes peregrinaron a Venecia estaba Julian Isherwood, propietario de una respetada galería londinense especializada en pintura de maestros antiguos italianos y holandeses. Llegó el miércoles siguiente y quiso saber si Gabriel tenía tiempo de tomar una copa, digamos, a las tres de la tarde. Gabriel informó a su viejo amigo de que tenía otro compromiso.

—Cancélalo —le exigió Julian.

—No puedo —respondió Gabriel—. Pero quizás esté libre a las cinco.

—¿En el Harry's Bar?

—Luego nos vemos, Julian.

22

Harry's Bar

Había sentado sus reales en una mesa al fondo del local, en un rincón, detrás de una copa vacía y un cuenco muy mermado de aceitunas verdes y grasientas. Al ver entrar a Gabriel, levantó el brazo y movió la mano como si pidiera socorro. Con su traje de raya diplomática, su corbata color lavanda y su abundante cabello gris, presentaba un aspecto bastante elegante aunque un tanto disoluto, que él describía como de «digna depravación». Como era habitual, daba la impresión de tener una leve resaca.

Gabriel se acercó a la mesa entre el ajetreo de la hora de los cócteles y se sentó. Un camarero de chaquetilla blanca apareció de inmediato con dos *bellinis* y otro cuenco de aceitunas.

—Parece que tu fama te precede —comentó Julian.

—¿Qué fama?

—La de mejor restaurador del mundo de pintura italiana de maestros antiguos. Puede que el mejor que haya existido nunca.

—Deduzco que te ha gustado el Tiziano.

—Me arrodillaría ante ti, mi querido muchacho, si no fuera porque no quiero montar un numerito.

—Estamos en el Harry's Bar, Julian. Siempre hay algún numerito.

Isherwood echó un vistazo al local abarrotado y sonrió con aire nostálgico.

—Una vez me enamoré en este bar.

—¿Y dónde no te has enamorado tú?

—Aquello fue diferente.

—Siempre dices lo mismo.

—Pero en este caso es verdad.

—De una veneciana, ¿no?

Julian asintió.

—La hija de un vizconde que vivía en un *palazzo* no muy lejos del tuyo. Era demasiado joven, claro está, y peligrosamente bonita. Le rogué que se casara conmigo una hora después de conocerla. Para mi inmensa sorpresa, me rechazó.

—Creía que la sola idea del matrimonio te repugnaba.

—Como principio general, sí. Pero, en su caso, estaba dispuesto a hacer una excepción. —Dio un largo trago a su *bellini*—. Me duele reconocerlo, pero no volví a ser el mismo desde que me rompió el corazón.

—Te ha ido bastante bien, que yo recuerde.

—¿Te refieres a todas esas mujeres hermosas? —Exhaló un suspiro teatral—. ¡Qué no daría yo por una última aventura! Con un poco de suerte, acabaría en desastre. Esas son las mejores, ¿no te parece?

—Desde hace un tiempo, intento reducir los desastres al mínimo.

—Yo no, corazón. Son mi especialidad.

Julian estaba considerado uno de los marchantes de arte antiguo más cultos e influyentes del mundo, poseedor de una selectísima cartera de clientes y un olfato incomparable para encontrar cuadros mal atribuidos —los llamados *sleepers*— y sacarlos al mercado. Y, sin embargo, había coqueteado con la ruina financiera una y otra vez, debido en gran medida a que prefería poseer obras de arte a venderlas, una dolencia casi fatal para alguien de su oficio. Su relación con Gabriel, llamativamente estrecha, había sido durante muchos años motivo de especulaciones entre los incestuosos pobladores del mundillo del arte londinense. El reportaje de Amelia March en *ARTnews,* aunque exacto y minucioso, solo había conseguido arañar la superficie. Había sido Julian Isherwood, único hijo de un destacado marchante de arte judeoalemán asesinado en el campo de exterminio de Sobibor, quien había ayudado a construir y mantener la tapadera de Gabriel durante su larga carrera como agente de inteligencia.

A instancias de Gabriel, Julian había aceptado hacía poco asociarse con Sarah Bancroft, una historiadora del arte de nacionalidad estadounidense que había pasado varios años trabajando como agente clandestina para la CIA. Guapa, brillante y de una eficiencia despiada, Sarah había logrado dotar a Isherwood Fine Arts de una sólida situación financiera. Julian, liberado de casi todas sus obligaciones, vivía ahora en una especie de limbo entre la jubilación y la condición de emérito. Rara vez aparecía por la galería antes del mediodía, lo que le dejaba el tiempo justo para estorbar un poco antes de iniciar el paréntesis de tres horas que dedicaba diariamente al almuerzo. Gabriel se alegraba de que su viejo amigo hubiera decidido presentarse sin previo aviso en Venecia. Julian era una de esas raras almas que hacían la vida un poco menos tediosa.

Cogió del cuenco una aceituna verde y gorda y se la zampó.

—He oído un rumor terrible sobre ti hace poco.

—¿En serio? ¿Dónde?

—En el bar del Wiltons. ¿Dónde iba a ser?

El famoso restaurante de Jermyn Street era un punto de reunión habitual del mundillo del arte. Julian también solía pasarse por allí para estorbar un poco.

—Un rumor ¿de qué tipo? —preguntó Gabriel.

—Dicen que fuiste tú quien encontró el cadáver de esa pobre chica de la Courtauld flotando en la laguna.

—Eso no es ningún secreto, Julian. Salió en todos los periódicos italianos.

—Últimamente solo leo *The Guardian*. —Otra aceituna desapareció—. Supongo que te habrás enterado de lo del pobre Giorgio Montefiore.

—El asesinato de Giorgio también salió en los periódicos.

—No serías tú quien encontró el cadáver, ¿verdad?

Gabriel sonrió, pero no dijo nada.

—Montefiore se tenía a sí mismo en muy alta estima —continuó Julian—. Incluso para el elevado rasero del mundo del arte. Pero, en mi humilde opinión, su reputación era absolutamente inmerecida.

—¿Y eso por qué?

—Contestar a esa pregunta me obligaría a hablar mal de un muerto, cosa que a mi edad procuro evitar.

—No saldrá de esta mesa.

Julian levantó la vista hacia el techo como si rebuscara en su memoria.

—Hará unos cien años, vine a Italia en una de mis expediciones de caza. Fue antes de que el Gobierno italiano se tomara en serio la labor de proteger el patrimonio cultural del país. Los marchantes comprábamos cuadros al por mayor y nos los llevábamos a Londres. Solo un pequeño porcentaje eran obras originales de grandes maestros. El resto eran piezas de taller o copias posteriores. A la manera de tal, del círculo de fulanito, ese tipo de cosas.

—Tú, sin embargo, siempre sabías distinguirlas.

—No tenía mal ojo —repuso Julian con falsa modestia—. Pero los marchantes menos eruditos solían pedir consejo a un historiador del arte italiano. A uno conocido por ser muy laxo en sus dictámenes. Por un buen precio, claro está.

—¿Montefiore?

Julian asintió con la cabeza.

—Durante la expedición de caza de la que te hablaba, me topé con un retrato precioso que me pareció obra de Perugino. Le llevé el cuadro a Montefiore, que se mostró inclinado a darme la razón, siempre y cuando le entregara la suma de dinero preceptiva.

—¿Y cómo reaccionaste tú?

—Me pareció indignante y así se lo dije. Fue la última vez que hablamos.

—Bien hecho, Julian.

—Aceptar dinero a cambio de una atribución favorable me parece inconcebible. Tú nunca harías algo así. Y tienes muy buen ojo, uno de los mejores del sector.

—Para mí es una línea roja —reconoció Gabriel—. Un no rotundo.

—El difunto Giorgio Montefiore no era de tu misma opinión. Sé de muy buena tinta que siguió haciendo lo mismo toda su carrera.

—¿Estás pensando en algo en concreto?

—Con la cantidad de demandas que hay en estos tiempos, no debo decir nada más.

Terminaron la primera ronda de *bellinis* y les llevaron una segunda por cuenta de la casa.

—¿Vienes aquí a menudo? —preguntó Julian.

—Solo cuando tú estás en la ciudad.

—Ojalá pudiera quedarme más. Venecia está preciosa en esta época del año.

—¿Adónde vas ahora?

—Tu amiga Sarah Bancroft ha tenido la bondad de darme permiso para ver un cuadro en Ámsterdam. Un viejo contacto mío ha encontrado por casualidad algo interesante en un mercadillo. O eso dice. Está convencido de tener un tesoro entre manos.

—¿De qué género?

—Un retrato.

—¿El tema?

—Una joven.

Gabriel sintió un repentino malestar en el estómago.

—Supongo que no te habrá mandado una foto.

—Se la pedí, pero se negó. Me dijo que no quería que hubiera una circulando por el éter todavía.

—¿Cómo se llama ese viejo contacto tuyo?

—Peter van de Velde. Es un personaje un tanto escurridizo, pero con los años ha ido desenterrando algunas pinturas preciosas de colecciones holandesas antiguas.

—¿A qué hora te espera?

—Mañana a las diez de la mañana. —Julian se llevó el *bellini* a los labios—. ¿Por qué lo preguntas?

Gabriel esperó hasta que salieron del Harry's Bar para contestar. Su respuesta duró diez minutos e incluyó la confesión de que, en efecto, él era quien había encontrado el cadáver de Giorgio Montefiore en su villa de Florencia.

—¿Por qué será que no me sorprende? —dijo Julian.

—Imagínate cómo me sentí yo.

Iban andando por la Piazza San Marco. La enorme plaza estaba a oscuras, despejada de turistas y palomas. La luz del móvil de Gabriel bañaba el rostro de Julian. La pantalla mostraba la imagen infrarroja y fantasmal del retrato desaparecido.

—También me enamoré de ella hace tiempo, la primera vez que vi ese dibujo en la Biblioteca Reale. Es uno de los mejores que se han hecho jamás. —Julian le devolvió el teléfono—. Pero ¿me permites señalar lo obvio?

—Si insistes.

—No sabemos si el cuadro del mercadillo de Peter van de Velde es tu Leonardo.

—Lo sabremos en cuanto entres en su galería mañana por la mañana.

—¿Y si es tu Leonardo? Entonces, ¿qué?

—Paso a paso, Julian.

—Lo mismo me digo cada vez que bajo un tramo de escaleras. —Se detuvo al pie del *campanile* y levantó la vista hacia el cielo—. Pero ¿por qué crees que Peter ha decidido enseñarme el cuadro a mí, precisamente?

—Porque también a ti te precede tu fama.

—¿La de cómplice no tan secreto del exespía más famoso del mundo?

—La de respetado marchante de arte londinense especializado en maestros antiguos que ha encontrado unas cuantas obras mal atribuidas. Y si tú afirmas que el cuadro es un Leonardo, sin duda otros estarán de acuerdo.

—Al menos todavía hay alguien que me valora. —Se dirigieron hacia el Gran Canal. Julian caminaba con paso desgarbado y vacilante—. No hace falta que te recuerde, corazón, que ya han asesinado a dos personas por ese cuadro. Huelga decir que prefiero no ser la tercera.

—Tranquilo, yo estaré vigilando de cerca. Y Sarah, claro. No podemos llevar a cabo una operación en Ámsterdam sin una agente tan competente como Sarah.

—Tu querida amiga Sarah aún está en la flor de la vida. Yo, en cambio, he entrado en el otoño de la mía. Y me quedaría más tranquilo si me acompañaras mañana a la cita con Van de Velde.

—No estoy invitado. Y, si entro en esa galería, puedes estar seguro de que el cuadro desaparecerá como por arte de magia.

Julian se detuvo al llegar al borde de la Riva degli Schiavoni. Una flotilla de góndolas se balanceaba en la marea vespertina.

—¿Dónde la encontraste exactamente?

Gabriel señaló las aguas iluminadas por la luna entre la Punta della Dogana y la iglesia de San Giorgio Maggiore.

—Pobre chica —dijo Julian en voz baja—. Qué desgracia.

—La asesinaron porque intentó poner sobre aviso al mundo del arte sobre el Leonardo. Lo menos que podemos hacer es terminar lo que empezó.

—¿Una última aventura en Ámsterdam?

—¿Por qué no?

—Puede que acabe en desastre, ya lo sabes.

Gabriel sonrió con tristeza.

—Las buenas siempre acaban así.

23

Galería Van de Velde

Gabriel conservaba pocos recuerdos de las décadas que había pasado trabajando en el mundo del espionaje: solo un par de pasaportes alemanes falsos, una pistola Beretta y una copia del *malware* para hackear móviles más potente del mundo. Los pasaportes y la pistola los guardaba en la caja fuerte de su vestidor. El *malware,* conocido como Proteus, lo tenía oculto bajo un icono engañoso en su ordenador portátil. Su característica más insidiosa era que no requería ningún error por parte del objetivo: ninguna imprudencia a la hora de actualizar el *software,* ningún clic en una fotografía o un anuncio aparentemente inofensivos. Gabriel solo tenía que introducir el número de teléfono del objetivo en la aplicación y, en cuestión de minutos, el dispositivo quedaba por completo bajo su control. Podía leer los correos electrónicos y los mensajes de texto del objetivo, revisar su historial de navegación y los metadatos de su teléfono y vigilar sus desplazamientos físicos mediante las aplicaciones de localización GPS. Y lo que era quizá más importante: podía activar el micrófono y la cámara del teléfono y convertir así el dispositivo en un instrumento de vigilancia permanente.

Dejó el teléfono móvil de Peter van de Velde a merced de Proteus cuando volvió a casa y, a las nueve de esa misma noche, tras una placentera cena con Chiara y los niños, se instaló en la galería con su portátil para revisar los residuos digitales del marchante de arte. Empezó por los correos electrónicos. Había más de treinta mil, divididos a partes iguales entre recibidos y enviados. La mayoría estaban en inglés, el idioma semioficial del comercio internacional de arte; el resto estaba en holandés, alemán o francés. Gabriel vio los nombres de varios marchantes y coleccionistas muy conocidos, pero no encontró ninguna correspondencia con Giorgio Montefiore ni referencia alguna a un retrato perdido de Leonardo da Vinci.

Lo mismo sucedía con los mensajes de texto, que incluían una larga conversación con Julian. Su último intercambio de mensajes había tenido lugar a las 3:42 de esa misma tarde. Al parecer, Van de Velde se había tomado la libertad de alquilar un coche para recoger a Julian en el aeropuerto Schiphol de Ámsterdam, un gasto no menor para un pequeño marchante independiente. Julian había vuelto a pedirle una fotografía del cuadro. Van de Velde se la había negado, asegurándole al mismo tiempo que la espera merecería la pena.

La única conexión directa entre Venecia y Ámsterdam era un vuelo de KLM que salía de Marco Polo a una hora terrible: las siete de la mañana. Gabriel y Julian fueron al aeropuerto en sendos taxis acuáticos y subieron al avión como si no se conocieran. Sus asientos estaban en lados opuestos de la cabina de primera clase. Gabriel pasó las casi dos horas de vuelo revisando el resto de los datos del teléfono de Peter van de Velde. Julian bebía champán y coqueteaba con su vecina, una atractiva holandesa de unos cuarenta años que parecía encontrarlo absolutamente encantador.

Al llegar a Ámsterdam, la documentación de Gabriel fue sometida a un escrutinio exhaustivo en el control de pasaportes, lo que retrasó varios minutos su entrada en los Países Bajos. Se apresuró a tomar la lanzadera del aeropuerto y llegó a tiempo de ver a un hombre vestido con traje oscuro ayudando a Julian a subir a la parte trasera de un lujoso Mercedes sedán. Él también tenía un coche esperando, aunque el suyo era un utilitario Renault económico. La mujer sentada al volante tenía el pelo rubio largo hasta los hombros, la piel de color alabastro y unos ojos como un cielo de verano sin nubes que miraron a Gabriel con calma cuando se dejó caer en el asiento del copiloto.

—Cuánto tiempo sin verte —dijo ahogando un bostezo—. Ahora, por favor, dime qué hacemos otra vez en Ámsterdam.

Fue Gabriel, y no la Agencia Central de Inteligencia, quien enseñó a Sarah Bancroft los rudimentos del oficio. Él le había enseñado a mentir, a robar, a pelear y a usar un arma, una destreza que ella puso en práctica una fría tarde de invierno en Zúrich, cuando asestó dos balazos a un asesino de Moscú Centro. Nadie, sin embargo, la había enseñado a seguir a un coche desde otro coche, un descuido que Gabriel siempre lamentaba, y más aún en ese momento.

—Vas demasiado cerca. Es como si fuéramos sentados detrás con Julian.

—No quiero perderlo.

—Sabemos adónde va, así que no podemos perderlo.

Sarah aflojó un poco la marcha y dejó que se abriera un hueco entre el Renault y el Mercedes negro. Iban a toda velocidad hacia el norte por la A10, la autopista radial de Ámsterdam. Su destino, la galería Van de Velde, se encontraba en el barrio histórico de los canales. El dueño de la galería, que le daba nombre, estaba tomando un café en la cafetería de al lado mientras leía los titulares de la mañana en su teléfono intervenido. Gabriel vigilaba la actividad del dispositivo desde su ordenador portátil, conectado a internet a través de un punto de acceso móvil.

—Supongo que habrás visto las fotos que tiene guardadas en el móvil —dijo Sarah.

—Solo las que ha hecho desde que robaron el cuadro en el Vaticano.

—¿Y?

—No había fotos del Leonardo.

—¿Tampoco había nada en sus mensajes ni en el correo electrónico?

162

—No.

Sarah siguió al Mercedes cuando se desvió de la autopista.

—¿Y qué deduces de ello, si se puede saber?

—Que Van de Velde y sus socios son muy cautos.

—Otra posibilidad es que Van de Velde pretenda enseñarle a Julian un retrato holandés o flamenco sin ningún valor que encontró en un mercadillo de Ámsterdam. Lo que significaría que me has hecho venir para nada.

—¿Tenías algo importante que hacer hoy?

—Estaba pensando en almorzar en el Wolseley. Y luego, claro, tenía mi martini Belvedere de costumbre después del trabajo, en el Wiltons. Tres aceitunas, seco como el Sáhara, dolorosamente frío.

Sarah tenía una voz y unos modales de otra época. Gabriel, como siempre, se sintió como si estuviera conversando con un personaje de una novela de Fitzgerald.

—Seguro que podremos encontrarte un buen martini en Ámsterdam —dijo.

—Ojalá pudiéramos decir lo mismo de tu presunto Leonardo, pero las probabilidades de que el cuadro esté en manos de Peter van de Velde son entre escasas y nulas.

—En mi opinión no son tan malas.

—¿Y si es tu Leonardo?

—Entraré en la galería y lo recuperaré. Y luego le pediré a Van de Velde que me facilite el nombre de sus socios.

—¿Y qué pasará si Van de Velde decide llamar a las autoridades?

—No sabes mucho de delincuentes, ¿verdad?

—Gracias a ti, sé muchísimo. Y Peter van de Velde nunca me ha parecido uno de ellos.

—Por lo visto, tampoco sabes mucho de marchantes de arte.

—No todos somos corruptos, ¿sabes? Algunos tenemos principios.

—Ya se te pasará, seguro. —Iban hacia el este por Overtoom, una de las avenidas con más tráfico de Ámsterdam. El Mercedes

163

negro había desaparecido de su vista—. Parece que te las has arreglado para perderlo.

—Voy a hacer como que no te he oído.

Cruzaron Singelgracht y entraron en el barrio de los canales. Había bicicletas flanqueando los puentes y apoyadas contra las paredes de ladrillo de las casas de tejado puntiagudo. La galería Van de Velde ocupaba dos plantas de un edificio comercial, en Prinsengracht. Llegaron a tiempo de ver a Julian entrar con paso titubeante por la puerta delantera.

—El águila se ha posado —comentó Gabriel.

—En todo su esplendor —añadió Sarah.

Pasó despacio por delante de la galería y aparcó el Renault en un hueco junto al dique del canal. Gabriel subió el volumen de la transmisión del móvil de Van de Velde.

—¡Julie! —exclamó el marchante—. Cuéntame qué tal en Venecia. ¿Está el Tiziano tan espectacular como dicen?

—¿Lo está? —preguntó Sarah.

—Julian parece creer que soy el mejor restaurador que ha existido jamás.

—Quizá tenga un encargo para ti, si tienes tiempo.

—Presiento que pronto estaré trabajando en un retrato perdido de una joven.

Sarah ahogó otro bostezo.

—Entre escasas y nulas, amor.

Las pinturas que colgaban en las cuidadas salas de exposición de la galería eran principalmente paisajes holandeses del siglo XIX, bodegones y arreglos florales, el tipo de cuadros que los marchantes londinenses de alto nivel como Julian llamaban con desprecio «cajas de bombones». El propio Peter van de Velde tenía también algo de caja de bombones. El traje entallado, los mocasines de piel demasiado largos, el pelo rubio grisáceo engominado, el carísimo reloj suizo… Todo en él era impecable.

Sentados en el cómodo despacho de Van de Velde, entablaron la charla cortés que, como los preliminares de un encuentro amoroso, precede a cualquier transacción en el mundo del arte. El desplome del mercado, las sombrías perspectivas de la economía mundial, la temible situación política en Europa... Van de Velde esperaba con ansia la próxima feria de arte de Maastricht. Julian, que se había cansado de esa reunión anual, le comentó que sería su socia quien asistiera en su nombre.

—Es estadounidense, ¿no?

—Pero nadie lo diría. —Julian arrugó el ceño y miró su reloj de pulsera—. ¿Podemos ver el cuadro ya, Peter? Me gustaría coger el vuelo de las dos a Londres.

Van de Velde deslizó un documento de una sola página por la mesa y puso un bolígrafo encima.

—¿Un acuerdo de confidencialidad? —Julian negó con la cabeza—. Nunca he firmado uno y nunca lo haré.

—Esto es distinto.

Julian se puso las gafas de leer y revisó el documento con exagerado detenimiento. Luego, fingiendo un gesto de indignación, estampó su firma ilegible donde se le indicaba. Van de Velde guardó el documento en un cajón de la mesa. Julian se guardó el bolígrafo en el bolsillo.

—El cuadro —dijo con impaciencia genuina.

—Como ya te he adelantado, fue descubierto aquí, en Ámsterdam.

Julian tomó nota de que Van de Velde había hablado en pasiva.

—Me diste a entender que fuiste tú quien lo encontró, Peter.

—La verdad es que el cuadro me lo trajo otra persona. Estaba en pésimas condiciones, pero coincidí en que tenía algo especial. Ya sabes cómo es, Julian. Esa extraña sensación en la nuca.

Julian la conocía muy bien.

—¿Cuánto pagaste por él?

—Cinco mil euros. El dinero me lo facilitó uno de mis inversores, un coleccionista experto, con ojo de lince. También está convencido de que el cuadro es un tesoro desconocido.

—Ese coleccionista experto ¿es socio tuyo?

—Más o menos.

—Entonces, ¿qué es lo que quieres de mí?

—Tu opinión.

—Soy marchante, Peter. Solo autentifico cuadros que me interesan para mí o para un cliente.

—Mi socio y yo estaríamos encantados de vendértelo. Pero me temo que te va a salir muy caro.

—¿Qué cantidad barajáis?

—Si no me equivoco sobre el cuadro, se venderá por varios cientos de millones.

—¿Qué has encontrado, Peter? ¿Un Vermeer perdido?

—Algo mejor que un Vermeer.

—Solo hay otro maestro antiguo que pueda alcanzar ese precio.

Van de Velde sonrió.

—¿Lo vemos ya?

—Pensaba que nunca ibas a pedírmelo.

Van de Velde se levantó y cogió su abrigo.

—Por aquí.

—Los mejores planes de ratones y hombres… —comentó Sarah.

—Y los de marchantes de arte holandeses corruptos —respondió Gabriel.

—Eso parece. —Sarah puso en marcha el motor del Renault—. ¿Podrás perdonarme alguna vez por haber dudado de ti?

—Depende de cómo conduzcas durante los próximos minutos. —Gabriel vio pasar el Mercedes sedán por la ventanilla. En el asiento de atrás iban Julian y Peter van de Velde—. Ahora te toca seguirlos.

Sarah esperó unos segundos para alejarse despacio de la acera. El Mercedes giró rápidamente a la izquierda y se alejó del barrio de los canales. Un momento después, circulaba a toda velocidad en sentido contrario por Overtoom.

Sarah lo siguió a cincuenta metros de distancia.

—¿Adónde crees que van?

—Seguro que Julian se está preguntando lo mismo.

—Quizá debería llamarle. Solo para saber qué tal va todo y eso.

—Quizá deberías concentrarte en conducir. Si no, los perderás en el próximo semáforo.

Sarah pisó a fondo el acelerador y siguió al Mercedes por la concurrida intersección. El Mercedes continuó hacia el oeste por Overtoom y luego se dirigió al sur por la A10, hacia el aeropuerto de Schiphol.

—¿No creerás que…?

—Empieza a parecerlo —respondió Gabriel.

—Pero ¿por qué el aeropuerto?

—¿Qué mejor modo de ver un Leonardo robado?

La terminal de vuelos privados de Schiphol estaba situada en un rincón apartado del aeropuerto. Desde una plaza de aparcamiento junto a la pista, Gabriel observó con impotencia cómo seguía Julian a Peter van de Velde por la escalera de embarque de un Dassault Falcon 900LX. La señal del teléfono del marchante de arte holandés se cortó unos segundos después de que se cerraran las puertas de la cabina.

Sarah hizo una fotografía del Dassault mientras el aparato rodaba lentamente, camino de la pista de despegue.

—¿Quién crees que va en ese avión? —preguntó.

—Un miembro de la Camorra —contestó Gabriel—. O algo muy parecido.

—¿Julian corre peligro?

—Un poco.

—Esperemos que no lo maten. Sería una lata.

24

Wiltons

Julian Isherwood había examinado cuadros en sótanos y salas de subastas, en cámaras acorazadas de bancos y almacenes aduaneros; incluso, en cierta ocasión, mientras hacía el amor con la viuda de un adinerado coleccionista. Pero nunca, en toda su dilatada carrera, había evaluado una obra de arte en un avión en vuelo. Supuso que siempre hay una primera vez para todo, incluso a su avanzada edad.

Había otros cinco pasajeros a bordo del Dassault: cuatro gorilas y un hombre bien vestido de cincuenta y tantos años, con rasgos afilados, tez olivácea y el cabello ralo peinado hacia atrás, pegado al cráneo. Julian le tendió la mano, pero el hombre se limitó a pedirle su teléfono móvil. Lo hizo en un inglés con acento italiano. Julian entregó el dispositivo entre protestas y lo vio desaparecer dentro de una bolsa de nailon negra. Una guapa azafata le ofreció una copa de *prosecco*. Peter van de Velde, a su vez, le ofreció una disculpa en voz baja.

—Lo siento, Julian. Mi socio es un hombre precavido.

—¿Y tiene nombre, tu socio?

—No desea revelarlo en este momento.

Van de Velde esperó hasta que el avión se hubo estabilizado en algún punto sobre los Países Bajos para sacar por fin un delgado maletín para transportar cuadros del compartimento trasero de la cabina. Dentro, protegido por dos láminas de papel cristal, había un retrato de una hermosa mujer rubia que miraba fijamente al espectador por encima de su hombro izquierdo. De 78 centímetros por 56, poco más o menos. Van de Velde, tras ponerse unos guantes blancos, sacó el panel de la caja y lo depositó con sumo cuidado sobre la mesa de la cabina.

—¿La reconoces, Julian?

—Sí, claro.

Van de Velde le ofreció unos guantes.

—Échale un vistazo más de cerca. Creo que verás algo especial.

Julian se puso los guantes y, sujetando el cuadro con ambas manos, le dio la vuelta y miró el reverso. Adosado al panel de nogal original había un panel de roble, quizá del siglo XIX, con tres soportes horizontales arañados y llenos de muescas: uno a lo largo del borde superior del cuadro, otro en el centro y otro en la parte de abajo. No había sellos ni marcas de ninguna clase, nada que pudiera identificar a su propietario anterior. Julian inhaló hondo y creyó detectar un levísimo aroma a cola de conejo fresca.

Dejó el panel sobre la mesa y examinó la imagen a la luz del sol que entraba por las ventanillas del Dassault. Por lo general usaba una linterna ultravioleta para descubrir las capas de pintura superpuestas pertenecientes a restauraciones anteriores, pero en este caso no era necesario; gran parte de la superficie del panel había sido restaurada recientemente mediante técnicas de reintegración. Sin embargo, el ojo izquierdo de la mujer, de párpado grueso, no había sufrido ningún retoque. Al inspeccionar el iris y la pupila usando una lupa, Julian temió por un instante que dejara de latirle el corazón.

—¿Qué opinas? —preguntó Van de Velde.

Julian no se atrevió a responder con sinceridad, porque en ese momento bullía de rabia. Bajó la lupa y esperó a que el cuadro le hablara. Y lo hizo con elocuencia.

—Es un cuadro precioso y su calidad salta a la vista, Peter. Pero uno se pregunta cómo ha acabado en un mercadillo de Ámsterdam.

—Deberías haberlo visto antes de la restauración. Estaba cubierto por varias capas de pintura antigua y por una capa gruesa de barniz marrón. Al principio pensé que era holandés o flamenco. Pero ya no lo creo.

—Yo tampoco —dijo Julian.

—¿Es italiano?

—Casi con toda seguridad.

—¿De la escuela florentina?

—Podría ser, Peter. Pero ¿adónde quieres ir a parar con esto?

—Mi socio y yo nos preguntábamos… —Dejó la frase inconclusa.

—¿Si creo que es un Leonardo?

Van de Velde asintió con un gesto.

—Venga ya, Peter. No esperarás que responda a esa pregunta cuando no hace ni cinco minutos que he visto el cuadro.

—Pero está claro que te ha impresionado. Te lo he notado en los ojos.

—Estoy de acuerdo en que la pincelada se parece a la de Leonardo, pero eso no significa que sea suyo. Además, no hay nada en los registros históricos que indique que Leonardo utilizara el boceto preparatorio a punta de plata de la joven para pintar después un óleo.

—Tampoco había nada sobre el *Salvator Mundi*.

Julian, con su silencio, reconoció que tenía razón. Aún no había apartado la vista del cuadro. La habían maltratado horriblemente, a aquella hermosa joven de pupilas dispares. En ese mismo instante decidió rescatarla. Pero ¿cómo? Las heroicidades personales no eran lo suyo, y menos aún a treinta mil pies de altura. Alguna treta profesional de vez en cuando al servicio de una causa noble; ese era más su estilo.

—Hay una solución muy sencilla, ¿sabes?

—¿Cuál? —preguntó Van de Velde.

—Deja que me lleve el cuadro a Londres. Se lo enseñaré a los conservadores de la National Gallery y lo someteré a un análisis científico riguroso. Y contrataré a alguien para que investigue su procedencia.

—¿Y quién va a pagar todo eso?

—Isherwood Fine Arts.

—¿Y qué espera Isherwood Fine Arts obtener a cambio?

—Si mi trabajo da como resultado el descubrimiento de un cuadro desconocido de Leonardo, daré el dinero por bien empleado.

Van de Velde se volvió hacia su socio anónimo, que negó con la cabeza lentamente.

—Lo siento, señor Isherwood, pero el cuadro se queda aquí.

—En tal caso, no me queda otra opción que comprarlo.

El hombre sonrió.

—El precio de partida de la puja es de doscientos cincuenta millones.

—Si es un Leonardo, a ese precio es una ganga. —Julian miró la hora—. ¿Les importaría llevarme de vuelta al aeropuerto de Schiphol? Con un poco de suerte, aún podré coger mi vuelo a Londres.

El Dassault Falcon no dejó a Julian en el aeropuerto de Schiphol, en Ámsterdam, sino en Le Bourget, en París. Sus anfitriones tuvieron la amabilidad de facilitarle otro coche con chófer. Llamó a Sarah durante el trayecto a la Gare du Nord. Pareció profundamente aliviada al oír su voz.

—Empezaba a pensar que te habías caído por un precipicio.

—En Holanda no hay precipicios, corazón. Dicho lo cual, mi día ha dado un giro de lo más inesperado.

—Me da miedo preguntarte dónde estás.

—En el distrito XVIII de París.

—Podría ser peor.

—Mucho peor, en efecto —convino él.

—¿Lo has visto?

—Sí, lo he visto.

—¿Y?

—Deberíamos hablar cuando llegue a Londres.

—Ya sabes dónde encontrarme —contestó ella, y colgó.

Llegó a la Gare du Nord a tiempo de coger el Eurostar de las dos y media y entró por la puerta del Wiltons minutos antes de las cinco. Por desgracia, se topó con el orondo Oliver Dimbleby, un marchante de arte antiguo de Bury Street con muy mala reputación.

—¡Julie! —exclamó, zalamero—. Hace días que no te veo. ¿Dónde te habías metido, si se puede saber?

—En un sanatorio, para que lo sepas.

—Espero que no fuera nada grave.

—Agotamiento emocional.

—He oído que es mortal.

—Me han dado tres semanas de vida.

Los parroquianos de siempre se hallaban congregados a lo largo de la barra. El atildado Jeremy Crabbe, de Bonhams; el bronceado Simon Mendenhall, de Christie's; y el erudito Niles Dunham, de la National Gallery. Roddy Hutchinson, considerado universalmente como el marchante con menos escrúpulos de todo St. James, estaba desnudando su alma ante la exmodelo de sublime belleza que ahora era propietaria de una próspera galería de arte contemporáneo en King Street. Nicky Lovegrove, asesor artístico de los inmensamente ricos, vertía palabras dulces al oído a Amelia March, que escribía con denuedo en su libreta de periodista.

Julian se asomó por encima de su hombro.

—¿En qué estás trabajando?

—En tu obituario.

—Por favor, trátame bien.

—¿No lo hago siempre?

Sarah y Gabriel estaban sentados en la mesa de la esquina del bar. Sarah, como de costumbre, bebía un martini Belvedere con tres aceitunas, y Gabriel, una copa de vino blanco. Julian sacó la botella de la cubitera y examinó la etiqueta.

—Domaine Laroche Chablis *grand cru.*

—Invita Sarah —dijo Gabriel—. Un detalle para celebrar que has concluido tu misión con éxito.

Julian acercó una silla y se acomodó en ella con aire cansado.

—Mi misión, como tú la llamas, ha sido mucho más angustiosa de lo que me habías dicho. En especial, el vuelo privado imprevisto entre Ámsterdam y París. No me malinterpretes, el avión era estupendo. Pero los demás pasajeros no me han causado muy buena impresión.

—¿Cuántos eran?

—Cinco —respondió Julian mientras se servía una copa del *chablis*—. Incluido el presunto socio de Peter van de Velde. Parecía un empresario perfectamente presentable, pero dudo mucho que lo fuera.

—Italiano, ¿no?

—Sin duda.

—¿Y los demás?

—Eran los guardaespaldas del empresario. O puede que del cuadro.

—¿Es un Leonardo?

—Muchas carreras se han ido al garete por atribuir por error un cuadro a Leonardo…

—¿Pero?

—Creo que lo es.

—¿En qué estado está?

—Horrible. Me dan ganas de volver a Ámsterdam y retorcerle el pescuezo a Peter van de Velde.

—Lo más probable es que Van de Velde tenga muy poca responsabilidad en ello. Solo está haciendo de testaferro para los hombres que lo robaron del Vaticano.

—Pero conoce a los demás implicados.

—A algunos —reconoció Gabriel—. Pero el cuadro no está en su poder. Y si hablamos con él, perderemos nuestra mayor ventaja.

—¿Que es…?

—Los hombres que robaron el Leonardo creen que han consumado el mayor robo de arte de la historia. Y su exceso de confianza los ha llevado a cometer dos errores cruciales.

—¿El primero?

—Invitarte a Ámsterdam.

—¿Y el segundo?

Fue Sarah quien respondió, acercándose la copa de martini a los labios.

—Meterte en ese avión.

Era un error, añadió Sarah, porque la normativa internacional exige que todos los aviones civiles tengan asignado un código de identificación alfanumérico único que debe figurar en lugar bien visible en su fuselaje exterior. Dicho código permite a los controladores aéreos y a las autoridades aeroportuarias seguir y registrar los desplazamientos de los aviones por todo el globo. Pero los ciudadanos particulares también tienen acceso a esos datos, como descubrió la CIA cuando unos periodistas de investigación revelaron que la Agencia estaba usando una flotilla de aviones privados para trasladar en secreto a presos de Al Qaeda a los llamados «lugares negros», cárceles clandestinas donde eran sometidos a interrogatorio intensivo. El multimillonario presidente de un conglomerado francés de artículos de lujo se había deshecho hacía poco de su Bombardier 7500 porque estaba harto de que los activistas climáticos publicaran sus emisiones de carbono en las redes sociales.

—Ojalá tuviera yo esos problemas —masculló Julian—. Pero ¿de quién es el avión en el que he viajado esta mañana?

—De Eiger Air Transport —respondió Sarah.

—Una empresa fantasma, imagino.

—Por supuesto. Está registrada en Suiza, igual que el avión. De hecho, se fueron a Suiza después de dejarte en Le Bourget.

—¿A algún lugar bonito?

—A Lugano —respondió Gabriel—. Tu empresario italiano perfectamente presentable y sus guardaespaldas se pasaron después por un banco de la Piazza della Riforma, la plaza mayor de Lugano.

—¿Cómo lo sabes?

—Porque hicieron la tontería de llevarse también a Peter van de Velde y tengo su teléfono intervenido.

—¿Y cómo se llama ese banco?

—SBL PrivatBank S. A.

—¿El Leonardo está ahora escondido allí?

—Es posible —respondió Gabriel—. Pero tengo la sensación de que últimamente se ha movido mucho.

—¿Por qué?

—Por los registros de vuelo del avión —explicó Sarah—. La semana pasada estuvo tres días en Dubái. Y la anterior hizo escala en Tokio y Hong Kong.

—Suena a que se lo están enseñando a posibles compradores. En el mundo hay mucha gente extremadamente rica que no dudaría en pagar varios cientos de millones por un Leonardo auténtico, sin reparar en su procedencia.

—Descuida —dijo Gabriel—. No vamos a dejar que eso suceda.

—¿Y qué vamos a hacer? ¿Entrar por la fuerza en ese banco de Lugano?

—Vamos a esperar a que cometan otro error.

—¿Y luego?

Gabriel lanzó una mirada al plantel de personajes del mundillo del arte acodados en la barra.

—Luego moveremos ficha.

25

Lago Lemán

En el momento de su fundación en 1873, llevaba el nombre de Società Bancaria Lugano. Un siglo después, tras salirle varios competidores y embarcarse en una veloz expansión internacional que dejó su balance general cargado de deudas, el banco abrevió su denominación. Siguieron una serie de escándalos, entre ellos un costoso encontronazo con el Departamento de Justicia de Estados Unidos por ayudar a miles de ciudadanos estadounidenses a ocultar su patrimonio a la Hacienda pública. Finalmente, los años de caos administrativo y las fuertes pérdidas pasaron factura al SBL, poniéndolo al borde de la insolvencia. Se salvó de la quiebra en el último momento, sin embargo, gracias a una inyección de capital cuyo origen se hallaba envuelto en misterio.

Gabriel averiguó todos estos datos sobre la historia del SBL haciendo una simple búsqueda en internet, pero, como ya se había visto enredado en la maraña de los bancos suizos otras veces, estaba convencido de que había algo más. Por suerte, contaba con una fuente fidedigna situada en lo más alto del sector financiero suizo: un multimillonario de dudosa moralidad dedicado al capital riesgo, de nombre Martin Landesmann. Unos años antes, habían colaborado en una operación para introducir clandestinamente decenas de centrifugadoras repletas de explosivos en las instalaciones nucleares secretas de Irán. La participación de Martin en el asunto, aunque crucial, no había sido voluntaria.

Zuriqués de nacimiento, Martin vivía en un palacete en la frondosa orilla norte del lago de Ginebra. Gabriel llegó allí en taxi y fue recibido por la bella esposa de Martin, Monique, de origen francés, que lo saludó con heladora cortesía. Teniendo en cuenta lo compleja que era su historia común, Gabriel no esperaba otra cosa.

Su marido estaba fuera, en la terraza de la casa, con el teléfono pegado a la oreja. Vestía, como de costumbre, los tonos de la mitad inferior de la escala de grises: jersey de cachemira gris pizarra, pantalón gris carbón y mocasines negros. El atuendo combinaba a la perfección con su lustroso cabello cano y sus modernas gafas plateadas. Al ver a Gabriel, levantó una mano blanca como el mármol para indicarle una mesa circular en la que ya estaba dispuesto un servicio de café de porcelana. Gabriel se sentó y admiró las vistas del macizo del Mont Blanc, que esa noche había quedado espolvoreado de nieve. Una lancha motora abría una herida en las lisas aguas del lago azul.

Pasaron varios minutos antes de que Martin se desembarazara al fin de su llamada telefónica.

—Disculpa —dijo al sentarse—, pero me temo que tenemos entre manos una crisis bastante seria en One World.

One World era su fundación benéfica. Canalizaba miles de millones en ayuda a países en desarrollo, promovía la democracia, protegía los derechos de periodistas y activistas políticos y alertaba sobre los peligros del calentamiento global. Pero, sobre todo, proporcionaba a Martin una reluciente pátina de escrupulosidad empresarial que cegaba a la prensa y a las autoridades financieras suizas y les impedía ver el verdadero cariz de sus negocios. Aun así, había que reconocerlo: Martin era uno de los delincuentes más fascinantes que Gabriel había conocido jamás.

—¿Y a qué se debe esa crisis?

—Tiene que ver con nuestros esfuerzos por atender a los

desplazados por la guerra de Sudán. Ni que decir tiene que es un lugar peligroso para operar.

—Casi tan peligroso como Ginebra —repuso Gabriel.

—¿Has estado causando problemas en nuestra hermosa ciudad otra vez?

—Un pequeño incidente en el puerto franco, hace no mucho.

Martin sirvió el café.

—¿No sería el *affaire* Edmond Ricard?

—*Oui*.

—¿Y qué hay del escándalo de los llamados «papeles de Picasso»? ¿También eso fue cosa tuya?

—Es posible.

—Esos documentos causaron mucho revuelo. El asunto quitó el sueño a varios de mis colegas menos escrupulosos.

—Pero ¿a ti no?

—Global Vision Investments es ahora del todo legal. Lo que equivale a decir que solo soy medianamente corrupto. De hecho, según los estándares suizos, soy un dechado de virtudes.

—No esperarás que me lo crea, ¿verdad?

Martin sonrió por encima del borde de su taza de café.

—Cree lo que quieras, Gabriel.

—Creo que me gustaba más el Martin de antes. El que hizo todo lo posible por matarme.

—Creía que eso era agua pasada.

—Todavía me escuece de vez en cuando.

—¿Acaso no robamos juntos varios miles de millones de dólares al presidente ruso?

—Fue muy divertido, ¿verdad?

—¿Y no te dejo usar mis aviones y mi piso de París siempre que los necesitas?

—Has sido muy generoso.

—¿Y qué me dices de todo el dinero y las joyas que te presté? Monique todavía está enfadada por eso.

—Y, además, tampoco le caigo muy bien.

Martin se rio. El hielo se había roto por completo.

—¿Qué te trae por Ginebra esta vez? —preguntó—. ¿Negocios o placer?

—Negocios, me temo.

Martin suspiró.

—¿Cuánto necesitas ahora?

—No necesito dinero. Solo información.

—Qué novedad. ¿Y de qué se trata?

—Del SBL PrivatBank de Lugano.

Martin se puso serio.

—Lo conozco bien.

—¿Y?

—No es, desde luego, un dechado de virtudes. Más bien al contrario, de hecho.

Entre la vasta constelación de empresas controladas por Martin Landesmann había una firma de servicios financieros, pequeña pero muy rentable, con sede en el Principado de Liechtenstein. Esta entidad financiera de ética dudosa, conocida como Meisner Privat-Bank, había servido en su día de fachada a una sofisticada red de blanqueo de capitales que convertía el dinero sucio en dinero limpio y lo enterraba a continuación en la economía de curso legal. Su clientela estaba constituida por una caterva de facinerosos, evasores fiscales, cleptócratas y delincuentes de todo pelaje, incluida una extensa organización con base en la región de Campania, en el sur de Italia, que obtenía la mayor parte de sus beneficios de la venta y distribución de narcóticos; especialmente, de cocaína sudamericana.

—La Camorra —dijo Gabriel.

—Suelen referirse a sí mismos como el Sistema. Pero, en fin, una rosa con otro nombre...

—Sigue apestando a kilómetros de distancia, Martin.

Martin no respondió.

—¿Cuánto calculas que ganaste gestionando su dinero?

—Si te digo la verdad, ganaba mucho más con los colombianos, pero eran unos maleducados y tenían muy mal genio. La Camorra era más profesional.

—No has respondido a mi pregunta.

—Gané mucho —dijo Martin—. Igual que todos los banqueros y financieros de este país que manejan dinero sucio italiano. ¿Sabes cuánto ganan al año las tres principales organizaciones mafiosas italianas?

—Más que el Deutsche Bank y McDonald's juntos.

—Exacto. Una cantidad de dinero así no se puede esconder debajo del colchón. Tiene que ir a algún sitio. Y la verdad es que está en todas partes.

—¿Qué relación tienes ahora con ellos?

—¿Con la Camorra? Ninguna.

—¿Quién le puso fin?

—Ellos.

—¿Estaban descontentos contigo?

—Si fuera así, estaría muerto. Sencillamente, decidieron llevarse sus negocios a otra parte.

—¿Al SBL PrivatBank de Lugano?

Martin asintió con un gesto.

—Pero no son clientes normales. La Camorra fue quien salvó al SBL de la quiebra con una inyección de capital. El actual presidente no es más que un hombre de paja. El consejo de administración del banco reside en Nápoles.

—Seguro que tendrán a alguien en el equipo directivo.

—Se llama Franco Tedeschi. Es el jefe de la división de gestión de activos del SBL. Pero los activos que gestiona son de la Camorra.

Gabriel desbloqueó su teléfono y encontró una fotografía de Tedeschi en la página web del banco. Cincuenta y tantos años, facciones angulosas, cabello ralo... El individuo al que había visto Julian en el Dassault Falcon.

—Ese es Franco, sí —dijo Martin—. El director financiero de Camorra S. L. Pero ¿a qué viene este repentino interés en un banco corrupto de Lugano?

—A que el banco corrupto tiene algo de gran valor que pertenece a un amigo mío.

—¿Quién es ese amigo?

—El sumo pontífice de la Iglesia católica.

—¿Hay alguien a quien no conozcas?

—No conozco a nadie de la Camorra.

—Mejor para ti —repuso Martin—. ¿Y el objeto de gran valor?

—Un retrato perdido de Leonardo da Vinci.

Martin, que era un astuto coleccionista, levantó una ceja.

—Eso me interesa muchísimo. Continúa, por favor.

Gabriel le hizo un resumen escueto pero preciso del caso. Martin le escuchó absorto, con el dedo índice apoyado pensativamente en los labios.

—Esos dos asesinatos cantan a la Camorra —dijo—. Son muy buenos en lo suyo, y eso incluye matar a quienes ponen en peligro sus intereses económicos. Por eso te aconsejo que termines tu investigación cuanto antes y te olvides del cuadro. Si no, es probable que el próximo cadáver que aparezca en la laguna sea el tuyo.

—Puedo cuidar de mí mismo, Martin.

Le puso una mano en el brazo a Gabriel.

—Hazme caso, amigo mío. La Camorra puede matar a cualquiera, en cualquier parte y en cualquier momento. Incluso a gente como tú.

—Tu repentina preocupación por mi seguridad me parece conmovedora, pero no tengo intención de dejar ese cuadro en manos de tus exclientes napolitanos.

—Me imaginaba que dirías eso. Así que no me queda más remedio que ayudarte a recuperarlo.

—¿Qué tipo de ayuda me ofreces?

—Asesoramiento financiero, por supuesto. Lo primero que

voy a necesitar es acceso al balance del SBL, y a todos sus activos, pasivos y préstamos, además de a las cuentas de sus principales clientes.

—¿Por qué?

—Porque el arte es dinero, Gabriel. Nunca lo olvides.

26

Kandestederne

En el extremo de la península danesa de Jutlandia hay una estrecha lengua de terreno arenoso formada por el choque incesante entre el mar del Norte y su rival más pequeño, el Báltico. Ingrid Johansen vivía un par de kilómetros al sur, en las desoladas y ventosas dunas de Kandestederne. Aunque era uno de los lugares de veraneo más frecuentados de Escandinavia, ella prefería los meses de invierno, cuando tenía Kandestederne casi para ella sola. Sí, hacía un tiempo horrible y los días eran muy cortos, pero su casa estaba bien acondicionada para el invierno y llena de distracciones, entre ellas una enorme colección de libros, un modernísimo sistema de audio de fabricación noruega y sus ordenadores. La soledad no le molestaba; de hecho, la buscaba de forma activa. El director general del servicio de seguridad e inteligencia danés era una de las pocas personas que sabía cómo localizarla. Las reglas básicas de su relación exigían que Ingrid le avisara cada vez que regresaba al país. Así lo había hecho quince días antes, tras pasar discretamente la mayor parte del otoño en su casita de Míconos.

Había comprado su refugio griego con el botín de una serie de delitos perpetrados durante un verano en Saint-Tropez. Varios golpes importantes en Suiza —entre los que se incluía un maletín repleto de dinero que robó una tarde en el elegante bar del Hôtel Métropole de Ginebra— le habían servido para sufragar la renovación integral de la casa de Kandestederne. El director de la inteligencia danesa conocía bien los antecedentes delictivos de Ingrid, al igual que sus colegas del Ministerio de Justicia. Aun así, le habían concedido la absolución oficial cuando, a instancias de un legendario espía de nombre Gabriel Allon, Ingrid accedió a introducirse en Rusia a fin de robar un plan secreto del Kremlin para declarar la guerra nuclear en Ucrania. La operación acabó de manera violenta en la frontera finlandesa. Ingrid solo guardaba un vago recuerdo de cómo había logrado sobrevivir. Once agentes de la Fuerza Fronteriza Rusa no tuvieron tanta suerte.

En virtud de su acuerdo con el Gobierno danés, conservaba su considerable fortuna personal —gran parte de la cual estaba oculta en la Banca Privada d'Andorra—, así como todas sus propiedades y activos. Tenía además permiso para llevar un arma de fuego, aunque la Policía Nacional danesa había insistido en que entregara la Glock 26 subcompacta que Ingrid le compró a la banda callejera de los Black Cobras en Malmö. Su nueva pistola era una Heckler & Koch USP9. No era tan fácil de esconder como su vieja Glock, pero era sumamente precisa y tenía potencia suficiente para parar incluso al asesino más decidido de Moscú Centro.

Llevaba ahora el arma guardada en el bolsillo trasero de su chaqueta de ciclista de invierno, con interior de forro polar. Se dirigía hacia el oeste a una velocidad de casi cuarenta kilómetros por hora, cruzando la península por la Skagensvej. Según el ordenador de la bici, llevaba buen ritmo: noventa y siete pedaladas por minuto. Su frecuencia cardíaca era solo ligeramente superior.

Paró a tomar un café en una cafetería cerca de la terminal del ferri en Hirtshals y luego se encaminó hacia la ciudad portuaria báltica de Frederikshavn. Cuando llegó, se habían acumulado las nubes y comenzaba a caer una ligera lluvia. Se dirigió entonces hacia el norte, hacia Hulsig, y viró a continuación para recorrer de cara al fuerte viento los cinco kilómetros de regreso a Kandestederne.

Su casita se encontraba en el extremo norte del asentamiento, al final de un camino estrecho. Al llegar, encontró un Audi de gasolina aparcado junto a su Volvo EX90 eléctrico. Las reglas básicas de su relación con el director de la inteligencia danesa la obligaban a informar de cualquier actividad sospechosa en torno a su domicilio. Pero, en lugar de avisarle, Ingrid abrió la puerta de golpe y se apresuró a entrar.

—¿Nada? —preguntó Gabriel.

—Nada de nada.

—Alguna cartera habrás robado, seguro.

—Solo una, señor Allon.

Gabriel se palpó la pechera de su americana de cachemira y comprobó que le faltaba la billetera. Ingrid debía de habérsela birlado aprovechando su breve abrazo.

—No has perdido facultades.

—Pero sí he perdido las ganas de robar. —Le devolvió su botín con el ceño fruncido—. La culpa es de esa chalada de la bruja corsa. Me echó a perder.

La corsa en cuestión se habría indignado si hubiera oído que la describían en términos tan despectivos. Ella no era una bruja, era una *signadora,* una curandera que sanaba a quienes sufrían *occhju,* mal de ojo. Tenía, además, el poder de ver el pasado y de predecir el futuro, como había descubierto Ingrid durante una visita al cuartito de estar de la anciana.

Descorchó una botella de *sancerre* y sirvió dos copas. La lluvia se estrellaba contra las altas ventanas del salón, emborronando las impresionantes vistas del mar del Norte. El mobiliario era escandinavo y moderno, igual que los cuadros que adornaban las paredes. Uno de los lienzos, un paisaje marino invernal con dos figuras lejanas caminando por la orilla, desentonaba extrañamente. Gabriel lo había pintado en la playa, debajo de la terraza de Ingrid, y se lo había regalado como ofrenda de paz. Al verlo colgado en la pared, se arrepintió de no haberlo quemado.

—¿Y qué hay de tu otro pasatiempo? —preguntó, aceptando una copa de vino.

—¿Te refieres a mis actividades benéficas?

—No —contestó él—. Clic, clic, clic.

Así era como Ingrid se refería a su asombrosa habilidad para colarse incluso en las redes informáticas más sofisticadas como si entrara por una puerta abierta de par en par.

—Mi último golpe fue ese banco de las Islas Vírgenes Británicas.

—Si no recuerdo mal, no te costó mucho esfuerzo.

Ella sonrió.

—Fue pan comido.

—¿Crees que podrías hackear el SBL PrivatBank de Lugano?

Ella puso en blanco sus ojos azul claro. Tenía el pelo de color caramelo, con mechones rubios y la raya en medio, y un rostro de facciones rectas y regulares. No había en él nada fuera de lugar, ni una sola marca, ni una arruga.

—Me ofende que te molestes en preguntarlo. Pero ¿por qué el SBL?

Gabriel se lo explicó.

—No te aburres ni un momento —comentó Ingrid—. Usted realmente necesita encontrar un nuevo *hobby*, señor Allon.

—Sea como fuere, ¿puede hacerse?

—Cualquier red informática a la que pueda accederse a través de internet se puede atacar y manipular. Pero hay un inconveniente, tratándose del SBL.

—¿Te refieres al hecho de que está controlado por la Camorra?

Ella hizo un gesto afirmativo.

—Es la regla número 1 en el mundo del crimen, señor Allon. No robes nunca a los italianos. Y ni se te ocurra robarle a la Camorra.

—Nosotros les robamos a los rusos.

—Y no les hizo ninguna gracia, ¿verdad? Aun así, sería una pena dejar el cuadro en manos de la mafia, sobre todo si es un Leonardo.

—Es un Leonardo.

—Con el debido respeto, lo más probable es que no lo sea.

—¿Desde cuándo eres experta en el Renacimiento italiano?

—Una vez robé un Vermeer.

—Vermeer era holandés —dijo Gabriel—. Y el cuadro que robaste sigue desaparecido.

—¿Qué mejor manera de expiar mis pecados que ayudarte a recuperar el que quizá sea el último Leonardo? —Contempló la lluvia que acribillaba sus ventanas—. Ojalá esa bruja corsa no me hubiera hechizado.

—¿Nada? —preguntó Gabriel.

—No —contestó con un suspiro—. Ya no tiene emoción.

Esa noche fueron en coche hasta Skagen y cenaron en el hotel Brøndums. En el siglo XIX, el hotel había sido lugar de reunión de un círculo de pintores escandinavos que acudían cada verano al pueblecito pesquero, atraídos por la extraña calidad de la luz. Como no les sobraba el dinero, a veces entregaban los lienzos acabados al propietario a modo de pago. Ingrid, al terminar la deliciosa comida, propuso a Gabriel que pagara la cuenta de la misma manera.

—¿Con qué?

—Mañana puedes pintar algo.

—Esperaba pasar el día revisando el balance de una dudosa empresa de servicios financieros con sede en Lugano.

—Soy rápida, señor Allon, pero no tanto.

—¿Cuánto tiempo te llevará?

—Deberías hacerte a la idea de que vas a pasar una larga temporada aquí, en el extremo norte de Dinamarca. —Puso unos cuantos billetes sobre la cuenta—. Un mes o dos, como mínimo.

En la planta de arriba de la casa de Kandestederne había una espaciosa habitación de invitados con baño y magníficas vistas al mar. Por desgracia, estaba situada junto al despacho atestado de ordenadores en el que Ingrid se encerró a los pocos minutos de regresar de Skagen. Gabriel, que ya había vivido dos ataques informáticos, se preparó para una larga noche de ruido de teclas y *jazz* nórdico experimental, y fue generosamente agasajado con ambas cosas. Por fin, a las cinco y cuarto, bajó y preparó café. Transcurrieron otras cuatro horas antes de que el cielo pasara de negro a gris acero. Ingrid apareció poco después, en mallas y camiseta de tirantes. Sus brazos desnudos, bien tonificados, no presentaban ningún tatuaje. Tenía los ojos enrojecidos.

—¿Has dormido bien? —le preguntó a Gabriel.

—Mejor que nunca.

—¿Qué planes tienes para hoy?

Él miró por la ventana la desabrida y húmeda mañana que iba desplegándose sobre las dunas de arena.

—Tomar un poco el sol y nadar en el mar del Norte.

—Una idea estupenda, señor Allon. Aún conseguiremos convertirle en danés.

Y, con esas, subió las escaleras y desapareció de nuevo tras la puerta de su guarida. Gabriel se acercó a Frederikshavn en coche y compró dos mudas de ropa de abrigo, unas botas de montaña impermeables y un lote de material de pintura que incluía cuatro lienzos con bastidor y un caballete francés para pintar al aire libre. Montó el caballete en la playa aprovechando un repentino estallido de buen tiempo y, pincel y paleta en mano, se apresuró a plasmar el extraordinario juego de las luces y el mar. El lienzo terminado estaba apoyado contra la pared del salón cuando Ingrid, con la misma ropa y el pelo revuelto, bajó las escaleras pocos minutos después de las siete de la tarde.

—Fírmalo —insistió.

Gabriel negó con la cabeza.

—Eres como Leonardo. Él tampoco firmaba sus obras.

—Y jamás habría pintado un cuadro tan horrible como ese.

—Pero pintó el primer paisaje de la historia del arte occidental. Un boceto del campo, de los alrededores de Florencia.

—No me digas —dijo Gabriel con ironía.

—Anoche estuve documentándome un poco.

—Se suponía que estabas hackeando el SBL PrivatBank de Lugano.

—Eso también lo hice.

—¿Puedo preguntarte por tus progresos?

—He traspasado el perímetro exterior. Ahora solo estoy esperando a que alguien me dé acceso al anillo interior.

—¿Algún candidato?

—No se preocupe, señor Allon. No tardará mucho.

Preparó una cena sencilla —tortilla de champiñones y ensalada verde— y volvió al trabajo, dejando los platos sucios en manos de Gabriel. Él escuchó las cuatro sinfonías de Brahms en el equipo de música de Ingrid y, a medianoche, se metió en la cama. Allí soportó el repiqueteo del teclado hasta las dos de la madrugada, cuando el ruido de la habitación contigua cesó de repente. Fue un breve paréntesis, tres horas a lo sumo; luego volvió a empezar. Gabriel, con dolor de cabeza, bajó las escaleras y preparó café. Ingrid asomó su cara impecable poco después de las ocho.

—Ni una palabra —murmuró, y se marchó.

Solo de nuevo, Gabriel estuvo hasta las diez viendo estupefacto un programa matinal de la televisión danesa. Luego se puso ropa de abrigo, se calzó sus botas impermeables y emprendió una caminata de quince kilómetros por la playa hasta Grenen, donde las aguas entrantes del mar del Norte chocan con la corriente saliente del Báltico. Comió en una cafetería cerca del Skagens Museum y regresó a Kandestederne a tiempo de pintar la puesta de sol sobre las dunas cubiertas de aulaga.

Pasaban pocos minutos de las cinco cuando volvió a la casa. Sobre la mesa baja del salón encontró una botella de *sancerre* bien fría, dos copas de vino, un disco duro portátil y una nota manuscrita. El disco duro contenía el balance actual del SBL PrivatBank de Lugano, junto con varios cientos de miles de páginas de documentos relacionados. La nota versaba sobre sus planes para la cena. Tenían mesa reservada en el hotel Brøndums a las ocho de la tarde. La dueña había aceptado dos paisajes sin firmar a modo de pago.

27

Kandestederne

Las autoridades financieras suizas, aunque toleran numerosos pecados, siempre han visto con malos ojos el espionaje empresarial; sobre todo, si afecta a alguien «de familia». De ahí que Martin Landesmann juzgara prudente viajar de Ginebra a Dinamarca para revisar el material sustraído del SBL PrivatBank. Su Gulfstream G550 aterrizó en el aeropuerto internacional de Aalborg poco después de las once de la mañana siguiente. Gabriel optó por ir a recoger al financiero suizo concienciado con el medio ambiente en el Volvo eléctrico de Ingrid.

—Aplaudo tu decisión de pasarte a lo ecológico —declaró Martin mientras el vehículo se alejaba silenciosamente de la terminal.

—Lo dice el que acaba de bajarse de uno de sus dos aviones privados.

—El Gulfstream es mucho más eficiente en cuanto a consumo de combustible que el Boeing Business Jet —repuso Martin sin asomo de ironía.

—Supongo que todos tenemos que hacer sacrificios.

—Muy bien dicho.

—Úsalo en Davos, no te cortes.

—Puede que lo haga.

Gabriel se dirigió a la E39 y puso rumbo al norte. Martin contempló el paisaje plano como una mesa que se extendía más allá de la ventanilla.

—¿Por qué Dinamarca? —preguntó.

—Mi socia es danesa.

—¿Tu *hacker,* quieres decir?

—También tiene otras habilidades.

—¿Cuáles, por ejemplo?

—Yo que tú, me quitaría ese Patek Philippe Perpetual de la muñeca. Y escondería la cartera, además.

—¿Es carterista, entonces?

—La mejor que he visto en mi vida.

—¿Cómo la conociste?

—Robó un Vermeer de una villa en la costa de Amalfi. Y luego robó las joyas de tu esposa.

—Vaya —dijo Martin—. Eso lo explica todo.

La mujer que una hora después recibió a Martin Landesmann en su casa frente al mar, en Kandestederne, no se ajustaba a la idea que se había hecho de ella. En verdad parecía, en cuanto a aspecto y vestimenta, una ciudadana modelo que no había roto un plato en su vida. Martin quedó tan cautivado por ella que no se percató de la mirada de admiración que lanzó Ingrid a su costoso reloj suizo, ni del sutil roce de su mano que localizó la billetera en el bolsillo interior de su americana gris. Puede que reconociera en ella a un alma gemela. Eran, pensó Gabriel, dos caras de la misma moneda.

Una vez terminadas las presentaciones, pasaron al salón. Sobre la mesa baja los esperaba una copia impresa del último balance del SBL. Era una versión detallada, de unas trescientas páginas. Martin revisó el documento línea por línea, deteniéndose de vez en cuando para marcar un asiento contable con su grueso bolígrafo Montblanc o escribir una nota al margen. Cuando acabó, levantó la vista del documento y expuso sus conclusiones preliminares.

—No os sorprenderá saber que el SBL PrivatBank S. A. de Lugano ha salido airoso de su reciente periodo de turbulencias. Su recuperación es poco menos que milagrosa. Ahora es la representación misma de la salud financiera y moral.

—¿Y tú te lo crees? —preguntó Gabriel.

—Ni por un segundo. Es al cien por cien una filial de Camorra S. L. Y se sostiene gracias al dinero sucio de la Camorra.

Para demostrar su tesis, Martin necesitaba acceder en tiempo real a los datos internos más sensibles del SBL: sus depósitos, su cartera de operaciones y préstamos, la nómina de sus directivos y hasta los registros de seguros del banco. Ingrid, que estaba conectada a la red interna del banco, le dio acceso. Martin dedicó una hora a la división de banca privada, examinando a su antojo las cuentas de clientes con elevado patrimonio, y luego pasó otra hora rebuscando en los registros de la división de gestión de activos. Más allá de levantar de vez en cuando una ceja, no hizo comentario alguno sobre la naturaleza de sus hallazgos.

Revisó a continuación el libro de operaciones del banco e inspeccionó préstamo por préstamo las actividades de la división de crédito. Su última parada fue la bandeja de entrada del correo electrónico de Franco Tedeschi, el hombre de la Camorra en el equipo directivo del SBL. La correspondencia de Tedeschi incluía una larga conversación con un vicepresidente ejecutivo de Zurich Insurance Group, la mayor compañía aseguradora de Suiza.

—Lo he encontrado —anunció.

—¿El qué? —preguntó Gabriel.

—Tu Leonardo.

—¿Dónde está?

—Guardado en una cámara acorazada subterránea en la sede central del SBL. Pero la pregunta crucial es cómo llegó allí y por qué.

—¿Y la respuesta?

—Alguien perdió una enorme cantidad de dinero de la Camorra. Y alguien tenía que reembolsarla.

—¿Quién?

—No tengo ni la menor idea.

Pero había pistas importantes, añadió Martin, dispersas por los registros del banco; sobre todo, en la división de gestión de activos. Entre los clientes de la entidad había particulares, instituciones y empresas, muchas de las cuales eran sociedades anónimas ficticias o *holdings* empresariales. El banco compraba, vendía y gestionaba inversiones en nombre de sus clientes a fin de aumentar su patrimonio con el paso del tiempo. Prestaba, además, el dinero de los clientes; en algunos casos, sumas extremadamente elevadas. Para gestionar el riesgo, vendía luego parte de esos préstamos a otros inversores —a menudo clientes suyos— e incluso, a veces, al cliente que había solicitado el préstamo en primer lugar.

—¿Por qué hacen eso? —preguntó Gabriel.

—Porque gran parte de los préstamos del banco no son préstamos reales. Y muchos de sus clientes tampoco son clientes reales. Son solo testaferros de nuestros amigos de Nápoles.

—¿Cómo funciona?

—Tú hiciste algunas operaciones bancarias irregulares en tu vida anterior. Dímelo tú.

—Una empresa llamada Mafia Limitato abre una cuenta en el SBL.

—Seguro habría que hacer algo con el nombre, pero sigue, por favor.

—Mafia Limitato recurre entonces a los servicios de la división de gestión de activos del banco para invertir su dinero sabiamente. El gestor de activos invierte parte del dinero en bonos y acciones y usa el resto para comprar inmuebles.

—Error.

—¿Dónde me he equivocado?

—Mafia Limitato en realidad toma prestado el dinero del SBL para comprar esos bienes inmuebles.

—¿Por qué?

—Por las ventajas fiscales, claro está. Los mafiosos odian pagar impuestos.

—Entonces, ¿Mafia Limitato pide un préstamo que no necesita y luego compra el préstamo al banco?

Martin asintió con la cabeza.

—Así consigue blanquear aún más dinero sucio y eliminar, de paso, un riesgo inexistente del balance del banco.

—Inexistente ¿por qué?

—Porque no hay ninguna posibilidad de que Mafia Limitato incumpla el pago de un préstamo que ha obtenido de un banco que controla. —Martin suspiró—. ¿Es que tengo que explicártelo todo?

—¿Es un juego de trileros? ¿Eso es lo que me estás diciendo?

—Podría decirse así. Pero también proporciona al SBL capital adicional para prestárselo a otros clientes. Uno de esos clientes pidió prestados cuatrocientos millones de dólares al SBL para comprar un inmueble comercial en Londres. Y el SBL, cómo no, le vendió inmediatamente el préstamo a Mafia Limitato.

—¿Quién era el infortunado cliente?

—Algo llamado Mayfair Group. Podría ser una sociedad inmobiliaria, por lo que parece. Estuvo representada en la operación por un asesor financiero milanés, un tal Nico Ambrosi. Su empresa se llama Piedmont Global Capital.

—¿Y el inmueble?

—Un edificio de oficinas y locales comerciales en New Bond Street. Que es lo más interesante.

—¿Por qué?

—Conozco bien esa finca. De hecho, mi empresa la estudió detenidamente cuando salió al mercado.

—¿Y?

—Yo no habría pagado más de doscientos millones por ella. En cambio, Mayfair Group, sea lo que sea, pagó el doble. Como cabía esperar, incumplió el pago del préstamo dos años después de su concesión.

—¿Y Mafia Limitato se quedó con el muerto?

Martin asintió despacio.

—Como puedes imaginarte, estaban *molto* enfadados.

—¿Y qué tiene todo eso que ver con mi Leonardo?

—Tu Leonardo se usó para saldar el préstamo. Por lo menos, tengo firmes sospechas de que fue así.

—¿En qué te basas?

—En la oportunidad de ciertas maniobras que hizo Franco Tedeschi, el jefe de la división de gestión de activos del SBL, empezando por la compra de un pequeño retrato de una mujer, de autor desconocido, en la galería Van de Velde de Ámsterdam por un importe de cinco mil euros. El *signore* Tedeschi se puso entonces en contacto con su agente en el Zurich Insurance Group y solicitó una póliza para su nueva adquisición. El hombre del ZIG insistió en ver el cuadro y llevó consigo a un experto del museo Kunsthaus. El experto examinó el cuadro en la cámara acorazada del SBL. Y adivina qué dijo.

—Que mi Leonardo es un Leonardo.

Martin asintió.

—La aseguradora emitió una póliza de quinientos millones de dólares. Y solo dos días después, el SBL PrivatBank de Lugano saldó como por arte de magia el préstamo de cuatrocientos millones de dólares que había concedido al Mayfair Group para comprar el edificio de New Bond Street.

—¿El cuadro se utilizó como garantía *a posteriori*?

—Eso parece, desde luego. Por lo menos, ahora podemos afirmar con cierto grado de certeza que tu Leonardo se encuentra en la cámara acorazada del banco. Y allí debe permanecer hasta que se venda.

—¿Quién lo dice?

—El Zurich Insurance Group incluyó ese detalle, junto con muchos otros, en las cláusulas de la póliza.

—Supongo que no hay fotografías del cuadro.

—Sí, claro que las hay. Por delante y por detrás. —Martin le pasó el portátil de Ingrid—. Mira.

Había ocho imágenes en total. De su alta resolución se deducía que las había tomado un fotógrafo profesional especializado en arte.

—Entonces, ¿el ZIG solo tendría que pagar la póliza si robaran el cuadro de la cámara acorazada del banco?

—Exacto.

—¿Y si lo robaran, pongamos por caso, mientras está en tránsito?

—Mafia Limitato se quedaría con las manos vacías. —Martin suspiró—. Por Dios, Gabriel, ¿es que tengo que explicártelo todo?

28

Piazza della Riforma

Un bonito paseo marítimo sombreado de plátanos y jalonado por pequeños puertos deportivos seguía la suave curva de la bahía azul. Lujosos automóviles circulaban a paso majestuoso por el bulevar frente al lago, pero gran parte del casco antiguo de la ciudad estaba cerrada al tráfico, incluida Via Nassa, una callejuela adoquinada bordeada de soportales en los que abundaban las tiendas exclusivas. Ingrid se detuvo delante de la *boutique* de Bulgari y examinó las costosas fruslerías de oro y diamantes expuestas en el escaparate.

—¿Nada? —preguntó Gabriel.

—Aún no, me temo. —Se paró otra vez delante de la tienda de Hermès y cruzó luego la calle para acercarse a Cartier—. Aunque sí que noto cierto cosquilleo.

Continuaron por Via Nassa hasta la Piazza della Riforma. En la esquina noroeste de la plaza se hallaba la oficina central del Credit Suisse en Lugano. UBS, la mayor empresa de servicios financieros de Suiza, ocupaba el lado este. En el edificio de al lado se encontraba la sede central del SBL PrivatBank S. A.

—Qué respetable parece —comentó Ingrid.

—Igual que tú —respondió Gabriel—. Pero las apariencias engañan.

Había un restaurante a pocos pasos de la entrada principal del banco. Gabriel e Ingrid pidieron una mesa en la plaza y se sentaron de inmediato. El camarero hablaba el dialecto italiano helvético. Ingrid le birló el sacacorchos del bolsillo del delantal mientras les tomaba nota.

—Ojalá fuera tan fácil robar tu Leonardo —dijo al guardarse el sacacorchos en el bolso.

—¿Qué pasará cuando traiga nuestra botella de *pinot grigio* y descubra que le falta el sacacorchos?

—Que pensará que lo ha perdido.

—¿Y eso por qué?

—Porque ni en un millón de años pensaría que soy tan hábil o tan temeraria como para habérselo robado. Ese es el secreto de mi éxito, señor Allon.

—¿Tu encanto y tu aspecto recatado?

—Y las mejores manos del oficio —añadió ella.

—Pero ¿y si el sacacorchos valiera quinientos millones de dólares? ¿Y si nuestro camarero fuera un miembro de la organización criminal conocida como la Camorra, de Campania?

—Aun así, no sospecharía de mí.

—Ya lo veremos.

En ese momento, el camarero salió por la puerta del restaurante con la botella en la mano. Le mostró la etiqueta a Gabriel y a continuación se metió la mano en el bolsillo del delantal.

—Disculpe, *signore* —dijo con el ceño fruncido, y se fue en busca del sacacorchos perdido, dejando la botella sobre la mesa.

Ingrid levantó una ceja.

—Ni se te ocurra —la advirtió Gabriel.

—¿Temes que se dé cuenta?

—Estoy seguro de que se daría cuenta. Sobre todo, si la botella valiera quinientos millones de dólares.

El camarero volvió con otro sacacorchos. Saltándose el acostumbrado protocolo de cata, Gabriel le indicó que sirviera dos copas. Cuando se hubo marchado, Ingrid se guardó otro sacacorchos en el bolso y fijó luego la mirada en la fachada de la sede del SBL.

—¿Y si intentáramos robar un cuadro escondido en una cámara acorazada, debajo de ese edificio? ¿Cómo lo haríamos sin que se enteraran los directivos del banco?

—Tú eres la profesional. Dímelo tú.

—Yo robaría el cuadro de la misma manera que lo robaron ellos.

—¿Con ayuda de algún colaborador interno?

—Por supuesto.

—¿Y dónde vamos a encontrar a ese colaborador?

—En el SBL PrivatBank, señor Allon. ¿Dónde si no? Tendría que ser alguien con bastante autoridad. Alguien que tenga acceso a la cámara acorazada a cualquier hora del día o de la noche.

—Sería más fácil excavar un túnel para llegar a esa cámara acorazada que encontrar a alguien dispuesto a ayudarnos. Pero tu plan tiene otro inconveniente, además.

—¿Cuál?

—La póliza de seguros del ZIG. Me niego a permitir que Camorra S. L. se beneficie de su delito.

—En tal caso —dijo Ingrid—, habrá que robar el cuadro cuando esté fuera de la cámara acorazada.

Volvió la cabeza y vio que un sedán Mercedes Maybach se detenía junto a la entrada lateral del banco. Un individuo de aspecto atlético emergió del asiento del copiloto y abrió la puerta de atrás. Franco Tedeschi, jefe de la división de gestión de activos del SBL, se apeó del coche y entró rápidamente en el banco.

—¿Me lo estoy imaginando o las ventanas de ese bonito Mercedes son a prueba de balas? —preguntó Ingrid.

—Lo son —respondió Gabriel—. Y el blindaje podría detener una granada lanzada por un cohete.

—¿Para qué necesita un coche así un simple gestor de activos?

—Lugano es una ciudad peligrosa.

—No lo sabía. —Ingrid se puso las gafas de sol y sonrió—. Claro que las apariencias engañan.

* * *

Irene y Raphael sabían poco de aquella bella joven danesa amiga de su padre, pero sospechaban mucho. Sabían, por ejemplo, que había colaborado con Gabriel en dos proyectos secretos —de esos de los que no podían hablar con sus amigos del colegio— y que se le daban muy bien los ordenadores. Sabían también que podía hacer trucos de cartas y magia, que era extraordinariamente fuerte para ser tan baja de estatura y que era mortífera con un taco de billar en las manos. Lo habían visto con sus propios ojos una tarde en un pub irlandés de Cannaregio, donde ganó mil euros jugando al billar contra cuatro ingleses de Manchester.

Tenía en común con Irene su apasionamiento por los peligros del cambio climático, y con Raphael, la facilidad para los números. Esa noche, después de cenar, ayudó al niño a desentrañar un complejo concepto de geometría avanzada mientras Gabriel y su hija fregaban los platos. Chiara estaba sentada en un taburete de la isla de la cocina, examinando las fotografías del cuadro de Leonardo adjuntas a la póliza de quinientos millones de dólares emitida por el Zurich Insurance Group.

—¿Sabes cuántos delitos has cometido ya, cariño?

—Ninguno, en realidad.

—¿Has robado o no has robado una copia de una póliza de seguros del SBL PrivatBank de Lugano?

—Y miles de otros documentos confidenciales también. Pero es todo cosa de Ingrid.

—Es incorregible —dijo Irene con voz cantarina.

—Una redomada sinvergüenza —convino Gabriel, y le pasó a la niña una olla para que la secara.

A su madre aquello no le hacía ninguna gracia.

—¿Y qué hacías tú mientras Ingrid hackeaba un banco suizo?

—Pintar, ya que lo preguntas.

—¿Algo bueno?

—Un par de marinas que ahora pertenecen al hotel Brøndums de Skagen.

Chiara no pareció oír su respuesta.

—Las fotografías tienen una resolución muy alta. Si te fijas bien, se ve el trabajo del conservador.

—Sí —repuso Gabriel secamente.

—¿No te gusta cómo lo ha hecho?

—Odio reconocerlo, pero lo ha hecho bastante bien.

—¿Has echado un vistazo al reverso del panel? —Chiara giró la pantalla del ordenador hacia Gabriel—. Ha pegado un panel de apoyo al original.

—Ya me imaginaba que lo haría. Así es casi imposible demostrar que es el mismo cuadro que robaron del Vaticano.

—El informe de procedencia es de risa —comentó Chiara.

—Pero la atribución a Leonardo por parte del Kunsthaus vale cien millones de dólares, como mínimo. Julian está convencido de que es un original de Leonardo, lo que significa que otros lo certificarán también. Solo es cuestión de tiempo que encuentren un comprador.

—¿Qué piensas hacer al respecto?

Gabriel sonrió.

—Voy a ayudarlos.

29

Hotel Danieli

Los niños se empeñaron en que Ingrid los llevara al colegio a la mañana siguiente. Los agarró de la mano con fuerza, temiendo perderlos en el laberinto de las calles, y soltó un leve suspiro de alivio cuando llegaron sanos y salvos a su destino. Luego se desorientó durante el breve trayecto de vuelta a la parada del *vaporetto* de San Tomà. Gabriel la estaba esperando en el andén con un sobre marrón bajo el brazo.

—Exijo saber adónde me llevas —le dijo Ingrid.

—Al hotel Danieli.

—¿Por qué?

—Para desayunar con el comandante de la Brigada Arte.

—Puede que esto le sorprenda, señor Allon, pero hago todo lo posible por no coincidir con agentes de policía.

—No tienes nada que temer. Además, va siendo hora de que os conozcáis.

Subieron al número 1 y recorrieron el suave trazado del Gran Canal hasta San Zaccaria. Un hombre atractivo, vestido con traje oscuro, los esperaba delante del Danieli. Gabriel hizo las presentaciones.

—Capitán Luca Rossetti, le presento a Ingrid Johansen.

Ingrid estrechó con reticencia la mano que él le tendía. Luego Rossetti dijo unas palabras en italiano a Gabriel y entraron los tres en el hotel. El general Cesare Ferrari, el legendario comandante de la Brigada Arte, estaba sentado arriba, en la terraza del restaurante. A diferencia del joven capitán, vestía un uniforme azul con ribetes dorados.

Esbozó una breve sonrisa.

—Vaya, pero si es la *signorina* Johansen, la de los dedos largos... Es un placer conocerla por fin.

—El placer es mío —dijo Ingrid, y se sentó.

Una camarera les llevó cuatro capuchinos y una cesta de pastelitos italianos recién hechos. La vista de la laguna veneciana parecía pintada por Turner. El general Ferrari, sin embargo, solo tenía ojos para Ingrid. De repente, ella se dio cuenta de que su ojo derecho era una prótesis. El izquierdo brillaba con bondad inesperada.

—Por favor, intente relajarse, *signorina* Johansen. Estoy al tanto de la peligrosa misión que llevó a cabo en Moscú y no me interesa su ocupación anterior. —Se volvió hacia Gabriel—. Ni la tuya, por cierto. En cambio, estoy deseando que me cuentes qué tal van tus proyectos más recientes. Especialmente, qué tal fue tu visita a Ámsterdam con tu buen amigo Julian Isherwood.

—Un marchante llamado Peter van de Velde le pidió a Julian que echase un vistazo a un cuadro que había encontrado supuestamente en un mercadillo de Ámsterdam. Un retrato de una joven, pintado al óleo sobre panel de nogal. El examen del cuadro tuvo lugar a bordo de un avión privado.

—Qué curioso.

—Lo mismo pensó Julian.

—¿Y qué le pareció el cuadro?

—Está convencido de que es una obra original de Leonardo da Vinci.

—¿Es el cuadro que robaron del Vaticano?

—Sin duda alguna.

—¿Y dónde está ahora?

—En un banco de Lugano.

—¿No será el SBL PrivatBank?

—¿Cómo lo sabes?

El general se encogió de hombros.

—Porque es la Banca di Camorra.

No era de extrañar que el general Ferrari estuviera ansioso por saber cómo había dado Gabriel con el paradero del cuadro y por qué había retomado su colaboración con la bella ladrona danesa que tiempo atrás había robado una obra de Johannes Vermeer de valor incalculable. La respuesta de Gabriel incluyó el reconocimiento de que se había cometido un delito: una sustracción de datos pertenecientes a una empresa suiza de servicios financieros. Dado que dicho delito no se había cometido en territorio italiano en ninguno de sus aspectos, el general juzgó que podía examinar parte del material adquirido ilícitamente, incluidos una póliza de seguros de quinientos millones de dólares y los documentos relativos a la condonación de un préstamo problemático de cuatrocientos millones de dólares concedido por el SBL PrivatBank a una sociedad inmobiliaria que llevaba el nombre de Mayfair Group.

—La teoría que plantea tu amigo Martin Landesmann es interesante —reconoció el general—. Aunque sea pura especulación.

—Habla con considerable conocimiento de causa en lo que respecta a la Camorra.

El general Ferrari mostró su mano derecha lisiada.

—Yo también. Pero ¿me estás diciendo que san Martin, el de la deslumbrante reputación internacional, ha blanqueado dinero de la Camorra?

—Cuesta creerlo, ya lo sé, pero dejaron de colaborar después de que la Camorra comprara en secreto el SBL.

—Resolviendo así de una vez por todas sus problemas de blanqueo de capitales. Mis compañeros de la Guardia di Finanza alertaron a las autoridades suizas sobre el origen del capital que salvó al SBL de la quiebra, pero no hicieron ni caso. —El general señaló el montón de documentos—. Quizás ahora nos escuchen.

—Nuestra prioridad es el cuadro —dijo Gabriel.

El general Ferrari asintió con gesto pensativo.

—Si cumpliéramos estrictamente las normas, tendría que avisar a la Policía Federal Suiza y pedirles que intervengan.

—¿Con pruebas obtenidas mediante una operación de pirateo informático? Te deseo suerte, Cesare. Además, aunque los suizos accedieran a investigar el asunto, tardaríamos años en recuperar el cuadro.

—¿Qué alternativa hay?

—Que el cuadro salga a la venta. Y luego, cuando se presente la ocasión, hacerse con él.

—¿Robarlo, quieres decir?

—Considéralo una incautación extrajudicial.

—La Brigada Arte no puede tomar parte en un robo —protestó Ferrari—. A fin de cuentas, nos dedicamos a investigar delitos relacionados con el arte y a perseguir a sus autores. —Miró a Ingrid y añadió—: Exceptuando los aquí presentes, por supuesto. Y luego está la cuestión de la póliza de seguros. Si «adquirieras» el cuadro, el ZIG tendría que abonar quinientos millones de dólares.

—Solo si lo roban de la cámara acorazada. Y solo si el SBL PrivatBank de Lugano presenta una reclamación.

—¿Y por qué no iba a presentarla?

—Porque no se dará cuenta de que su Leonardo ha desaparecido.

—Imposible —resopló el general.

Gabriel miró a Ingrid, que le devolvió a Luca Rossetti su reloj de pulsera.

—Difícil —dijo ella con una sonrisa seductora—, pero no imposible, en absoluto.

30

San Tomà

A la mañana siguiente, Gabriel tomó un tren de primera hora a Milán y, en una renombrada galería de arte antiguo cerca del Duomo, compró un cuadro devocional de tamaño mediano, óleo sobre tabla de nogal, quizá del siglo XVI, de un artista anónimo de la escuela del norte de Italia. Costaba diez mil euros, más de lo que esperaba gastar, pero la tabla estaba en muy buen estado: no tenía fracturas ni estructuras de soporte, y solo presentaba un leve abarquillamiento. El marchante afirmaba que tenía unas dimensiones de 80 centímetros por 58, pero Gabriel sospechaba que de ancho se acercaba más bien a los sesenta, en realidad. Midió el panel con su iPhone y, efectivamente, se confirmó que estaba en lo cierto. El marchante, avergonzado, rectificó las dimensiones en el contrato de venta definitivo.

Con el cuadro metido en una funda de nailon, Gabriel fue a pie hasta el convento de Santa Maria delle Grazie para echar un vistazo a *La última cena*. Luego tomó un taxi hasta Milano Centrale y cogió el tren de la una y veinte a Venecia. Eran las cinco pasadas cuando llegó a casa. Colocó el panel sobre la mesa de trabajo de su estudio y, con un rascador bien afilado y el corazón en un puño, violentó la obra del artista anónimo del siglo XVI del norte de Italia.

A la mañana siguiente, llevó su tabla de nogal de diez mil euros al taller de ebanistería de un tal Marco Amato, en tierra firme.

Le pidió a Marco que recortara el panel dos centímetros de alto y cuatro de ancho, de modo que la modificación no fuera visible. A continuación, le informó de que necesitaba otro panel, de roble en vez de nogal, y le dio una fotografía en alta resolución de cómo quería que quedara.

—¿Del mismo tamaño?

—Todo igual. Quiero que hagas una réplica exacta de ese panel de apoyo.

—¿Puedo preguntar por qué, maestro Allon?

—No, no puedes. Y si vuelves a llamarme «maestro», soy yo quien te va a recortar a ti dos o tres centímetros.

Gabriel regresó a San Polo y pasó el resto del día en su estudio trabajando en un boceto preparatorio del retrato de una muchacha sin nombre que había vivido en Milán hacía más de quinientos años. Basó su composición en dos fuentes: el boceto original a punta de plata de Leonardo y la fotografía que el Zurich Insurance Group había encargado del cuadro en su estado actual. Hizo cuatro bocetos y eligió uno mientras Chiara miraba por encima de su hombro. Con un punzón de punta de acero, perforó el boceto haciendo cientos de agujeritos o *spolveri*. Los tres bocetos restantes los quemó.

A la mañana siguiente, regresó al taller de Marco Amato para recoger su costosa plancha de nogal, que ahora medía 78 centímetros por 56. De vuelta en su estudio, preparó el panel como lo habrían preparado los ayudantes de Leonardo, superponiendo capas de aceite para madera y albayalde mezclado con vidrio sódico-cálcico finamente molido. Pasados tres días, cuando la preparación estuvo bien seca, puso el boceto encima y espolvoreó el papel con polvo de ceniza de madera que había recogido de la chimenea del salón. La ceniza se introdujo por los diminutos *spolveri,* dejando el contorno punteado del boceto sobre la superficie del panel. Con un pincel Winsor & Newton Serie 7 mojado en pintura gris clara, unió los puntos y se puso a trabajar en una versión monocromática completa del cuadro. Hacía largo rato que había anochecido cuando terminó. No había probado bocado en todo el día.

* * *

Ingrid se instaló en un bonito apartamento de un solo dormitorio con vistas al Rio de la Frescada, a razón de cincuenta dólares por noche. Sus labores cibernéticas incluían ahora la vigilancia a tiempo completo de un banco suizo, un marchante de arte holandés y un Dassault Falcon 900LX propiedad de la sociedad pantalla Eiger Air Transport. Aun así, iba todas las tardes a recoger a Irene y Raphael al colegio y, tras una visita a la *pasticceria* o la *gelateria* de su elección, los llevaba al piso de la familia Allon. Invariablemente, se deslizaba en el estudio de Gabriel y le informaba de cualquier novedad; por ejemplo, de un vuelo nocturno del Dassault entre Lugano y Singapur, lugar de residencia de un magnate naviero multimillonario que estaba interesado en adquirir una obra maestra recién descubierta de Leonardo da Vinci. La mayoría de las tardes, sin embargo, se sentaba en silencio en un taburete y lo observaba trabajar.

Al acabar la primera semana, había aplicado las primeras capas de pintura en tonos tierra. A continuación, comenzó a construir el contorno y el color mediante finísimas veladuras. No había líneas discernibles en ninguna parte del cuadro, puesto que Leonardo afirmaba que no existían en la naturaleza. Solo había transiciones apenas perceptibles, la técnica que Leonardo denominó *sfumato*. Así, le explicó Gabriel a Ingrid una tarde, era como iban a robar el cuadro. Lo harían desaparecer como humo que se disipa en el aire.

La estrategia del *sfumato,* como la llamó Gabriel, requería una copia perfecta del cuadro. La mano del maestro tenía que verse claramente, de ahí que Gabriel decidiera pintar todo el cuadro usando solo la mano izquierda. La copia no podía hacerse con prisas. No se podían tomar atajos ni forzar las cosas. Capa por capa, sin líneas discernibles, humo que se desvanece en el aire.

El vidrio finamente molido que añadió a su preparación no solo iluminaba la pintura, sino que ayudaba a acelerar el secado. Aun así, cada capa de pintura y veladura tenía que secarse por completo antes de poder aplicar la siguiente, un proceso que solía llevar varias horas. Los días de sol, colocaba el cuadro en la galería para exponerlo al cielo meridional. Pero cuando el tiempo estaba nublado y húmedo, no le quedaba más remedio que recurrir a un potente ventilador.

Un día, durante un descanso, llevó a Ingrid a navegar en su Bavaria 42. Franco Tedeschi y Peter van de Velde pasaron esa misma tarde a bordo del Dassault Falcon, rumbo a Abu Dabi. La visión del cuadro tuvo lugar a última hora de la tarde en la pista del aeropuerto. El posible comprador era un jeque joven e impulsivo, con más dinero que sentido común. Ofreció cien millones por el cuadro. Franco los rechazó de plano.

Los miércoles, Gabriel procuraba poner el cuadro a secar de modo que le diera tiempo a acudir a su cita semanal con sus catorce jóvenes pupilos. Durante una clase, hicieron sencillos bodegones sin trazar líneas, solo con contornos difusos y sutiles gradaciones de sombras. La semana siguiente hicieron sus primeros estudios de drapeado, de nuevo sin delineado.

Los jueves, Gabriel acompañaba a Raphael a la universidad para su clase semanal con su tutor de matemáticas. Una tarde, mientras volvían andando a casa, el niño le preguntó por qué se había quedado en Venecia su amiga Ingrid y por qué pasaba él tanto tiempo trabajando en aquel cuadro, en su estudio. La explicación que improvisó Gabriel podría haber funcionado tiempo atrás, pero no funcionó aquella tarde. Su hijo era demasiado inteligente para dejarse engañar por una historia inventada a bote pronto por su padre.

—Es un Leonardo, ¿verdad?

—Soy yo quien lo está pintando, así que no puede ser un Leonardo.

—Claro que puede.

Gabriel sonrió.

—Eres un joven muy perspicaz, Raffi, pero ¿qué te hace pensar que estoy pintando un Leonardo?

—El boceto —respondió el niño.

—¿Qué boceto?

—El que vi en el libro que tenías encima de tu mesa. Se llama *Cabeza de muchacha* o *Estudio para un ángel*. Leonardo lo dibujó cuando estaba trabajando en un cuadro llamado la *Virgen de las rocas*.

Gabriel encajó esta revelación con sentimientos encontrados. Le encantaba que Raphael mostrara interés por algo que no fueran las matemáticas avanzadas. Pero le preocupaba un poco que su hijo hubiera desobedecido la orden estricta de no entrar en su estudio cuando él no estaba presente.

—¿Cuántas veces te he dicho que...?

—Mamá dijo que no pasaba nada.

—¿Ah, sí?

El niño asintió enérgicamente con la cabeza.

—¿Y qué haces cuando entras en mi estudio, Raffi?

—A veces hago los deberes. Allí se está muy tranquilo.

—¿Y cuando no haces los deberes?

—Dibujo.

Eso explicaba que faltasen hojas en el cuaderno de bocetos de Gabriel y que los lápices estuviesen despuntados. Sospechaba ya que alguien utilizaba sus materiales sin su permiso, pero no quería parecer un paranoico ni un energúmeno reprochándoselo a su mujer y a sus hijos pequeños.

—¿Qué tipo de dibujos haces? —preguntó.

—Sobre todo, bodegones. Mamá me los prepara.

La trama se complicaba.

—¿Cuántos bodegones has hecho, Raffi?

El niño se encogió de hombros.

—¿Haces también otras cosas?

—Hice una copia del boceto de Leonardo. El de la chica.

—¿Y dónde está?

Cuando volvieron a casa, Gabriel descubrió que todos los dibujos de Raphael estaban cuidadosamente fechados y guardados en una bonita carpeta de piel, regalo de la madre del niño. Los bodegones eran mucho más avanzados que cualquier dibujo de sus alumnos. La copia de *Cabeza de muchacha* o *Estudio para un ángel* era casi fotográfica. Gabriel le preguntó a su hijo si había calcado la imagen. El niño le juró que no.

Extrañado, Gabriel llevó a Raphael a su estudio y le pidió que hiciera una copia de su copia. El niño apenas miró el original. La joven parecía salida de su prodigiosa memoria.

Gabriel fechó el boceto y lo guardó en la carpeta de Raphael.

—¿Vendrás a mi clase el próximo miércoles? —le preguntó.

—No —respondió su hijo, y se marchó.

31

San Tomà

A las once de la mañana siguiente tenían entre manos una guerra de pujas. Los contendientes eran cinco, repartidos por todo el globo: el acaudalado naviero de Singapur, el impetuoso jeque de Abu Dabi, un magnate sueco del acero, el tercer hombre más rico de China y un comprador misterioso al que servía de apoderado un consultor de arte francés llamado Stéphane Tremblay. *Monsieur* Tremblay, le dijo Gabriel a Ingrid, era el exdirector del departamento de pintura del Louvre. Un contendiente muy serio, sin duda.

—Anoche llamó a Peter van de Velde. Le dijo que su cliente está loco por el cuadro.

—Loco ¿hasta qué punto?

—Ciento veinticinco millones. Cuando el magnate sueco del acero ofreció ciento treinta, Tremblay y su cliente subieron inmediatamente a ciento cincuenta.

Con permiso de Gabriel, Ingrid instaló el *malware* Proteus en el teléfono del consultor de arte y a primera hora de la tarde ya estaba revisando sus correos electrónicos, sus mensajes de texto y los metadatos de su móvil. Entre sus clientes se contaban algunos de los coleccionistas más ricos y renombrados de Francia, ninguno de los cuales parecía interesado en adquirir un Leonardo recién descubierto puesto a la venta por un marchante amsterdamés de tercera fila. El cliente misterioso de Tremblay figuraba en su lista de contactos como

Arquímedes, a secas. Sus últimos mensajes de texto dejaban claro que Arquímedes no estaba allí de paso.

Ingrid le explicó todo esto a Gabriel después de acompañar a Irene y Raphael a casa desde el colegio. Hablaron fuera, en la galería, donde el panel estaba puesto a secar a la luz anaranjada del sol poniente. La bella muchacha milanesa parecía escuchar la conversación. Sus ojos de gruesos párpados y pupilas desiguales seguían cada gesto de Ingrid.

—¿Cuánto más vas a tardar? —preguntó ella.

—Dos semanas, puede que tres.

—A mí me parece que ya está casi terminado.

—Seguro que sí —dijo Gabriel—. Pero aún me queda mucho que hacer.

—¿Qué, por ejemplo?

—Aplicar varias capas más de pintura y veladura en la cara. Y luego tengo que hacer que parezca que el cuadro lo han restaurado hace poco.

—¿Y las grietas de la superficie?

—Aplicaré un barniz especial que favorece el craquelado y cruzaré los dedos, a ver si hay suerte.

—¿Suerte?

—Prefiero inducir el craquelado metiendo la falsificación en el horno tres horas a doscientos veinte grados Fahrenheit, pero eso solo funciona con lienzos, no con paneles de nogal.

—¿Qué pasará si la puja acaba antes de que termines el cuadro?

—Que tendremos un grave problema.

—Seguro que puedes hacer algo para acelerar el proceso.

—¿Qué sugieres?

—El profesional eres tú —replicó Ingrid—. Tú sabrás.

Gabriel se puso a soplar sobre la superficie del panel. Ingrid se dobló de la risa.

* * *

Esa noche, el tercer hombre más rico de China subió su oferta a ciento setenta y cinco millones de dólares. El postor conocido como Arquímedes esperó solo doce horas antes de dar instrucciones al consultor de arte francés, a través de un mensaje de texto en teoría encriptado, de que subiera la suya a ciento ochenta millones. En un intento por descubrir la identidad de Arquímedes, Ingrid hackeó su teléfono. Esa tarde informó de sus hallazgos a Gabriel. Tuvo que levantar la voz para que la oyera por encima del zumbido del gran ventilador del estudio.

—Está limpio como una patena. Sospechosamente limpio, en mi opinión. Ni siquiera he podido averiguar dónde reside.

Quienquiera que fuese Arquímedes, se vio rápidamente envuelto en un duelo a tiros con cuatro adversarios resueltos a salirse con la suya. De hecho, en apenas cuarenta y ocho horas una avalancha de pujas elevó la oferta por encima de los doscientos millones de dólares. Al final de la semana, el tercer hombre más rico de China iba en cabeza con una oferta de doscientos cincuenta millones de dólares. Mientras se esforzaba por terminar su versión del cuadro, Gabriel temió que el Leonardo se le escapara de las manos. Tenía muchos amigos en las altas esferas de Europa occidental y Oriente Medio, pero ninguno en China. Si el cuadro acababa en manos de un multimillonario de Shanghái, era probable que se perdiera para siempre.

Así pues, se llevó una alegría cuando el magnate sueco del acero subió su oferta a doscientos setenta y cinco millones de dólares, lo que desencadenó otra ronda de pujas frenéticas. Fue el joven e impulsivo jeque de Abu Dabi, vástago de la familia más rica del mundo, quien rompió la barrera de los trescientos millones, solo para verse superado por el comprador conocido como Arquímedes, que ofreció trescientos veinticinco. Si la operación se cerraba a ese precio, el Leonardo se convertiría en el segundo cuadro más caro de la historia, por detrás del *Salvator Mundi*.

Stéphane Tremblay, el asesor artístico de Arquímedes, planteó esto mismo en un indiscreto mensaje de texto que mandó a su amante, una restauradora de cuadros del Louvre especializada en la escuela francesa. Por suerte, en el mensaje desvelaba también la identidad de su cliente. Ingrid le dio la noticia a Gabriel mientras este se encontraba frente al cuadro, con una mano en la barbilla y la cabeza algo ladeada.

—¿Estás completamente segura de que es él? —preguntó al cabo de un rato.

—¿Quieres ver el mensaje? Solo faltaba su patronímico.

—Tengo entendido que es el dueño de la mansión más grande de Antibes.

—Y la más cara, además.

—El lugar perfecto para colgar el cuadro más caro del mundo, ¿no crees?

—El segundo más caro —puntualizó ella.

—Al menos, por ahora.

Gabriel no dijo nada más. Seguía mirando el retrato sin cambiar de postura. La chica milanesa observaba a Ingrid.

—¿Está acabado?

—Sí —contestó Gabriel—. Creo que sí.

32

Queen's Gate Terrace

Christopher Keller, agente del SIS —el Servicio Secreto de Inteligencia de su majestad— y esposo de la marchante Sarah Bancroft, especializada en maestros antiguos, estaba esperando al volante de su Bentley Continental, junto a la acera, cuando Gabriel salió de la terminal 5 de Heathrow a las cuatro y media de la tarde siguiente. Vestía una gabardina Burberry Camden y, debajo, un traje de Richard Anderson, de Savile Row. Tenía el pelo descolorido por el sol, la piel tersa y morena y los ojos de un azul brillante. El hoyuelo del centro de su barbilla daba la impresión de estar hecho a cincel y su boca parecía esbozar eternamente una media sonrisa irónica.

Lanzó una mirada hastiada a su reloj de pulsera mientras Gabriel se acomodaba en el asiento del copiloto. Era uno de esos relojes deportivos que llevan los hombres que escalan cimas de montañas, bucean en las profundidades marinas y saltan desde aviones en perfecto estado de revista. Christopher había saltado por primera vez mientras servía en el regimiento 22 del Servicio Aéreo Especial, una unidad de élite del Ejército británico. Ahora trabajaba para una sección clandestina del SIS que llevaba a cabo operaciones secretas de carácter políticamente sensible. Había pasado gran parte de los dos años anteriores en Ucrania. Gabriel solo tenía una idea muy vaga de lo que hacía allí. Su esposa, la marchante de arte y exagente de la CIA, no tenía ni la más leve idea.

—Tu vuelo aterrizó hace más de una hora —le informó Christopher con su perezoso acento del West End—. ¿Se puede saber dónde te has metido?

—Para tu información, me han hecho pasar un mal rato en la aduana.

—Te han dado un buen repaso, ¿eh?

—Ha sido un momento delicado.

—¿Y cuál era el problema?

—Puede que el Leonardo recién descubierto que llevo en el equipaje de mano.

Christopher miró la caja solander que descansaba en posición vertical sobre las rodillas de Gabriel.

—¿Te importaría mucho que metamos tu Leonardo en el maletero?

—Preferiría meterte a ti en el maletero, Christopher.

Puso en marcha el Bentley y se alejó sin prisa del bordillo.

—Ese maldito chisme me tapa la visión periférica.

—Prueba a mirar al frente —contestó Gabriel—. Es donde está la carretera.

En la esquina noreste de Kensington, a un corto trecho de Hyde Park y el Royal Albert Hall, se encuentra Queen's Gate Terrace. Los inmuebles que flanquean sus apenas doscientos cincuenta metros de longitud se cuentan entre los más selectos de Londres. Valorados en cientos de millones de libras, muchos de ellos son de propiedad extranjera. Christopher vivía en un lujoso dúplex, en la casona georgiana que ocupa el número 18. Sus vecinos creían erróneamente que se llamaba Peter Marlowe, que era consultor de empresas de ámbito internacional y que tenía un enorme éxito en su oficio, de ahí su llamativo coche, sus constantes viajes al extranjero y su glamurosa esposa de origen estadounidense.

—Increíble —dijo Sarah—. Es una copia absolutamente perfecta.

Estaba mirando el Leonardo de Gabriel, colocado sobre la isla de la cocina. En una mano sostenía una fotografía en alta resolución del original, y en la otra, un martini Belvedere. Christopher, después de echarle un vistazo de pasada al cuadro, se estaba sirviendo Johnnie Walker Black Label en un vaso de cristal. Gabriel, por su parte, estaba descorchando una botella de *sancerre*.

Sarah dejó la fotografía y la copa en la encimera y cogió el cuadro con ambas manos.

—¿Nogal?

—¿A ti qué te parece? —preguntó Gabriel.

—Me parece que has destrozado un cuadro de la escuela milanesa del siglo XVI y has pintado este en su lugar.

—Era de la escuela del norte de Italia. Y había que acabar con su sufrimiento.

—¿Cuánto pagaste por él?

—Diez mil euros.

—¡Uf!

—Acepto donativos.

—Lo siento, cielo, pero ya he dado en la oficina. —Sarah volvió a dejar el panel sobre la encimera—. ¿Y qué vas a hacer con él?

—Venderlo, por supuesto.

—¿A quién?

—En este momento hay cinco coleccionistas intentando comprar el original. La oferta que hay ahora mismo sobre la mesa es de trescientos veinticinco millones de dólares. La ha hecho el consultor de arte francés Stéphane Tremblay en nombre de su cliente.

—Le enseñé un cuadro a Stéphane hace poco. Pero ¿quién es el cliente?

—Un oligarca ruso, un tal Alexander Prokhorov.

Sarah arrugó el entrecejo.

—Prefiere que le llamen Proko. Así, sin nombre, solo Proko.

—¿Lo conoces?

—Cuando Proko llegó a Londres, compró una gran mansión en Highgate y la llenó de cuadros. Solía encontrármelo en subastas e inauguraciones de galerías. Era todo un hombre de mundo. —Fingió quedarse pensativa—. No recuerdo cómo hizo su fortuna.

Fue Christopher quien respondió.

—Proko era el mayor proveedor de tuberías de la industria petrolera y gasística rusa. Según los últimos datos, su fortuna supera los veinticinco mil millones de dólares.

—La mayor parte de ellos, ganada ilícitamente gracias a sus vínculos con el Kremlin —señaló Gabriel.

—Por eso el Gobierno de su majestad congeló todos sus activos en el Reino Unido después de la invasión de Ucrania. Se marchó de Londres muy ofendido y se instaló en Antibes con su novia de veintisiete años. Yuliana, se llama, si no me equivoco. Por lo visto, era azafata de vuelo.

—Suelen serlo —comentó Gabriel—. Pero ¿por qué los franceses no han congelado los activos de Proko?

—Porque, por alguna razón incomprensible, decidieron darle el pasaporte francés.

—¿Y si pagara varios cientos de millones de dólares por una obra original de Gabriel Allon?

—El Gobierno de su majestad no derramaría ni una lágrima. Siempre y cuando, claro está, ello no afectara a nuestra relación con nuestros aliados ocasionales, los franceses.

—A los franceses déjamelos a mí —dijo Gabriel—. Lo importante es qué hacemos con el dinero.

—¿Con el dinero que Proko está a punto de pagar por tu cuadro?

—Sí, Christopher. Con ese dinero.

—Yo en realidad no soy consultor empresarial. Pero ese dinero ¿no irá a parar a la Banca della Camorra?

—Supongo que sí.

—Entonces, se quedarán con el dinero, ¿no?

—De ninguna manera.

—¿Vas a robar el dinero y el cuadro?

—Voy a recuperar el cuadro. En cuanto al dinero —añadió Gabriel—, mi intención es desviarlo.

—¿Cómo?

—De eso se encargará mi socia. Te acuerdas de Ingrid, ¿verdad?

—Con mucho cariño —dijo Christopher—. Pero ¿de verdad puede hacerlo?

—Ella cree que sí.

—En ese caso, seguramente deberíamos darle un buen uso al dinero.

—¿Para las viudas y los huérfanos?

—¿Qué tal algo un poco más urgente?

—¿Como qué?

—Los ucranianos —sugirió Sarah.

Christopher sonrió.

—Qué buena idea. Con trescientos veinticinco millones de dólares se pueden comprar muchas balas y armas antitanque, que hacen muchísima falta.

—Y con cuatrocientos millones se podrían comprar todavía más —dijo Gabriel.

—Y también con quinientos millones —añadió Sarah.

—¿Quinientos millones nada menos? —dijo Christopher—. ¿Cómo vas a apañártelas?

Sarah dio un sorbo a su martini.

—Ya lo verás.

33

Mason's Yard

Isherwood Fine Arts, galería especializada desde 1968 en pintura italiana y holandesa de maestros antiguos con calidad museística, ocupaba tres plantas de un destartalado almacén victoriano en un tranquilo patio comercial conocido como Mason's Yard. Julian pulsó el botón del interfono a las once y media de la mañana siguiente y Sarah le abrió la puerta. Estaba sentada detrás de su escritorio, en la oficina de la galería, hablando por teléfono. Señaló el techo con la punta de su pluma estilográfica y dijo moviendo los labios sin emitir sonido:

—Tienes visita.

Julian colgó su abrigo *mackintosh* en el perchero y subió en el pequeño ascensor a la espléndida sala de exposiciones de la galería. Las doce pinturas que colgaban de las paredes eran las mejores de su inventario. La decimotercera estaba apoyada en un caballete cubierto de paño. Gabriel se hallaba de pie frente a ella, con la mano en la barbilla y la cabeza ligeramente ladeada. Julian adoptó una pose idéntica.

Pasado un rato, preguntó:

—¿Qué estoy mirando?

—Dímelo tú, Julian.

Se inclinó hacia el panel y examinó la pincelada del rostro de la mujer. No había líneas, solo sutiles transiciones logradas mediante finas capas de pintura y veladura.

—Me inclino por atribuirlo a Leonardo sin lugar a dudas.

—¿Qué te lo impide?

—El hecho de que el cuadro se encuentre actualmente en mi galería.

—¿Es el único motivo?

—Desde luego que sí. Es impresionante.

—Pero ¿es el cuadro que viste en el avión?

—Por un instante, he pensado que sí.

—Hazme un favor y cógelo.

Julian agarró el panel por los bordes verticales y lo levantó.

—¿Cómo lo ves de peso?

—Perfecto.

—Echa un vistazo a la parte de atrás, si no te importa.

Julian dio la vuelta al cuadro.

—Dios mío. ¿Cómo demonios lo has hecho?

—Solo puedo atribuirme el mérito de la parte delantera del cuadro. Pero el culpable de lo que va a pasar a continuación eres tú.

—¿Qué he hecho ahora?

—¿Recuerdas el acuerdo de confidencialidad que firmaste en la galería de Peter van de Velde en Ámsterdam?

—No valía ni el papel en el que estaba escrito.

—Aun así, lo firmaste, Julian. Y, lamentablemente, parece que has incumplido los términos del acuerdo.

—¿Ah, sí? ¿Y a quién le he hablado del cuadro?

Gabriel sonrió.

—A todo el mundo.

Llegaron a la galería uno por uno, a intervalos de cinco minutos. Jeremy Crabbe, de Bonhams; Simon Mendenhall, de Christie's; Niles Dunham, de la National Gallery; y Nicky Lovegrove, asesor artístico de los inmensamente ricos. Sarah no les explicó el motivo de la convocatoria, pero les dio a entender que se trataba de un asunto de la mayor importancia. Ellos, por supuesto, preguntaron si se trataba del inminente fallecimiento de su socio. No, les aseguró Sarah, Julian se hallaba completamente recuperado de su reciente episodio de agotamiento emocional.

El último en llegar fue el orondo Oliver Dimbleby. Se encajó como pudo en el ascensor con Sarah y subió con ella a la sala de exposiciones, donde Julian y los demás invitados contemplaban embelesados el cuadro apoyado en el caballete. Era el retrato de una joven que guardaba un parecido asombroso con la muchacha que había servido de modelo a Leonardo da Vinci para pintar el arcángel Gabriel de la *Virgen de las rocas*. Pero eso era imposible, se dijo Oliver, porque, entre la montaña de estudios académicos dedicados a Leonardo y a su escasísima obra, no había ni un solo indicio de que el artista hubiera pintado aquel cuadro.

La presencia del famoso restaurador de arte y espía retirado Gabriel Allon sugería que allí había gato encerrado. Oliver había desempeñado un papel secundario en varias aventuras de Gabriel; la más reciente, un caso relacionado con una red de falsificadores que inundaba el mercado del arte con obras falsas de maestros antiguos. Él, que conocía de primera mano la asombrosa habilidad de Gabriel para imitar la pincelada de los mejores pintores de la historia, tenía sus dudas respecto a la autenticidad del retrato. Nicky Lovegrove, por razones que Oliver no alcanzaba a comprender, parecía igual de incrédulo.

—Muy bien —dijo Nicky por fin, dando comienzo a la reunión—. ¿Alguien puede explicarnos qué es esta historia?

La historia, tal y como la contó Gabriel, incluía un cadáver hallado en la laguna de Venecia, un robo no denunciado en los Museos Vaticanos, un banco suizo controlado por la mafia italiana y un oligarca ruso que vivía a lo grande en el sur de Francia. Gabriel se había propuesto recuperar el cuadro robado engañando simultáneamente al banco suizo y al oligarca ruso, y transferir los beneficios resultantes del engaño al Gobierno ucraniano. Para ello, al parecer, necesitaba la ayuda de las figuras del mundillo del arte londinense presentes en la sala. Dio a quienes no desearan participar en el plan la oportunidad de marcharse. Como era de esperar, nadie la aceptó.

Pero ¿quién de ellos daría el primer paso? Tenía que ser alguien con enorme carisma y encanto, pero desprovisto de moral y escrúpulos. Todos coincidieron en que solo había una persona idónea para esa tarea. Sonriendo, Gabriel guardó el retrato en una caja solander y se marchó.

Cuatro horas más tarde, hizo la misma presentación en París, esta vez delante de Jacques Ménard, jefe de la Unidad de Delitos Artísticos de la Policía Nacional francesa. La reunión no se celebró en una galería de arte ni en el despacho de Ménard en el Quai des Orfèvres, sino en una oscura habitación de hotel cerca de la Gare du Nord. Fue Gabriel, que ya había colaborado con Ménard antes, quien eligió el lugar. El detective francés especializado en arte, tras examinar el retrato a la escasa luz de la habitación, dictaminó que era digno del Museo del Louvre, pero dejó claro que ni él ni sus subordinados tomarían parte en el plan que estaba tramando Gabriel.

—Rotundamente no, *mon ami*. Ni en un millón de años.

—¿Me permites subrayar tres hechos importantes?

—Adelante.

—El cuadro es robado, el vendedor es un banco suizo controlado por la Camorra y el comprador es un oligarca ruso corrupto.

—Que casualmente tiene la ciudadanía francesa —añadió Ménard—. Por lo tanto, no puedo participar en un fraude para engañarle.

—El fraude déjamelo a mí, Jacques. Solo necesito que mires para otro lado unos segundos.

—¿Y qué pasará durante ese breve paréntesis?

—*Contrapposto* —dijo Gabriel.

—¿Cómo dices?

Gabriel fijó la mirada en el cuadro.

—Fíjate en la postura de la joven. Está girada hacia la derecha, pero mira a la izquierda, como si la hubieran pillado por sorpresa. Esa es la esencia del *contrapposto*. Nunca una pose estática, siempre direcciones opuestas. Nosotros vamos a crear el mismo efecto.

—¿Y luego?

—*Sfumato* —respondió Gabriel—. Como humo que se disipa en el aire.

Intrigado, el policía francés encendió un cigarrillo y así comenzó la negociación. Pasados treinta minutos, habían pergeñado un plan que lograba el resultado deseado y al mismo tiempo protegía a Ménard en lo legal y lo político. Gabriel pagó la cuenta de la habitación y tomó un taxi hasta Le Bourget, donde subió el cuadro a bordo del Gulfstream G550 que le aguardaba. El propietario del avión, el financiero y filántropo suizo Martin Landesmann, estaba disfrutando de una copa de Dom Pérignon antes del vuelo. La azafata, una atractiva mujer de unos treinta y cinco años que hablaba alemán, le sirvió una copa a Gabriel. No mostró ningún interés por el contenido del estuche rectangular. De hecho, apenas lo miró; ni a Gabriel tampoco, en realidad.

—Es bastante discreta, ¿no?

—¿Sabine? Mucho, sí —respondió Martin—. Y hace muy bien su trabajo. Es más difícil de lo que parece, ¿sabes?

—¿Servir Dom Pérignon?

Martin sonrió.

—Atender a empresarios trotamundos como yo. Algunos tenemos un ego bastante grande. Y no siempre nos portamos bien.

—Supongo que le pagas un buen sueldo.

—Sabine trabaja para la empresa que gestiona mis aviones.

—¿Executive Jet Services de Zúrich?

—Exacto.

—Es la misma empresa que gestiona el Dassault Falcon del SBL.

—No me sorprende —dijo Martin—. Gestionan la mayoría de los aviones privados del sector bancario suizo.

—¿Siempre tienes la misma auxiliar de vuelo?

—Por lo general, sí. Tengo bastante amistad con el director de la empresa. Siempre que puede, me asigna la misma tripulación.

—¿Hace lo mismo con el SBL?

—Imagino que sí.

El Gulfstream empezó a alejarse lentamente de la terminal.

—¿Y si yo quisiera cambiar a la azafata del SBL para un solo vuelo? —preguntó Gabriel.

—¿Y por qué querrías hacer eso?

—Para ver y escuchar, nada más.

—¿Nada ilegal?

—Te doy mi palabra, Martin.

—Creo que podría arreglarse. Siempre y cuando, por supuesto, tengas en mente a una candidata presentable.

—Más que presentable.

—¿Tu amiga la *hacker*?

Gabriel asintió.

—Desde luego, tiene buena presencia. Pero tendrá que recibir formación antes del vuelo.

—¿Tan difícil es servir una copa de Dom Pérignon?

—¿A un banquero mafioso y sus guardaespaldas armados hasta los dientes? Más difícil de lo que parece.

El vuelo de París a Venecia duró una hora y cuarenta y cinco minutos. Luca Rossetti agilizó el paso de Gabriel por el control de llegadas y lo llevó a casa, a San Polo, en una lancha patrullera de los Carabinieri. Gabriel dejó el cuadro en su estudio y entró en la cocina, donde encontró a su mujer y a Ingrid cantando a voz en cuello *Parla con me,* de Eros Ramazzotti. Como no lo saludaron ni parecieron percatarse de su llegada, se sirvió una copa de *barbaresco* y un *crostino* de queso *ricotta* cremoso y alcachofas.

—¿Hay alguna novedad? —preguntó sin dirigirse a nadie en concreto.

—Parece que tenemos otro postor para el Leonardo —gritó Ingrid por encima de la música.

—¿En serio? ¿Quién?

Ingrid sonrió y siguió cantando:

—*Parla con me...*

34

Londres-Zúrich-Venecia

Oliver Dimbleby entró con paso bamboleante en la galería Van de Velde a las diez y media en punto de la mañana siguiente y, al igual que Julian Isherwood, recibió un bolígrafo y un acuerdo de confidencialidad que firmó sin rechistar. La visión del cuadro tuvo lugar una hora más tarde a bordo del Dassault Falcon, aunque esta vez el avión no llegó a despegar del aeropuerto de Schiphol. Oliver dio a entender que tenía dos clientes, ambos estadounidenses con fortunas de once cifras, que podían estar interesados en adquirir un cuadro tan codiciado como el Leonardo. Insinuó además, no sin fundamento, que tenía una relación privilegiada con un museo muy bien financiado de Los Ángeles. Estaba seguro, por tanto, de poder cerrar un acuerdo en apenas setenta y dos horas. Peter van de Velde informó a Oliver de que la oferta que estaba sobre la mesa era de trescientos veinticinco millones de dólares y se despidió de él. Oliver llamó a Gabriel mientras esperaba para embarcar en su vuelo de regreso a Londres y le informó de la situación.

—Es una copia perfecta, chico. Esta vez te has superado.

—¿Quién más había en el avión?

—Cuatro escoltas y un banquero italiano, uno bajito con cara de hurón. Solo ha hablado Van de Velde. Tengo la sensación de que espera con ansia mi próxima llamada.

—¿Cuánto puedes tardar en tener una oferta en firme?

—Eso depende totalmente de ti.

—Esta tarde me parece bien. Y no olvides hablar por los codos esta noche en el Wiltons.

—Eso sería violar el acuerdo de confidencialidad.

—Son cosas que pasan, Ollie. Sobre todo, tratándose de ti.

Oliver transmitió su oferta a Peter van de Velde a las cuatro de la tarde. Su correo electrónico tenía un tono solemne, como correspondía a una oferta de trescientos cincuenta millones de dólares. Como era propio de él, se fue de la lengua con Nicky Lovegrove en el bar del Wiltons, y Nicky decidió para sus adentros meterse en la puja. Al menos, esa fue la versión de los hechos que le contó a Julian Isherwood, que también estaba al tanto de la farsa.

Nicky no le mencionó nada de esto a Peter van de Velde cuando hablaron por teléfono. Afirmó haberse enterado de la existencia del Leonardo por una «fuente muy bien situada del mundo del arte». Esa fuente, cuya identidad se negó a revelar, le había informado de que las cifras que se manejaban eran ya estratosféricas, lo que era música para sus oídos, puesto que representaba a algunos de los coleccionistas más ricos del mundo. Cuanto más alto fuera el precio, mayor sería su comisión.

—Te aconsejo, Peter, que me enseñes el cuadro lo antes posible.

—¿Qué tal mañana?

La cita no tuvo lugar en Ámsterdam, sino en una *suite* del hotel Splendide Royal de Lugano. Veinticuatro horas después, Nicky Lovegrove presentó una oferta de trescientos setenta y cinco millones de dólares en nombre de un cliente fantasma. Cuando se le informó de la oferta, Oliver Dimbleby subió el precio a trescientos noventa millones. El oligarca ruso Alexander Prokhorov esperó dos días enteros antes de volver a la liza. Lo hizo con una asombrosa oferta de cuatrocientos millones de dólares, igualando así el precio pagado en subasta por el *Salvator Mundi*.

Fue entonces cuando Simon Mendenhall informó a Peter van de Velde de que Christie's estaba dispuesta a gestionar la venta del cuadro, ya fuera en una subasta o mediante una venta privada.

Como era de esperar, Jeremy Crabbe, de Bonhams, se enteró de la maniobra de Simon y llamó a Van de Velde para hacerle una oferta. El pobre Niles Dunham, un simple conservador de la National Gallery, no tenía nada que ofrecer, aparte de un ojo infalible y una integridad fuera de toda duda. Igual que a Nicky Lovegrove, le mostraron el cuadro en Lugano, en una *suite* del hotel Splendide.

—Es suyo —fue lo único que dijo.

Esa misma noche, Niles transmitió el mismo mensaje a Gabriel y a los demás miembros de la conspiración reunidos en el bar del Wiltons. El cliente imaginario de Oliver Dimbleby, tras reflexionar imaginariamente sobre la situación, subió su oferta a cuatrocientos diez millones de dólares. Para no ser menos, el cliente inexistente de Nicky Lovegrove ofreció cuatrocientos veinticinco. Alexander Prokhorov, cuya hombría estaba en juego, ordenó a su asesor artístico, Stéphane Tremblay, que zanjara la puja. Tremblay hizo una oferta de cuatrocientos cincuenta millones de dólares a Peter van de Velde. Habían abandonado la estratosfera para entrar en la mesosfera. Era hora de cerrar el trato y hacerse con el premio.

La sede de Executive Jet Services se hallaba ubicada en un edificio bajo y gris al este del aeropuerto zuriqués de Kloten. Desde su oficina en la tercera planta, Markus Vogel dominaba toda la pista de aterrizaje. En ese momento, sin embargo, miraba fijamente el currículum que tenía sobre la mesa. Se lo había enviado un financiero multimillonario que poseía no uno, sino dos aviones privados, de cuyo mantenimiento y tripulación se encargaba Executive Jet Services por un coste anual de varios millones de francos suizos. El financiero, cuyo nombre era Martin Landesmann, había pedido a Markus Vogel que le hiciera un extraño favor. En circunstancias normales, Vogel se habría negado sin pensárselo dos veces, ya que equivalía a incumplir el compromiso que tenía contraído la empresa de proporcionar a sus clientes una privacidad absoluta. Pero Landesmann era un habitual en Davos y Aspen y un filántropo conocido en todo el mundo, mientras que los propietarios del otro avión formaban, en opinión de Vogel, una panda de personajes bastante turbios, incluso conforme al bajísimo rasero del sector de los servicios financieros suizos.

El jefe de la división de gestión de activos de la empresa, un italiano llamado Franco Tedeschi, había hecho muchos kilómetros últimamente, siempre acompañado por un séquito de escoltas armados y un maletín plano y rectangular. Según Erika Schmidt, la azafata habitual del avión, el maletín contenía un cuadro. Los posibles compradores habían estado viendo la obra cuando el avión estaba en el aire o en la pista de algún aeropuerto. Erika había oído ofertas de cientos de millones.

Martin Landesmann le pedía que sustituyera a Erika Schmidt en un vuelo futuro, por motivos que prefería no revelar. Sin embargo, le daba su palabra de honor de que la azafata suplente no participaría en ninguna actividad ilegal y desempeñaría sus funciones con la mayor profesionalidad. Daba a entender, además, que, si Vogel accedía a su petición, recibiría a cambio una sustanciosa gratificación, pongamos de unos cien mil francos suizos. De ahí que Vogel se inclinase por hacer lo que fuera necesario para complacer a su célebre cliente.

Aun así, le preocupaba el contenido del currículum que tenía sobre la mesa. Era muy escaso, por decirlo suavemente. La candidata era una mujer de treinta y siete años que hablaba danés, alemán e inglés con fluidez, pero no tenía experiencia en hostelería. De hecho, por lo que Markus Vogel podía colegir, no tenía experiencia laboral de ningún tipo. El currículum no incluía más referencias que las de Martin Landesmann, ni información de contacto. Tampoco había fotografía, un requisito imprescindible para quienes buscaban empleo como auxiliares de vuelo. Hasta donde él sabía, podían estar pidiéndole que contratara a una lechera escandinava con sobrepeso.

Se llevó una grata sorpresa, por tanto, cuando a última hora de la mañana siguiente la mujer en cuestión entró en su despacho para la entrevista. Vestía un traje pantalón oscuro y unos elegantes zapatos de tacón que añadían unos centímetros a su complexión atlética y compacta. Tenía el pelo de color caramelo y los ojos azul claro. Vogel le hizo las preguntas de costumbre y ella se las arregló para no decir casi nada sin dejar de parecer ingeniosa y simpática. Era muy inteligente, pensó Vogel, y peligrosamente manipuladora. De no saber que eso era imposible, habría sospechado que Martin Landesmann había caído bajo el hechizo de una bella estafadora.

No fue en realidad una entrevista de trabajo, puesto que el resultado estaba decidido de antemano. Vogel dejó a la mujer en manos de *frau* Huber, la supervisora del personal de cabina, que durante los tres días siguientes la sometió a un riguroso entrenamiento. La formación abarcaba desde el servicio de alimentos y bebidas hasta cuestiones de etiqueta, pasando por las dificultades propias de atender las necesidades de quienes poseían una riqueza ilimitada. Ella demostró ser una alumna aplicada, aunque a veces apenas conseguía disimular su aburrimiento, sobre todo, durante la charla de *frau* Huber sobre lo que se esperaba de ella en el caso poco probable de que se produjera un amerizaje. Parecía saber bastante de vinos y preparaba unos *manhattans* de primera, e incluso con los zapatos de tacón se movía sin hacer ruido.

Su curso de formación concluyó con un examen escrito que aprobó con un diez. Con su nuevo uniforme en la mano, cruzó la pista y subió la escalerilla del Gulfstream G550 que la esperaba, gestionado y mantenido por Executive Jet Services. El avión despegó de Zúrich treinta minutos después con destino a Venecia. Markus Vogel consultó los registros de vuelo y vio que diez días antes el avión había hecho una breve escala en esa ciudad italiana. En esa ocasión, había dos pasajeros a bordo. Uno era el propietario del avión, Martin Landesmann. El otro, un tal Gabriel Allon.

Fue Sarah Bancroft quien se lo susurró al oído a Amelia March, intrépida reportera de la revista *ARTnews*. No era nada concreto, eso sí, solo un rumor que había oído sobre una pugna entre varias figuras del mundillo del arte londinense por una obra de gran importancia que acababa de salir a la venta. Nicky Lovegrove, cuando le pidieron su opinión esa noche en el Wiltons, calificó el rumor de «absoluta memez». Curiosamente, Simon Mendenhall, Jeremy Crabbe, Oliver Dimbleby y Niles Dunham estuvieron de acuerdo con él.

Aun así, aquello bastaba, a juicio de Amelia, para justificar la publicación de una nota en sus redes sociales. La noticia apareció a las nueve y cuarto de la noche y a la mañana siguiente era ya la comidilla del sector. Un representante del joven e impulsivo jeque de Abu Dabi informó a Peter van de Velde de que su alteza deseaba hacer una nueva oferta por el cuadro. Lo mismo hicieron el tercer hombre más rico de China y el magnate naviero de Singapur. Al acabar el día, la oferta puesta sobre la mesa ascendía a la friolera de cuatrocientos setenta y cinco millones de dólares.

Ese fuerte repunte del precio, aunque era buena noticia, no estaba exento de posibles complicaciones, pues al parecer Alexander Prokhorov se había quedado —como solía decirse en el mundo de las subastas— en la cuneta. Por fin, tras cuarenta y ocho horas de silencio ensordecedor, el oligarca ruso ofreció quinientos millones de dólares. El magnate naviero de Singapur se retiró a regañadientes de la puja, seguido poco después por el tercer hombre más rico de China. El impulsivo jeque tardó aún veinticuatro horas en tirar la toalla.

Peter van de Velde ofreció al cliente imaginario de Nicky Lovegrove la oportunidad de volver al juego, pero este tiró las cartas sobre la mesa. Cuando el cliente imaginario de Oliver Dimbleby hizo lo mismo unas horas después, el asunto quedó zanjado. Con un precio de quinientos millones de dólares, el cuadro batió el récord que hasta entonces ostentaba el *Salvator Mundi*. Y, sin embargo, salvo contadas excepciones, nadie en el mundo del arte sabía que acababa de suceder un acontecimiento histórico. Al menos por el momento, la existencia del cuadro seguía siendo un secreto muy bien guardado, lo mismo que las identidades del vendedor y del comprador.

Se daba la casualidad de que Alexander Prokhorov aún no había visto con sus propios ojos el cuadro por el que había acordado pagar un precio récord. Insistió en ver la obra en persona, a ser posible en su villa de Antibes, antes de formalizar la compra. Stéphane Tremblay se lo comunicó a Peter van de Velde y, tras consultar con Franco Tedeschi en Lugano, el marchante de arte holandés aceptó las condiciones sin más demora. Sugirió que la cita tuviera lugar el viernes a las dos de la tarde, pero el oligarca ruso pidió que fuera el miércoles a esa misma hora. Si el cuadro cumplía sus expectativas, firmaría el contrato de venta y transferiría en el acto los quinientos millones de dólares a la cuenta del vendedor.

Gabriel disponía, pues, de cuarenta y ocho horas para ultimar los detalles de la operación. Lo hizo mediante una rápida serie de llamadas telefónicas, cuatro en total. La primera, al general Cesare Ferrari, jefe de la Brigada Arte, y la segunda a su homólogo francés, Jacques Ménard, de la Police Nationale. Pilló a Sarah Bancroft en Duke Street, yendo hacia el Wiltons, y a Martin Landesmann en su palacete del lago de Ginebra. Martin llamó de inmediato a Markus Vogel, de Executive Jet Services, y Vogel informó a *frau* Huber, la supervisora del personal de cabina, de que habría un cambio de tripulación en un vuelo inminente entre Lugano y Niza. A *frau* Huber le extrañó por varios motivos, entre ellos porque no había nada en el ordenador que indicara que ese vuelo estaba programado.

Aun así, tomó nota del cambio e informó a Ingrid, mediante un mensaje de texto a un teléfono de prepago, de que haría su primer vuelo el miércoles por la mañana. Sin que *frau* Huber lo supiera, su nueva empleada pasó la tarde del martes pensando cómo podía robarles una obra maestra perdida de Leonardo da Vinci a los hombres a los que pronto estaría atendiendo. Su cómplice, por su parte, informó a la *dottoressa* Elenora Saviano de que, debido a un problema de agenda, no podría acudir a su cita de esa semana con sus catorce alumnos del taller de arte.

Esa noche, Ingrid cenó con la familia Allon en Vini da Arturo y, a las seis de la mañana siguiente, vestida con su flamante uniforme y una gabardina azul marino, subió a un tren con destino a Lugano. Gabriel había reservado dos asientos en el vuelo de las nueve a Niza, uno para él y otro para la caja solander. Dos policías franceses vestidos de paisano lo recibieron cuando salió de la pasarela en el aeropuerto Côte d'Azur y lo escoltaron a una sala sin ventanas contigua al control de pasaportes, donde Jacques Ménard, con elegante traje oscuro y corbata, estaba sentado detrás de una mesa blanca impecable.

Miró la caja.

—¿Qué tienes ahí?

—Nada, Jacques.

Ménard sonrió.

—*Contrapposto?*

—Puf —dijo Gabriel—. Como humo que se disipa en el aire.

35

Hotel Splendide

Pasaban pocos minutos de las diez cuando Sarah Bancroft salió por la entrada *belle époque* del hotel Splendide. Pasó junto al portero y se encaminó hacia la orilla del lago en medio de la fría mañana gris. Había nieve en los picos circundantes y el aire arrastraba unos cuantos copos ásperos. En torno a ella, la ciudad era bonita, como de postal, pero extrañamente inanimada y pasada de moda. Casi esperaba cruzarse con Dick y Nicole Diver por la avenida. Quizá se reunieran más tarde con Rosemary Hoyt y Abe North para tomar una copa en el Grand Café Al Porto y hablar de sus planes para el verano en Cannes.

Sarah se rio por lo bajo al pensarlo. Había llegado a Lugano la noche anterior, tras hacer una breve parada en Zúrich, donde había examinado varias pinturas de maestros antiguos —entre ellas, obras de Rafael, Rembrandt y Rubens— en casa de una violinista de fama mundial. O al menos eso les diría a las autoridades suizas si la aventura de hoy llegaba a torcerse. Su marido había viajado a Lugano usando su identidad del SIS, la del consultor empresarial Peter Marlowe. Se hallaba en ese momento en su *suite* del Splendide haciendo llamadas a sus clientes, todos ellos sentados en sus despachos de la sede del SIS en Londres.

Sarah tenía que reconocer que le sentaba muy bien haber vuelto al juego. Durante su breve carrera, se había desenvuelto mejor que la mayoría en aquel terreno; claro que contaba con el asesoramiento de Gabriel Allon, siempre susurrándole una palabra oportuna al oído. Se acordó de su primer encuentro en un piso franco de la CIA en Georgetown y de aquella gélida noche de invierno en Copenhague en que, llevada por la imprudencia, le confesó su amor. El hechizo se rompió por fin cuando pasó varias noches encerrada en un hotel de Frinton-on-Sea con Christopher, que casualmente era uno de los mejores amigos de Gabriel. Se habían casado en secreto, con un puñado de altos cargos del SIS como invitados. Gabriel había acompañado a la novia hasta el altar.

Una ráfaga de viento sacudió las hojas de las palmeras que bordeaban el bulevar junto al lago. Sarah pensó que desentonaban en aquel entorno montañoso. Se acordó entonces de que, por un capricho meteorológico, Lugano contaba con uno de los climas más templados de Suiza. Pero hoy no, se dijo. La temperatura rondaba el punto de congelación y las nubes eran bajas y plomizas. Confiaba en que no hubiera retrasos en el aeropuerto por culpa de la borrasca. Estaban a punto de llevar a cabo uno de los mayores robos de la historia. El tiempo, como solía decirse, era oro.

Cruzó al otro lado del bulevar y se dirigió a la Piazza della Riforma. Había luz en las ventanas de la sede central del SBL Privat-Bank. Entró en la cafetería situada frente al banco y pidió un capuchino. Veinte minutos después, a las 10:50 de la mañana, una comitiva compuesta por tres grandes Mercedes apareció en la entrada lateral del banco.

«Justo a tiempo», pensó.

Llamó a Christopher y, con estudiada indiferencia, le preguntó dónde estaba. Él la informó de que estaba esperando a que el aparcacoches del Splendide le llevara el coche. Habló con el acento de colegio privado de Peter Marlowe, por si acaso los formidables servicios de inteligencia suizos estaban escuchando la conversación.

—Ya viene —dijo Christopher—. Solo tardo un momento.

—No hay prisa, cariño —respondió Sarah, y colgó.

Su indiferencia era tan fingida como lo habían sido las llamadas anteriores de Christopher. Era esencial que su marido la recogiera en la Piazza della Riforma a las once en punto. A esa hora estaba previsto que Franco Tedeschi, director de la división de gestión de activos del SBL PrivatBank, saliera hacia el aeropuerto. Markus Vogel, de Executive Jet Services, le había reservado una franja horaria de salida a mediodía para el corto vuelo a Niza. El trayecto en coche hasta la casa de Alexander Prokhorov en Antibes era de unos veinticinco minutos y *herr* Vogel se había encargado de organizar también el transporte por carretera. Si todo iba conforme a lo previsto, Franco Tedeschi y su séquito estarían de vuelta en Lugano a las cinco de la tarde. En ese momento, tendría lugar el segundo golpe. Por eso Sarah y Christopher se comportaban con tanta formalidad por teléfono. Estaban a punto de convertirse en cómplices de un delito internacional de gran calado.

Sarah esperó hasta las 10:59 para pagar la cuenta y salir de la cafetería. Apenas prestó atención a los seis hombres que un minuto después salieron por la entrada lateral del SBL PrivatBank. Uno era Franco Tedeschi; otro, Peter van de Velde, y los otros cuatro eran escoltas, todos ellos con licencia para portar armas de fuego. Era Van de Velde quien llevaba el cuadro. Se sentó con Franco Tedeschi en el asiento trasero del segundo Mercedes mientras los cuatro guardaespaldas montaban en el primer vehículo y en el de retaguardia. Varias puertas se cerraron al unísono. La comitiva partió entonces a toda velocidad, como si escapara de la escena de un crimen.

Sarah, en cambio, recorrió sin prisa el trecho entre la plaza y el bulevar frente al lago, donde Christopher, al volante de un Audi alquilado, se detuvo el tiempo justo para recogerla. Un momento después, se situó detrás del tercer Mercedes de la comitiva.

—Reduce la velocidad, amor. Vas demasiado cerca.

Christopher arrugó el ceño.

—Cómo se nota que has vuelto a salir con tu exnovio.

Ella le apretó el dorso de la mano fuerte y morena.

—Nunca fuimos amantes, ya lo sabes.

—No porque no lo intentaras.

—Fue una fase pasajera.

—Que duró casi diez años, si no recuerdo mal.

La comitiva entró en una rotonda.

—Presta atención, cariño. Si no, vas a perderlos.

—Sé adónde van, es imposible que los pierda —respondió Christopher al tiempo que encendía un Marlboro.

—¿Pasas mucho tiempo aquí, en la encantadora Lugano?

—Qué va. ¿Y tú?

—En otra vida sí —respondió ella, y cogió uno de los Marlboro de su marido.

—En serio, tienes que dejarlo, ¿sabes? Es un hábito horrible.

—Pero estoy irresistible con un cigarrillo. —Sarah encendió su mechero Dunhill de oro—. Acelera, amor. Quiero verlos subir al avión.

Christopher mantuvo tercamente la velocidad que llevaba mientras seguía a los tres vehículos hacia el pequeño aeropuerto de Lugano, situado en el extremo oeste de la ciudad, junto a la ladera de un monte cuyo desnivel dificultaba la maniobra de aproximación. Había una sola terminal de reducidas dimensiones y un aparcamiento junto a la pista. Christopher aparcó en un hueco libre y apagó el motor. Los tres Mercedes se habían detenido junto a la pista, al lado de un Dassault Falcon 900LX. Ingrid aguardaba en la puerta abierta de la cabina, con una sonrisa de plástico en su rostro impecable.

—¿Te suena de algo? —preguntó Christopher.

—¿La guapa ladrona danesa o el lujoso *jet* privado?

Las puertas de los coches se abrieron a la vez y seis hombres salieron a la pista. Peter van de Velde seguía llevando el cuadro. Subió a toda prisa la escalera del avión, seguido por Franco Tedeschi y dos escoltas. Los otros dos se quedaron en la pista, vigilando los alrededores. No se fijaron en la atractiva pareja sentada en un Audi alquilado, en el aparcamiento.

—Dime una cosa —dijo Christopher—. ¿Qué hicisteis exactamente tu exnovio y tú mientras Julian volaba por Europa con el cuadro?

—Nos registramos en un hotel cerca del aeropuerto y me lo monté con él.

—Qué raro que no me lo haya comentado.

—Ya conoces a Gabriel, cariño. Siempre ha sido muy discreto. —Sarah observó a los dos guardaespaldas subir por la escalera del avión—. ¿Crees que podrá con ellos?

—¿Ingrid? Sin duda.

—¿Tan buena es?

—Si el SIS tuviera diez como ella, Gran Bretaña volvería a dominar el mundo.

La vieron una última vez cuando cerró la puerta de la cabina. Luego, el avión rodó hasta el final de la pista. Pasó por encima de ellos a las 12:05 del mediodía, con unos minutos de retraso. Sarah mandó un mensaje a Gabriel para informarle de que el cuadro más caro del mundo iba hacia él.

—¿Qué hacemos ahora? —preguntó.

—¿Por qué no volvemos al Splendide para que pueda montármelo contigo?

—Ya te lo montaste conmigo esta mañana. Y, además, hemos dejado la habitación.

—Entonces, supongo que tendremos que conformarnos con un buen almuerzo.

—¿Qué tal en el Grand Café Al Porto? Los Diver han quedado allí con Rosemary y Abe North. Han preguntado si nos apetecía acompañarlos.

—¿Quién? —preguntó Christopher.

Sarah suspiró y le robó otro cigarrillo. Qué bien sentaba volver al juego.

36

Lugano-Niza

El piloto informó a Ingrid de que el vuelo a Niza duraría cincuenta y dos minutos. Aun así, el servicio de cáterin les había provisto de un almuerzo completo, a elegir entre *boeuf bourguignon* y *risotto* de marisco. Para quienes quisieran algo más ligero, había una bandeja de fruta acompañada con una tabla de quesos *gourmet* franceses y suizos. Había, además, un surtido de panes artesanales recién hechos y aperitivos salados de todo tipo. Los licores eran selectos. Los vinos, añejos y *grand cru*.

Los cuatro fornidos guardaespaldas se habían arrellanado en los sofás del fondo de la cabina. Según el manifiesto de vuelo, dos eran italianos suizos y los otros dos italianos auténticos. Franco Tedeschi estaba recostado en el lado de estribor de la cabina, con la mirada fija en su móvil conectado a la red wifi del avión. Peter van de Velde estaba sentado a la mesa del lado de babor. El cuadro más caro del mundo descansaba ante él, a salvo dentro de su sarcófago. Peter evaluó a Ingrid con ojo de marchante de arte mientras ella le servía café.

—No eres la chica de siempre.

—Soy nueva en la empresa.

—Qué suerte tenemos. —La miró de arriba abajo—. ¿Holandesa?

—Danesa.

—¿Cómo te llamas?

—Rikke.

—¿Como la canción?

—Casi —contestó ella, y sonrió dando a entender que estaba allí para satisfacer todas sus necesidades y deseos, excepto uno—. ¿Le apetece el *risotto* o el *boeuf bourguignon*?

El marchante de arte holandés apoyó la mano en el maletín con gesto protector.

—No quiero nada, gracias.

Ingrid no mostró ningún interés por el contenido del maletín: esas preguntas infringían la política de la empresa. Se volvió hacia Franco Tedeschi, que la observaba por encima de sus gafas de lectura en forma de media luna.

—¿Dónde está Erika?

—En otro vuelo, me temo.

—Deberían haberme avisado.

—Le transmitiré su queja a *herr* Vogel.

—Sí, por favor, hágalo. —Volvió a fijar la vista en el teléfono—. *Risotto.*

Ingrid se retiró a la estrecha cocina. El horno, cuando lo abrió, exhaló una vaharada de olor a *cuisine industrielle*. Llevó cuatro raciones de *boeuf bourguignon* a los escoltas, y a Franco Tedeschi le sirvió su *risotto* de marisco. Al no recibir de él ninguna muestra de agradecimiento, ni siquiera un gesto que indicara que se había percatado de su presencia, Ingrid se volvió hacia Peter van de Velde.

—¿Seguro que no quiere nada?

—No, estoy perfectamente, gracias.

Sin duda ello se debía a que un momento antes se había deleitado examinando a sus anchas el trasero de Ingrid.

—Por lo menos déjeme que le traiga otro café.

—Si insiste.

Fue a buscar la cafetera a la cocina y le sirvió el café. Van de Velde se sirvió la leche él mismo.

—¿No tiene ni un poquito de curiosidad?

—¿Sobre qué, señor Van de Velde?

Él miró el maletín.

—Sobre el contenido de ese maletín.

—En absoluto.

—¿Su colega no le ha dicho nada?

—¿Erika? No, nunca.

Ingrid se volvió hacia la parte de atrás de la cabina, pero Van de Velde le puso una mano en el brazo.

—¿Le gusta el arte? —preguntó de repente.

—¿Y a quién no?

—Se sorprendería. —Otra sonrisa—. ¿Y qué tipo de arte le gusta, Rikke?

—Del siglo XX, sobre todo.

—¿Y los impresionistas?

—Claro.

—¿Van Gogh?

—Sí, por supuesto.

—¿Y qué me dice de los maestros antiguos? —preguntó él.

—Me gusta mucho Vermeer. *La joven de la perla* es de mis favoritos.

Van de Velde dio unos golpecitos en el maletín con la punta del dedo índice.

—Este cuadro es bastante parecido, pero mucho mejor. Y también mucho más valioso.

—¿Qué tiene ahí dentro? ¿La *Mona Lisa*?

—No exactamente, pero casi.

—¿Qué quiere decir?

Él arqueó una ceja, pero no contestó.

—Imposible.

—¿Le gustaría echar un vistazo? Es la única oportunidad que va a tener, porque poco después de las dos de la tarde de hoy desaparecerá para siempre.

Fue Franco Tedeschi quien, desde el otro lado de la cabina, respondió en nombre de Ingrid.

—No, Peter. No quiere ver el cuadro.

—La verdad es que me encantaría —dijo ella.

Van de Velde soltó los cierres del maletín y lo abrió.

El mensaje llegó al teléfono de Gabriel a las 12:52 del mediodía. Estaba redactado en términos imprecisos, pero su significado quedaba claro. Gabriel se lo mostró a Jacques Ménard, quien consultó un ordenador portátil abierto.

—Están llegando. Faltan menos de cinco minutos para que aterricen. —Ménard cerró el portátil—. Espera aquí.

—¿Y adónde voy a ir, Jacques? ¿Al *duty free*?

El inspector francés frunció el ceño mientras salía por la puerta. Al quedarse solo, Gabriel trató de imaginar el encuentro que pronto tendría lugar en la pista del aeropuerto Côte d'Azur. Comprobación de los pasaportes, inspección de la carga, solicitud de información detallada. Nada grave, *messieurs*. Solo será un momento.

37

Aeropuerto Côte d'Azur

Dos policías uniformados del servicio francés de control de fronteras estaban esperando en la pista cuando el Dassault se detuvo junto a las instalaciones de Signature Flight Support, el operador fijo del aeropuerto. Los acompañaba un hombre alto, vestido con traje oscuro, que podría haber pasado por un actor de cine francés. Ingrid sabía que aquel hombre tan atractivo era Jacques Ménard, director de la Unidad de Delitos Artísticos de la Police Nationale. Abrió la puerta delantera y los tres hombres subieron la escalera y entraron en la cabina. Las radios de los agentes fronterizos emitían un chisporroteo de conversaciones cruzadas. Con una mirada, Jacques Ménard les ordenó bajar el volumen.

Uno de los policías llevaba un portafolios; el otro, un escáner de pasaportes portátil. Empezaron por la parte de atrás de la cabina, con los cuatro escoltas, y fueron avanzando hacia la parte delantera hasta llegar a Ingrid y a los dos pilotos. Jacques Ménard observaba el procedimiento con mediano interés.

Una vez revisados los pasaportes, los dos agentes fronterizos preguntaron cuánto tiempo pensaban pasar en Francia. El piloto respondió que tenía reservada hora de salida a las cuatro de la tarde y añadió que él y los otros dos tripulantes tenían previsto pasar esas horas de asueto relajándose en la sala de Signature Flight Support reservada a las tripulaciones.

—¿Y el motivo de la visita? —preguntó uno de los agentes.

—Negocios —respondió Franco Tedeschi escuetamente.

Jacques Ménard tomó entonces la palabra por primera vez.

—Negocios ¿de qué tipo, *messieurs*?

—Mi colega y yo vamos a enseñarle un cuadro a un posible comprador.

Ménard miró el maletín, que seguía sobre la mesa.

—¿Qué clase de cuadro es?

—Un retrato de mujer —respondió Peter van de Velde.

—¿De qué época? —preguntó Ménard.

—De finales del siglo xv o principios del xvi.

—¿Soporte?

—Panel de madera.

—¿Qué tipo de madera?

—¿Es que importa?

—Podría importar, sí.

—Nogal.

—¿El cuadro es de origen noreuropeo?

—Milanés.

—Entiendo. ¿Y el artista?

Van de Velde cruzó una mirada con Franco Tedeschi antes de responder.

—Leonardo da Vinci.

Ménard esbozó una sonrisa escéptica.

—No soy ningún experto, pero estoy bastante seguro de que no hay ningún cuadro de Leonardo en venta en estos momentos.

—Es una obra recién descubierta.

—¿Ah, sí? ¿Y dónde la han descubierto, si me hace el favor?

—En Ámsterdam.

—Eso está muy lejos de Milán.

—Igual que París, *monsieur,* y ahí es donde acabó la *Mona Lisa*.

—*Touché.* —Ménard miró el maletín—. Ábralo, por favor.

Van de Velde, tras dudar un momento, abrió los pestillos y levantó la tapa. Ménard contempló el cuadro inexpresivamente. Por fin dijo:

—Es extraordinario, pero dudo mucho que sea auténtico. A fin de cuentas, solo se conocen diecinueve obras de Leonardo.

—Ahora son veinte —contestó el marchante de arte holandés.

—Sin duda sabrá, *monsieur* Van de Velde, que hace un par de años tuvimos aquí, en Francia, un escándalo bastante grave relacionado con la falsificación de cuadros de maestros antiguos. Su calidad era tal que engañaron incluso a los expertos del Louvre. Si les digo la verdad, todavía estamos intentando arreglar el desaguisado.

—Quédese tranquilo, *monsieur,* este cuadro no es falso.

—¿Es usted el propietario?

Fue Franco Tedeschi quien respondió.

—El cuadro es propiedad de mi banco.

—¿El SBL PrivatBank de Lugano?

—Así es.

—¿Y el posible comprador?

—Desea permanecer en el anonimato.

—¿Es francés?

—Sí.

—¿Tiene intención de comprar el cuadro hoy?

—Eso esperamos.

—¿Por cuánto?

—La venta es privada.

—Aun así, el comprador tendrá que pagar el IVA. Y usted y su banco, naturalmente, tendrán que pagar las tasas de importación. Por el importe total del precio de venta —añadió Ménard—. Si no, se las verán conmigo. —Se volvió hacia Van de Velde—. Cierre el maletín, si es tan amable.

El marchante de arte holandés obedeció. Ménard agarró el asa y levantó el maletín de la mesa. Franco Tedeschi enrojeció de ira.

—¿Se puede saber qué hace?

—Voy a hacerle unas fotografías al cuadro para nuestros archivos. Después podrán marcharse.

—En tal caso, le acompaño.

—Usted va a esperar aquí, en su precioso avión privado. O bien pueden cambiar su hora de salida y regresar a Suiza sin completar la venta del cuadro. —Ménard se encogió de hombros—. Ustedes deciden, *messieurs.*

Los dos policías fronterizos esperaron al pie de la escalera mientras Ménard cruzaba la pista y entraba en la terminal. Las cámaras de vigilancia cubrían cada metro cuadrado del edificio; especialmente, las inmediaciones del control de pasaportes y la aduana. En cambio, la sala interior sin ventanas donde esperaba Gabriel no estaba vigilada. Ménard sacó el Leonardo del maletín y lo colocó sobre la mesa, junto a la copia de Gabriel. Estuvieron casi un minuto mirando los dos cuadros en silencio.

—No noto la diferencia —dijo Ménard por fin.

—Yo sí —respondió Gabriel con pesar.

—Porque tú lo has pintado. Nadie más podrá distinguirlos.

—Es muy evidente.

—Vamos a ver el reverso, ¿te parece?

Ménard levantó el Leonardo de la mesa como si temiera que fuera a explotar y le dio la vuelta con cuidado. Gabriel manipuló su copia con mucha menos delicadeza. Examinaron un momento el reverso de los dos cuadros, puestos el uno al lado del otro.

—Es increíble —susurró Ménard.

—Un desastre anunciado.

—Tú decides.

—En realidad, decides tú, Jacques. Si esto sale mal, será tu cabeza la que ruede.

Ménard colocó el Leonardo en la caja solander de Gabriel y cerró la tapa.

—*Au revoir, mon ami.*

Gabriel cruzó la terminal cargado con el cuadro más caro del mundo hasta llegar a la zona de transporte terrestre, donde un Renault sin distintivos esperaba junto a la acera, bajo el radiante sol provenzal. Dentro había tres agentes de la Police Nationale vestidos de paisano. Montó en el asiento trasero y el Renault arrancó de inmediato. Cinco minutos después circulaban por la autopista A8 en dirección este, camino de la frontera italiana.

Gabriel apretaba la caja contra sus muslos para amortiguar la vibración. Un último viaje, se dijo, y la chica estaría en casa.

Ingrid estaba recogiendo la cocina del avión cuando Jacques Ménard subió por la escalera con el maletín para transportar obras de arte. Pasó a su lado sin decir nada ni mirarla y colocó el maletín con exagerado cuidado sobre la mesa de la cabina. Franco Tedeschi le hizo una seña con la cabeza a Peter van de Velde, que abrió los pestillos y levantó la tapa. Su examen fue minucioso e incluyó una revisión del panel de apoyo.

—¿Qué busca exactamente? —preguntó Ménard.

—Desperfectos.

—No va a encontrar ninguno. Aquí en Francia sabemos cómo tratar un cuadro.

—Pero este no es un cuadro cualquiera.

—Debo decir que ha sido un honor pasar un rato a solas con él. Imagínese, un Leonardo recién descubierto... Como francés, solo lamento que no se lo hayan vendido al Museo del Louvre.

Franco Tedeschi sonrió con frialdad.

—El Louvre no podía permitírselo.

—Lo que es una pena, en mi opinión —repuso Ménard, y salió del avión.

Peter van de Velde seguía mirando fijamente el cuadro.

—¿Seguro que no hay ningún desperfecto? —preguntó Tedeschi.

—Ninguno. —Van de Velde cerró el maletín—. ¿Nos vamos?

Tedeschi miró a Ingrid.

—Sí, creo que sí.

38

Antibes

Una vez concluidas las formalidades, Ingrid sacó su gabardina y su bolso del armario delantero y bajó la escalera del avión. Dos Mercedes Clase S esperaban en la pista, junto con una furgoneta de cortesía para la tripulación. Por alguna razón, los seis pasajeros no parecían tener prisa por abandonar el avión, así que Ingrid se quedó fuera, al aire frío y borrascoso, y se puso a charlar con los dos policías franceses. Estaba deseando disfrutar de un par de horas de descanso en la sala que Signature Flight Support reservaba a la tripulación. Soñolienta, decidió no volver a pensar mal de quienes se ocupaban de atender a los pasajeros en un avión. Era, se dijo, una forma muy ingrata de ganarse la vida.

Pasó todavía un minuto antes de que los dos primeros escoltas bajasen por la escalera con la actitud hipervigilante de un comando dispuesto a entrar en un nido de terroristas. Peter van de Velde, con el maletín en la mano, fue el siguiente en bajar, seguido de los otros dos escoltas. Se metió en el asiento trasero del primer Mercedes como si huyera del fuego enemigo y los escoltas formaron un perímetro defensivo situándose en las cuatro esquinas del coche. Los policías franceses pusieron cara de fastidio. Todo aquello resultaba un poco ridículo.

Franco Tedeschi, con el teléfono en la oreja, fue el último en aparecer. Bajó la escalera sin prisa. Cuando llegó a la pista, no se dirigió a un Mercedes, sino que se acercó a Ingrid.

Cortó la llamada y dijo:

—Hoy es su día de suerte, Rikke.

—¿Por qué, señor Tedeschi?

—Porque está a punto de presenciar un acontecimiento histórico. —El banquero italiano la agarró del brazo—. Acompáñeme, por favor. No debemos hacer esperar al comprador.

Antes de que ella pudiera protestar, la llevó por la pista hacia el primer Mercedes. Ingrid se sentó junto a Peter van de Velde en el asiento trasero y Tedeschi se apretujó en el espacio que quedaba, a su lado. El coche se hundió cuando el más corpulento de los dos escoltas italianos —un gigante con la cabeza rapada y un tatuaje en la nuca— se encajó en el asiento del copiloto. Los otros tres escoltas montaron en el segundo Mercedes. Acto seguido, los dos coches arrancaron al unísono y pasaron velozmente junto a una fila de aviones privados aparcados.

Franco Tedeschi, director financiero de Camorra S. L., encendió tranquilamente un cigarrillo.

—¿Por qué ha fotografiado ese policía francés mi Leonardo, Rikke? ¿Por qué precisamente hoy?

—¿Cómo voy a saberlo? —respondió Ingrid.

—Eso mismo me pregunto yo.

Gabriel y sus tres escoltas habían recorrido diez kilómetros cuando le sonó el teléfono. Era Jacques Ménard, que llamaba para informarle de que no todo había salido conforme a lo previsto en el aeropuerto.

—¿Dónde está?

—De camino a Antibes.

Gabriel colgó y ordenó al conductor que diera media vuelta.

Luego miró al agente sentado a su lado y le preguntó si él y sus compañeros llevaban armas de fuego.

—*Oui, monsieur* Allon. De las grandes.

* * *

—Su pasaporte, por favor —dijo Franco Tedeschi.

—¿Por qué quiere ver mi pasaporte?

—No me haga repetírselo.

Ingrid abrió su bolso.

—Prada —observó Tedeschi.

—Es falso.

Lo cual no era cierto. Ingrid había conseguido el bolso gratis durante una visita a Courchevel. El pasaporte se lo había proporcionado el director del servicio de inteligencia danés. Tedeschi lo abrió por la primera página.

—¿Rikke Jorgensen?

—Esa soy yo —dijo Ingrid.

—¿Recuerda su fecha de nacimiento?

—No lo dirá en serio.

—Hágame el favor.

Ingrid suspiró y recitó la fecha de nacimiento que figuraba en el pasaporte.

—¿Dónde nació, Rikke Jorgensen?

—En un pueblecito al oeste de Copenhague.

—¿Cómo se llama ese pueblecito?

—Es bastante impronunciable.

—¿Está casada?

—Sí, felizmente.

—¿Tiene hijos?

—Un niño y una niña. De cinco y tres años, por si le interesa saberlo.

—¿Y a qué se dedica el señor Jorgensen?

—Se apellida Nielsen y trabaja en una plataforma petrolífera en el mar del Norte.

—Los combustibles fósiles son malos para el planeta.

—Tonterías.

—¿No le preocupa el calentamiento global?

—Lo apoyo, ya que me lo pregunta. En Dinamarca hace mucho frío. —Ingrid le quitó el pasaporte de las manos—. ¿Adónde me lleva?

—A casa de nuestro comprador. No vive lejos de aquí, en Antibes.

—Qué suerte tiene.

—¿Ha estado allí?

—Mi marido y yo estuvimos de vacaciones en Cannes hace poco.

—Cannes ha cambiado. Y no a mejor.

—Si usted lo dice —repuso Ingrid, y se guardó el pasaporte en el bolso.

—Por cierto, es auténtico —dijo Franco Tedeschi.

—¿El pasaporte? Claro que es auténtico.

Tedeschi miró por la ventanilla.

—Me refería a su bolso de Prada, Rikke Jorgensen.

La villa se alzaba en el punto más elevado del cabo, oculta a la vista por altos setos y rodeada de medidas de seguridad dignas del palacio del Elíseo. Tenía doce habitaciones, dieciséis baños, ocho salones y cuartos de estar variados, dos cocinas profesionales, una biblioteca y un gran despacho contiguo, una bodega, un cine, una discoteca, una sala de juegos, un *spa* y un gimnasio propios de un hotel, un baño turco y una sauna, piscina cubierta y al aire libre, pista de tenis de tierra batida, una casa para los guardeses, un garaje con sitio para diez coches y un lago artificial patrullado por una flotilla de cisnes blancos como la nieve. En sus muchas paredes colgaba parte de la colección de obras de arte del propietario. Algunas de sus mejores pinturas adornaban, sin embargo, su mansión de Highgate, que el Gobierno británico había confiscado junto con su contenido. Tenía más de cien cuadros guardados en el puerto franco de Ginebra y una docena más a bordo del Anastasia, su superyate de ochenta y cinco metros de eslora. En ese momento, el barco se hallaba amarrado en el puerto de Golfe-Juan, visible desde la ventana de su despacho privado en la primera planta.

Alexander Prokhorov jamás habría imaginado que tendría aquella vida cuando de niño vivía en la Unión Soviética y, sin embargo, había llegado a creer que era la vida que merecía. Se había esforzado más y había sido más hábil que los demás, se decía a sí mismo; había visto oportunidades allí donde otros solo veían parálisis y ruina. Y así se había ido haciendo rico como un zar, muchas veces milmillonario. ¿Que había tomado atajos e infringido la ley? Sí, por supuesto. Y también había recurrido a la violencia en ocasiones. Pero lo mismo habían hecho muchos otros como él, hombres que se habían atrevido a batirse el cobre en el salvaje Este. No sentía más que desprecio por quienes eran demasiado estúpidos o perezosos para dejar su impronta en el aguerrido nuevo mundo del capitalismo mafioso ruso o, para el caso, en las economías de Occidente, presuntamente respetuosas con la legalidad. En la vida había ganadores y perdedores, y Alexander Prokhorov era de los primeros. Las necesidades de los sintecho y los hambrientos, los discapacitados y los enfermos mentales le traían sin cuidado. Sus propias necesidades insaciables, eso era lo único que le importaba.

Lo que más ansiaba Alexander Prokhorov era respeto. No quería que se le conociera por haber hecho fortuna fabricando tubos industriales, sino por ser un Medici contemporáneo. Por eso había invertido más de mil millones de dólares en cuadros: porque nada confería una pátina de elegancia y sofisticación tan inmediata como las bellas artes, incluso a aquellos que no poseían ni una cosa ni la otra. En cuanto se filtrase la noticia de que era el propietario de un retrato recién descubierto del artista más grande de todos los tiempos, los ricos y famosos harían cola en su puerta para verlo. Sus muchos pecados caerían pronto en el olvido, absueltos por el toque de *sfumato* de un pintor nacido en la aldea toscana de Vinci y muerto hacía ya mucho tiempo.

La elegancia y la sofisticación no salían baratas, sin embargo. A Alexander Prokhorov iban a costarle quinientos millones de dólares.

Era mucho más de lo que pretendía gastarse en el cuadro, pero el precio se había disparado durante los últimos días de la frenética subasta secreta. Su agente en la Société Générale aguardaba a que le diera la orden de iniciar la transferencia bancaria. Con solo pulsar una tecla, el dinero llegaría al SBL PrivatBank y el Leonardo sería suyo. Todo ello, por supuesto, a la espera de los resultados de un último examen que tendría lugar en la biblioteca de la planta baja de su mansión digna del gran Gatsby. Stéphane Tremblay ya estaba allí esperando, con la lupa y la linterna ultravioleta preparadas.

Prokhorov, por su parte, disfrutaba de unos momentos a solas en su despacho privado, en el piso de arriba. Miraba fijamente la hoja de papel de carta —comprado en Smythson, en Bond Street— que había sobre el escritorio. Había anotado en ella la cifra con todos sus ceros. Era, no cabía duda, una cantidad enorme de dinero. Pero, aun así, solo representaba una fracción de su inmensa fortuna personal. Sí, había perdido la casa de Highgate y tenía depositados en Barclays y HSBC unos doscientos millones que nunca volvería a ver. Pero, a fin de cuentas, había salido muy bien parado de su encontronazo con los británicos. Según sus propios cálculos, su patrimonio rondaba los treinta mil millones de dólares. Para un hombre como Alexander Prokhorov, quinientos millones eran calderilla.

El teléfono de su escritorio ronroneó suavemente. Era el guardia de seguridad de la puerta principal, que le informaba de que sus invitados habían llegado. Se acercó a la ventana y vio que un par de Mercedes Clase S idénticos subían por el largo camino de entrada. Se detuvieron en la glorieta y de ellos salieron seis hombres, uno de los cuales portaba el cuadro que pronto sería suyo.

Solo cuatro de ellos se dirigieron a la entrada de la casa. Los otros dos —escoltas, probablemente— montaron en la parte de atrás del primer coche y cerraron las puertas. Alexander Prokhorov echó un último vistazo a la cifra anotada en la hoja de papel de su escritorio y bajó las escaleras para enfrentarse a su destino. Esto, se dijo a sí mismo, era exactamente lo que se merecía.

39

Antibes-Lugano

En la cara oeste del Cap d'Antibes había un puerto deportivo con un concesionario de barcos, una tienda de buceo y una pequeña cafetería. Gabriel y sus tres escoltas de la Police Nationale aguardaban dentro del Renault sin distintivos, en el aparcamiento. El ordenador portátil de Gabriel, conectado a internet a través de su punto de acceso móvil, descansaba sobre la caja del cuadro. Con la ayuda del *malware* Proteus, vigilaba la transacción que estaba teniendo lugar en un palacete situado ciento cincuenta metros al este de allí. Desde hacía quince minutos, cuatro hombres mantenían una animada conversación: un marchante de arte holandés, un consultor de arte francés, el director financiero de Camorra S. L. y un oligarca ruso próximo al Kremlin. Nada indicaba que Ingrid estuviera en la habitación. Y, teniendo en cuenta sus recientes hazañas en Moscú, seguramente era lo mejor.

—¿Dónde cree que está? —le preguntó el agente sentado a su lado.

—Espero de todo corazón que esté fuera, en el coche, con Rocco y Enzo. Y que Alexander Prokhorov y su asesor artístico no se den cuenta de que están a punto de pagar quinientos millones de dólares por un original de Gabriel Allon. Si no, las cosas se pondrán bastante feas.

—El robo del siglo —comentó el agente, que se llamaba Jean-Luc.

—Aún no.

—A mí me parece que ya está hecho.

—Entonces, ¿por qué no firma el contrato de venta?

—Dele unos minutos, *monsieur* Allon. Quinientos millones es una barbaridad de dinero.

—Antes sí lo era, pero ya no.

Justo en ese momento, cesó la conversación en la casa. Durante unos minutos, ninguno de los cuatro hombres pronunció una sola palabra.

—Se acabó —dijo Gabriel en tono sombrío.

—Ya está casi —repuso el policía francés.

—La he cagado.

—No, qué va, no pasa nada. Y a su amiga Ingrid tampoco va a pasarle nada.

Pasaron dos minutos más. Ni un solo ruido.

—Vamos, Proko —suplicó Gabriel—. ¿A qué esperas?

Ingrid estaba pensando lo mismo en ese preciso momento, aunque, a diferencia de Gabriel, ella ignoraba lo que estaba pasando dentro de la opulenta mansión. La mole de sus dos captores la oprimía. No hizo intento de dirigirse a ellos, porque no hablaba su idioma y ellos tampoco el suyo. Además, tenía la impresión de que no eran grandes conversadores. El chófer francés parecía un tipo razonable, pero, como intuía que algo iba mal, había abandonado su puesto para fumar un cigarrillo. Ingrid, que solo fumaba de vez en cuando, también se moría de ganas de fumar uno.

Según su reloj, pasaban siete minutos de las tres cuando Franco Tedeschi y Peter van de Velde salieron por fin del palacete. La expresión de su cara no dejaba traslucir nada. Van de Velde llevaba el maletín para cuadros con su cuidado habitual. Los dos guardias de seguridad estaban tan alerta como siempre.

Los dos captores de Ingrid salieron del Mercedes y Tedeschi y Van de Velde ocuparon su lugar. No pronunciaron palabra mientras el coche avanzaba por el camino de entrada con la lentitud de una carroza fúnebre, pero, nada más cruzar la puerta de seguridad, Van de Velde soltó un grito triunfal y dio una fuerte palmada al maletín.

—No se preocupe, Rikke —dijo Franco Tedeschi—. No hay nada dentro.

—Me alegra saberlo.

—A mí también. Ha habido un pequeño retraso en la transferencia bancaria, pero por lo demás la transacción se ha efectuado sin contratiempos. —Le puso una mano en el brazo—. Confío en que disculpe mi comportamiento de antes.

—Por lo que a mí respecta, no ha pasado nada.

—¿Y no se lo dirá a *herr* Vogel?

Ingrid sonrió.

—¿Por qué iba a hacerlo?

Había una excelente tienda de vinos en el *centre ville* de Antibes, cerca del antiguo *marché provençal*. Tedeschi compró dos botellas de champán frío, que Van de Velde y él se bebieron durante el corto trayecto de regreso al aeropuerto. Dieron cuenta de otras dos antes de que despegara el avión. Tedeschi insistió en que Ingrid también tomara una copa, pero ella se negó escudándose en las estrictas normas de Executive Jet Services sobre consumo de vino y bebidas alcohólicas con los pasajeros. En realidad, le habría venido bien una copa, pero el champán, con su efervescencia, se le subía directo a la cabeza y necesitaba tener la mente despejada para llevar a cabo su tarea.

El servicio de cáterin les había provisto de una cena completa —pollo *cordon bleu* o salmón asado con una sabrosa salsa de crema de limón—, pero Tedeschi y sus acompañantes se decantaron por la opción líquida, acompañada de frutos secos calentados en el horno y otros aperitivos ricos en sodio. Ingrid desistió de recoger el montón de botellas y copas mientras el avión ejecutaba la maniobra de aproximación a Lugano, pues estaba segura de que sus pasajeros se habrían negado a entregárselas. Al llegar, bajaron tropezando alegremente por la escalera del avión y subieron a los coches que los esperaban, sin el despliegue táctico de sus desplazamientos anteriores. Peter van de Velde, completamente borracho, dejó el maletín vacío en la cabina.

El trayecto entre el aeropuerto de Lugano y la Piazza della Riforma era solo de unos veinte minutos. Ingrid aprovechó dos de esos minutos para ordenar a toda velocidad la cabina. Luego fue a buscar su maleta de mano al compartimento de carga y, tras dar las buenas noches a la tripulación, cruzó la pista camino del Gulfstream G550 propiedad del financiero y filántropo suizo Martin Landesmann. Martin estaba relajándose en la cabina, con una copa de champán a su lado, cuando Ingrid subió la escalera. Christopher Keller sostenía un vaso de *whisky* en su enorme manaza. Su bella esposa, la marchante de arte, se estaba preparando un martini en la cocina.

—¿Qué tal el día? —preguntó Sarah con su característica voz ronca.

—Un poco más emocionante de lo previsto.

—Ya nos lo han dicho. —Sarah miró la hora—. Según mis cálculos, tenemos unos quince minutos antes de que Franco Tedeschi llegue al banco. Así que deberíamos ponernos manos a la obra.

Ingrid abrió la cremallera de su maleta y sacó su ordenador portátil.

—¿Contraseña? —le preguntó a Martin.

—One World.

—Joder, ¿el nombre de tu fundación?

—Todo junto y sin mayúsculas —respondió él, avergonzado.

Ingrid introdujo la contraseña y conectó el ordenador al wifi del Gulfstream. Cuando estuvo dentro de la red del SBL Privat-Bank, miró a Christopher y dijo:

—Número de cuenta y de ruta, por favor.

Él le pasó un trozo de papel. Noventa segundos después, se había iniciado la transferencia.

—Avise a su contacto en el Oschadbank, señor Keller. El dinero va para allá.

Christopher efectuó la llamada a través de la sede de SIS en Londres. El presidente del Oschadbank tardó tres minutos en ponerse al teléfono. Otra vez caían misiles rusos sobre Kiev, explicó.

—¿Ha llegado el dinero? —preguntó Christopher.

—Todavía no.

Pasaron dos minutos más.

—¿Y bien? —preguntó Christopher.

—Nada todavía, lo siento.

Christopher miró a Ingrid.

—Quizá deberías mandarla otra vez.

—Paciencia, señor Keller.

Pasó otro minuto. Luego, el banquero ucraniano anunció:

—Tenemos el dinero. En nombre del pueblo ucraniano, les agradezco su generosa contribución a nuestro esfuerzo bélico.

—Encantados de ayudar. Por favor, gástenlo sabiamente. —Christopher colgó y levantó su copa hacia Ingrid—. Ha sido un placer volver a trabajar contigo.

—Lo mismo digo. —Miró a Martin y dijo—: Me vendría bien que me llevaras de vuelta a Dinamarca, si no te importa.

—¿Qué tal si te llevo a San Bartolomé? He alquilado un chalet enorme en Pointe Milou para las vacaciones.

—Suena de maravilla, pero no llevo nada de ropa.

—Tanto mejor —respondió Martin con una sonrisa.

—¿Y la señora Landesmann?

—Monique se fue esta mañana al Caribe en mi Boeing Business Jet.

Ingrid se quedó de piedra.

—¿Vuelos transatlánticos separados?

Martin bebió un sorbo de champán.

—Todos tenemos que hacer sacrificios, señorita Johansen.

TERCERA PARTE
SPREZZATURA

40

Ventimiglia

Los agentes de la policía francesa dejaron a Gabriel al otro lado de la frontera, en la caduca ciudad turística de Ventimiglia, en Liguria. Luca Rossetti, con pantalones de gabardina y jersey de lana, estaba tomando café en un pequeño bar del paseo marítimo. Gabriel se sentó a la mesa y colocó la caja del cuadro en el suelo, en vertical. El oficial de los Carabinieri pareció no fijarse en ella.

—¿Qué tal el viaje? —preguntó.

—Más largo de lo que esperaba.

—¿Esos idiotas de los policías franceses no encontraban Italia?

—Franco Tedeschi nos hizo una jugarreta.

—Pero no ha habido problemas con la venta, ¿no?

Gabriel asintió.

—Y el dinero está ya en manos del Gobierno ucraniano.

—Se va a armar un buen jaleo.

—Ya lo creo —repuso Gabriel.

Rossetti hizo una seña al camarero y pidió dos cafés.

—¿No deberíamos irnos, Luca?

—¿Qué prisa tienes?

Gabriel miró la caja del cuadro.

—No te preocupes, aquí estamos a salvo.

—¿Quieres decir que no hay mafiosos en Liguria?

—Unos pocos, supongo. Pero fíjate en la clientela de este local.

Gabriel recorrió con la mirada la pequeña cafetería. Había otras cuatro mesas ocupadas, todas por agentes de los Carabinieri vestidos de paisano.

—¿Y el guapo que está detrás de la barra?

—Se llama Angelo. Es un chico estupendo. Todo el mundo lo quiere.

—¿De qué me suena eso?

Angelo, el amado camarero, puso dos cafés en la mesa y se alejó. Rossetti añadió azúcar al suyo y lo removió despacio. No parecía tener prisa por marcharse.

—Hemos estado revisando los documentos que le robó tu novia al SBL PrivatBank.

—No es mi novia, Luca. Pero sigue, por favor.

—Hay dos nombres que aparecen una y otra vez. Curiosamente, también aparecen con frecuencia en nuestros archivos, y en los archivos de nuestros compañeros de la Guardia di Finanza.

—¿Y cuáles son?

—Nico Ambrosi y Piedmont Global Capital.

—¿La empresa milanesa que participó en la compraventa del edificio de Londres?

Rossetti asintió.

—Ambrosi y su empresa son uno de los mayores clientes del SBL. Cada año, Ambrosi inyecta cientos de millones en los fondos de inversión del banco y pide prestados otros tantos para financiar operaciones inmobiliarias y urbanísticas por toda Europa.

—¿Y qué tiene eso de malo?

—Nada, si no fuera porque todo el mundo parece pensar que el dinero de Nico es dinero sucio.

—¿Cómo de sucio?

—Nivel Camorra —respondió Rossetti—. Y trabaja mano a mano con su amigo Franco Tedeschi blanqueando e invirtiendo el dinero de la Camorra.

—¿Y por qué sigue en circulación?

—Porque, lamentablemente, la Guardia di Finanza nunca ha

podido imputarle. Nico tiene amigos en las altas esferas, incluso en el Vaticano. O eso dicen.

—¿Quién lo dice?

Rossetti se encogió de hombros, pero no contestó.

—¿Qué te estás callando, Luca?

—Que tu amigo Martin Landesmann sabe detectar una mala inversión en un balance. Después de revisar toda la documentación, el general Ferrari y yo coincidimos en que hubo algo raro en la compra de ese edificio de oficinas de Londres. Y también en la decisión del SBL de condonar el préstamo —añadió Rossetti—. Opinamos que la transacción merece una investigación más a fondo y nuestros compañeros de la Guardia están de acuerdo.

—Pues os deseo buena suerte, Luca, pero mi trabajo aquí ha terminado.

—Casi.

Rossetti dejó un billete encima de la mesa y salieron a la calle, seguidos de cerca por los otros cuatro agentes. Desde algún lugar sobre el mar de Liguria llegaba el tenue batir del rotor de un helicóptero. Las luces del aparato aparecieron un instante después.

—Ha llegado tu carruaje —dijo Rossetti.

—Espero que el piloto sepa lo que hace.

—Por lo visto, es su primer vuelo.

—Qué suerte la mía.

El helicóptero aterrizó en la explanada del paseo marítimo de Ventimiglia. Gabriel esperó a que el rotor se detuviera casi por completo para subir a bordo con su delicada carga. Se abrochó el cinturón de seguridad y miró al joven piloto.

—Mi amigo dice que es tu primer vuelo.

—El segundo, en realidad —respondió con una sonrisa ladeada.

—¿Qué tal fue el primero?

—Tuve que estrellar el helicóptero en el mar. Sobreviví por los pelos.

—No tiene gracia.

—Dígamelo a mí.

***

Mientras se acercaban al extremo norte de la isla de Córcega, el piloto reconoció por fin que tenía varios miles de horas de vuelo acumuladas al servicio de los Carabinieri, sin más incidentes que un aterrizaje forzoso en los Dolomitas durante una ventisca. Gabriel, aun así, soltó un pequeño suspiro de alivio cuando divisó la cúpula iluminada de San Pedro elevándose sobre las siete colinas de Roma. El helipuerto del Vaticano estaba situado en el extremo este de la ciudad-Estado. Desde allí, había un paseo de cinco minutos cruzando los Jardines Vaticanos hasta el pequeño patio situado al pie de una edificación de aspecto anodino y paredes de color parduzco.

Gabriel entró por la puerta abierta y subió los escalones que conducían a la Sala Regia. El padre Mark Keegan, con el teléfono pegado a la oreja, le indicó con una seña la entrada de la Capilla Sixtina. Dentro, su santidad Luigi Donati, obispo de Roma, *pontifex maximus* y sucesor del apóstol Pedro, estaba arrodillado en un sencillo reclinatorio de madera, delante de *El juicio final* de Miguel Ángel. Gabriel cruzó la puerta de la *transenna,* la celosía de mármol que dividía la capilla en dos, y se acercó por detrás a su viejo amigo sin hacer ruido.

—No andes con tanto sigilo, Gabriel. —Donati lo miró por encima del hombro—. Me pones nervioso.

—No quería molestarte.

—No necesito silencio absoluto para rezar. Después de tantos años, se me da bastante bien.

Gabriel se acercó a Donati.

—¿Vienes aquí a menudo?

—Siempre que puedo. Es mi capilla privada, ¿sabes? —Donati levantó la mirada hacia *El juicio final,* con su amasijo de almas que se elevan y caen hacia su destino eterno—. ¿Qué opinión te merece?

—¿Como representación del fin de los días?

—Como obra de arte —respondió Donati.

—Tiene sus defectos.

—El Concilio de Trento juzgó blasfema la desnudez.

—Pero Pío IV, uno de tus predecesores, tuvo el sentido común de esperar a que muriera Miguel Ángel para añadir hojas de parra y ropajes a algunas de las figuras.

—Uno de los grandes crímenes artísticos de la historia. Afortunadamente, se le puso remedio en la última restauración. —Donati se levantó del reclinatorio y contempló la capilla vacía—. ¿Recuerdas la última vez que estuvimos juntos aquí? Te rogué que me llevaras lejos, antes de que los cardenales electores pusieran sobre mis hombros la terrible carga del papado. Y tú, según recuerdo, te negaste.

—Su santidad se equivoca.

—Soy infalible.

—Solo cuando hablas ex cátedra. Yo, en cambio, nunca me equivoco.

Donati miró la caja que colgaba de la mano derecha de Gabriel.

—¿Qué tienes ahí?

—Algo que te pertenece.

—¿Es un cuadro, por casualidad?

—Uno bastante bueno.

—Eso seré yo quien lo juzgue.

Gabriel sacó el Leonardo de la caja y lo apoyó en el reposabrazos del reclinatorio. Donati miró a la chica milanesa como si se hubiera quedado mudo de asombro.

—¿Estás seguro de que es un Leonardo? —preguntó por fin.

—Leonardo formó y dio trabajo a gran número de ayudantes con mucho talento, y todos ellos podían imitar su estilo. Podría ser obra de Giovanni Boltraffio o de Bernardino Luini. Pero yo creo que es un Leonardo, y no soy el único.

—Y ahora ¿qué?

—Ahora, le quitamos todas las capas de pintura que tiene encima y lo dejamos en su estado original. Y luego invitamos a los mayores expertos del mundo a que lo examinen. Estoy seguro de que llegarán a un consenso sobre la autoría.

—¿Y luego?

—Habrá que restaurar el cuadro.

—¿Hay alguna posibilidad de que te convenza de que te encargues tú?

—Menuda infalibilidad la suya, santidad. —Gabriel sonrió—. Sería el mayor honor de mi vida restaurar este cuadro. La verdad es que ya he hecho una copia perfecta.

—¿En serio? ¿Y dónde está?

—La ha comprado esta misma tarde un oligarca ruso por quinientos millones de dólares.

—¿A quién se la ha comprado? —preguntó Donati.

—A un banco suizo controlado por la Camorra.

—Pero ¿por qué le vendió el banco tu copia al ruso?

—Porque tenían la impresión de que era el Leonardo auténtico.

—¿Les diste el cambiazo?

Gabriel volvió a sonreír, pero no dijo nada.

—Me da miedo preguntar cómo acabó el Leonardo en manos de ese banco controlado por la Camorra.

—Por lo visto, se utilizó como pago para saldar un préstamo por la compraventa de un edificio comercial en Londres.

Donati entornó los ojos.

—¿Cuál es la dirección de ese edificio?

—New Bond Street. El prestatario era una empresa llamada Mayfair Group. No hemos podido averiguar qué es ni quién hay detrás.

—Deberías haber acudido a mí, *mio amico.* —Donati se volvió hacia *El juicio final*—. Podría haberte dicho todo lo que necesitabas saber.

41

Casa de Santa Marta

Los huéspedes que pululaban por el vestíbulo de la Casa de Santa Marta vislumbraron por sorpresa al vicario de Cristo cinco minutos después, cuando entró apresuradamente en el ascensor que lo esperaba, acompañado de su secretario privado y de un seglar que portaba un maletín estrecho y rectangular. Arriba, el pontífice y sus acompañantes fueron derechos a la habitación 201 y cerraron la puerta.

—Todo —exigió Donati.

—Cuanto menos sepas, mejor, Luigi.

—Empiezas a parecerte al padre Keegan.

—Se han infringido leyes —explicó Gabriel—. Muchas leyes.

—No esperaba menos. Ahora dime el nombre del banco.

—SBL PrivatBank.

—Tiene su sede en Lugano, si no me equivoco.

—No te equivocas. Hace unos años tuvo problemas cuando intentó competir con los grandes. La Camorra lo salvó de la quiebra con una inyección de capital y tomó el control de sus operaciones.

—¿Qué año fue eso?

—¿Importa?

—Hazme el favor.

—Hace aproximadamente ocho años.

Donati pareció archivar la fecha en su memoria para consultarla más tarde.

—Pero ¿cómo te has enterado del préstamo para ese edificio de oficinas de New Bond Street?

—Conste que yo no he dicho que fuera un edificio de oficinas. He dicho que era un edificio comercial de alto valor. Eres tú quien ha dicho que es un edificio de oficinas.

—Es más o menos lo mismo. Pero responde a mi pregunta, por favor.

—Una persona con la que colaboro hackeó el sistema del banco y robó sus archivos confidenciales.

—Qué malandrín —comentó Donati.

—Malandrina, más bien.

—¿Y los quinientos millones de dólares que ha pagado el oligarca ruso por el cuadro falso?

—Mi colaboradora ha transferido el dinero a Ucrania.

—¿Sabe la Camorra que ha desaparecido su dinero?

—Es imposible que no lo sepan —respondió Gabriel—. Pero estabas a punto de contarme todo lo que necesito saber sobre el Mayfair Group.

—Es una sociedad registrada en el Reino Unido que se creó hace algún tiempo para gestionar la adquisición de varios inmuebles en Londres, entre ellos el edificio de New Bond Street.

—¿Quién la creó?

—Dos abogados londinenses, los dos católicos devotos.

—¿Y quién es el titular y beneficiario de esa sociedad registrada en el Reino Unido?

—¿La respuesta corta? El Vaticano S. L.

—¿Y la larga?

—El edificio es propiedad de un fondo de inversión controlado por la Secretaría de Estado vaticana. El objetivo de ese fondo es generar los ingresos necesarios para el funcionamiento de la curia romana.

—¿Y quién está a cargo del fondo?

—El sustituto para Asuntos Generales. —Donati bajó la voz—. El cardenal Matteo Bertoli.

*** *** ***

El origen del dinero, continuó Donati, se remontaba a los Pactos de Letrán de 1929, que estableció la Ciudad del Vaticano como Estado soberano independiente controlado por la Santa Sede. Como parte del tratado, el Gobierno italiano del entonces primer ministro Benito Mussolini acordó indemnizar a la Iglesia por la pérdida de los llamados Estados Pontificios, sus antiguos dominios feudales. El Vaticano empleó parte de ese dinero en hacer una remodelación de la propia ciudad-Estado que incluyó la construcción de las murallas y la ampliación de los museos. Los fondos restantes se invirtieron, de modo que la Santa Sede acabó teniendo participaciones mayoritarias en varios de los principales bancos y sociedades industriales de Italia.

—Viéndolo en retrospectiva —dijo Donati—, el acuerdo original con Mussolini fue un negocio pésimo. La Iglesia recibió el equivalente a noventa y dos millones de dólares por trece mil trescientos kilómetros cuadrados de tierras que abarcaban gran parte del centro de Italia. Pero los réditos de esa suma inicial representan ahora casi la totalidad del capital de la Iglesia.

—¿Cuánto es eso? —preguntó Gabriel.

—Estamos entrando en terreno delicado.

—Cruzamos esa línea hace tiempo.

Donati encendió un cigarrillo antes de responder.

—En la prensa menos reputada se leen cifras que no se ajustan en absoluto a la verdad. Bueno, supongo que, si nos deshiciéramos de todas nuestras iglesias, conventos, monasterios, escuelas y hospitales, quizá llegaríamos a los doscientos o trescientos mil millones de dólares. Pero no podemos venderle la catedral de San Patricio a un promotor inmobiliario, ¿verdad?

—Estás eludiendo mi pregunta.

—Digamos que veinte mil millones, más o menos. La mayor parte del dinero la controlan el Banco Vaticano y un organismo llamado Administración del Patrimonio de la Sede Apostólica.

—¿Cuánto controla el cardenal Bertoli?

—Aproximadamente tres mil millones de dólares.

—Más de lo que manejan la mayoría de los gestores profesionales de fondos de inversión.

—El cardenal Bertoli tiene un asesor externo con mucha experiencia que le aconseja, un tal…

—Nico Ambrosi.

Donati frunció el ceño.

—¿Cómo lo sabes?

—Ambrosi actuó como intermediario en la compra del edificio de New Bond Street. Mis amigos los Carabinieri dicen que su principal cliente es la Camorra.

—Nico Ambrosi es un católico practicante que ha demostrado ser un administrador eficaz de nuestro dinero.

—¿Cómo explicas entonces el acuerdo de New Bond Street?

—Ese edificio es una de nuestras inversiones más rentables.

—Entonces, ¿por qué Vaticano S. L. no pudo hacer frente al préstamo?

—Eso no es cierto. De hecho, según nuestro último informe trimestral, la finca está generando ingresos superiores a lo previsto.

—¿Y quién preparó el informe trimestral?

—El cardenal Bertoli, por supuesto.

Gabriel dejó que el silencio se aposentara en la habitación.

—Cuidado —dijo Donati por fin—. Estás lanzando una acusación muy grave contra un prelado de alto rango. Y sin ninguna prueba.

—No estoy haciendo tal cosa. Pero me gustaría ver todos los informes trimestrales preparados por el cardenal Bertoli desde que ascendió al cargo de *sostituto*.

—Claro que te gustaría —dijo Donati.

—También necesito echar un vistazo a la cuenta del cardenal en el Banco Vaticano.

—Pues te deseo suerte.

—Alguien miente, Luigi. Y tengo la sensación de que sé quién es. Déjame ver los informes trimestrales. Estoy seguro de que me darán la razón.

—Eres infalible, ¿no?

—Solo en asuntos que atañen a mi amigo el sumo pontífice.

Donati miró al padre Keegan.

—Dele todo lo que necesite.

Pero ¿dónde esconder el Leonardo? Esa fue la cuestión que debatieron Gabriel y el papa mientras el padre Keegan iba en busca de los documentos. Su santidad opinaba que el cuadro debía devolverse al lugar de donde había sido sustraído, o sea, el almacén subterráneo de los Museos Vaticanos. Gabriel discrepaba respetuosamente. Según él, era poco probable que la recuperación del cuadro permaneciera en secreto mucho tiempo, si regresaba al museo. Además, había muchas posibilidades de que la noticia llegara a oídos de los hombres que lo habían robado, incluido el cardenal Bertoli.

Fue entonces cuando su santidad le recordó a Gabriel que el cardenal Bertoli, un prelado de trayectoria intachable, merecía la presunción de inocencia. Admitió, no obstante, que las presentes circunstancias justificaban un grado de secretismo extra, tal vez incluso una pizca de engaño, debido a que el cardenal Bertoli era responsable de la gestión cotidiana de la curia y de la ciudad-Estado y tenía el lugar sometido a vigilancia exhaustiva.

—De hecho, es el único miembro de la curia romana que puede verme sin cita previa.

—¿No hay ningún sitio en el Vaticano donde no pueda entrar?

Su santidad respondió acompañando a Gabriel al dormitorio papal y abriendo las puertas del ropero de madera tallada. Fue allí donde, a las 9:20 de la noche, escondieron el cuadro por el que un oligarca ruso acababa de pagar quinientos millones de dólares. Gabriel se dijo que era un final adecuado para un día de lo más extraño.

El padre Keegan apareció unos minutos más tarde con un montón de documentos sujetos con una pinza metálica: una década de informes trimestrales del fondo de inversión de la curia. Abajo, acompañó a Gabriel hasta el Arco de las Campanas, vigilado por dos guardias suizos ataviados con sus uniformes azules de noche.

—No hace falta que le recuerde que estos documentos…

—No, padre Keegan, no hace falta.

—¿Dónde piensa revisarlos?

—En el Hassler, si me dejan.

—¿Tiene planes para cenar?

—Servicio de habitaciones.

—Ese sitio cerca de Via Veneto abre hasta bastante tarde.

—¿Ah, sí?

El padre Keegan se dio la vuelta sin decir nada más y volvió a la Casa de Santa Marta. «Qué astuto, este jesuita», pensó Gabriel, y se fue en busca de un taxi.

42

Villa Marchese

—Esperaba que trajeras el Leonardo —dijo Veronica Marchese—, pero debo reconocer que estos documentos son mucho más interesantes. Todos los trapos sucios de Vaticano S. L. al alcance de nuestra mano.

—Pero cabe preguntarse por qué el secretario privado del santo padre quería que los vieras.

—El secretario privado solo era el mensajero, te lo aseguro. Es el santo padre quien quería que viera los informes trimestrales.

—La pregunta sigue en pie.

—¿Te refieres al motivo? —Sonó el timbre antes de que Veronica pudiera responder—. Ha llegado la cena. ¿Me disculpas?

Gabriel escuchó el tamborileo de sus tacones mientras Veronica recorría el largo camino desde la cocina del *palazzo* hasta la entrada principal. Regresó un momento después con varias bolsas que llevaban el nombre de una marisquería de Via Sicilia.

—¿Viene alguien más a cenar? —preguntó Gabriel.

—Como no sabía qué querías, he pedido un poco de todo. Hay una botella de Alteni di Brassica *sauvignon blanc* en la nevera. Creo que maridará bien con el marisco.

—Según mi experiencia, el Alteni di Brassica marida bien con casi todo. —Gabriel sacó el vino de la nevera y lo descorchó. Sirvió dos copas y le dio una a Veronica—. ¿Qué decías?

—¿Por qué quería Luigi que viera los documentos? —Veronica sacó los recipientes de la comida y los fue colocando sobre la encimera—. Como quizá recuerdes, solía acudir a mí en busca de consejo sobre asuntos temporales cuando era secretario privado del papa Lucchesi. Ya sabes cómo es la curia, Gabriel. El Palacio Apostólico es una jaula dorada llena de hombres despiadados y sexualmente reprimidos que saben muy poco del mundo que hay más allá de sus muros. Yo era la única persona en la que Luigi podía confiar. Aparte de ti, claro.

—Pero tú tenías muchos más contactos que yo.

—Por lo menos aquí, en Roma. —Veronica abrió un armario y sacó dos platos—. Y a pesar de que soy arqueóloga de formación, sé un par de cosas sobre el mundo de los negocios y las inversiones. Los príncipes de la Iglesia, en cambio, no saben nada de altas finanzas. Así que no tienen más remedio que recurrir al consejo de expertos, los llamados «hombres de confianza». Hombres como mi difunto marido, Carlo. Y Nico Ambrosi, claro está.

—El general Ferrari cree que está relacionado con la Camorra.

—No es el único que lo cree. En los círculos empresariales italianos todo el mundo sabe que Nico está podrido. Y, aun así, fue a él a quien recurrió el cardenal Bertoli para que le aconsejara cómo invertir el dinero de la curia.

—Supongo que se lo comentaste a Luigi.

—En numerosas ocasiones. Y me aseguró que las finanzas de la Iglesia estaban en buenas manos. Evidentemente, el fondo estaba subiendo como la espuma, del orden de un quince por ciento anual, sin pérdidas. Le advertí a Luigi que era muy sospechoso que fuera así. Pero lo que más me preocupaba eran las enormes inversiones en inmuebles de lujo; sobre todo, el acuerdo de Londres.

—¿Por?

—Por el volumen de deuda que estaba asumiendo Bertoli. Cuatrocientos millones solo por el edificio de New Bond Street. Y pidió prestadas enormes sumas de dinero para comprar otras fincas, siempre por consejo de Nico Ambrosi. Puedes estar seguro de que Nico y su socio Franco Tedeschi se embolsaron sustanciosas comisiones con cada préstamo.

Llenaron sus platos con comida y se sentaron en taburetes, en un extremo de la encimera.

—Perdona la informalidad —dijo Veronica—, pero ha sido todo muy improvisado.

—Está todo perfecto. Ojalá Luigi pudiera acompañarnos.

—Tengo que reconocer que te envidio muchísimo por haber podido cenar a solas con él.

—No estábamos solos.

—¿Qué tal estaba vestido de civil?

—Más guapo que nunca.

—Temía que dijeras eso. Pero dime una cosa, Gabriel, ¿crees que es feliz?

—Pareció disfrutar durante unos minutos, pero tengo la sensación de que se siente terriblemente solo.

—Por supuesto que lo está. Lo noto cada vez que se pone delante de las cámaras de televisión. Detrás de esa benévola sonrisa pastoral que maneja a la perfección, su santidad se muere de soledad.

—No le gusta que lo llame así. Se empeña en que lo llame Luigi.

—Eso es porque se aferra con desesperación al hombre que era antes del cónclave. Pero me temo que esa persona va desapareciendo día a día. Pronto nadie se acordará de su verdadero nombre.

—Su nombre papal tiene cierto encanto, ¿no crees?

—Nunca olvidaré aquella noche en la plaza de San Pedro, cuando lo oí por primera vez. Aun así, esperaba algo con un poco más de estilo. Papa Alejandro habría estado bien. O quizá papa Gregorio. Siempre me ha parecido que Luigi tenía cara de Gregorio.

—¿Y Julio? —preguntó Gabriel.

—O Marcelo —sugirió Veronica.

—Nunca ha habido un papa Gabriel, ¿verdad?

—Ni una papisa Verónica. Y puedes estar seguro de que nunca la habrá.

—Su santidad me informó de que doctrinalmente es innegociable.

—¿La ordenación de mujeres? —Veronica giró lentamente su copa de vino sobre la encimera—. Sé de muy buena tinta que su santidad cree que se debería permitir a las mujeres el acceso al sacerdocio.

—Eso destruiría a la Iglesia.

—Si alguien va a destruir la Iglesia, es el cardenal Bertoli. —Cogió el montón de informes trimestrales—. ¿Quieres que trabajemos mientras cenamos?

—Por supuesto.

Le entregó a Gabriel los informes de los últimos cuatro años y se quedó con el resto. Siguieron veinte minutos de silencio, roto solo por el crujir del papel.

—¿Ves lo que yo veo? —preguntó Veronica por fin.

—Creo que sí.

—¿Hay alguna posibilidad de que echemos un vistazo a la cuenta del cardenal Bertoli en el Banco Vaticano?

—Sí —respondió Gabriel—. Creo que sí.

Los anteriores ocupantes de la cátedra de san Pedro celebraban misa cada mañana en la capilla privada del *appartamento pontificio*. Su santidad el papa Donati, en cambio, prefería asistir a misa en la capilla de la Casa de Santa Marta. Aunque en ocasiones oficiaba él mismo, normalmente podía vérsele sentado en la última fila, como si fuera un feligrés más al que le gustaba vestirse de blanco. Al día siguiente de tomar posesión en secreto de un cuadro perdido de Leonardo da Vinci, le acompañaban varias trabajadoras sexuales romanas a las que la Iglesia había puesto en el camino de la redención. Al acabar la misa, las mujeres desayunaron con su santidad en el comedor de la Casa, para consternación de una delegación de sacerdotes estadounidenses de la orden tradicionalista del Opus Dei que se encontraba de visita.

El secretario privado del papa, el padre Mark Keegan, no acompañó a su superior esa mañana, lo que hizo sospechar a ciertos círculos de la curia que aquel encuentro no contaba con su aprobación. En realidad, tenía otros asuntos que atender, entre los que se incluía la recopilación de ciertos documentos confidenciales del Banco Vaticano. Una vez cumplida su misión, se dirigió al Caffè Greco, la mítica cafetería de Via dei Condotti. Allí, en una tranquila sala trasera, entregó los documentos a un amigo íntimo y confidente del santo padre.

Gabriel comenzó por el último extracto bancario del cardenal Bertoli.

—Creo que me he equivocado de profesión.

—Sí —respondió el padre Keegan vagamente.

—¿Cuánto ganan los cardenales de la curia?

El sacerdote señaló el último ingreso de la nómina del cardenal Bertoli.

—Haga usted los cálculos.

—No basta para explicar este saldo.

—Su eminencia cuenta con varios benefactores ricos que le han prestado apoyo a lo largo de su carrera. Hace poco causó un pequeño escándalo al emprender una reforma importante de su apartamento del Palazzo San Carlo. Es varias veces más grande que la habitación del santo padre en la Casa de Santa Marta y tiene una enorme azotea con magníficas vistas de Roma. El contraste entre las condiciones de vida de ambos es tan llamativo que ha dado origen a cierta polémica. —El padre Keegan le entregó otro extracto del Banco Vaticano—. La diferencia de saldo entre las cuentas de ambos es aún más llamativa.

—¿Cuarenta y dos mil euros? ¿Después de tantos años?

—Ha donado la mayor parte de su dinero.

—¿A quién?

—A cualquiera que lo necesitara más que él.

—Quizá debería usted quitarle la tarjeta del banco.

—No tiene. Pero eso no le detendría. El santo padre ha dicho en numerosas ocasiones que quiere que la Iglesia sea pobre. Y se empeña en predicar con el ejemplo.

—Si Veronica y yo estamos en lo cierto, el santo padre podría ver pronto cumplido su deseo.

—¿Tan grave es la cosa?

—Pompeya.

—Quizá podría concretar un poco más.

—Las cifras que figuran en los informes trimestrales del cardenal Bertoli no son reales. Y aunque lo fueran, no cuadran.

El padre Keegan dio un sorbo a su capuchino.

—Continúe.

—Bertoli ha puesto casi la totalidad de los fondos de la curia en manos de un solo asesor de reputación bastante dudosa. Y ese asesor, a su vez, ha invertido la mayor parte del dinero en instrumentos financieros y fondos gestionados por un banco suizo controlado por la Camorra. Según los informes trimestrales del cardenal, durante su mandato esas inversiones casi han duplicado su valor. Pero eso no es cierto, lisa y llanamente.

—¿Cómo puede estar seguro?

—He visto las cifras internas del banco. Además, el cardenal Bertoli y su asesor han pedido prestados más de mil millones de dólares al mismo banco para realizar una serie de inversiones inmobiliarias de riesgo. La finca de New Bond Street fue la primera en hundirse, pero sospecho que no va a ser la última.

—¿Y su teoría es que el cardenal Bertoli utilizó de alguna manera el cuadro para saldar el préstamo?

—Exactamente.

—Pero ¿por qué no recurrió a las reservas de efectivo de la curia?

—Porque es posible que no haya reservas de efectivo.

La cara del padre Keegan perdió por completo su color.

—No lo dirá en serio.

—Solo estoy sacando la conclusión lógica.

—¿Cómo es posible tal cosa?

—Creo que se llama «malversación».

—¿En beneficio de quién?

—De Camorra S. L. Pero el hecho de que el cardenal Bertoli haya participado en un plan para robar un cuadro perdido de Leonardo indica que él también se ha estado llenando los bolsillos.

—Que ha participado presuntamente —puntualizó el padre Keegan—. Pero ¿cómo sabía el cardenal de la existencia del cuadro?

—Esperaba que usted pudiera aclarármelo.

—Es cierto que tiene varios cuadros muy valiosos en su apartamento recién reformado del Palazzo San Carlo. De hecho, es un poco como un museo privado.

—¿Regalos de benefactores acaudalados? —preguntó Gabriel.

—En realidad, el cardenal los toma prestados.

—¿De dónde?

—Del almacén de los Museos Vaticanos.

43

Hotel Hassler

Gabriel salió del Caffè Greco cinco minutos después que el padre Keegan y cruzó la Piazza di Spagna. Al llegar a lo alto de las escaleras, se encontró a Luca Rossetti frente a la iglesia de la Trinità dei Monti. Fueron juntos a la *suite* de Gabriel en el Hassler, donde el general Ferrari, vestido con traje oscuro y corbata, estaba hojeando los informes financieros trimestrales del cardenal Bertoli.

—Una lectura muy esclarecedora —comentó sin levantar la vista—. Debería husmear en tu habitación más a menudo.

—Esos documentos son solo para mis ojos.

—Ya me lo imagino. Al fin y al cabo, leí hace poco que la Iglesia estaba al borde de la bancarrota debido a la disminución de los donativos de los fieles y a las costosas indemnizaciones por los escándalos de abusos sexuales. —Ferrari golpeó la página con su mano derecha lisiada—. En cambio, aquí dice que el Vaticano ha estado comprando caros edificios comerciales por toda Europa con la ayuda de su asesor financiero, Nico Ambrosi. Tiene el toque de Midas, ¿no? Santo cielo, mira estos rendimientos.

—Tengo motivos para creer que las cifras están falseadas.

—Al igual que los Carabinieri y los compañeros de la Guardia di Finanza, pero estos documentos lo demuestran. También indican que el cardenal Bertoli está implicado en actividades que solo pueden definirse como fraude y malversación.

—¿Desde cuándo lo sabéis?

—¿Lo de su eminencia? Digamos que Bertoli lleva ya algún tiempo en el punto de mira de las fuerzas policiales italianas. Pero, dado que es un alto cargo de un Estado soberano, no podíamos hacer nada al respecto. —El general hizo una pausa y añadió—: Hasta ahora.

—Por eso Luca no tenía prisa por marcharse ayer de ese bar del paseo marítimo de Ventimiglia. Mencionó el nombre de Nico Ambrosi porque quería que yo hiciera lo que los Carabinieri no pueden hacer dentro de los muros del Vaticano.

El general guardó los informes trimestrales en su maletín.

—También voy a necesitar los documentos que te ha entregado el padre Keegan en el Caffè Greco.

—No te los puedo dar.

Ferrari extendió la mano y Gabriel le entregó los extractos bancarios del cardenal Bertoli en el Banco Vaticano.

—¿Solo seis millones? Esperaba más. Claro que supongo que el cardenal tiene unos cuantos millones escondidos en Piedmont Global Capital, en Milán. —Los extractos desaparecieron en el maletín de Ferrari. Luego miró a Rossetti y añadió—: Quizá deberías contarle a Gabriel lo de su amigo Franco Tedeschi.

—Su avión aterrizó en Nápoles hace un par de horas. En el aeropuerto le estaban esperando varios colaboradores de Lorenzo di Falco, el capo del clan más poderoso de la Camorra.

—No me gustaría estar en su pellejo —dijo Gabriel.

—A mí tampoco —repuso el general Ferrari—. El clan Di Falco estuvo detrás del atentado contra mi vida cuando era comandante de la división de Nápoles. Lorenzo es de los que matan primero y preguntan después, sobre todo si se trata de cuestiones de dinero.

—¿Cuánto tiempo de vida le queda al pobre Franco?

—Supongo que eso depende de si encuentra a la persona que transfirió quinientos millones de dólares de la Camorra a una cuenta en Kiev.

—Por desgracia, fue el propio Franco quien autorizó la transferencia.

—Un detalle encantador por parte de Ingrid. Pero puedes estar seguro de que Di Falco no se lo va a tragar. Si siente que su imperio corre algún peligro, volarán las balas. Por eso tenemos que actuar con rapidez.

—¿Haciendo qué?

—Desmantelando Camorra S. L. y deteniendo a Franco Tedeschi, Nico Ambrosi y Lorenzo di Falco por asesinato, robo, fraude, malversación y blanqueo de capitales.

—No tienes pruebas suficientes para detenerlos.

—Todavía no —reconoció el general—. Pero tú vas a ayudarme a conseguirlas.

—¿Cómo?

—Su eminencia el cardenal Bertoli.

El *malware* Proteus tardó casi una hora en tomar el control del teléfono del cardenal y otros treinta minutos en extraer sus correos electrónicos, mensajes de texto, fotografías, datos de geolocalización y metadatos telefónicos. Poco después, Gabriel descubrió que el cardenal Bertoli había gastado más de un millón de euros en reformar su apartamento del Palazzo San Carlo, que estaba descontento con su cocinera, que sufría de insomnio y migrañas, que mantenía una estrecha relación con su hermana pequeña, que visitaba con frecuencia el almacén de los Museos Vaticanos y que tenía depositados más de diez millones de euros en una cuenta de corretaje de Piedmont Global Capital, en Milán.

De cara a la galería, era un gestor diligente y eficaz de la curia romana y la ciudad-Estado del Vaticano. Su jornada comenzaba normalmente a las cuatro y media de la madrugada y no acababa hasta pasada la medianoche. Las finanzas de la Santa Sede eran su mayor preocupación, como demostraban los frecuentes correos electrónicos, mensajes de texto y llamadas telefónicas que intercambiaba con su asesor de inversiones, Nico Ambrosi. Se reunían cara a cara una vez a la semana, como mínimo, ya fuera en el Vaticano o en uno de los mejores restaurantes de Roma. Eran cautelosos en sus comunicaciones electrónicas, pero de tanto en tanto se enviaban documentos delicados. Uno de ellos atañía a la pérdida de unos cuantos millones de euros en una compleja operación con divisas; otro, a una inversión fallida en un fondo de crecimiento global de alto riesgo. Su eminencia, sin embargo, no había informado de estos reveses al santo padre en el informe trimestral correspondiente. Según el relato del cardenal Bertoli, la operación con divisas había reportado a la Santa Sede unos beneficios netos que rondaban el catorce por ciento. El fondo de crecimiento global, a pesar de todas las pruebas en contra, iba viento en popa.

El edificio de New Bond Street, en Londres, había dado problemas desde el principio, pero la pandemia mundial empeoró la situación, ya mala de por sí. La ocupación de la finca se desplomó, los ingresos cayeron en picado y la deuda se volvió insostenible. El cardenal Bertoli ordenó a Nico Ambrosi que solicitara un periodo de gracia a su prestamista, el SBL PrivatBank. Y cuando el banco denegó la solicitud, el cardenal exigió un préstamo puente de cien millones de dólares para salir del paso. Pero al banco no le interesó la operación.

La presión aumentaba también en otras partes de la cartera de la curia, debido a que las inversiones no rendían dividendos y el efectivo disponible iba mermando. Se esfumaron millones con la quiebra de Archegos Capital Management, y otros tantos se hallaban inmovilizados en diversas empresas que perdían dinero. El SBL PrivatBank exigió garantías adicionales, pero Bertoli no tenía nada que ofrecerles. La venta de la finca de New Bond Street estaba descartada, pues valía menos de la mitad de lo que el Vaticano había pagado por ella. Al no ver otro recurso, Bertoli acudió gorra en mano a ricos empresarios católicos en busca de una salida. Pero hicieron oídos sordos a sus súplicas.

A pesar de que su cartera de inversiones se tambaleaba al borde del precipicio, a principios del verano anterior el cardenal Bertoli hacía decidido renovar los cuadros de su apartamento del

Palazzo San Carlo. Con ayuda del conservador jefe de los Museos Vaticanos, hizo cuatro visitas a los almacenes subterráneos. Tras una de esas visitas, el cardenal llamó por teléfono a un conocido suyo que trabajaba en la Galería de los Uffizi, en Florencia. Ese conocido era Giorgio Montefiore, el mayor experto mundial en la vida y la obra de Leonardo da Vinci.

—¿Por qué no puedes venir al laboratorio? —preguntó Antonio Calvesi.

—Es complicado.

—Suele serlo tratándose de ti.

—El caso es que necesito hablar contigo extramuros —contestó Gabriel.

—¿Sobre qué?

—Sobre el cardenal Bertoli.

Se hizo un silencio al otro lado de la línea.

—¿Sigues ahí, Antonio?

—Michelangelo —dijo, y cortó la llamada.

Era el nombre de un pequeño bar turístico frente a la entrada de la Pinacoteca, uno de esos sitios que la mayoría de los empleados de la ciudad-Estado del Vaticano no pisaban jamás. Gabriel llegó a las tres y cuarto. Calvesi estaba tomando café en una mesa de plástico, fuera.

—¿Qué pasa con Bertoli? —preguntó.

—Me he enterado de que a veces toma prestados cuadros de la colección de los Museos Vaticanos para adornar las paredes de su espacioso apartamento.

—¿A veces? —Calvesi meneó la cabeza—. Su eminencia trata los almacenes de la Pinacoteca como si fueran su galería de arte privada.

—¿Y te parece mal?

—Solo el santo padre y el cardenal secretario de Estado están por encima de Bertoli. Por lo tanto, no importa si a mí me parece mal o no. Bertoli elige los cuadros que se le antojan y yo me encargo de transferirlos temporalmente a su custodia.

—Seguro que habrá papeleo de por medio.

Calvesi se encogió de hombros.

—Ya sabes cómo funciona este sitio, Gabriel. Aquí algunas cosas se manejan de manera muy informal.

—¿Cuándo se fijó Bertoli en la *Virgen con el Niño* de un seguidor de Rafael?

—¿Así que se trata de eso?

—¿Cuándo, Antonio?

—Poco después de que Penny empezara a trabajar en el cuadro.

—¿Dónde estaba el cuadro en ese momento?

—En el laboratorio.

—¿Ella ya había descubierto la pintura oculta?

Calvesi asintió con un gesto.

—Y tú, por supuesto, se lo contaste a Bertoli.

—Puede que se lo mencionara de pasada.

—Al cardenal debió de picarle la curiosidad.

Calvesi cruzó los brazos sobre el pecho.

—¿Adónde quieres ir a parar?

—Al difunto Giorgio Montefiore.

—¿Qué pasa con él?

—El día que tú y yo descubrimos que faltaba el cuadro, me diste a entender que fuiste tú quien pidió a Montefiore que le echara un vistazo. Pero no fue así, ¿verdad, Antonio?

Él negó con la cabeza.

—Fue Bertoli quien llamó a Montefiore. Luego Montefiore me llamó a mí.

—¿Quería ver el cuadro?

—¿Tú qué crees?

—Creo que deberías haberme dicho la verdad desde el principio.

—No me pareció relevante. Además, no me di cuenta de que estaba hablando con un agente de policía.

—Por suerte para ti, no lo soy. Aun así, tengo la intención de decirle al santo padre que fuiste tú quien lo organizó todo para sacar el cuadro del almacén.

—Pero eso no es cierto.

—Sé que no es cierto, Antonio. Y también lo sabe el cardenal Bertoli.

44

Osteria Lucrezia

—En serio, tenemos que dejar de vernos así, santidad.

—Perdóname, Gabriel, pero era el único sitio donde podía conseguir mesa con tan poca antelación.

Estaban otra vez en Lucrezia, la pequeña *osteria* cerca de la estación de tren. Agentes de la Polizia di Stato fuera, un guardia suizo dentro, el vicario de Cristo con americana a cuadros y camisa con el cuello abierto.

—Aquí no estás a salvo —dijo Gabriel.

Donati le acercó un plato de *arancini*.

—Cómete uno. Te sentirás mejor.

—Me sentiré mejor cuando vuelvas a tu cama en la Casa de Santa Marta.

—Estoy más seguro en este restaurante que en la Casa.

—Razón de más para que te mudes al otro lado de la ciudad, al Palacio Apostólico. Tengo entendido que hay un apartamento precioso en la tercera planta, y está libre.

—Me paso por allí todos los domingos cuando rezo el ángelus.

—¿Alguna vez la has visto allí abajo, en la plaza?

—¿A quién?

Gabriel no respondió.

—Si te refieres a Veronica, no la he visto. Pero es que últimamente hay mucha gente.

—Las cuitas de un papa estrella del *rock*.

—Que conste que odio que me llamen así. Es degradante para el papado.

—Disfrútalo mientras dure.

Gabriel se sirvió una de las crujientes bolas de *arancini* y se la comió con cuchillo y tenedor. Donati arrugó el ceño, cogió una del plato y se la metió en la boca.

—Venecianos… —masculló con fastidio.

—Veronica me hizo el mismo comentario hace poco, cuando me quejé de cómo conduce.

—Tendrías que haber visto cómo conducía cuando era joven. Era una auténtica loca al volante.

—Las cosas no han cambiado nada.

—No es verdad, *mio amico*. Han cambiado mucho. Un secretario privado del papa puede mantener una amistad con una mujer, pero el sumo pontífice no.

—Ella lo sabe, Luigi.

—¿De verdad?

—Sí, claro.

—Lo único que quiero es que sea feliz.

—Lo es —respondió Gabriel—. Feliz hasta el delirio.

—¿Está saliendo con alguien?

—Con un hombre más joven que ella y guapísimo. En Roma no se habla de otra cosa.

—Es un pecado, ¿sabes?

—¿Tener una aventura con un hombre más joven?

—Mentir al papa.

—En tal caso —repuso Gabriel—, el sustituto para Asuntos Generales va a pasarse recitando avemarías el resto de su vida terrenal.

El dueño apareció con los platos de pasta: raviolis de espinacas con mantequilla y salvia para Gabriel y, para su santidad, una montaña de *cacio e pepe*. El papa hundió el tenedor en el plato y empezó a darle vueltas.

—El padre Mark me ha comentado algo sobre una antigua ciudad romana de la bahía de Nápoles que quedó sepultada bajo varios metros de ceniza volcánica en el año 79 después de Cristo. Seguro que no será para tanto.

—Lamento informarte de que la Iglesia de Roma pronto se verá sumida en el peor escándalo financiero desde que el papa León X sufragó la construcción de la basílica de San Pedro con la venta de indulgencias.

—¿El cardenal Bertoli y Nico Ambrosi?

Gabriel asintió en silencio.

—¿Puedes demostrarlo?

—Tengo los correos electrónicos y los mensajes de texto del cardenal. Y también datos de geolocalización y metadatos telefónicos.

—¿Debo entender que has intervenido el dispositivo móvil personal del tercer prelado más poderoso de la Iglesia católica?

—Ese prelado es un delincuente que lleva tiempo actuando en connivencia con otros delincuentes.

—Puede ser, pero el cardenal también es un miembro muy hábil de la curia y fue un brillante diplomático del Vaticano antes de que yo lo nombrara *sostituto*. Puedes estar seguro de que tendrá una explicación perfectamente razonable para justificar sus actos.

—Pero podremos demostrar que miente.

—¿Cómo?

—*Sprezzatura* —respondió Gabriel—. Es una especie de estudiada indiferencia que los grandes pintores del Renacimiento, como Leonardo y Rafael, utilizaban con gran maestría. Tú vas a hacer lo mismo. Si te ves capaz, claro está.

—¿Le estás pidiendo al sumo pontífice de la Iglesia de Roma que mienta?

—Una mentirijilla, nada más —dijo Gabriel.

A Donati se le ensombreció el semblante.

—Me avergüenza reconocerlo, pero te he mentido hace un momento.

—¿Sobre qué?

—Sí que la he visto en la plaza, debajo de mi ventana. La veo cada vez que viene.

Tras el vuelco que supuso su nombramiento para el poderoso cargo de *sostituto,* el cardenal Matteo Bertoli se había permitido acariciar la ilusión de que algún día sería papa. Sus esperanzas comenzaron a desvanecerse en las postrimerías del turbulento papado de Pietro Lucchesi, cuando su nombre no apareció en ninguna lista de candidatos papables. Y se disiparon por completo cuando el cónclave sorprendió al mundo entero al colocar el anillo del Pescador en la mano de un liberal, el secretario privado de Lucchesi. Su santidad Luigi Donati no era ya un hombre joven, pero gozaba de una excelente salud pese a su adicción, ya muy larga, al tabaco. Bertoli estaba al tanto de los resultados del último chequeo médico al que se había sometido el santo padre. De hecho, guardaba una copia del informe en su archivo personal. Del informe se colegía que, salvo algún percance inesperado, el papa Donati seguiría muchos años instalado en el trono de San Pedro.

En los días que siguieron al cónclave, la curia sufrió una purga, pero su santidad dejó prácticamente intacta la Secretaría de Estado, el órgano burocrático central del Vaticano. Consideraba al sustituto para Asuntos Generales un aliado de confianza, y Bertoli no le había dado razón alguna para dudar de su lealtad. Secretamente, sin embargo, se había aliado con elementos de la curia que estaban hartos del empeño santurrón del santo padre en librar de corrupción al Vaticano y trastocar la vida privilegiada de numerosas figuras destacadas de la Iglesia. El propio cardenal Bertoli había sido objeto de acerbas críticas por el tamaño y la opulencia de su ático en el Palazzo San Carlo, y por el dinero que había aceptado de algunos benefactores para costear su reforma. Para capear las preguntas de la prensa, había adoptado la estrategia vaticana del silencio. De haberse decantado por la sinceridad, podría haber dicho que no era culpa suya que el nuevo papa hubiera abandonado el *appartamento* del

Palacio Apostólico para vivir en una *suite* de hotel del tamaño de un armario escobero. En opinión de Bertoli, era una afrenta contra la majestad del papado.

Si la nada ortodoxa elección de vivienda del santo padre tenía alguna ventaja, era que la Casa de Santa Marta estaba situada justo al lado del Palazzo San Carlo, lo que permitía a Bertoli vigilar de cerca, desde la comodidad de su despacho privado, al hombre al que servía con tanta deslealtad. En ese momento, había luz encendida detrás de las cortinas corridas de la habitación 201, pero Bertoli tenía la certeza de que el santo padre no estaba en casa. Una vez más, se había zafado de las ataduras del Vaticano con la ayuda del coronel Alois Metzler, el comandante de la Guardia Suiza. Bertoli, en su calidad de *sostituto,* estaba encargado de planificar todos los viajes papales, incluidas las breves salidas más allá de la frontera que separaba la ciudad-Estado de la República Italiana. No aprobaba las incursiones clandestinas que el santo padre hacía extramuros y así se lo había hecho saber al papa. Pero no podía culpar a su santidad por querer tomar una comida decente de vez en cuando. Las cenas que servía el comedor de la Casa de Santa Marta eran de lo más insípidas.

La cocinera de Bertoli se había superado esa noche. El cardenal había cenado solo, con la única compañía de una grabación de los tríos para piano de Schubert, y a continuación se había retirado a su despacho. Le esperaba una montaña de papeleo de la curia, entre el que se incluía el itinerario definitivo de la visita de fin de semana que iba a hacer el santo padre a la lejana isla italiana de Lampedusa, donde tenía intención de mostrar una vez más su apoyo al derecho de los desdichados de la tierra a buscar refugio y empleo en el país de su elección. A la vuelta, pararía en Palermo para celebrar una misa al aire libre con el cardenal Vincenzo Cordero, el teólogo de la liberación al que hacía poco había nombrado arzobispo de la ciudad. Después recorrería las calles de Palermo hasta la catedral, donde tenía intención de rezar ante la tumba del padre Pino Puglisi, el sacerdote enemigo de la mafia al que la Cosa Nostra asesinó en 1993.

La visita a Lampedusa sin duda generaría controversia, puesto que se vería, no sin razón, como una crítica directa a la política antiinmigración del Gobierno italiano. Bertoli, si hubiera podido elegir, habría preferido pasar el sábado relajándose en su ático, pero el protocolo le obligaba a estar al lado del santo padre, asintiendo mansamente a cada una de sus palabras, por muy objetables que le parecieran. Era su sino: servir como copero a su santidad el papa Che Guevara.

Pese al desprecio que le merecía el santo padre, Bertoli dio gracias al cielo cuando, a las diez y veinte, un Mercedes paró en seco delante de una entrada lateral de la Casa de Santa Marta. Su santidad, vestido con americana y pantalones, se apeó del coche y desapareció por la puerta. En la habitación 201, la luz siguió encendida hasta las once de la noche y luego se apagó.

Bertoli trabajó una hora y media más antes de retirarse. Durmió mal, como de costumbre, y a las siete de la mañana, después de bañarse, vestirse y celebrar misa en su capilla privada, estaba de nuevo sentado detrás de su escritorio. Permaneció allí hasta las nueve menos diez, cuando, con el maletín de la curia en la mano, se dirigió a la Casa de Santa Marta para despachar con el santo padre como hacía cada mañana.

Su santidad estaba en el vestíbulo despidiéndose de un grupo de romanos sin techo a los que había invitado a desayunar en el comedor. Bertoli entró detrás de él en el ascensor, junto con dos guardias suizos vestidos de paisano. Fue el santo padre quien pulsó el botón de la primera planta.

—¿Qué me tiene reservado hoy, eminencia?

—Nada muy urgente, santidad.

—Bien. —Le dio una palmada en el hombro a Bertoli—. Porque yo tengo algo que creo que le va a interesar.

45

Casa de Santa Marta

El cardenal Bertoli contemplaba en silencio el objeto que contenía la caja acolchada, como si se hallara presentando sus respetos al cadáver de un pariente lejano. El padre Keegan, que no parecía haberse percatado del ensimismamiento del cardenal, se había puesto a revisar el itinerario del viaje del día siguiente a Lampedusa y Palermo. Su santidad, con un cigarrillo encendido entre los primeros dos dedos de la mano derecha, hojeaba su resumen diario de prensa. Para variar, no contenía ninguna noticia escandalosa sobre el Vaticano. Pero el favor de la prensa, supuso, seguramente se agotaría pronto.

Bertoli se llevó la mano a la boca y tosió con suavidad.

—¿Y dónde lo encontró exactamente la Brigada Arte, santidad?

Donati tardó en levantar la vista del resumen de prensa.

—¿Encontrar qué, eminencia?

Bertoli señaló con la cabeza el retrato de la joven. Con su rostro anguloso, su nariz aguileña y sus ojos de párpados caídos, el cardenal parecía una figura de un cuadro del Greco. La cruz de oro que llevaba al pecho empequeñecía el sencillo crucifijo de plata que lucía Donati.

—Me temo, eminencia, que el general Ferrari no quiso responder a esa pregunta.

—¿Puedo preguntar por qué?

297

—Por lo visto, solo uno de los sospechosos está detenido. La Brigada Arte sigue tratando de identificar a sus cómplices.

—Pero la Brigada Arte no tiene jurisdicción en este asunto, si el cuadro lo robaron de verdad de la Pinacoteca.

Donati apagó el cigarrillo.

—¿Tiene motivos para dudarlo, cardenal Bertoli?

—No se ha denunciado ningún robo.

—Lo que significa que, sin duda, el ladrón contó con la ayuda de algún cómplice interno.

El rostro del Greco adoptó una expresión consternada.

—Sí, es muy chocante, lo sé.

—¿Me permite señalar algo más, santidad?

—Por favor —dijo Donati amablemente.

—Conozco muy bien las pinturas del inventario de la Pinacoteca.

—Eso me han dicho.

—Y estoy casi seguro —continuó Bertoli— de no haber visto nunca este cuadro en nuestros almacenes.

—Pero eso es lo más fascinante de la historia, eminencia. Verá, estaba oculto bajo otro cuadro, una *Virgen con el Niño* bastante mediocre, obra de un imitador de Rafael.

—Con el debido respeto, santidad, no hay ninguna *Virgen con el Niño* que sea mediocre.

—¿Quiere que le cuente el resto de la historia, cardenal?

—Mil perdones, santidad.

—El cuadro lo han examinado varios especialistas en historia del arte.

—¿Y?

—Han llegado a la conclusión de que bien podría tratarse de una obra de Leonardo desconocida hasta ahora.

—Asombroso —murmuró el cardenal.

Donati asintió lentamente con la cabeza.

—Eso, por supuesto, explicaría por qué alguien del Vaticano ayudó a los ladrones a sustraer el cuadro.

—¿Hay algún sospechoso?

Donati soltó un profundo suspiro.

—Antonio Calvesi.

—¿El conservador jefe? Imposible, santidad.

—El general Ferrari me ha dado a entender que su detención es inminente. Le he pedido que espere hasta que yo regrese de Palermo.

Bertoli bajó la tapa de la caja y encajó los cierres.

—¿Puedo preguntarle qué está haciendo, Matteo?

—Voy a llevar el cuadro de vuelta al museo.

—El cuadro se queda en mi apartamento hasta que podamos anunciar su descubrimiento.

—Pero aquí no está seguro.

—Si aquí no está seguro, cardenal Bertoli, tampoco lo estoy yo. —Donati encendió otro cigarrillo—. ¿Repasamos el recorrido del viaje de mañana?

Aunque el viaje solo duraría unas horas, era una pesadilla logística, con dos vuelos, dos trayectos en helicóptero y una breve travesía marítima en una lancha patrullera de la Guardia Costera. El arzobispo Cordero de Palermo preveía una multitud de doscientos mil peregrinos en la misa al aire libre. Donati había rechazado varios borradores de su homilía, y la apresurada reelaboración que acababa de entregarle el cardenal Bertoli era un mazacote curial. Como había hecho ya otras veces, Donati pensaba improvisar.

—La Oficina de Seguridad del Vaticano cree que no hay más peligro del habitual —comentó Bertoli—. Aun así, imploro a su santidad que use el papamóvil blindado para la procesión a la catedral.

—No pienso recorrer las calles de Palermo metido en una pecera. Necesito el contacto físico con mis fieles.

—Palermo es una ciudad peligrosa, santidad.

—Para mí no lo es.

El cardenal pasó entonces a otros asuntos de la curia; entre ellos, un nombramiento para el Consejo para la Justicia y la Paz y una tormenta que se estaba fraguando en el Dicasterio para la Doctrina de la Fe.

—¿Y ahora qué pasa? —preguntó Donati con aire cansino.

—El cardenal Byrne.

El arzobispo emérito ultraconservador del Medio Oeste de Estados Unidos era una espina clavada en el costado de Donati.

—Le he dejado perfectamente claro al cardenal Byrne que no tiene permitido celebrar la misa tradicional en latín.

—Él cree que está siendo objeto de una persecución.

—Y yo creo que los defensores del rito latino como el cardenal Byrne están valiéndose de ese tema para oponerse a mí.

—Tiene partidarios dentro del Santo Oficio.

—Yo también los tengo, eminencia. Y, si lo que quiere es un enfrentamiento, lo tendrá.

Tras esta áspera respuesta, el cardenal Bertoli echó un último vistazo al estuche del cuadro que reposaba sobre la mesa baja, recogió sus papeles y se marchó. Donati y el padre Keegan se acercaron a las ventanas del cuarto de estar, desde donde vieron alejarse al cardenal. Su eminencia llevaba el teléfono pegado a la oreja.

—¿A quién cree usted que está llamando? —preguntó Donati.

El teléfono del padre Keegan emitió un pitido al recibir un mensaje.

—Está hablando con Nico Ambrosi, santidad.

—¿Sobre qué?

Llegó otro mensaje al teléfono del padre Keegan.

—Le ha preguntado si está libre para cenar esta noche.

—¿Y lo está?

—Parece que sí.

—¿Dónde van a cenar?

Pasaron unos segundos antes de que la respuesta apareciera en el teléfono del padre Keegan.

—En Pipero, santidad.

—¿Un viernes por la noche? ¿Cómo cree que ha conseguido Nico una mesa?

—Conocerá a alguien.

—¿Cree que yo podría conseguir mesa en Pipero con tan poca antelación un viernes por la noche?

—No, santidad. Imposible.

46

Ristorante Pipero

El restaurante estaba en Corso Vittorio, justo enfrente de la Chiesa Nuova, la iglesia donde se hallaba originalmente el cuadro de Caravaggio *La deposición de Cristo*. Gracias a una cancelación de última hora, la Brigada Arte había conseguido mesa para dos. El general Ferrari resolvió que el apuesto Luca Rossetti era el agente más adecuado para la tarea. En ese momento se hallaba sentado en la parte trasera de un Alfa Romeo sin distintivos aparcado junto a la iglesia. Gabriel estaba sentado a su lado, con un ordenador portátil sobre las rodillas. La luz azul que parpadeaba en la pantalla indicaba que su eminencia el cardenal Bertoli se encontraba en su despacho, en la tercera planta del Palacio Apostólico. Su asesor financiero, el milanés Nico Ambrosi, estaba en ese momento apeándose de un tren en la estación Termini de Roma.

—Tal y como lo planeasteis tu jefe y tú —comentó Gabriel.

—Ni siquiera el general podía imaginar que esto acabaría así. —Rossetti sacudió la cabeza lentamente—. Este va a ser uno de los mayores escándalos de la historia de la Iglesia.

—Justo lo que yo quería evitar.

—Tu amigo el santo padre no tiene la culpa.

—No creo que sus enemigos opinen lo mismo.

El teléfono de Rossetti vibró al recibir un mensaje.

—Ambrosi está a cinco minutos.

—Diles a tus compañeros que no se acerquen demasiado.

—Sabemos seguir a la gente.

—¿Te acuerdas de la noche que intentaste seguirme a casa desde el Harry's Bar?

Rossetti se frotó la mandíbula.

—Tuve suerte de que no me mataras.

—Fue un error inocente.

—Fue un asalto en toda regla.

—Me rompí la mano con esa cabeza de granito tuya.

—Conste que mi cabeza es del mejor mármol italiano.

Un Mercedes con chófer se detuvo frente al restaurante.

—Qué rápido —dijo Rossetti.

—Creo que es tu acompañante para la cena, Luca.

El chófer abrió la puerta trasera y Veronica Marchese, vestida con un rutilante traje pantalón negro, apareció ante sus ojos. Rossetti la miró con admiración.

—Es muy guapa.

—Y bastante inaccesible.

—¿Sigue llorando la muerte de su marido?

—Está de luto —contestó Gabriel—, pero no por Carlo Marchese.

Rossetti abrió la puerta.

—¿Algún consejo?

—Pide los ñoquis con *fontina.* Ya me lo agradecerás después.

Veronica estaba charlando con el *maître* cuando entró Luca Rossetti. Él le tendió la mano para saludarla, pero ella le dio dos besos en las mejillas.

—¿Qué tal el día, cariño?

—Ajetreado. ¿Y el tuyo?

—Un horror. —Sonrió—. Hasta ahora mismo, claro.

Cogió del brazo a Rossetti mientras el *maître* los conducía a la mesa. Solo había otra mesa libre en el comedor, en un rincón un poco apartado. Estaba puesta para tres personas.

Veronica miró la carta de bebidas.

—¿Tomamos un aperitivo?

—Estoy de servicio.

—No, qué va. Estás cenando con una conocida directora de museo en uno de los restaurantes más elegantes de Roma.

—¿Y cuál es la naturaleza de nuestra relación?

Ella suspiró.

—Puramente física, me temo.

—Entonces, esta promete ser una velada interesante.

—En más de un sentido. —Veronica dirigió la mirada hacia un hombre atractivo, vestido con traje oscuro, al que estaban acompañando a la mesa del rincón. Era Nico Ambrosi—. ¿Te has fijado en el número de cubiertos?

Rossetti asintió.

—Me pregunto quién será el tercer comensal.

—Pronto lo sabremos.

Veronica miró la hora.

—¿Por qué tarda tanto su eminencia?

—¿Se lo preguntamos a nuestro amigo común?

—¿Por qué no?

Rossetti mandó un mensaje a Gabriel. La respuesta fue inmediata.

—El cardenal Bertoli acaba de salir del Vaticano escoltado por la Polizia di Stato.

—Dime una cosa, Luca. ¿Por qué un cardenal necesita escolta policial cada vez que cruza la frontera y entra en Italia?

—Si por mí fuera, no tendría escolta. —Rossetti guardó el teléfono—. ¿Cómo lo conociste?

—¿A nuestro amigo común?

Rossetti hizo un gesto afirmativo.

—Hace unos años lo ayudé a desmantelar una red de contrabando de antigüedades. Por desgracia, el líder de la red resultó ser mi difunto marido.

—Lo lamento, *dottoressa* Marchese. Eso fue antes de que yo llegara.

Ella se inclinó sobre la mesa y susurró:

—Ya que nos acostamos, Luca, seguramente deberías llamarme por mi nombre de pila.

—Es uno de mis favoritos.

—Me lo puso mi madre. Le encantaba la historia de la joven de Jerusalén que limpió el rostro de Jesús mientras cargaba con la cruz camino del Gólgota.

—¿Tu familia era muy religiosa?

Ella asintió y preguntó:

—¿Y la tuya?

—Yo era un católico modelo.

—¿Y ahora?

—Soy católico como lo son la mayoría de los italianos.

—O sea, ¿no mucho?

—Sigo siendo creyente —dijo Rossetti—. O esa es mi impresión, por lo menos. Pero perdí la fe en la Iglesia hace mucho tiempo.

—No eres el único.

Varias cabezas se volvieron cuando el cardenal Bertoli, resplandeciente con su sotana con ribetes carmesíes, cruzó el local junto al *maître*. Cuando se acercó al rincón, Nico Ambrosi se levantó para saludarlo. Se dieron la mano con formalidad y tomaron asiento. El cardenal Bertoli dejó su *telefonino* sobre el mantel y señaló el tercer cubierto.

—Puede que me equivoque —comentó Veronica—, pero me parece que su eminencia se está preguntando lo mismo que nosotros.

—¿Quieres decir que Nico Ambrosi ha invitado a alguien a cenar sin que el cardenal lo supiera?

—No me extrañaría nada, conociendo a Nico.

Apareció un camarero y Rossetti pidió dos copas de *prosecco*.

—¿Eres de Nápoles? —preguntó Veronica.

—¿Tanto se nota?

Ella sonrió, pero no dijo nada.

—Crecí en un barrio controlado por la Camorra. De pequeño, veía cadáveres en la calle.

—¿Por eso te hiciste policía?

—Supongo que sí. Mi madre estuvo una semana llorando cuando se lo dije.

—¿Por qué?

—Quería que fuese cura. ¿Te imaginas? ¿Yo con alzacuellos y sotana?

—Pues sí, la verdad. —En ese momento se abrió la puerta del restaurante y entró un hombre de rostro anguloso y pelo peinado hacia atrás—. ¿El comensal número 3?

—Sí, no hay duda.

—¿Quién es?

—Un banquero de Lugano que acaba de perder quinientos millones de dólares pertenecientes a la Camorra.

—¿Franco Tedeschi?

Rossetti asintió en silencio y observó cómo Tedeschi, que no llevaba escolta, se acercaba a la mesa del rincón. Estrechó la mano a Nico Ambrosi y al cardenal Bertoli y se sentó en la silla libre.

—La trinidad impía —comentó Veronica. Luego, con una sonrisa irónica, añadió—: Es una pena que nadie esté escuchando su conversación.

El camarero les llevó el *prosecco*.

—¿Por qué brindamos? —preguntó Rossetti.

—¿Por nosotros?

—¿Hay alguna posibilidad de que nuestra relación sea algo más que física?

—Me temo que no. Verás, Luca, estoy perdidamente enamorada de otro hombre.

—¿En serio? ¿De quién?

Veronica sonrió con tristeza.

—Eso no te lo diré nunca.

47

Ristorante Pipero

Antes incluso de que el camarero osara acercarse a la mesa, quedó claro que habían sido víctimas de un engaño a gran escala, pero determinar cómo había sucedido y quién era el culpable llevaría algún tiempo. Era indiscutible que alguien se las había ingeniado para cambiar el Leonardo auténtico por una copia perfecta, una copia que Franco Tedeschi había vendido al oligarca ruso Alexander «Proko» Prokhorov por la cifra récord de quinientos millones de dólares. Tedeschi sospechaba que el cambiazo había tenido lugar en el aeropuerto de Niza. Y estaba prácticamente seguro de que la azafata del avión privado de su banco, una danesa que se hacía llamar Rikke Jorgensen, estaba implicada en el robo.

Pero ¿quién había hecho la copia perfecta del Leonardo? ¿Y cómo se había enterado el general Ferrari, de la Brigada Arte, del robo del cuadro? Tedeschi tenía la certeza de que no era la joven restauradora británica quien había avisado al general, ya que un caballero de Nápoles había solventado antes ese problema en Venecia. Y el mismo caballero napolitano había despachado a Giorgio Montefiore un par de semanas después en Florencia, cuando la codicia pudo con él.

—¿Quién más podría ser? —preguntó el cardenal Bertoli.

—Tiene que ser alguien de dentro del Vaticano.

—No estará insinuando que yo tuve algo que ver.

—Por supuesto que no, eminencia.

—¿Quién, entonces?

Tedeschi anotó un nombre en el reverso de una de sus tarjetas de visita y la deslizó sobre la mesa. Bertoli la miró un momento y le dio la vuelta.

—Creía que sus socios le habían infundido el temor de Dios.

—El temor de Dios no, eminencia. El miedo a la Camorra. Dios perdona, pero la Camorra nunca olvida.

—Verdaderamente edificante, Franco. —Bertoli empujó la tarjeta por el mantel—. Todo un credo de vida al que ceñirse.

El propietario apareció y, con grande alharacas, dio la bienvenida a los tres hombres a su establecimiento. Era, a todas luces, un grupo distinguido: dos prósperos financieros y un poderoso prelado del Vaticano. Pero los dos financieros se dedicaban a blanquear dinero para don Lorenzo di Falco, capo del clan más rico y poderoso de la Camorra. Y el prelado del Vaticano había convertido por sus propios actos a la Iglesia católica en cómplice involuntaria de dicha empresa.

Cuando volvieron a quedarse solos, el cardenal Bertoli preguntó:

—Pero ¿cómo supo la policía que era usted quien tenía el cuadro?

—Para venderlo, tuvimos que enseñárselo a posibles compradores.

—Yo tenía entendido que estaban obligados a firmar un acuerdo de confidencialidad.

—Y así es, pero alguien ha tenido que descubrir el vínculo entre el cuadro y el banco.

—¿Y los quinientos millones de dólares que pagó el oligarca ruso por él?

—Se transfirieron a una cuenta del Oschadbank en Kiev.

—¿Quién los transfirió?

—Un *hacker* que de algún modo logró introducirse en nuestra red informática.

Bertoli se tocó la cruz de oro del pecho.

—¿Y cuando el comprador ruso descubra que ha pagado quinientos millones de dólares por una falsificación?

—Evidentemente, querrá que le devolvamos su dinero.

—Lo que significa que perderán un total de mil millones de dólares.

—Por su bien, eminencia, esperamos no llegar a ese punto.

—¿Por mi bien? —Bertoli sonrió con frialdad—. El oligarca ruso es problema suyo, Franco. Yo cumplí mi parte del acuerdo.

—Mi inversor no lo ve así.

—También es problema suyo.

Tedeschi se inclinó sobre la mesa.

—Dejemos las cosas claras, cardenal Bertoli. Le debe usted cuatrocientos millones de dólares a don Di Falco. Y tiene justo setenta y dos horas para conseguir el dinero.

—Discúlpeme, Franco, pero me temo que no dispongo de cuatrocientos millones en este momento. —Bertoli miró a su asesor financiero y dijo—: ¿No es así, Nico?

Ambrosi dejó que Tedeschi respondiera en su lugar.

—El dinero o el edificio, eminencia. Decida usted.

—¿New Bond Street? Vale mucho menos de lo que el Vaticano pagó por él entonces. Y, si lo embargan, habrá un escándalo que sin duda terminará con mi destitución como *sostituto,* lo que a su vez conducirá a su detención, acusados de malversación y blanqueo de capitales. Para evitar una larga condena a prisión, tendrán la tentación de implicar a su inversor napolitano, don Di Falco. Razón por la cual es casi seguro que don Di Falco los matará a ambos antes de que lleguen a juicio.

Los dos representantes de la Camorra se miraron un instante, pero no dijeron nada. El cardenal Bertoli aprovechó el silencio para mirar su teléfono. Tenía dos llamadas perdidas, las dos del mismo número.

—¿Me disculpan, caballeros? Intentaré ser breve. —Marcó el número y se acercó el teléfono a la oreja—. Buenas noches, padre Keegan. ¿Qué problema hay?... ¿Es urgente? Acabo de sentarme a cenar… Sí, claro. Voy para allá. —Bertoli tocó el teléfono, irritado, y cortó la comunicación—. Lo lamento, pero tengo que volver al Vaticano. Por lo visto, el santo padre quiere hablar conmigo.

—No hemos terminado —dijo Franco Tedeschi.

—De hecho, sí. —Bertoli se puso en pie con solemnidad y, desde lo alto de su nariz del Greco, miró con altivez al banquero de Lugano, aquel astuto hombrecillo—. Mi consejo, Franco, es que se olvide de esos cuatrocientos millones de dólares. Si no, caeremos todos. Incluido su inversor napolitano.

Bertoli se volvió sin añadir nada más y, tras levantar la mano en señal de bendición, atravesó serenamente el local y salió a la calle.

—Ahora ya sabes cómo llegó a ser cardenal —comentó Nico Ambrosi.

—Su eminencia está metido en un juego muy peligroso.

—Igual que nosotros, Franco. No lo olvides.

Tedeschi se sacó el teléfono del bolsillo interior de la americana.

—¿A quién llamas?

—¿Tú qué crees?

—Lo matará, ya lo sabes.

Tedeschi se encogió de hombros.

—Dios perdona, pero don Lorenzo di Falco nunca olvida.

—Un credo al que ceñirse —dijo Nico Ambrosi.

48

Casa de Santa Marta

Los guardias suizos apostados ante la Casa de Santa Marta supieron que habría problemas en cuanto el cardenal Bertoli se bajó de un salto del asiento trasero de su coche. Algo parecido pensó el padre Keegan cuando Bertoli se presentó en la puerta de la habitación 201. Su eminencia, al que habían arrancado de su cena, estaba que echaba chispas. El semblante del padre Keegan, en cambio, tenía una expresión tan inescrutable como de costumbre.

—Buenas noches, cardenal Bertoli. Lamento haber interrumpido su cena, pero me temo que no me ha quedado otro remedio.

—Espero que sea algo importante.

—Dejaré que sea el santo padre quien se lo explique.

El papa estaba sentado en su pequeño escritorio, con un montón de papeles delante. Solo miró de soslayo a su *sostituto*.

—Siéntese, Matteo. Tenemos que hablar.

—¿De qué, santidad?

—He dicho que se siente.

Bertoli retrocedió como si esquivara un golpe.

—Exijo saber a qué viene esto.

—Le aseguro que no está usted en posición de exigir nada.

Bertoli se mantuvo en sus trece un momento más; luego, se acomodó en uno de los mullidos sillones.

—¿Dónde ha estado esta noche, Matteo?

—He ido a cenar.

—¿Con quién?

—Con Nico Ambrosi.

—¿Su asesor de inversiones?

—*Nuestro* asesor de inversiones, santidad.

—¿El que lo convenció para pagar cuatrocientos millones de dólares por un edificio de oficinas en Londres?

—No veo qué importancia tiene eso.

—Lo verá enseguida. Pero acláreme una cosa, Matteo. ¿Su amigo Nico Ambrosi y usted han cenado con alguien más esta noche?

—Estábamos nosotros dos solos.

—¿No había otra persona sentada a la mesa? ¿Un banquero llamado Franco Tedeschi? El que le prestó el dinero para comprar la finca de New Bond Street.

Bertoli procuró recomponerse.

—El *signore* Tedeschi nos acompañó un momento, santidad. Pero ¿cómo es posible que lo sepa?

Donati le entregó un documento encuadernado en piel con el emblema de la Secretaría de Estado.

—Supongo que lo reconoce. Al fin y al cabo, fue usted quien lo preparó.

—Es el informe del primer trimestre de este año sobre la cartera de inversiones de la Secretaría.

—Ábralo por la primera página, si es tan amable.

Bertoli obedeció, haciendo un visible esfuerzo.

—Recuérdeme qué dice, por favor, Matteo.

—Dice que el valor total de la cartera de la Secretaría asciende a tres mil ochocientos millones de euros.

—¿Y las reservas de efectivo?

—A algo menos de quinientos millones.

—Impresionante —repuso Donati con fingida admiración—. Ahora, eche un vistazo a la página 12.

Bertoli pasó a la página correspondiente.

—Aquí dice que los ingresos que genera el inmueble de New Bond Street bastan y sobran para cubrir los plazos de la deuda.

—¿Es eso cierto?

—Sí, por supuesto.

—Entonces, ¿cómo explica que su asesor de inversiones y usted no abonaran ciertos pagos?

—Eso no es así, santidad.

—Me está mintiendo, Matteo. Y no es la primera vez, además.

Donati le entregó una hoja de papel. Era un correo electrónico de Franco Tedeschi, del SBL PrivatBank, dirigido a Nico Ambrosi, de Piedmont Global Capital. Bertoli examinó el documento inexpresivamente.

—¿De dónde ha sacado esto?

—Da igual de dónde lo haya sacado. Limítese a responder a mi pregunta.

Bertoli se pensó la respuesta.

—Perdóneme, santidad, pero no me explico esta discrepancia de datos.

—La única explicación posible, Matteo, es que el informe trimestral sea fraudulento. Y que el resto de los informes que me ha entregado desde que soy papa lo sean también.

El cardenal se puso bruscamente en pie.

—¡Esto es indignante!

—No podría estar más de acuerdo. Pero, por favor, siéntese. Apenas hemos empezado. —Donati se volvió hacia el padre Keegan—. Quizá convendría pedirle a nuestro amigo que se reúna con nosotros.

Gabriel entró en la *suite* papal sin esperar a que lo invitaran a entrar. El cardenal Bertoli lo miró con desprecio y luego se volvió hacia Donati buscando una explicación.

—¿Se acuerda de nuestro amigo Gabriel, Matteo? Estuvo en la Capilla Sixtina la noche del cónclave.

—Sí, por supuesto, santidad. Pero ¿qué hace aquí?

—Me temo que esta mañana le induje a error. Verá, no fue la policía italiana quien recuperó el cuadro robado. Fue Gabriel. Y Antonio Calvesi no está implicado en el robo.

—Me alegra saberlo. Pero ¿quién pudo hacer algo así?

Fue Gabriel quien respondió.

—Usted, cardenal Bertoli.

Bertoli soltó una seca risa curil.

—Evidentemente, no está usted en su sano juicio, *signore* Allon. —Miró a Donati y añadió—: Ninguno de los dos lo está.

El papa, con un ademán, indicó a Gabriel que presentara las pruebas de la culpabilidad de Bertoli. Gabriel se sentó frente al cardenal y abrió su portátil.

—El valor real de la cartera de inversiones de la Secretaría de Estado no es de tres mil ochocientos millones de euros, y sus reservas de efectivo no son ni de lejos de quinientos millones.

Bertoli levantó la mirada hacia el techo y, con la voz que empleaba para las bendiciones, declaró:

—Falso.

—Una valoración más precisa —continuó Gabriel— sería de unos dos mil millones de euros. Pero, restándole los pasivos, es decir, el dinero que le deben al SBL PrivatBank, el total no llega a los mil millones.

—Falso, también.

—Puedo mostrarle el balance que le envió Nico Ambrosi a principios de este año. Refleja con exactitud el estado de la cartera de inversiones de la Secretaría, no la ficción que presenta usted en sus informes trimestrales. Por si eso fuera poco, el SBL PrivatBank estaba reclamando el pago del préstamo para el edificio de New Bond Street y usted no tenía casi reservas de efectivo. Necesitaba liquidez, y con urgencia. De lo contrario, saldría a la luz su mala gestión y su malversación de fondos del Vaticano. Encontró la solución a sus problemas una tarde, durante una visita al laboratorio de conservación de los Museos Vaticanos.

—No había visto ese cuadro hasta esta mañana.

—Fue Antonio Calvesi quien se lo enseñó. Y también le habló del retrato oculto y de las sospechas de una restauradora en prácticas llamada Penelope Radcliff. Llamó usted entonces a su amigo Giorgio Montefiore, de los Uffizi, y Giorgio pidió ver el cuadro. Le dijo a Antonio que no era un Leonardo, pero a usted le dijo que probablemente sí lo era. Y usted, a su vez, informó a Nico Ambrosi de que había descubierto la manera de saldar el préstamo que debían.

Bertoli fingió incredulidad.

—Y dígame, *signore* Allon, ¿cómo conseguí robar el cuadro de los almacenes sin que nadie lo notara?

—Con la ayuda de sus socios de la Camorra, claro está. Se les da muy bien robar cosas. Y matar gente también. Esta noche ha asumido usted la desagradable tarea de informar al director financiero de Camorra S. L. de que el cuadro que le ha vendido a un oligarca ruso por quinientos millones de dólares es sin duda una copia. Y el director financiero de Camorra S. L. le ha informado entonces de que un *hacker* había desviado el dinero al Oschadbank de Kiev, lo que significa que de nuevo tiene usted un préstamo que no puede pagar.

Bertoli le dedicó una sonrisa gélida.

—Una historia muy entretenida, *signore* Allon. Tiene usted mucha imaginación.

Gabriel tocó el teclado de su portátil una sola vez.

«Discúlpeme, Franco, pero me temo que no dispongo de cuatrocientos millones en este momento...».

Gabriel detuvo la grabación.

—¿Quiere que escuchemos el resto de la conversación? No deja mucho a la imaginación.

Donati acudió al rescate del cardenal, al menos por algún tiempo.

—No es necesario. Creo que a su eminencia le ha quedado ya meridianamente claro que no va a poder salir de este lío mintiendo. ¿No es así, Matteo?

315

—Tengo la conciencia muy tranquila, santidad.

—¿Es que tiene conciencia? Yo no estoy tan seguro. —Donati miró a Bertoli a través del humo azul grisáceo que despedía el extremo de su cigarrillo—. Quizá sea mejor que no me acompañe mañana a Lampedusa y Palermo.

Bertoli encajó la noticia sin inmutarse.

—¿Tiene intención de destituirme?

—Han muerto dos personas por culpa de sus actos, Matteo. ¿Qué haría usted en mi lugar?

—Yo no tuve nada que ver con la muerte de esa mujer. Seguiría viva si no hubiera.... —Se interrumpió.

—Si no hubiera ¿qué, Matteo? Confiese de una vez, por amor de Dios. Confiese sus pecados antes de que sea demasiado tarde. —Al no recibir respuesta, Donati añadió—: En cuanto a su futuro, aplazaré mi decisión hasta que se lleve a cabo una auditoría externa exhaustiva de la cartera de inversiones. Si, como es de esperar, se descubre que ha cometido alguna irregularidad, no tendré más remedio que tomar medidas disciplinarias. Mientras tanto, no debe tener usted ningún contacto con Nico Ambrosi o Franco Tedeschi.

—Pero, santidad, eso es imposible. Tenemos...

—Ninguno —remachó Donati—. ¿Está claro?

Bertoli se puso en pie, despacio esta vez.

—Está cometiendo un grave error.

—El error —dijo Donati con calma— fue permitirle supervisar las inversiones de la curia. Por la razón que sea, puede que por codicia o puede que por incompetencia, ha conseguido usted implicarse e implicar a la Iglesia en tratos con personas de la peor catadura que quepa imaginar.

—Pero fue usted quien me nombró para el puesto, ¿lo recuerda, santidad? Y quien aprobó todas y cada una de esas inversiones.

—¿No estará amenazando a un papa, Matteo?

—Le estoy dando a su santidad un sabio consejo. Y su santidad haría bien en escucharlo.

—¿Debería hacer la vista gorda ante su conducta? ¿Barrerla bajo la alfombra de la curia?

—Lo que le propongo, santidad, es que me dé tiempo para poner en orden nuestras finanzas. De lo contrario, se desatará un escándalo que causará un daño irreparable a la santa madre Iglesia.

—Pero será su escándalo, Matteo, no el mío. Y me dará la justificación que necesito para poner en marcha por fin una auténtica reforma.

—¿Volcar las mesas de los cambistas, quiere decir? ¿Obligar a los príncipes de la Iglesia a renunciar a sus grandes apartamentos y a vivir en habitaciones tan míseras como esta? La curia se rebelará contra usted. Hundirá usted a la Iglesia y, de paso, hundirá también su propio papado.

—No, Matteo. Salvaré a la Iglesia de gente como usted antes de que sea demasiado tarde. Ahora, fuera de mi vista.

Bertoli, en un último acto de desafío, permaneció inmóvil un momento antes de abandonar por fin la *suite* papal. Donati apagó el cigarrillo con mano temblorosa.

—Dios mío, Gabriel, ¿qué he hecho?

—Creo que acaba de declarar la guerra, santidad.

—Sí —asintió—. Pero ¿contra quién?

49

Palazzo San Carlo

Mientras cruzaba la Piazza Santa Marta, el cardenal Matteo Bertoli se descubrió pensando, inesperadamente, en su decisión de hacerse sacerdote. Como relataba en las páginas de su autobiografía inédita, había oído una clara llamada procedente del cielo despejado de los Abruzos ordenándole abandonar sus ambiciones terrenales para difundir la buena nueva del Evangelio. Esa versión de la historia, sin embargo, era apócrifa. En realidad, había profesado el sacerdocio porque le parecía una alternativa atractiva a una vida de trabajo físico agotador en su miserable pueblucho. El párroco local, *monsignor* Grasso, gozaba de considerable influencia y llevaba una vida cómoda: tenía comida en abundancia y un Fiat a su disposición. Se rumoreaba, aunque nunca llegara a demostrarse, que no todo el dinero que los fieles depositaban en el cepillo los domingos llegaba a la archidiócesis. También se rumoreaba —de nuevo, sin pruebas— que el cura era el padre biológico de al menos dos niños del pueblo. El joven Matteo Bertoli, por su parte, no consideraba un impedimento el celibato obligatorio. Nunca había sentido mucho interés por las mujeres, ni ellas por él.

Su interés malsano por el dinero se declaró muchos años después, tras ser nombrado nuncio apostólico para Angola. Aunque la vida en la excolonia portuguesa era lúgubre y, en ocasiones, peligrosa, vivía en una casa amurallada, atendido por un batallón de sirvientes. No tardó en acostumbrarse a la lujosa vida de embajador y a la atención de los católicos angoleños adinerados que deseaban granjearse el favor del emisario papal. Afluía a sus manos gran cantidad de dinero en efectivo, siempre en forma de donativos a la Iglesia. Bertoli enviaba la mayor parte de ese dinero a Roma, pero destinaba una suma nada desdeñable a gastos personales. Entre ellos, la compra de un chalé junto al mar en los Abruzos, de donde era originario. Su hermana Angelica era la titular oficial de la finca.

Luego lo enviaron a Nigeria, a Filipinas, a Buenos Aires y, por último, a Madrid, donde gozó de la admiración de la élite española. Uno de sus benefactores era un empresario corrupto que deseaba ocultar una suma de nueve cifras en el Banco Vaticano. Bertoli abrió personalmente una cuenta para el empresario y recibió a cambio un pago de dos millones de euros, que también depositó en el Banco Vaticano.

Ese dinero era, no obstante, una miseria comparado con la pequeña fortuna que había amasado gracias a su trato con Nico Ambrosi. De Ambrosi se decía que era un católico devoto, un amigo del Vaticano, un hombre de confianza, pero resultó que no era nada de eso. Era un delincuente financiero que ayudaba a la Camorra a blanquear su dinero sucio. Y lo mismo podía decirse de su amigo y socio, Franco Tedeschi, del SBL PrivatBank.

Ambos le aseguraron que cuidarían bien de las finanzas de la Iglesia. En cambio, habían manipulado todas las transacciones a su favor, malversando, de paso, cientos de millones de fondos de la Iglesia en beneficio de la Camorra. Un ejemplo claro era el edificio de oficinas de New Bond Street. Bertoli había pagado el doble de lo que valía el edificio, lo que se tradujo en una comisión millonaria para Ambrosi y Tedeschi y unos beneficios caídos del cielo para Lorenzo di Falco, que era el propietario en la sombra del edificio a través de una sociedad pantalla. Aun así, cuando Bertoli se retrasó en el pago de los intereses, Tedeschi se negó a renegociar las condiciones del préstamo. Bertoli no estaba en situación de impugnar la decisión: había aceptado millones en mordidas y estaba metido hasta el cuello. El cuadro había sido la respuesta a sus plegarias. Y nadie se habría enterado de no ser por aquella joven restauradora británica.

Bertoli se deslizó por la entrada del Palazzo San Carlo y subió en el ascensor hasta su apartamento. El salón principal era más grande que toda la *suite* papal de la Casa de Santa Marta, con magníficas vistas sobre los tejados de Roma. Era espléndido, sí, pero otros príncipes de la Iglesia vivían mejor, como el tradicionalista y agitador cardenal Byrne, que vivía sin pagar alquiler en un espacioso piso frente al Vaticano. Y luego estaba Ortolani, al que la prensa italiana apodaba «el cardenal Siete Baños». Bertoli calculaba que podía contar con el apoyo de ambos en caso de que hubiera un enfrentamiento. De lo contrario, serían sus cabezas las que rodarían a continuación.

De momento, al menos, estaba solo. No cabía duda de que una auditoría independiente de las finanzas del Vaticano encontraría irregularidades sustanciales de las que era responsable. El castigo sería tajante: le depondrían como *sostituto* y sería expulsado del Colegio Cardenalicio. Incluso cabía la posibilidad de que lo sometieran a un juicio humillante ante un tribunal vaticano. Suponía que lo mejor que podía esperar era una larga estancia en una abadía remota, uno de esos sitios donde los frailes vestían hábitos de lija y subsistían a base de pan duro y sopa de piedras. Sí, había cometido errores, pecados graves, pero otros, como el arzobispo Paul Marcinkus, habían hecho cosas mucho peores. Y aun así el papa polaco había apoyado a Marcinkus, incluso después de que a Michele Sindona lo condenaran por fraude y Roberto Calvi apareciera ahorcado en el puente de Blackfriars. Bertoli no podía esperar semejante respaldo del pontífice al que servía. Su santidad el papa Justiciero había jurado erradicar la corrupción del Vaticano de una vez por todas. Se proponía destruir la Iglesia a fin de salvarla.

Pero el destino de la santa madre Iglesia, se dijo Matteo Bertoli, estaba ahora en sus manos. Era él quien iba a salvarla, no el charlatán que vivía en el albergue de al lado, en vez de en el Palacio Apostólico. Su santurronidad había dejado claras sus intenciones: quería arruinar a la Iglesia y devolverla a sus raíces, significara eso lo que significase. Ya era hora de que Bertoli interviniera. ¿Quién sabía? Quizá no fuera demasiado tarde para él, a fin de cuentas.

Apagó las lámparas del salón y las luces de Roma cobraron nitidez. Lo mismo sucedió con sus pensamientos. Se abría ante sí una estrecha ventana de oportunidad, un par de días nada más. No era imposible, en modo alguno; él conocía mejor que nadie los puntos vulnerables. Solo tenía que hacer una llamada y el asunto estaría resuelto. No daría una orden, solo haría una advertencia. Tendría la conciencia limpia y su lugar en el reino de Dios asegurado. Se salvaría a sí mismo y salvaría a su Iglesia. No había aspiración más alta.

Una sola llamada, pensó, al hombre que lo había metido en aquel lío. Pero no desde la línea fija del Vaticano ni desde su *telefonino* habitual; evidentemente, el astuto amigo del santo padre había conseguido intervenirlo. Haría la llamada desde su otro móvil, el que usaba para sus asuntos más personales. Lo tenía escondido en su vestidor, tan bien que ni siquiera sor Eugenia, su entrometida asistenta, sabía de su existencia.

Fue a buscar el teléfono y se lo llevó a la terraza de la azotea. Bastarían unas pocas palabras. Una advertencia, más que una orden.

—Tu inversor de Nápoles y tú tenéis un grave problema, Nico. Dos, de hecho.

Bertoli mencionó entonces un par de nombres. Nico Ambrosi tomó nota del segundo.

—¿Cómo es que está metido en esto?

—Fue él quien cambió los cuadros. Y deduzco que fue también él quien hizo desaparecer los quinientos millones de dólares. Lo sabe todo, Nico. Y también lo sabe el santo padre.

—¿Hay alguna forma de solucionar el problema?

—Eso depende enteramente de ti y de tu inversor napolitano.

Con esas, cortó la llamada y el asunto quedó zanjado. Bertoli apagó el teléfono y observó que un hombre de estatura y complexión medias salía por la puerta de la Casa de Santa Marta.

«Hablando del rey de Roma», pensó, y se fue a la cama.

50

Caffè Roma

Un Alfa Romeo de los Carabinieri sin distintivos estaba aparcado justo detrás de las vallas metálicas que separaban el territorio de la ciudad-Estado de la República Italiana. Luca Rossetti estaba sentado al volante y en el asiento del copiloto se hallaba su compañera de cena, Veronica Marchese. Gabriel se deslizó en el asiento trasero y cerró la puerta. Rossetti giró hacia Via della Conciliazione y puso rumbo al Tíber.

—¿Qué tal han ido las cosas ahí dentro?

—Ha habido reyerta en la curia a navajazos. El cardenal Bertoli lo ha negado todo, claro, pero su santidad no se ha creído ni una palabra.

—Y ahora ¿qué va a pasar?

—Su santidad ha ordenado una auditoría independiente de las cuentas de Vaticano S. L. Bertoli sigue en su puesto, de momento.

Veronica miró a Gabriel por encima del hombro.

—¿Una auditoría independiente de las finanzas secretas del Vaticano? La curia no lo va a aceptar.

—Su eminencia lo ha dejado muy claro. Por cierto, no es partidario del santo padre. Más bien al contrario.

—Intenté decírselo, pero no quiso escucharme.

—¿Quién? —preguntó Rossetti.

Gabriel cambió de tema.

—¿Qué pasó cuando el cardenal se marchó del restaurante?

—Que Tedeschi hizo un par de llamadas. Luego, Nico y él terminaron de cenar. Mi opinión profesional es que no fue una cena agradable.

—¿Dónde están ahora?

—De camino a Nápoles, seguramente para reunirse con don Lorenzo di Falco. Si don Lorenzo tuviera un poco de sentido común, mataría a Nico y a Franco esta misma noche y cortaría amarras cuanto antes.

—Me preocupa Ottavio Pozzi —comentó Gabriel.

—Pozzi no es su mayor problema.

—Pero aceptó doscientos cincuenta mil euros por robar el cuadro y luego te lo contó todo.

—Tú también estabas presente, si no recuerdo mal.

—Pero yo hacía de poli bueno. Y, si alguien del clan Di Falco se presenta en su casa buscando el dinero, Pozzi es hombre muerto.

Antes de que Rossetti pudiera responder, sonó su *telefonino*. Se llevó el dispositivo a la oreja, escuchó en silencio y luego dijo:

—Vamos para allá.

Un momento después, circulaban a gran velocidad hacia el sur por la ribera del Tíber con la sirena encendida.

—¿Adónde vamos? —preguntó Gabriel.

—A Ostiense.

—¿Pasa algo?

—Pozzi.

Ocurrió a las 11:22 de la noche. Eso, al menos, estaba claro. El asesino no se había molestado en usar un silenciador y el ruido de los disparos se oyó en casi todo el barrio. Se había acercado a Ottavio Pozzi por detrás mientras este pedía un *doppio* en el Caffè Roma y había vaciado el cargador en la cabeza y la espalda del guardia de museo. Luego salió de la cafetería tranquilamente y subió a un coche que lo esperaba. Al parecer, nadie recordaba la marca ni el modelo.

El camarero de veintiséis años, que se encontraba justo en la línea de fuego, tuvo suerte de que no le alcanzara un balazo. Dos agentes de la Polizia di Stato lo estaban interrogando cuando Rossetti entró en Via Casati. Se había congregado un gran gentío en la calle, frente a la cafetería. Algunos vecinos estaban todavía en pijama. Otros observaban la escena desde los balcones de los bloques de viviendas llenos de pintadas, como fantasmas espectrales a la luz azul de las sirenas.

Veronica esperó junto al coche mientras Gabriel y Rossetti se abrían paso entre la multitud y se acercaban a la puerta de la cafetería. No pudieron avanzar más; el suelo estaba lleno de sangre y casquillos. Pozzi yacía donde había caído, con los miembros retorcidos por la muerte. Un técnico forense estaba examinando los agujeros de bala de su nuca. Con toda probabilidad, no había sentido nada.

Luca Rossetti se dio la vuelta y se llevó la mano a la boca.

—¿Estás bien? —preguntó Gabriel.

—Esa pregunta debería hacértela yo.

—Ojalá me afectara, Luca. Pero no es así.

—¿Nunca?

—Solo la primera vez.

—¿Dónde fue?

—Aquí, en Roma. Era solo un niño.

—Yo también, cuando vi mi primer cadáver. Lo dejaron en la calle, delante de nuestro edificio, para que viéramos lo que pasaba si les tocabas las narices. —Se quedó mirando el cuerpo tendido en un charco de sangre, sobre el suelo de linóleo sucio—. Siempre los he odiado.

—Deberías hacer que trasladen a su hermano a una celda de aislamiento. Si no, será el siguiente.

Rossetti se alejó para hacer la llamada. El técnico forense estaba registrando la ropa de Pozzi. En el bolsillo exterior de su abrigo empapado de sangre encontró una tarjeta de identificación de los Musei Vaticani. La guardó en una bolsa de pruebas.

Rossetti regresó un momento después, con el rostro ceniciento.

—Sandro Pozzi murió apuñalado hace una hora. Parece que ha sido un verdugo de la Camorra.

Gabriel miró el cadáver del hermano pequeño de Sandro Pozzi, el hermano que seguiría vivo si hubiera dicho la verdad en una solicitud de empleo.

—Me gustaría hablar con el camarero.

—Aquí manda la Polizia, no nosotros.

—Tiene que haberle visto la cara al asesino.

—Si se la ha visto, no va a decírtelo.

—Siempre hay una primera vez, Luca.

—O una última.

Gabriel se sacó el teléfono del bolsillo y abrió una fotografía del retrato robot que había hecho con ayuda de Ottavio Pozzi. Era el padre Spada, el sacerdote que no era sacerdote. Rossetti le quitó el teléfono de la mano.

—Quizá debería encargarme yo. Tú en realidad no eres policía, ¿sabes?

Rossetti se acercó a los dos agentes de la Polizia di Stato, les mostró su identificación de los Carabinieri y pidió permiso para mostrar al testigo un retrato robot de un sospechoso de otro caso. El testigo echó solo un vistazo al retrato y luego negó con la cabeza. Rossetti le pidió que lo mirara de nuevo. Lo hizo de mala gana y volvió a negar con la cabeza.

Rossetti regresó junto a Gabriel y le devolvió el teléfono.

—¿Has visto?

—Está mintiendo.

—No hay duda.

Gabriel miró el cadáver de Pozzi.

—Supongo que estás obligado a contarles a tus colegas de la Polizia todo lo que sabes.

—Todo —contestó Rossetti—. Pero no enseguida.

—¿Cuánto tiempo puedes esperar?

—Imagino que esperaremos hasta que Ambrosi y Tedeschi estén detenidos. —Rossetti le puso una mano en el brazo—. Vámonos de aquí.

Gabriel lo siguió de vuelta al Alfa Romeo. Veronica estaba apoyada contra el capó. A la luz azul intermitente, su rostro tenía una palidez mortal. Miró a Gabriel y dijo:

—Sería prudente que volvieras a Venecia por la mañana.

—En realidad, creo que voy a quedarme en Roma uno o dos días más.

—Palermo está precioso en esta época del año.

—Sí —dijo Gabriel—. Y también Lampedusa, según me han dicho.

51

Puerta de Santa Ana

A las cinco y media de la mañana siguiente, Gabriel subió a la parte de atrás de un sedán negro con matrícula SCV. Fue echando una ojeada a la prensa durante el corto trayecto hasta el Vaticano, al otro lado del río. *La Repubblica* había publicado unos centenares de palabras sobre un asesinato perpetrado, al parecer, por un sicario en el barrio obrero de Ostiense. En la noticia no se mencionaba el nombre de la víctima ni su lugar de trabajo. Tampoco se aludía a la presencia en la escena del crimen de un conocido restaurador de cuadros, el mismo restaurador que, casualmente, había hallado el cadáver de una joven flotando en la laguna de Venecia, recuperado un cuadro desconocido de Leonardo da Vinci y desencadenado un escándalo financiero que pronto sumiría a la Iglesia católica en una guerra abierta. Su santidad Luigi Donati esperaba mantener el escándalo a raya hasta completar su visita relámpago a las islas mediterráneas de Lampedusa y Sicilia. Gabriel opinaba, basándose en su experiencia, que su santidad no vería cumplido su deseo.

El chófer dejó a Gabriel en la Puerta de Santa Ana. El guardia suizo apostado allí lo estaba esperando, al igual que su comandante, el coronel Metzler, que se hallaba tomando un desayuno tradicional suizo en el comedor, rodeado de varios guardias vestidos de traje oscuro. Le hicieron sitio a Gabriel en la mesa y le llevaron café y algo de comer.

—¿Sin corbata? —preguntó Metzler mientras tomaba una cucharada de muesli.

—No metí ninguna en la maleta.

Metzler lanzó una mirada a uno de sus hombres, que salió bruscamente del comedor en busca de una corbata.

—Lo que necesito —dijo Gabriel— es un arma. Y que no sea una alabarda. Es imposible ocultarlas.

Metzler se permitió esbozar una breve sonrisa. Estaba nervioso, lo mismo que sus hombres. Siempre lo estaban cuando el papa se disponía a aventurarse más allá de los muros del Vaticano; en especial, un papa tan controvertido como Luigi Donati. Y la petición de última hora del santo padre de añadir a Gabriel a su escolta no ayudaba, precisamente.

—Te advierto que corren muchos rumores por aquí —comentó Metzler—. Y la mayoría tienen que ver contigo.

—¿Qué he hecho esta vez?

—Evidentemente, anoche hubo algún desacuerdo entre el santo padre y el *sostituto*. Y se dice que tú estuviste presente en la reunión.

—Las noticias vuelan por aquí.

—¿Es cierto que el cardenal Bertoli está a punto de ser destituido?

—Quizá deberíamos hablar de esto en privado.

Metzler se puso en pie.

—Conozco el lugar perfecto.

Mientras bajaban las escaleras que llevaban a la galería de tiro de la Guardia Suiza, Gabriel le contó al comandante todo lo que podía contarle sobre el escándalo que estaba a punto de sacudir al Vaticano. Le dio a entender que se trataba de un asunto de índole económica y que estaban implicados un par de turbios financieros italianos vinculados con la Camorra. Metzler llevaba tiempo suficiente en el Vaticano como para saber lo que eso significaba.

—Va a correr la sangre.

—Ya ha corrido.

—¿Cuándo?

—Anoche, en Ostiense.

—¿El tiroteo en el bar?

Gabriel asintió.

—La víctima era Ottavio Pozzi, el guardia de los Museos Vaticanos que sacó el cuadro del almacén. Y el asesino, el tipo que sacó el cuadro por la Puerta de Santa Ana.

—¿El padre Spada?

—No era sacerdote, Alois. Es un sicario de la Camorra. Anoche vi su obra. Y también la vi en Florencia —añadió Gabriel—. No es precisamente sutil.

—¿Y ahora temes que la vida del santo padre corra peligro?

—Si por mí fuese, su santidad tendría de pronto malaria y cancelaría el viaje.

—Eso no va a ser posible. Es muy terco, tu amigo. Y bastante imprudente en lo que respecta a su seguridad. Se niega a usar el papamóvil blindado, da igual dónde esté. Solo es cuestión de tiempo que alguien le pegue un tiro.

—Por eso quiero estar pegado a él hoy, hasta que regrese al Vaticano.

—Con todo respeto, Gabriel, mis hombres pueden encargarse de eso.

—Sé que pueden, pero yo también soy bastante bueno en estas cosas.

—Y en lo otro también. —Metzler lo condujo a través de la puerta de la galería de tiro y sacó una SIG Sauer P226 del armero—. ¿Sabes usar una de estas?

—¿Es católico el papa?

—Eso depende de a quién le preguntes. —Metzler le entregó un cargador lleno y encendió las luces de la galería.

—¿De verdad es necesario?

—Sí, si vas a llevar un arma cerca de mis hombres.

—Creía que la galería cerraba por las mañanas, por el ruido.

—Dispensa papal. —Metzler colocó un blanco a diez metros de distancia—. Cuando quieras.

—¿Qué quieres que haga, Alois? ¿Insertar las balas manualmente?

Metzler aumentó la distancia a veinte metros.

—Por amor de Dios, lleva ese chisme hasta el final.

Metzler hizo lo que le pedía.

—¿Dónde quieres que dispare al pobre diablo?

—Al centro de masa.

—¿Y si lleva chaleco antibalas?

—Es de papel reciclado. Venga, dispara de una vez.

Gabriel introdujo el cargador en la culata y deslizó la corredera. Luego levantó el brazo y quince balas brotaron de la SIG Sauer en una ráfaga constante. El resultado fue un único agujero de gran tamaño en el centro del pecho del blanco.

Metzler le dio una caja de munición.

—Otra vez.

Gabriel introdujo las quince balas en el cargador y preparó el arma para disparar.

—¿Dónde quieres que le dé ahora?

—En el centro de masa.

—¿Con los ojos abiertos o cerrados?

Al no recibir respuesta, Gabriel levantó el brazo por segunda vez y efectuó quince disparos en rápida sucesión. Metzler acercó el blanco. Había un único agujero en el centro de la frente de la figura.

—Imagino que no quieres llevar un cargador de repuesto.

—No —respondió Gabriel—. Nunca me ha hecho falta.

Subieron a bordo de los autobuses en la Piazza Papa Pio XII a una hora intempestiva, las 6:45 de la mañana. El primer autobús estaba reservado a los viajeros purpurados de la curia, los guardias suizos vestidos de paisano y los agentes de la Polizia di Stato que servían de escolta al papa siempre que hacía una aparición pública. Una delegación de destacadas personalidades católicas subió al segundo autocar, junto con los *vaticanisti* y un par de empleados de la oficina de prensa que les servían de niñeras. Gabriel reconoció algunas caras conocidas, entre ellas la de un periodista estadounidense de una respetada agencia de noticias católica cuyas fuentes eran impecables. Su colega de *La Repubblica,* que tenía por costumbre sacar a la luz escándalos del Vaticano, fue el último en subir al autobús. Lo hizo con el teléfono junto a la oreja y tapándose la boca con la mano, lo que nunca era buena señal.

A las siete y media, los autobuses estaban llegando al aeropuerto de Fiumicino. Solo entonces salió su santidad Luigi Donati de la Casa de Santa Marta, resplandeciente con su sotana y su abrigo blancos, y el voluminoso *anello piscatorio* de oro en el dedo corazón de la mano derecha. Un paso por detrás iba el padre Mark Keegan, que cargaba con un par de pesados maletines papales. Una lanzadera los llevó al helipuerto, donde subieron a un Boeing Grey Wolf cedido por la Fuerza Aérea italiana. Gabriel entró en la cabina de pasajeros un momento después sin que lo viera ningún miembro de la curia romana y se acomodó en el asiento contiguo al del sumo pontífice.

—Esa corbata no pega con la chaqueta —observó su santidad mientras el helicóptero sobrevolaba la muralla del Vaticano.

—Imagino que tú nunca tienes ese problema.

—No —respondió Donati—. Pero tengo muchos otros.

—Los *vaticanisti,* por ejemplo. Seguro que se han dado cuenta de que el cardenal Bertoli no estaba en la delegación de la curia esta mañana. Solo es cuestión de tiempo que alguno de ellos se entere de la reunión de anoche.

Donati suspiró.

—¿Tienes alguna buena noticia?

—La Polizia di Stato acaba de dar a conocer el nombre y la profesión del hombre al que asesinaron anoche en Ostiense.

—¿De verdad el pistolero era ese falso sacerdote?

—Es lo que sospecho, santidad.

Donati torció el gesto.

—¿Tienes que llamarme así?

—Hoy sí, si no te importa.

Le apretó la mano a Gabriel.

—No te preocupes, *mio amico*. Todo va a salir bien.

—Estaría más tranquilo si usaras el papamóvil blindado.

—Ya es demasiado tarde —dijo Donati, y cerró los ojos.

—Rece también por mí, santidad.

—Para que lo sepas —respondió Donati, irritado—, solo intentaba dormir unos minutos.

52

Lampedusa

El sumo pontífice de la Iglesia católica no tiene avión propio; la aerolínea nacional italiana ITA Airways le presta uno cuando lo necesita. Su avión habitual tenía la cabina delantera adornada con imágenes devocionales y una mampara de separación con el escudo pontificio. Sin embargo, la corta longitud de pista del aeropuerto de Lampedusa obligó a la comitiva papal a apretujarse en un turbohélice más pequeño. Se asignó al vuelo el número AZ4000, el reservado al papa.

Normalmente, había dos filas de asientos en la cabina de primera clase del avión, pero la aerolínea había quitado la primera fila para que Donati, el papa más alto de la historia, dispusiera de más espacio para las piernas. Pasó la mayor parte del vuelo revisando el discurso que tenía previsto pronunciar en el centro de refugiados de Lampedusa. Gabriel y el padre Keegan, sentados al otro lado del pasillo, seguían las últimas noticias en internet. La historia del brutal asesinato de Ottavio Pozzi se había difundido más allá de Italia. Un periódico londinense mencionaba el reciente fallecimiento de una joven restauradora de arte británica en Venecia. Y luego estaba el asesinato, aún sin resolver, del afamado experto en Leonardo, Giorgio Montefiore. Las redes sociales eran un hervidero de rumores y especulaciones, muchos de ellos generados por los *vaticanisti,* que publicaban comentarios sin cesar desde la parte trasera del avión.

Noventa minutos después del despegue, el director de la oficina de prensa del Vaticano, un habilidoso experiodista de televisión madrileño llamado Esteban Rodríguez, se asomó a la parte delantera de la cabina y miró al padre Keegan.

—Tenemos un problema, y de los gordos.

—¿Ottavio Pozzi?

Rodríguez asintió.

—Hay que decir algo.

—La Santa Sede está conmocionada e indignada por este acto de violencia indescriptible.

—¿Hay algo más que yo deba saber?

—Probablemente, Esteban, pero ahora no es el momento.

—¿Y el cardenal Bertoli?

Donati levantó la vista de sus notas.

—Dígales a los *vaticanisti* que lamentablemente su eminencia tiene un poco de gripe y no ha podido viajar.

—¿Eso es cierto, santidad?

—Por supuesto que no, pero ¿desde cuándo le importa eso a la oficina de prensa?

—¿Puedo hablarle de otro asunto, santidad?

—Dese prisa.

El director miró con nerviosismo a Gabriel antes de hablar.

—Varios periodistas han reconocido al señor Allon cuando embarcamos en Fiumicino. Quieren saber por qué le acompaña.

—Dígales que se equivocan.

—Pero, santidad…

Donati zanjó la conversación haciendo un lánguido ademán con la mano y Rodríguez volvió a popa a enfrentarse a los leones. Sus palabras solo tardaron veinte minutos en aparecer en la prensa, pero apenas lograron aplacar el torbellino de especulaciones que bullía en la parte de atrás del avión papal. Un guardia de museo muerto, un cardenal de la curia ausente… Seguro que había alguna relación. Ahora, solo era cuestión de saber cuál de los *vaticanisti* conseguía la primicia.

Para entonces, Gabriel divisaba ya la costa color caqui de Túnez desde su ventanilla. Ese caldero hirviente de disturbios que era Libia se encontraba más allá, en línea recta. Ambos países servían de punto de embarque a los migrantes africanos desesperados que intentaban alcanzar Europa. La isla italiana de Lampedusa era casi siempre su destino preferido.

El aeropuerto estaba situado en la punta sureste de la isla. Se aproximaron desde el oeste, volando aparentemente casi a ras de las aguas de color turquesa del Mediterráneo. El padre Keegan, al que le daba miedo volar, se santiguó cuando el avión tocó con un golpe seco la pista sin sufrir ningún percance. Gabriel secundó la moción para sus adentros. Las tres horas de vuelo con turbulencias le habían destrozado la espalda.

Alois Metzler le había proporcionado una minirradio como las que usaba la Guardia Suiza, con auricular y micrófono de muñeca. La encendió y escuchó las conversaciones cruzadas de los agentes de la Polizia di Stato apostados en la pista. Una delegación de dignatarios locales, tanto políticos como religiosos, esperaba bajo el deslumbrante sol mediterráneo, y varios miles de fieles provistos de pancartas se agolpaban contra las vallas metálicas. La expectación era palpable. Había llegado el papa estrella del *rock*.

Cuando el avión se detuvo, dos escaleras móviles se acercaron a las puertas delantera y trasera. El personal de seguridad salió primero del avión, seguido por la comitiva de la curia y la prensa vaticana. Alois Metzler entró entonces en la cabina de primera clase con dos de sus hombres.

—Cuando quiera, santidad.

Donati se levantó y miró a Gabriel.

—Creo que esto te va a gustar.

—Dios te oiga.

—Eso se puede arreglar, *mio amico*.

Donati se acercó a la puerta abierta, mostrándose a la multitud que se agolpaba allá abajo.

Era un pandemónium.

* * *

Uno de sus predecesores había tomado la costumbre de besar el suelo al llegar a su destino, pero Donati se limitó a bendecir al gentío con dos ademanes majestuosos de la mano derecha. Después, el equipo de seguridad procedió a rodearlo: los agentes de la Polizia di Stato formaron el círculo exterior de protección, y la Guardia Suiza, el interior. Gabriel, convertido en sombra proverbial del santo padre, era la última línea defensiva.

Su santidad saludó primero a los dignatarios reunidos, empezando por el alcalde de Lampedusa, que parecía tan impresionado que Gabriel temió que fuera a desmayarse. Donati dedicó a cada uno de ellos un momento de atención exclusiva, un momento que no olvidarían jamás. Los abrazó y les impuso las manos. Y, si insistían, les permitía besar el anillo del Pescador, aunque era bien sabido que ese antiguo ritual pontificio le sacaba de sus casillas. Una de las autoridades, una mujer de unos treinta años, iba en silla de ruedas. La bendición de Donati le causó tal impacto que Gabriel pensó que iba a levantarse y a echar a andar.

Según el programa oficial, la comitiva debía salir del aeropuerto inmediatamente después del acto de bienvenida en la pista. Su santidad, no obstante, se acercó a las vallas metálicas. Los anillos concéntricos de seguridad se cerraron cuando la multitud, presa ya del delirio, se echó hacia delante. El papa bendijo los rosarios, los crucifijos y a los niños, y los fieles tiraban de los bordes de su sotana blanca y apretaban los labios contra el grueso anillo de oro de su mano derecha. Con gesto protector, Gabriel apoyó la mano derecha en el fajín que ceñía la cintura de Donati. Dos veces tuvo que recoger del suelo el solideo papal.

Por fin, con quince minutos de retraso, su santidad se acercó a los coches de la comitiva y subió al asiento trasero de un pequeño Fiat eléctrico. Gabriel montó a su lado y el padre Keegan ocupó el asiento del copiloto. El chófer era un helvético guapo y de anchas espaldas. Gabriel tocó con los nudillos su ventanilla. Era de cristal normal y corriente.

—¿Y bien? —preguntó Donati cuando la comitiva se puso en marcha—. ¿Ha sido como esperabas?

—No, santidad. Ha sido agobiante.

—Pero este no es tu primer rodeo, como dicen nuestros amigos los estadounidenses. Ya conoces la adulación que conlleva el cargo.

—Es cierto, pero contigo es distinto.

—Espera a que lleguemos a Palermo. —El padre Keegan entregó al papa una toallita desinfectante, que él usó para limpiar el anillo del Pescador—. Ojalá no lo besaran.

—No se les puede reprochar, santidad. Es tradición.

—También lo era quemar a los herejes en la hoguera y ya no lo hacemos.

Gabriel y el padre Keegan revisaron sus teléfonos.

—¿Cómo de grave es la situación? —preguntó Donati.

—Diez en la escala de Richter —contestó Gabriel.

—Pompeya —remachó el padre Keegan.

Donati suspiró.

—En tal caso, supongo que tendré que hacer algo por cambiar los ánimos.

El destartalado barco pesquero de veinte metros de eslora zarpó del puerto libio de Misurata. A bordo viajaban casi quinientos migrantes de Eritrea, Somalia y Ghana que habían pagado tres mil dólares por cabeza a una red de tráfico de personas para que los trasladara ilegalmente a Europa. En la noche sin luna del 3 de octubre de 2013, tras pasar dos días a la deriva en el Mediterráneo, el barco se acercó a la costa sur de Lampedusa.

Como nadie en tierra avistó la embarcación, uno de sus pasajeros prendió fuego a una manta con la esperanza de que alguien los viera. La manta en llamas, sin embargo, prendió los bidones de gasolina y el barco estuvo pronto envuelto en llamas. La mayoría de los migrantes, muchos de los cuales no sabían nadar, se arrojaron al mar.

Los demás cayeron al agua cuando volcó el barco. La Guardia Costera italiana, ayudada por la flota pesquera de Lampedusa, recuperó finalmente los cadáveres de trescientas sesenta y ocho personas; entre ellos, el de un bebé nacido a bordo del barco siniestrado. Los muertos fueron depositados en el muelle del puerto de Lampedusa: una imagen que, más de una década después de la tragedia, seguía grabada a fuego en la memoria de los pobladores de la isla.

El naufragio se produjo a menos de un kilómetro de la famosa Spiaggia dei Conigli de Lampedusa, una de las playas más conocidas del mundo. Su santidad visitó el lugar de la tragedia a bordo de una lancha patrullera de la Guardia Costera, acompañado por una flotilla de pesqueros que habían participado en las labores de rescate y recuperación de los cadáveres. Arrojó una corona de flores al mar y rezó por las víctimas y por aquellos que, con toda seguridad, seguirían muriendo mientras la guerra y el hambre empujaran a un número cada vez mayor de personas de entre las más pobres del mundo a buscar una vida mejor en Occidente. Después, los barcos hicieron sonar sus sirenas al unísono. A Gabriel le sonaron a los gritos desesperados de los ahogados.

Donati se dirigió a continuación al centro de acogida de inmigrantes de Lampedusa al que se trasladó a los supervivientes del naufragio. Como solía ocurrir, estaba abarrotado de recién llegados, muchos de los cuales acampaban en las calles aledañas o en un descampado colindante. Donati caminó entre ellos —una figura imponente vestida de blanco—, repartiendo bendiciones y paquetes de comida y ropa. Dentro del edificio atestado de gente, pronunció unas palabras que en nada se parecían a las que la curia había escrito para él. El mensaje de los Evangelios, dijo, obligaba a los cristianos a tratar a los forasteros con bondad y compasión, al margen de su fe religiosa o del color de su piel. Por lo tanto, uno no podía denominarse cristiano y mostrarse indiferente al sufrimiento ajeno. Reservó sus críticas más acerbas, sin embargo, para los políticos de extrema derecha que perseguían el poder avivando entre sus seguidores el resentimiento contra los inmigrantes. Las redadas y las deportaciones masivas, declaró, no solo eran inhumanas, sino también anticristianas. Jesús no habría permanecido en silencio ante tamaña crueldad, y tampoco iba a hacerlo su Iglesia. Era, se dijo Gabriel, otra declaración de guerra.

No muy lejos del centro de acogida había un descampado sembrado de cientos de pateras destrozadas o ruinosas. Donati se desesperó al ver los montones de zapatos y ropa abandonados, lo único que quedaba de quienes habían perecido intentando alcanzar Europa. Emocionalmente agotado, se metió en la parte trasera del pequeño Fiat para recorrer el corto trayecto de regreso al aeropuerto. La visión de la multitud jubilosa que se agolpaba a lo largo de la carretera lo animó momentáneamente.

—Para el coche —ordenó—. Quiero caminar.

—No, por favor —dijo Gabriel—. No se ha hecho ningún control de armas.

—No pienso ir en este coche mientras aquí al lado hay mujeres y niños hacinados en un descampado, sin comida ni un techo como Dios manda.

Gabriel se acercó el micrófono de muñeca a la boca e informó a Alois Metzler de las intenciones del santo padre. Luego miró a Donati y le dijo:

—Nada de adentrarse entre la gente, santidad.

—Te doy mi palabra.

—Y, por favor, no se demore —añadió el padre Keegan—. Ya vamos con retraso.

—Tranquilo, la misa papal de Palermo no puede empezar sin mí.

Y, con esas, Donati se bajó del coche y se lanzó impetuosamente hacia la multitud. Cuando Gabriel y el resto de los escoltas consiguieron alcanzarlo, su santidad tenía en brazos a un niño y estaba posando para un selfi con los padres del pequeño.

Un agente de la Polizia di Stato devolvió el niño a su madre y Gabriel, dando un tirón enérgico al fajín papal, consiguió que su santidad siguiera avanzando. Desfiló junto a la muchedumbre con paso decidido y el brazo derecho levantado en señal de bendición, como un soldado de Dios en misión misericordiosa. Cuando se acercaba a la entrada del aeropuerto, un hombre de mirada frenética se abalanzó hacia él empuñando en la mano derecha un arma larga, parecida a un puñal. O eso le pareció a Gabriel, que reaccionó fulminantemente, tirando al atacante al suelo. Solo entonces se dio cuenta de que el objeto que el hombre tenía en la mano era un inofensivo crucifijo de plata. Cuando Donati ayudó al peregrino caído a ponerse en pie, la multitud rugió entusiasmada. Para bien o para mal, habían conseguido cambiar los ánimos.

53

Palermo

Durante su primer viaje como papa, al poco de ser elegido, Luigi Donati sorprendió a la prensa vaticana al celebrar una rueda de prensa improvisada en la parte trasera de su avión, una práctica que había mantenido desde entonces. El hecho de que no se dirigiera a los periodistas después de su emotiva visita a Lampedusa fue considerado por la mayoría de los *vaticanisti* como una prueba más de que su santidad ocultaba algo. El astuto Esteban Rodríguez, de la oficina de prensa, lo achacó a la brevedad del vuelo —menos de una hora— y al hecho de que el santo padre estaba aún trabajando en su homilía para la misa al aire libre que iba a oficiar en Palermo. Eso, al menos, era cierto.

No había una multitud esperándolo cuando el avión papal aterrizó en el aeropuerto de Palermo. Solo una pequeña delegación de autoridades sicilianas aguardaba en la pista. Donati las saludó cordialmente y montó luego en el asiento trasero de otro Fiat eléctrico para recorrer el trayecto de veinte minutos hasta el lugar donde iba a celebrarse la misa. Gabriel volvió a sentarse a su lado, aunque esta vez no se molestó en inspeccionar la ventanilla. El sumo pontífice de la Iglesia católica, líder espiritual de más de mil millones de almas, viajaba en un vehículo sin blindaje por una de las ciudades más peligrosas de Europa occidental.

—¿Te parece mal?

—Me parece muy mala idea, santidad.

—No voy a viajar en un cochazo a prueba de bombas como un potentado.

—Pero es que eres un potentado.

—Soy un monarca absoluto, que es distinto.

—También eres la única esperanza en un mundo que se ha vuelto loco —repuso Gabriel—. Alguien tiene que hablar por los más desfavorecidos. Alguien tiene que decirles a los que se proclaman cristianos que se están comportando de un modo que Jesús no reconocería.

—¿De verdad sirve de algo lo que yo haga? A veces no estoy seguro.

—Has estado fantástico en Lampedusa. Has cambiado la manera de sentir y de pensar de mucha gente.

Donati adoptó un tono confidencial.

—Te voy a contar un secretillo, *mio amico.* Aún no has visto nada.

El césped del parque conocido como Foro Itálico ocupaba varios cientos de metros a lo largo del bonito paseo marítimo de Palermo. Una masa ondulante de humanidad, formada por unas trescientas mil personas, lo llenaba de punta a punta. Gabriel recorrió a pie el perímetro de la explanada y vio con alivio que había policías italianos provistos de radiotransmisores abriendo mochilas y cacheando a los fieles. Había también francotiradores apostados en los tejados de los edificios cercanos y lanchas de los Carabinieri patrullando la bahía festoneada de olas blancas. Al parecer, alguien había captado el mensaje.

El altar provisional tenía el tamaño del escenario de un festival de música al aire libre y estaba flanqueado por pantallas gigantes. Gabriel buscó debajo de la plataforma paquetes abandonados o cajas de herramientas que hubieran dejado los operarios, cualquier cosa que pudiera contener una bomba. Luego se dirigió a la pequeña caravana que había detrás de la plataforma, donde el padre Keegan estaba colocando el palio sobre la casulla bordada en oro de Donati.

—¿Nervioso? —preguntó el papa.

—Un poco, santidad.

—Si quieres volver a interpretar el papel de padre Benedetti, seguro que podemos encontrarte vestiduras.

—Creo que voy a verlo entre bastidores con el coronel Metzler.

—Seguramente es lo mejor. Pero, por favor, intenta no agredir a nadie. No queremos más incidentes desagradables.

Gabriel salió de la caravana y encontró a Metzler de pie a la izquierda del altar. La luz de la tarde comenzaba a disiparse y la multitud se estaba impacientando. Su santidad, como de costumbre, iba con retraso.

Metzler miró la hora.

—Cuando era secretario privado, era puntual como un reloj suizo, pero ahora que es papa…

—¿Su tardidad?

—Lo llamamos la «hora Donati». Va una hora por detrás del resto de Roma.

—Se lo diré, descuida.

—Sí, por favor.

En ese momento, uno de los guardias suizos apostados junto a la caravana de Donati avisó por radio de que su santidad se había puesto en marcha. Llegó al altar con solo media hora de retraso, acompañado por decenas de cardenales, obispos, monseñores y sacerdotes. Después de santificar la mesa y el crucifijo con incienso, ocupó su puesto delante de la sencilla silla de madera destinada al celebrante e hizo la señal de la cruz.

—En el nombre del Padre, del Hijo y del Espíritu Santo.

Trescientas mil voces respondieron:

—Amén.

—Atención a esto —dijo Alois Metzler.

—Ya lo estoy viendo —respondió Gabriel.

* * *

Durante la recitación del kirie, Gabriel cayó en la cuenta de que nunca había visto a su viejo amigo celebrar una misa. Donati tenía la percepción de que no se le daba muy bien, de que era un intelectual y un misionero de corazón, hecho más para las selvas y las favelas que para una iglesia parroquial. Pero se equivocaba: con su imponente presencia física y su cálida voz de barítono, dominaba el enorme altar como un actor domina el escenario. Incluso Gabriel, que conocía a Donati desde hacía más de veinte años, apenas podía apartar los ojos de él. En el Foro Itálico nadie se movía. Los trescientos mil fieles católicos estaban embelesados.

Cuando llegó el momento de la homilía, el sol se estaba poniendo detrás de los edificios que bordeaban el lado oeste de la explanada. El papa no se dio prisa en subir al púlpito. El padre Keegan intentó ponerle delante una carpeta de cuero, pero Donati se la devolvió con una sonrisa afable. El mensaje era inequívoco. En aquella perfecta tarde de sábado en Palermo, el vicario de Cristo pensaba dirigirse a su rebaño sin el apoyo de un guion preparado.

—Hay un monte no muy lejos del mar de Galilea —comenzó por fin—. Un día, al poco de iniciar su ministerio, Jesús reunió a sus discípulos en lo alto de ese monte y pronunció un sermón. Las palabras que pronunció ese día se consideraron tan esenciales para nuestra fe que los primeros cristianos se sintieron impelidos a memorizarlas. Y, sin embargo, parece que muchos de nosotros las hemos olvidado. Por eso, hermanos y hermanas, si me lo permitís, voy a recitar algunas de ellas, porque puedo decir con absoluta certeza que fueron la razón de que me hiciera sacerdote. —Hizo una pausa que pareció durar una eternidad y luego añadió—: Bienaventurados los pobres de espíritu, porque de ellos es el reino de los cielos. Bienaventurados los que lloran, porque ellos serán consolados. Bienaventurados los mansos…

Trescientas mil voces completaron las cinco últimas palabras del versículo.

—Porque ellos heredarán la tierra.

Donati lanzó una mirada a Gabriel y preguntó:

—¿En qué parte del capítulo quinto del Evangelio de Mateo dice Jesús que aquellos que poseen una riqueza inimaginable serán bienvenidos en el reino de los cielos? ¿O aquellos que utilizan el poder político para servir a sus propios intereses en vez de servir a los intereses de su pueblo? ¿Bienaventurados los oligarcas? ¿Bienaventurados los tiranos? ¿Bienaventurados los torturadores? ¿Los opresores? ¿Los crueles de corazón? Perdonadme, hermanos y hermanas, pero en mi ejemplar de Mateo faltan esos versículos.

Esperó a que se apagaran las risas antes de continuar.

—Tampoco ordenó nunca Jesús a sus apóstoles que edificaran una Iglesia que amasara grandes riquezas. Ni una Iglesia que se negara a adaptarse y cambiar. Dios mío, hasta tres siglos después de que Nuestro Señor pereciera en una cruz romana no establecimos los principios básicos de nuestra fe, esos principios que afirmaremos dentro de un momento, cuando recitemos las palabras del credo. Y una y otra vez, a lo largo de los siglos, hemos convocado concilios para introducir nuevos cambios en nuestra doctrina y nuestra práctica. No todos esos cambios fueron acertados y algunos causaron un daño profundo a la Iglesia, pero no por eso debemos temer el cambio. A veces es necesario. Yo os digo, hermanos y hermanas, que este es uno de esos momentos.

Durante los siguientes veinte minutos, mientras el cielo se oscurecía y se enfriaba el aire, Donati explicó por qué era así. Porque el mundo, afirmó, necesitaba a la Iglesia ahora más que nunca. Necesitaba una Iglesia sana, una Iglesia vital, una Iglesia misericordiosa y, sí, una Iglesia más joven. Una Iglesia que no tuviera que mendigar sacerdotes. Una Iglesia a la que no le diera miedo tomar partido. Una Iglesia en las barricadas. Una Iglesia que atendiera a los que estaban en peligro.

—Una Iglesia que siga las sencillas pautas que Jesús dio a sus discípulos en aquel monte cerca del mar de Galilea. —Donati extendió los brazos como si estuviera de pie en aquel monte—. Bienaventurados los pobres de espíritu.

—Porque de ellos es el reino de los cielos —respondió la muchedumbre.

—Bienaventurados los que lloran.

—Porque ellos serán consolados.

—Bienaventurados los mansos.

—Porque ellos heredarán la tierra.

Hizo la señal de la cruz.

—En el nombre del Padre, del Hijo y del Espíritu Santo.

Trescientas mil voces bramaron:

—Amén.

54

Casa de Santa Marta

Pasaban pocos minutos de las seis de la tarde cuando su santidad depositó las hostias recién consagradas en la lengua de cuarenta jóvenes que hacían la primera comunión. Un batallón de sacerdotes y diáconos provistos de copones ofreció entonces el sacramento al resto de la multitud, en un alarde de precisión y planificación. Aun así, transcurrió otra hora antes de que Donati celebrara el rito de conclusión y ordenara a los fieles ir en paz y servir al Señor. A Gabriel le sonó como una llamada a las armas. El altar provisional tembló bajo sus pies con el amén final.

Gran parte de la multitud se sumó a la procesión de Donati camino de la catedral de Palermo, y decenas de miles de sicilianos extasiados se congregaron a lo largo del recorrido. Su visita a la tumba del padre Pino Puglisi fue privada; estuvo acompañado únicamente por el arzobispo Cordero y la delegación de la curia. Luego salió por una puerta lateral y subió a su Fiat 500 para volver a toda prisa al aeropuerto. El vuelo AZ4000 de ITA Airways despegó de Palermo a las nueve y cuarto y dos horas más tarde su santidad atravesaba la puerta de cristal de la Casa de Santa Marta. A pesar de lo tardío de la hora, se empeñó en que Gabriel cenara con él.

—Discúlpeme, santidad, pero ya he tenido suficientes emociones por hoy.

—Conozco un sitio pequeño que abre hasta muy tarde. Creo que te resultará interesante.

Gabriel se alegró al ver que Donati lo conducía a la cocina, en la planta baja de la Casa. Se sentaron a una mesita en un rincón mientras dos monjas de las Hijas de la Caridad calentaban sobras de la cena: *rigatoni al pomodoro,* judías verdes con ajo y aceite de oliva, y gruesas lonchas de *vitella alla fornara.* Gabriel leyó las reseñas del viaje papal mientras Donati, con una servilleta prendida del cuello de la sotana blanca, tomaba su primera comida desde el desayuno. Según *The New York Times,* la homilía era «un terremoto» que sin duda enfurecería a los tradicionalistas, recelosos ya de las intenciones del papa liberal. *La Repubblica* afirmaba que era la señal más clara hasta el momento de que su santidad pensaba convocar un tercer concilio vaticano para abordar las cuestiones más controvertidas a las que se enfrentaba la Iglesia católica.

—¿Por casualidad algún periodista ha hablado con el cardenal Byrne?

—Me temo que sí, santidad.

—No está de acuerdo, imagino.

—Lo ha calificado de sandez herética.

—Me esperaba algo mucho peor.

—También está convencido de que planeas convocar el Concilio Vaticano III.

—Se equivoca. Y no es la primera vez, además. Es posible que lo convoque en algún momento, pero no ahora.

—¿Por qué esperar?

—Tengo asuntos más urgentes que atender; entre ellos, el del propio cardenal Byrne. Me temo que su eminencia está a punto de perder su sueldo y ese piso palaciego en el que vive sin pagar alquiler.

—¿Qué pasa con los pisos por aquí? —preguntó Gabriel.

—Son una obsesión. La mayoría de los curas jóvenes viven en residencias religiosas o en apartamentos minúsculos y horribles.

Se pasan el día conspirando unos contra otros en la oficina, y de camino a casa los niños de Roma los llaman *bacarozzi*. —Así se llamaba en italiano a los escarabajos negros—. Si tienen la suerte de llegar a obispos, se les facilita un modesto apartamento subvencionado con unos pocos muebles. Los pisos grandes están reservados para los príncipes de la Iglesia, los del solideo rojo. Y, aun así, nunca se dan por satisfechos. ¿Cuántos metros cuadrados tiene? ¿Está dentro de las murallas o fuera? ¿Tiene suficientes habitaciones para las monjas del servicio y para algún pariente? Es el cuento de nunca acabar. —Donati pinchó uno de los tubos de *rigatoni*—. Esto no está mal del todo, ¿sabes? Han mejorado mucho, desde luego.

—Se habrán enterado de tus visitas clandestinas a la Osteria Lucrezia.

—Deberíamos tomar un poco de vino, ¿no crees?

—Es tarde.

—Mi madre siempre decía que tomar un poco de vino antes de acostarse es bueno para la sangre.

—Las madres nunca se equivocan.

—Y menos aún las madres italianas.

—O judías.

Donati pidió a una de las monjas que les llevara vino y la religiosa regresó un momento después con una botella de tinto de Umbría. Gabriel descorchó la botella y llenó las copas.

—¿Qué va a pasar con el cardenal Bertoli?

—Si yo tuviera más sentido común, seguiría su consejo y barrería el asunto bajo la alfombra de la curia.

—Aun así, no se quedaría ahí. La policía italiana está decidida a desmantelar la red de blanqueo de capitales de la Camorra. Y van a empezar por detener a Nico Ambrosi y Franco Tedeschi.

—Pero no podrán imputarlos sin la cooperación del cardenal Bertoli.

—Hablas como un canonista. No estarás pensando en dejar que se salga con la suya, ¿verdad?

—Va a ser una lucha a muerte, *mio amico*. Y aunque yo salga victorioso, no hay duda de que mi papado saldrá perjudicado. Debes comprender que la Iglesia católica la dirigen la curia y los cardenales más poderosos. Toleran al papa a regañadientes. Mi única esperanza de lograr una reforma duradera es sobrevivir.

Gabriel levantó su copa hacia la luz.

—En tal caso, deberías probar este *sagrantino*. Está delicioso.

—Las uvas proceden de un pueblecito de Umbría, Montefalco. Viví cerca de allí cuando me tomé mi año sabático del sacerdocio.

En una casita en las laderas del monte Cucco, pensó Gabriel. Una joven y bella arqueóloga llamada Veronica Marchese también había vivido por allí.

—Supongo que mañana vuelves a Venecia —dijo Donati.

—Si no vuelvo mañana, la Compañía de Restauración Tiepolo prescindirá de mis servicios.

—Voy a echarte de menos. A pesar de todo, he disfrutado de tu compañía.

—Con un poco de suerte, volveré pronto.

—¿Por el Leonardo?

Gabriel asintió con un gesto.

—Supongo que deberíamos hablar de tus honorarios.

—Serán astronómicos.

—¿Es que no escuchaste mi homilía en Palermo? Bienaventurados los pobres.

—Tengo una esposa y dos hijos a los que mantener.

Donati sonrió con tristeza. Veronica y él también habían querido tener hijos. Muchos hijos.

—¿Qué tren coges? —preguntó.

—El de media mañana, imagino.

—¿Hay alguna forma de convencerte de que pospongas tu partida hasta después del ángelus?

—De verdad, tengo que irme.

Donati suspiró.

—Cuando un papa invita personalmente a alguien a asistir al ángelus, la respuesta es sí.

—Será un honor, santidad.

—Quizá nuestra amiga también quiera asistir.

—¿Eso es una invitación?

—Supongo que sí.

—Entonces, estoy seguro de que la respuesta es sí.

55

Plaza de San Pedro

A las diez de la mañana siguiente, el vídeo del choque de Gabriel con el peregrino armado con un crucifijo en Lampedusa causaba sensación en internet. Aun así, cuando se marchó del Hassler, la chica de recepción le entregó una copia de la factura esbozando una sonrisa ausente y le deseó un buen día. Gabriel dejó la maleta al portero y se dirigió al Caffè Greco cruzando la Piazza di Spagna. Veronica Marchese y Luca Rossetti estaban tomando café en una mesa de la parte delantera del local. Gabriel pidió un capuchino en la barra y se reunió con ellos.

Rossetti señaló la llamativa fotografía que ocupaba la portada de *La Repubblica*.

—El tipo a la derecha del santo padre me recuerda a una persona que conozco.

—Es un guardia suizo vestido de paisano que casualmente se parece un poco a mí.

—El parecido es asombroso.

—No, si te fijas bien.

Veronica se fijó bien.

—Me temo que tengo que darle la razón a Luca. Pero ¿desde cuándo la Guardia Suiza contrata a hombres de tu edad?

—¿Y cuál es mi edad, *dottoressa* Marchese?

—La del Bronce.

—Lo dice con conocimiento de causa —dijo Rossetti—. A fin de cuentas, es una prestigiosa arqueóloga.

Un camarero le llevó su capuchino a Gabriel.

—¿Habéis acabado ya?

—La verdad —respondió Rossetti— es que nos estábamos preguntando qué te llevó a atacar a un pobre peregrino inocente.

—Creí que el peregrino estaba a punto de clavarle un cuchillo al papa.

—¿No hubo más incidentes?

—Ninguno. Fue un día inolvidable.

—Entonces, ¿por qué vamos al ángelus?

—Porque su santidad insistió en que viniera y me apetecía tener compañía.

—No vas a agredir a nadie, ¿verdad?

—Ya se verá.

Rossetti se frotó la mandíbula.

—Yo tuve suerte de que no me mataras.

Gabriel sonrió.

—¿Doble o nada?

Veronica iba devorando un *cornetto* de crema mientras caminaba entre Gabriel y Luca Rossetti por entre las frías sombras de Via dei Condotti. Hablaba de la polémica homilía del santo padre en Palermo como si fuera solamente el líder espiritual de mil millones de católicos y no el hombre con el que antaño había planeado casarse. Rossetti parecía no percatarse de que estaba disimulando. Veronica llevaba más de treinta años ocultando sus verdaderos sentimientos hacia Luigi Donati. A estas alturas, era una experta.

Cuando llegaron a Via della Conciliazione, se hizo evidente que aquel no iba a ser un ángelus dominical cualquiera. Miles de fieles avanzaban hacia el oeste, rumbo al Vaticano, y otros tantos hacían cola ante los detectores de metales situados en los límites de la plaza de San Pedro. Veronica señaló las numerosísimas cámaras de televisión que apuntaban hacia la lejana ventana donde pronto aparecería el papa estrella del *rock*.

—Nunca había visto algo así un domingo a la hora del ángelus. Es como si esperaran la segunda venida de Cristo.

—Ha vuelto a dar protagonismo al papado —respondió Gabriel.

—¿El cura de barrio global? ¿La Iglesia de las barricadas?

—Lo vi con mis propios ojos ayer en Lampedusa.

—Qué suerte tienes. —Veronica miró las largas colas que se extendían desde los detectores de metales—. ¿Hay alguna posibilidad de que usemos la entrada VIP?

Gabriel se volvió hacia Luca Rossetti y le dijo:

—Nos vemos en la plaza.

Rossetti enseñó su insignia de los Carabinieri a un gendarme del Vaticano, pasó una pierna por encima de la valla y desapareció entre el gentío. Gabriel y Veronica se dirigieron a la Puerta de Santa Ana. El alabardero les dedicó un enérgico saludo militar cuando cruzaron la frontera y Gabriel entró en el cuartel de la Guardia Suiza. El oficial que estaba de guardia en la recepción se puso en pie prácticamente de un salto.

—Buenos días, señor Allon.

—Una amiga y yo vamos a asistir al ángelus. ¿Le importa si tomamos el atajo que cruza el palacio?

—No hay problema. Ahora mismo aviso a los guardias de que van para allá.

Gabriel salió y recogió a Veronica. Ella se agarró a su brazo mientras subían por Via Sant'Anna, dos pecadores en la ciudad de los santos.

—¿Son imaginaciones mías —preguntó Gabriel— o estabas coqueteando con ese alabardero tan joven y guapo?

—Solo le ayudaba a aliviar el espantoso aburrimiento de su trabajo. A esos pobres chicos los hacen trabajar como esclavos.

—Tengo la sensación de que mi amigo Luca Rossetti ha caído irremediablemente bajo tu hechizo.

—Sé que es así, pero le he dejado claro que estoy enamorada de otra persona. —Se detuvo frente a la entrada del Banco Vaticano. Como era domingo, tenía los cierres echados—. Es el vientre de la bestia, el llamado Instituto para las Obras de Religión. La raíz de todos los escándalos y de toda la corrupción. Luigi tiene que arrasarlo y empezar de nuevo.

—Sé de buena tinta que eso es justo lo que se propone hacer.

—¿Saben ellos lo que se les viene encima?

—Si no lo saben ya, lo sabrán dentro de unos minutos.

—¿Una Iglesia pobre? ¿El fin de Vaticano S. L.? Si no tiene cuidado, podría venirse todo abajo.

La entrada trasera del Palacio Apostólico se encontraba a pocos pasos del Banco Vaticano. Como el santo padre ya no vivía allí, se habían relajado las medidas de seguridad. Gabriel y Veronica cruzaron sin impedimentos el patio de San Dámaso y salieron por el Portón de Bronce a la plaza de San Pedro. Había casi tanta gente como la noche de la elección de Donati. Gabriel marcó el número de Rossetti, pero no había línea. Los treinta mil teléfonos móviles que abarrotaban la plaza habían colapsado el servicio.

Agarró a Veronica de la mano y juntos se adentraron en la densa masa de gente. Tras cinco minutos de denodado esfuerzo, llegaron a la fuente de Maderno. Los pisos superiores del Palacio Apostólico asomaban por encima de la columnata de Bernini. La ventana del despacho papal, la última del piso de arriba, estaba cerrada.

Veronica se puso de puntillas.

—¿De verdad crees que va a vernos, con tanta gente alrededor?

—Seguro que sí.

Ella se rio de sí misma.

—Es bastante patético, ¿no crees?

—¿Estar perdidamente enamorada de alguien con quien no puedes tener nada?

—Sí.

—Creo que es la mayor historia de amor jamás contada.

—¿Como Romeo y Julieta?

—Mejor aún.

—Pero ¿no debería ser yo la del balcón?

—Eso estaría muy visto.

—¿Y cómo termina esta historia? ¿La chica consigue al chico?

—No, Veronica. Me temo que no.

—Qué trágico. ¿Y qué es de ella, entonces?

—Se enamora de otra persona antes de que sea demasiado tarde.

—Eso sí que está muy visto. Además, la chica nunca podrá amar a otro. Al final, el chico morirá rodeado de príncipes purpurados y la chica morirá sola. —Miró la hora—. La ventana suele estar abierta a estas horas.

—Debe de ir con retraso.

Veronica frunció el ceño.

—La hora Donati.

Los papas anteriores solo tenían que levantarse de su escritorio y dar dos o tres pasos para acercarse a la ventana de la esquina este del Palacio Apostólico. Su santidad Luigi Donati, en cambio, tenía que llegar primero al palacio desde su humilde morada en la Casa de Santa Marta. Normalmente iba a pie con el padre Keegan y así disponía de un momento para ordenar sus pensamientos. Esa mañana, sin embargo, hizo el corto trayecto en un coche eléctrico, porque, en efecto, llegaba tarde.

El coche los dejó en el patio de San Dámaso y un ascensor muy ornamentado los condujo lentamente al tercer piso. A la izquierda estaban las oficinas de la Secretaría de Estado. Las veinte habitaciones del *appartamento pontificio* quedaban a la derecha.

Un guardia suizo abrió la puerta y Donati entró detrás del padre Keegan. Como de costumbre, las dimensiones del piso le parecieron abrumadoras; en cambio, siempre le había gustado el despacho privado. La ventana y las contraventanas se habían abierto de par en par a la espléndida mañana romana y al rugido sostenido de la muchedumbre reunida allá abajo, en la plaza. El padre Keegan colocó el texto preparado en el atril de plexiglás y miró a Donati, muy serio.

—Le aconsejo a su santidad que dé el discurso tal y como está escrito.

—¿Y si el Espíritu Santo me impulsa a hacer una o dos digresiones?

—Resista.

—¿Y desobedecer la voluntad del Espíritu Santo? ¿De verdad es eso lo que me aconseja, padre Keegan? —Al no recibir respuesta, Donati miró su viejo reloj Hamilton—. ¿Empezamos?

—Sí, santidad. Ya es la hora.

Donati esperó diez segundos más y luego se puso delante de la ventana abierta.

Era un pandemónium.

Se quedó allí parado un momento, con los brazos extendidos sobre la multitud enfervorecida que se agolpaba en la plaza, como si no se diera cuenta de que alguien le estaba disparando. Los vítores eran tan ensordecedores que Gabriel solo se percató de los disparos cuando vio la herida abierta en la fachada del palacio, a un metro a la derecha de Donati. El siguiente disparo destrozó el postigo abierto y el tercero alcanzó a Donati en el centro del pecho, justo encima de la cruz pectoral de plata.

Gabriel no sabía exactamente qué había pasado después, porque lo arrolló una avalancha de fieles aterrorizados y cayó sobre los adoquines de la plaza. Cuando consiguió ponerse en pie, se dio cuenta de que Veronica ya no estaba a su lado. La vio unos segundos después, intentando frenéticamente arrebatarle un arma a una figura delgada, vestida con traje clerical negro e impermeable. Se oyó entonces otro disparo y Veronica cayó como si se abriera una trampilla bajo sus pies.

La figura delgada con traje clerical e impermeable apuntó entonces a Gabriel y, un instante después, se oyeron dos disparos.

Gabriel tardó un instante en comprender que los disparos los había efectuado Luca Rossetti y que no había muerto. Abriéndose paso entre el gentío que huía, consiguió llegar al lugar donde Veronica yacía junto al asesino, en medio de un charco de sangre.

—Por favor, abrázame —dijo ella antes de perder el conocimiento—. La chica no quiere morir sola.

CUARTA PARTE

NON FINITO

56

El Hospital Gemelli

Fue Luca Rossetti quien levantó a Veronica de los adoquines empapados de sangre de la plaza de San Pedro y Gabriel quien forcejeó frenéticamente para abrirse paso entre la muchedumbre presa del pánico. Pasaron cinco minutos eternos hasta que consiguieron llegar a la ambulancia aparcada justo detrás de la barrera fronteriza. Dos técnicos de emergencias, tras colocar a Veronica en una camilla, intentaron de inmediato reanimarla. Gabriel levantó un segundo la vista hacia la ventana del tercer piso, en la esquina este del Palacio Apostólico. Estaba otra vez cerrada.

La ambulancia tardó diez minutos críticos en llegar al Policlínico Universitario Agostino Gemelli, el afamado hospital universitario de Roma, situado cinco kilómetros al noroeste de la Ciudad del Vaticano. Cuando Gabriel y Luca Rossetti llegaron poco después en un coche patrulla de los Carabinieri con la sirena encendida, Veronica ya estaba en quirófano. Seguiría allí hasta las cuatro de la tarde. Los médicos calificaron su estado de reservado, pero, por razones que nunca llegaron a aclararse, no revelaron su nombre en el comunicado de prensa que emitieron. El cirujano jefe declaró que las doce horas siguientes serían decisivas, dado que la paciente se debatía entre la vida y la muerte.

Pero lo que más preocupaba a los medios de comunicación y a los mil millones de católicos de todo el mundo era el estado de su santidad Luigi Donati. Los vídeos del atentado grabados por fotoperiodistas profesionales y por miles de fieles presentes en la plaza no dejaban apenas dudas de que le había alcanzado al menos un proyectil, puede que dos. Y, sin embargo, inexplicablemente, durante las seis largas horas posteriores a los hechos la oficina de prensa del Vaticano no hizo ninguna declaración sobre lo ocurrido en la plaza de San Pedro. Evidentemente —afirmó el corresponsal estadounidense bien informado perteneciente a un destacado medio de comunicación católico—, la Santa Sede ocultaba algo.

La marea de noticias de procedencia dudosa y las publicaciones en las redes sociales contribuyeron a aumentar la confusión. Un medio alemán normalmente fiable fue el primero en informar de que su santidad había muerto en el atentado. Minutos después, un tabloide neoyorquino citaba a «una fuente del Vaticano» que afirmaba que el cuerpo del santo padre yacía en la Sala Clementina con un rosario entre las manos. Una cadena de noticias estadounidense emitió música fúnebre mientras informaba de que se había convocado a cardenales de todo el mundo a asistir al funeral del santo padre en Roma. Una casa de apuestas londinense anunció que el cardenal Matteo Bertoli, sustituto para Asuntos Generales de la Secretaría de Estado, era el candidato favorito para salir vestido de blanco del próximo cónclave.

A las cinco de la tarde, incluso Gabriel temía que Donati hubiera muerto, pues todos sus intentos de contactar con el padre Keegan o el coronel Alois Metzler fueron infructuosos. A solas en una sala de espera reservada del hospital Gemelli, estuvo viendo la cobertura en directo de la televisión italiana y buscando en internet fuentes de información fiables. La CNN había conseguido un vídeo grabado con un teléfono móvil en el que se veía a Luca Rossetti matando al asesino vestido de negro. Saltaba a la vista que el pistolero estaba apuntando a alguien que se encontraba en la plaza. Alguien que ahora estaría muerto, pensó Gabriel, si Rossetti no hubiera disparado primero.

El *bollettino* de la oficina de prensa, cuando se emitió por fin, destacaba por su falta de detalles. Se limitaba a informar de que el santo padre estaba descansando cómodamente y rezaba por la mujer herida en el atentado. Poco después de las nueve de la noche, trasladaron a Veronica de la unidad de cuidados intensivos postoperatorios a una *suite* en el piso 11 del Gemelli reservada al sumo pontífice de la Iglesia católica. Cuando llegó Gabriel veinte minutos más tarde, encontró a su santidad Luigi Donati arrodillado en un sencillo reclinatorio de madera, a los pies de la cama. Había dos agujeros de bala en la pechera de su sotana blanca. Pero seguía vivo, en efecto.

—¿Chaleco antibalas? —preguntó Gabriel.

—Uno muy ligero, perfecto para un pontífice inquieto que anda siempre de acá para allá.

—¿Sueles llevarlo puesto?

—Solo cuando hay amenazas concretas y verosímiles contra mi vida. Cuando estaba en Estados Unidos, nunca salía a la calle sin él.

—Pero ayer no lo llevabas en Lampedusa ni en Palermo.

—¿Te diste cuenta?

—Tenía la mano apoyada en tu espalda mientras saludabas a la gente.

—Por eso no vi necesidad de llevarlo. Tú estabas a mi lado. Sabía que no iba a pasarme nada.

Estaban solos en una salita de estar cómodamente amueblada. Había un escudo papal en la puerta y un crucifijo en la pared. De la habitación contigua les llegaba de vez en cuando el pitido de un respirador y el murmurar de las enfermeras. La televisión, silenciada, parecía reproducir los mismos treinta segundos de vídeo en bucle. El papa tiroteado mientras se hallaba de pie en la ventana abierta del Palacio Apostólico. Caos y derramamiento de sangre en la plaza.

—¿Qué te ha hecho ponerte el chaleco hoy? —preguntó Gabriel.

—Una parte importante de mi trabajo consiste en llevar una vida de oración y meditación. Paso varias horas al día hablando con Dios. Y, a veces, Dios me habla.

—¿Te dio una advertencia?

—Una visión.

—¿Y cuando te alcanzaron las balas?

—Sentí como si me hubiera puesto delante de un tren en marcha. Durante uno o dos minutos, apenas pude respirar o hablar. Me quedé en el *appartamento* el resto de la tarde, hasta que nos aseguramos de que no había peligro en el Vaticano. Durante ese tiempo solo recibí a un miembro de la curia romana.

—¿Su eminencia el cardenal Bertoli?

Donati asintió.

—Como puedes imaginar, se mostró profundamente aliviado por que solo hubiera sufrido heridas leves, pero tuve la molesta sensación de que estaba más bien decepcionado por que hubiera sobrevivido.

—¿Estaba detrás de este asunto?

—Creo que el complot contra mí se fraguó el viernes por la noche, después de nuestro enfrentamiento con el cardenal Bertoli. Fue don Lorenzo di Falco, de la Camorra, quien ordenó mi asesinato.

—Eso explicaría por qué yo era el segundo objetivo. Bertoli los informó de que fui yo quien cambió los cuadros.

—Y quien les robó su dinero.

—Quien lo desvió, santidad.

—Poderosas pruebas circunstanciales de la culpabilidad del cardenal —observó Donati—. Aun así, los cargos que presentaré dentro de poco contra Bertoli no incluirán la conspiración para asesinar al papa. Hay trapos que están demasiado sucios para lavarlos en público. La verdad de lo que ha ocurrido hoy no debe trascender.

—¿Un acto de locura de un pistolero solitario?

—¿Por qué no?

—Porque acabará saliendo todo a la luz, Luigi. Más pronto que tarde.

—¿Y qué pasará cuando la prensa descubra la identidad de la mujer que intentó desarmar al pistolero y que hace muchos años esa mujer tuvo un romance apasionado con el sumo pontífice de la Iglesia católica?

—Que harás caso omiso y seguirás con tu importante tarea.

—¿Dejando que ella afronte sola el escándalo? —Donati negó lentamente con la cabeza—. No puedo hacer eso. Al fin y al cabo, fui yo quien la invitó a asistir hoy al ángelus. Soy el motivo por el que está postrada en esa cama.

—Es culpa mía, Luigi. La perdí de vista cuando empezaron los disparos. Y cuando la volví a ver, estaba intentando quitarle el arma al asesino.

—¿Qué pudo impulsarla a hacer algo así?

—¿De verdad hace falta que responda a esa pregunta?

Donati dirigió la mirada hacia la pantalla del televisor. Un papa tiroteado y, debajo, caos en la plaza.

—Es muy distinto a como era en mi visión.

—¿En qué sentido?

—Había otro papa en la ventana. Un anciano con el pelo blanco como la nieve. —Donati se puso en pie—. ¿Cuánto tiempo piensas quedarte?

—Hasta estar seguro de que va a sobrevivir.

—¿Quieres compañía?

—Yo aconsejaría a su santidad que regresara al Vaticano.

Donati, sin embargo, entró en la habitación contigua y se arrodilló en el reclinatorio de madera, a los pies de la cama de Veronica. Ella se equivocaba sobre el final de la historia, pensó Gabriel. Si la chica moría esa noche, no moriría sola.

Permaneció allí, hora tras hora, mientras los médicos iban y venían y las constantes vitales de Veronica mejoraban paulatinamente.

Y a las seis y media de la mañana siguiente, cuando por fin abrió los ojos, el primer rostro que vio fue el suyo. Lo miró fijamente, como preguntándose si era real o un sueño, y luego se echó a llorar. Donati le secó las lágrimas de la mejilla y ella volvió a deslizarse bajo el velo de la inconsciencia.

A las ocho de la mañana, los médicos actualizaron su estado de reservado a crítico y expresaron su confianza en que, salvo complicaciones imprevistas, la herida en el pecho no resultaría mortal. Donati salió del Gemelli a las nueve y regresó al Vaticano, pero Gabriel se quedó junto a Veronica hasta las cinco de la tarde. Salió del hospital en la parte trasera de un coche de los Carabinieri, con Luca Rossetti a su lado. Pararon en el Hassler el tiempo justo para que Gabriel recogiera su maleta y tomaron un tren nocturno con destino a Venecia.

57

Ciudad del Vaticano

El gran desenlace comenzó a conocerse a las diez de la mañana siguiente, cuando las autoridades policiales del Vaticano e Italia hicieron pública conjuntamente la identidad del hombre que había intentado matar al santo padre durante el rezo del ángelus dominical. Se trataba, según informaron, de Salvatore Alvaro, un electricista de treinta y seis años, soltero y originario de Nápoles. Se negaron, no obstante, a explicar cómo habían esclarecido la identidad de Alvaro y cómo había logrado este introducir un arma cargada en la plaza de San Pedro. Obviamente, declaró el jefe de la Gendarmería Vaticana, se había producido una grave fallo en el dispositivo de seguridad de la ciudad-Estado.

Fue una sorpresa, por tanto, que ese mismo día la oficina de prensa anunciara que la Santa Sede había contratado a tres poderosas empresas internacionales de auditoría contable para llevar a cabo una revisión exhaustiva de las laberínticas finanzas del Vaticano. Los auditores presentarían sus conclusiones ante una comisión de destacadas personalidades católicas laicas, todas ellas dedicadas al derecho empresarial y los servicios financieros, que a su vez harían las recomendaciones pertinentes al santo padre. Era, escribió un respetado comentarista, el tan esperado venablo lanzado por el papa al corazón de Vaticano S. L.

Los acontecimientos dieron a continuación otro giro inesperado, esta vez en Milán, donde agentes de los Carabinieri y la Guardia di

Finanza detuvieron a Nico Ambrosi, un financiero que mantenía estrechos vínculos con el Vaticano, acusado de malversación, fraude y blanqueo de capitales. En una operación que afectó a inversores de todo el mundo, la policía suiza registró la sede del SBL PrivatBank en Lugano y congeló simultáneamente centenares de cuentas sospechosas. Franco Tedeschi, jefe de la división de gestión de activos del SBL, se enteró de antemano de la redada e intentó huir del país. Fue detenido en el aeropuerto de Lugano al poco de embarcar en el Dassault Falcon de la empresa. Las autoridades suizas confiscaron también el avión.

Al día siguiente se conocieron nuevos datos impactantes sobre el hombre que había intentado matar al santo padre. Se supo que Salvatore Alvaro había sido detenido varias veces en su juventud, que había cumplido pena de prisión por robo a mano armada y secuestro, que se le conocía por diversos alias y que había vivido muchos años en Francia, España y Marruecos. Los periodistas que visitaron la barriada marginal de Alvaro en Nápoles se encontraron con miradas inexpresivas y puertas cerradas, por lo que empezó a especularse con que no era en realidad un humilde electricista. El periodista especializado en crimen organizado más afamado de Italia señaló que la Camorra tenía presencia en todos los países extranjeros en los que había vivido Alvaro. No había duda, escribió, de que Alvaro era un soldado y un asesino a sueldo de la Camorra.

Pero ¿por qué querría un sicario vinculado a la Camorra matar al sumo pontífice? ¿Y por qué su santidad, solo dos días después del atentado contra su vida, había puesto en marcha una auditoría externa sin precedentes de las finanzas del Vaticano? Durante la audiencia general del miércoles, su primera aparición pública tras el atentado, no dijo nada al respecto; optó, en cambio, por abordar una vez más la obligación de la Iglesia de socorrer a los pobres y dar refugio a los migrantes. En contra de los deseos de su equipo de seguridad, circuló entre la multitud congregada en la plaza de San Pedro montado en un papamóvil descubierto. El portavoz del Vaticano, Esteban Rodríguez, empleó la palabra «milagro» al intentar explicar cómo había salido ileso el santo padre del atentado. El ultraconservador cardenal Byrne, desalentado por la adoración que se le profesaba a un pontífice al que detestaba, predijo con mordacidad que el santo padre sería elevado a los altares antes de morir.

Pero el vídeo del intento de asesinato no mentía, y siguieron surgiendo interrogantes; sobre todo, después de que los Carabinieri lanzaran una redada masiva contra la Camorra a lo largo y ancho de Campania. Al concluir la operación, más de doscientos integrantes de la organización criminal habían sido detenidos. El fiscal jefe de Nápoles describió la operación como el golpe más demoledor que se había asestado a la Camorra en muchos años.

A nadie le extrañó, pues, que la Camorra volviera a atentar contra la vida del fiscal, esta vez con una bomba colocada frente a su casa, que estaba defendida por importantes medidas de seguridad. Su santidad Luigi Donati condenó el atentado en su alocución dominical del ángelus, después de lo cual recibió un informe preliminar de los miembros de la comisión especial. Aunque no trascendió lo que se dijo en el transcurso de esa reunión, tan solo veinticuatro horas después la oficina de prensa emitió un escueto *bollettino* en el que anunciaba la destitución del cardenal Matteo Bertoli, el sustituto para Asuntos Generales de la Secretaría de Estado.

El *bollettino* no explicaba el motivo del despido fulminante del tercer prelado más poderoso de la curia romana, por lo que los *vaticanisti* no tuvieron más remedio que entregarse sin ambages a la especulación. El momento en que se había producido indicaba que estaba relacionado de alguna manera con la auditoría externa de las finanzas del Vaticano ordenada por el santo padre, una auditoría a la que, según se decía, se oponía el *sostituto*. La teoría cobró fuerza al día siguiente, cuando el santo padre despojó a la Secretaría de Estado de miles de millones de euros en activos financieros y bienes inmuebles y los transfirió al departamento vaticano conocido como Administración del Patrimonio de la Sede Apostólica, o APSA. Ni dos horas después, el asediado cardenal Bertoli fue desalojado del lujoso apartamento que ocupaba en el Palazzo San Carlo. Abandonó el

Vaticano esa misma noche, cardenal ya solo de nombre, en el asiento trasero de un humilde Fiat 500 sin escolta policial. La oficina de prensa informó de que iba a consagrarse a una vida de oración y penitencia en una remota abadía en las montañas, al oeste de Turín. «Mejor que acabar quemado en la hoguera —comentó una fuente anónima del Vaticano—. Pero por poco».

Pero ¿qué pecado había cometido Bertoli para hacerse acreedor de un castigo tan tajante y severo? El presidente de la APSA proporcionó una pista fundamental a la mañana siguiente, cuando anunció que el Vaticano se desharía en breve de un edificio de oficinas y locales comerciales situado en New Bond Street, Londres, del que era titular. Tres días después, *La Repubblica* publicó en primera plana una explicación más completa. El explosivo reportaje, escrito por la respetada corresponsal del periódico en el Vaticano y basado en multitud de documentos internos, detallaba cómo se había enriquecido el cardenal Bertoli al tiempo que perdía más de dos mil millones de euros de fondos de la Iglesia. Quizá la acusación más contundente que contenía el reportaje era que Bertoli se había asociado conscientemente con dos delincuentes financieros, Nico Ambrosi y Franco Tedeschi, que se dedicaban a blanquear dinero para la Camorra. Prácticamente acusaba al trío de intentar asesinar al santo padre para impedir que Bertoli fuera destituido y que saliera a la luz su lucrativo emporio de blanqueo de capitales.

El reportaje, aunque impactante, era incompleto. No mencionaba, por ejemplo, a una joven restauradora británica llamada Penelope Radcliff. Ni al afamado leonardista Giorgio Montefiore. Ni al guardia de museo Ottavio Pozzi. Ni un retrato de una joven, óleo sobre tabla de nogal, de 78 centímetros por 56, obra quizá de Leonardo da Vinci, o de un ayudante de su taller, o de un seguidor posterior. Tampoco hacía referencia a ningún posible vínculo entre el santo padre y la mujer que había sufrido una herida de bala en el pecho casi mortal al intentar protegerlo. Tres semanas después del tiroteo, la mujer salió del hospital Gemelli y regresó a su *palazzo* cercano a Via Veneto. En cuanto al cuadro, había desaparecido sin dejar rastro.

58

Harry's Bar

Las negociaciones con Antonio Calvesi transcurrieron en su mayor parte con la cordialidad propia de dos compañeros de oficio, pero hubo un punto en el que Gabriel se negó a ceder. No llevaría a cabo la restauración en el laboratorio de conservación de los Museos Vaticanos, sino en su estudio de Venecia. La posibilidad de que hubiera otro robo no le preocupaba. Tras ayudar a las autoridades italianas a asestar un golpe demoledor a la Camorra, ahora disponía de escolta permanente, al igual que su esposa y sus hijos. El cuadro no iría a ninguna parte.

La entrega tuvo lugar en la pista del aeropuerto Marco Polo el primer lunes de febrero. Donatella Ricci ya había reparado el panel de nogal y un destacado investigador italiano especializado en esclarecer la procedencia de obras de arte había iniciado discretas pesquisas sobre el turbio pasado del cuadro. Calvesi ansiaba desvelar la obra a tiempo para la temporada turística de verano. Gabriel, que estaba a punto de embarcarse en la restauración más importante de su carrera, no le prometió nada.

Lo primero era determinar si el retrato era realmente una obra original de Leonardo da Vinci. Gabriel no podía hacer esa atribución por sí solo. Otros más expertos que él tendrían que examinar la pintura y emitir un veredicto, y una sola opinión en contra podía abocar al fracaso todo el proyecto. La cuestión era cuándo mostrar el cuadro y en qué estado. En aras de la transparencia, Gabriel decidió permitir que los mejores leonardistas del mundo vieran el cuadro tal y como estaba, con todos sus desperfectos a la vista.

De momento, se hallaba tal y como lo había encontrado Gabriel: restaurado con prisas pero con eficacia. Le llevó casi una semana eliminar el barniz y los retoques y dejar al descubierto la pintura original. Hizo varias fotografías del panel y se las envió a Antonio Calvesi al Vaticano por correo electrónico cifrado. Esa noche, Chiara examinó el cuadro.

—¿Estás seguro de que quieres que lo vean así?

—Segurísimo.

—Está muy dañado.

—¿Y qué esperabas? Tiene más de quinientos años y estos dos últimos siglos ha estado tapado por otro cuadro.

—Puede ser arriesgado.

—Quizá, pero quiero que los mayores expertos en Leonardo examinen la pincelada original con sus propios ojos, sin retoques ni barniz.

Fue Chiara, en su calidad de directora de la empresa de restauración más importante de Venecia, quien hizo las llamadas y envió las invitaciones. Diez días después, los expertos en Leonardo más respetados del mundo se reunieron en el estudio de Gabriel. Estaban Santelli, de Milán; Barnes, de Nueva York; Rolland, del Louvre; Kendall, de Oxford, y, de la Universidad de Leipzig, el poderoso profesor Maximillian Zeller, que en cierta ocasión había escrito que no quedaba ninguna obra original de Leonardo por descubrir.

Faltaba, claro está, Montefiore, de los Uffizi. Gabriel omitió cualquier referencia al leonardista fallecido durante su presentación. Tampoco identificó a la restauradora británica en prácticas que había encontrado el cuadro oculto bajo una *Virgen con el Niño* atribuida a un imitador de Rafael del siglo XVIII. Los cinco expertos examinaron las imágenes infrarrojas y las radiografías y a continuación se turnaron ante el cuadro. Uno por uno, emitieron su veredicto. No hubo opiniones discrepantes ni ambigüedades. Gabriel llamó a Antonio Calvesi al Vaticano y le dio la noticia. Tenían un Leonardo.

Había agentes de los Carabinieri vestidos de paisano en las calles adyacentes al *palazzo* y una lancha patrullera amarrada en el muelle. De mala gana, Gabriel volvió a llevar su pistola Beretta incluso cuando estaba delante del caballete. Por las tardes, los niños hacían los deberes en su estudio: Raphael, sentado en un taburete junto a la mesa de trabajo; Irene, tumbada en el suelo, a los pies de su padre. Los escoltas acompañaban a Chiara en sus idas y venidas entre el piso y la oficina de la Compañía de Restauración Tiepolo en San Marco.

Gabriel volvió a adoptar los hábitos de trabajo de Leonardo. No los del Leonardo procrastinador que no soportaba ni ver un pincel, sino los del Leonardo que empezaba a trabajar cada día antes de que saliera el sol y se retiraba cuando se ponía. Los miércoles por la tarde se tomaba un descanso para reunirse con sus catorce aspirantes a pintores y los jueves procuraba acompañar a Raphael a la universidad, a su clase semanal con su tutor. Cenaban en casa casi todas las noches, pero una o dos veces a la semana salían a cenar, acompañados por sus guardaespaldas, a uno de sus restaurantes favoritos. Después paraban en Venchi, en Rialto, a tomar un helado. Irene siempre insistía en comprar galletas de mantequilla para comérselas por el camino de vuelta a casa.

El dispositivo de seguridad asignado a la familia Allon se reforzó a principios de marzo, después de que los Carabinieri detuvieran a don Lorenzo di Falco, jefe del clan más poderoso de la Camorra. La policía francesa hizo una redada de *camorristi* en Lyon y Marsella, y las autoridades españolas detuvieron a un miembro destacado del clan Di Falco en Barcelona. El SBL PrivatBank, abandonado por inversores y depositantes respetuosos con la legalidad, cerró sus puertas, lo que provocó una onda expansiva que se dejó sentir en los mercados financieros de todo el mundo. Martin

Landesmann compró la elegante sede del banco en la Piazza della Riforma a precio de ganga. Una semana después, desembarazó a la Santa Sede del edificio de New Bond Street. Las pérdidas de Vaticano S. L. respecto a la inversión original ascendieron a la friolera de trescientos millones de euros.

Menos repercusión tuvo, aparentemente, la noticia que publicó *The Telegraph* de Londres acerca de una demanda presentada por la exmujer de Alexander Prokhorov en la que esta acusaba al oligarca ruso de utilizar obras de arte para ocultar bienes gananciales. Como parte de la demanda, la litigante y sus abogados británicos exigían un inventario completo de la colección de arte del multimillonario, una colección que ahora incluía un Leonardo que no era tal. Gabriel llegó a la inquietante conclusión de que no tenía más remedio que hacer desaparecer el cuadro.

—¿Cómo? —preguntó Chiara con recelo una noche mientras preparaba la cena.

—Otra incautación extrajudicial.

—¿Quieres decir que vas a robarlo?

—No, yo no puedo. Tengo que terminar el Leonardo auténtico.

Ingrid, en cambio, estaba encerrada en su casita de campo del mar del Norte, aburrida como una ostra. Aceptó el encargo al instante, pero dejó claro que iba a necesitar un compañero.

—¿Se te ocurre alguien? —preguntó Gabriel.

—¿Qué tal tu amigo de Marsella?

Su amigo era un ladrón profesional llamado René Monjean. Era buena idea. Monjean conocía el terreno y sabía manejarse si las cosas se torcían.

—No lo hará gratis —señaló Gabriel.

—No —respondió Ingrid—. Necesitaremos dinero.

—¿Cuánto?

—Medio millón, como mínimo. Un millón, por si acaso.

Gabriel colgó y llamó a Martin Landesmann a Ginebra.

—Ni hablar —declaró el financiero suizo.

—Gracias, Martin. Ya te lo compensaré de alguna manera.

El general Ferrari se dejó caer por Venecia la semana siguiente. Mientras tomaban unos *bellinis* en el Harry's Bar, informó a Gabriel sobre la intensificación de la guerra contra la Camorra. Más de trescientos integrantes del clan Di Falco estaban detenidos y miles de millones en efectivo y otros activos habían sido incautados o congelados. La venta de cocaína en las calles de Europa había caído en picado. Como consecuencia de ello, su precio se había disparado.

—Todo por culpa tuya y de tu amigo el santo padre.

—¿Cuánto tiempo voy a necesitar escolta? —preguntó Gabriel.

—Cualquiera sabe. De momento, al menos, parecen mucho más interesados en matarse entre sí. Además, están empezando a hablar. Uno de los detenidos ha confesado que ayudó a Salvatore Alvaro a secuestrar y asesinar a una joven británica en Venecia en septiembre pasado. Dice no saber nada sobre ella ni por qué sus superiores de la Camorra querían matarla.

—Pero ¿cómo supieron que estaba intentando hablar con Amelia March, de *ARTnews*?

—No estoy seguro de que lo supieran. Pero cuando la *signorina* Radcliff descubrió que el cuadro ya no estaba en el almacén de los Museos Vaticanos fue a Florencia y se encaró con Giorgio Montefiore.

—¿Quién te lo ha dicho?

—La secretaria de Montefiore en los Uffizi. Al parecer, tuvieron una discusión acalorada. Montefiore le dijo que acababa de arruinar su carrera y la echó de su despacho. Luego, casi con toda seguridad, llamó a su amigo el cardenal Bertoli.

—Y Bertoli informó a su asesor financiero, Nico Ambrosi, de que tenían un problema.

El general Ferrari asintió con gesto grave.

—Aunque Ambrosi y sus socios de la Camorra tenían una solución. Una solución a la italiana.

—Pero ¿por qué mataron a Montefiore?

—Fue Montefiore quien supervisó la restauración del Leonardo. Cuando Salvatore Alvaro fue a Florencia a recogerlo, Montefiore se negó a decirle dónde estaba el cuadro si no le pagaban cinco millones de euros más. Como era de esperar, Alvaro aceptó las condiciones. Y cuando tuvo el cuadro en su poder…

—Giorgio recibió tres balazos en la cabeza.

El general Ferrari se encogió de hombros.

—*C'est la vie.*

—¿Cuándo harán públicas sus conclusiones los Carabinieri?

—Estamos dispuestos a dejar los dos asesinatos sin resolver por el momento.

—Es esencial que se reconozca el papel de Penelope Radcliff en el descubrimiento del Leonardo.

—Eso nos obligaría a decir la verdad.

—O una versión de la verdad —sugirió Gabriel—. Una versión que ponga de relieve el papel de la Brigada Arte en la recuperación de un cuadro perdido de Leonardo da Vinci.

—¿Y dónde lo encontramos exactamente?

—Seguro que se te ocurre algo, Cesare.

El general dedicó un momento de reflexión al asunto.

—Hay un grave problema, ¿sabes?

—¿La copia del cuadro que le vendí a Alexander Prokhorov?

—Sí.

—Tengo una solución.

—Espero que no sea una solución a la italiana.

—A la danesa, en realidad.

—En tal caso —dijo el general—, problema resuelto.

Gabriel no supo nada de ella durante casi un mes. Luego, un día, de improviso, lo llamó desde el teléfono satelital del yate de René Monjean. Luca Rossetti visitó el barco la tarde siguiente en la ciudad costera italiana de Ventimiglia y esa misma noche tanto el cuadro como Ingrid estaban de vuelta en casa de la familia Allon en

San Polo. Se las había ingeniado de algún modo para gastar solo la mitad del millón de dólares de Martin. El resto estaba guardado en una bolsa de nailon que devolvió a Gabriel, demostrando así que, a fin de cuentas, hay honor entre ladrones.

—¿Algún problema? —preguntó él.

—Fue pan comido, señor Allon.

—¿Cómo lo has conseguido?

—Con la colaboración de un cómplice interno.

—Como siempre.

—Eso dicen.

—¿Fue uno de los guardias de seguridad? —preguntó Gabriel.

—La novia, en realidad.

—¿No será la encantadora Yuliana?

—Me temo que sí.

—¿Cuánto le has pagado?

Ingrid sonrió.

—Nada de nada.

A petición de los niños, Ingrid se quedó en Venecia unos días antes de volar a su casa en Miconos. Era ya finales de abril y Antonio Calvesi, a pesar de los informes periódicos sobre los progresos de la restauración, empezaba a ponerse nervioso. Gabriel le aseguró a su patrón que estaba trabajando de firme, aunque Chiara aclaró más adelante que algunos días su marido se pasaba horas mirando el retrato sin preparar siquiera la paleta. Otros días daba una o dos pinceladas y se marchaba a toda prisa, volvía al estudio una hora más tarde y se ponía otra vez a mirar el cuadro. Chiara, que había soportado innumerables restauraciones, reconoció los síntomas. En secreto, informó a Antonio Calvesi de que el Leonardo estaba casi terminado.

Convencer de ello a Gabriel resultó mucho más difícil, puesto que sufría un extraño caso de nerviosismo e indecisión. Chiara no podía reprochárselo. El cuadro que tenía en el caballete iba a convertirse en uno de los más famosos del mundo y su restauración sería sometida a intenso escrutinio. No todos los miembros de la comunidad de restauradores y comisarios de arte estarían de acuerdo con las decisiones que había tomado, pero eso era inevitable. Cuando Chiara le propuso mostrar la pintura a los cinco leonardistas, él se negó. Los cinco leonardistas, dijo, le darían sin duda cinco opiniones diferentes. El único juicio que ahora importaba era el suyo propio.

Así pues, durante lo poco que le quedaba del mes de abril permaneció encerrado en su estudio. Algunos días trabajaba doce horas seguidas; otros solo daba una o dos pinceladas y otros se limitaba a sentarse a mirar. La hermosa muchacha milanesa le devolvía la mirada por encima del hombro izquierdo, con sus pupilas desiguales. Era, pensaba él, su rasgo más atrayente.

Los miércoles por la tarde, no obstante, acudía sin falta a su cita con sus catorce alumnos. El último miércoles del mes, la *dottoressa* Saviano le preguntó si estaría dispuesto a aceptar un alumno más, un niño con un talento artístico excepcional. Gabriel aceptó sin dudarlo, a pesar de que solo quedaban unas semanas de curso. No prestó especial atención al niño durante la clase de una hora, pero mientras lo acompañaba a casa elogió la asombrosa calidad de su trabajo. El niño parecía no oírle. Su indómita hermana gemela, tras zafarse del *carabiniere* que les servía de escolta, saltaba en los charcos dejados por la lluvia de esa tarde.

59

Musei Vaticani

Gabriel entregó el cuadro terminado a Antonio Calvesi en los Museos Vaticanos el lunes a las dos de la tarde. Pasaron el resto de la tarde revisando el análisis científico, las extensas notas de restauración de Gabriel y el informe de procedencia del cuadro. El investigador había llegado a la conclusión de que Leonardo empezó probablemente a trabajar en el retrato a finales de la década de 1490 —más o menos en la misma época en que trabajaba en *La última cena*— y lo tenía consigo cuando murió en Francia en 1519. Con toda probabilidad había acabado en manos de Salaì, el que durante muchos años fuera su amante y ayudante.

No estaba claro qué suerte corrió después el cuadro, pero el investigador había descubierto en Milán documentos históricos que indicaban que acabó formando parte del patrimonio de un noble milanés. En algún momento a mediados del siglo XVII, los descendientes del noble se deshicieron del cuadro, que para entonces se encontraba sin duda muy deteriorado. Cien años más tarde fue sometido a una restauración que acabó de destrozarlo. El panel de nogal, sin embargo, seguía sirviendo, y un artista anónimo de la escuela milanesa lo usó para pintar una *Virgen con el Niño,* tapando así, sin saberlo, una obra de Leonardo. El cuadro estuvo colgado en la capilla de una abadía próxima a Bérgamo hasta el estallido de la Primera Guerra Mundial, cuando pasó a la colección del Vaticano, atribuido erróneamente al concurrido taller de Rafael en Florencia. Unos años más tarde perdió categoría al atribuirse su autoría a un imitador de Rafael del siglo XVIII y quedó arrumbado en un almacén, donde había permanecido hasta que una limpieza rutinaria dio lugar a uno de los descubrimientos artísticos más importantes de la historia.

Gabriel, tras revisar el informe de procedencia, se sacó un bolígrafo del bolsillo y añadió el nombre de la joven restauradora británica que había descubierto el Leonardo. A continuación, informó a Antonio Calvesi de que cuarenta y ocho horas después el general Ferrari, de la Brigada Arte, daría una rueda de prensa para desvelar todo el asunto.

—Si lo hace —dijo Calvesi—, manchará para siempre la reputación del cuadro.

—No estoy de acuerdo, pero me temo que no tienes elección. Va a salir todo a la luz.

—Entonces, dile a tu amigo el general que puede dar la rueda de prensa aquí, en el museo.

—Él confiaba en que dijeras eso.

—¿Tú vas a asistir? —preguntó Calvesi.

—¿Por qué iba a hacerlo?

—Porque fuiste tú quien lo encontró.

—Yo no —dijo Gabriel—. Yo solo soy el restaurador.

Hizo una breve visita a su santidad en sus habitaciones de la Casa de Santa Marta y luego dio un paseo, disfrutando de la suave tarde romana, hasta el *palazzo* de Veronica Marchese. Le abrió la puerta vestida con un precioso traje pantalón de color crema y sus gafas de ojo de gato. Había adelgazado uno o dos kilos, quizá, pero Gabriel no la vio desmejorada en absoluto. De hecho, en su opinión profesional, estaba más guapa que nunca. Así se lo dijo mientras descorchaba una botella de Alteni di Brassica *sauvignon blanc*.

—Deberías verme la cicatriz —respondió ella.

—Te enseño la mía si tú me enseñas la tuya.

—A tu encantadora esposa puede que no le hiciera mucha gracia. —Veronica aceptó una copa de vino y se acomodó con cuidado en un sillón de brocado de su elegante salón—. ¿Por qué brindamos esta vez?

Gabriel levantó su copa y dijo:

—Por la vida.

—La mía os la debo a ti y a tu amigo Luca Rossetti.

—No habrás visto el vídeo, espero.

—Lo vi una o dos veces mientras estaba en el Gemelli. Lo último que recuerdo de ese día son esos ojos verdes tuyos mirándome después de que me dispararan.

—Perdiste el conocimiento enseguida.

—¿Dije algo?

—No —mintió Gabriel—. No podías hablar.

—Los médicos me dijeron que tuvieron que reanimarme en la ambulancia. Es una sensación extraña saber que has estado muerta. Aunque solo fuera unos segundos.

—Pero nunca estuviste sola.

—Me han dicho que te quedaste en el hospital toda la noche.

—Luigi también estaba allí.

—Eso sí lo recuerdo. —Bebió un poco de vino—. Por lo menos, eso creo.

—Estaba destrozado esa noche. Se culpaba a sí mismo por lo que había pasado.

—No fue culpa suya. De hecho, yo soy la culpable de todo lo que pasó.

—¿Tú? ¿Por qué?

—Porque fui yo quien reavivó nuestra amistad después de morir mi marido. Es un milagro que hayamos podido mantener en secreto mi identidad después de que me dispararan. ¿Te imaginas el escándalo que se habría montado si la prensa llega a averiguar que la antigua novia del santo padre se estaba recuperando en su *suite* privada del Gemelli?

—Su santidad consiguió distraer a la prensa con bastante rapidez. Para bien o para mal, tú pasaste a segundo plano.

—Igual que tú, por lo que parece.

—Me temo que no por mucho tiempo.

—¿El Leonardo?

Él sonrió.

—¿Puedo verlo?

Gabriel le pasó su teléfono.

—Dios mío —murmuró ella—. Has hecho un trabajo maravilloso.

—He tenido una colaboradora bastante buena. Eso por no hablar de la modelo —añadió él—. No me cabe duda de que la chica de Milán pronto será la mujer más famosa del mundo.

—Mejor ella que yo. —Veronica le devolvió el teléfono—. ¿Has visto a su santidad hoy en el Vaticano?

—Solo un momento.

—¿Ha preguntado por mí?

—No ha hablado de otra cosa.

Ella suspiró.

—Es bastante patético, ¿no crees? Esta trágica historia mía.

—Pues escribe una nueva.

—Da la casualidad de que tengo entre manos un final alternativo.

—¿Alguien que yo conozca?

—Un joven y apuesto capitán que trabaja para la Brigada Arte en Venecia.

—Veronica...

—Lo sé, lo sé. Es muy joven.

—¿Pero?

Ella sonrió.

—Adora mi cicatriz.

Poco antes de las nueve de la mañana del jueves siguiente apareció en el sitio web de la revista *ARTnews* un artículo que causó enorme revuelo en el mundo del arte. Escrito por Amelia March, detallaba el robo y la posterior recuperación de un retrato desconocido de Leonardo da Vinci. Según *ARTnews,* la responsable primera del descubrimiento era Penelope Radcliff, una joven restauradora de arte cuyo cuerpo sin vida había sido hallado flotando en aguas de la laguna de Venecia el otoño anterior. A la fuente de la noticia solo se la identificaba como «una persona vinculada a la operación».

El general Cesare Ferrari, comandante de la Brigada Arte, dio más detalles esa misma mañana en una rueda de prensa celebrada en el vestíbulo de los Museos Vaticanos. Flanqueado por funcionarios del museo, afirmó que el cardenal depuesto Matteo Bertoli había participado en el robo del cuadro, al igual que el asesino del leonardista Giorgio Montefiore y diversos integrantes de la Camorra. Pese a las preguntas de los periodistas, el general Ferrari se negó a revelar dónde y cuándo se había recuperado el cuadro. Luego se apartó de los micrófonos mientras la directora de la Pinacoteca —la primera mujer al frente del museo— desvelaba la obra. En las cuatro esquinas del mundo del arte se oyó un ahogado grito de estupefacción.

Durante los días siguientes se fueron conociendo otros detalles sobre el hallazgo del cuadro, entre ellos el nombre del destacado especialista afincado en Venecia que había llevado a cabo la restauración por encargo de los Museos Vaticanos. La preocupación de Gabriel por cómo sería recibido su trabajo resultó infundada. De hecho, con la excepción de una diatriba en las redes sociales por parte de un conocido tocapelotas del sector, las críticas fueron abrumadoramente elogiosas. Las mayores alabanzas las escribió el profesor Maximillian Zeller, de Leipzig, quien declaró que «Gabriel Allon había aprendido sin duda su oficio en el ajetreado taller milanés de Leonardo, junto con Boltraffio, Luini, D'Oggiono y el resto de los *leonardeschi*».

Cuando la Pinacoteca anunció por fin la fecha en que el cuadro se expondría al público, la demanda de entradas colapsó repetidas veces la página web del museo. Solo en las primeras veinticuatro horas se vendieron más de un millón de entradas. Al final de la semana, quienes deseaban ver la pintura debían esperar seis meses.

La víspera de la exposición pública del cuadro, un millar de invitados acudieron a la Pinacoteca para verlo en exclusiva, en una gala de etiqueta: magnates y multimillonarios, conservadores y coleccionistas, destacados marchantes de arte y celebridades varias. Los *flashes* de las cámaras brillaban sin cesar cuando Gabriel y Chiara recorrieron la alfombra roja hacia la entrada del museo, acompañados por Irene y Raphael. El cuadro colgaba en la sala IX de la galería, junto al *San Jerónimo* de Leonardo. Aunque el personal del museo intentaba hacer avanzar la fila, la chica de Milán hechizaba a todos los que posaban la mirada en sus pupilas desiguales.

Gabriel se despidió de ella y acompañó a Chiara y a los niños al patio del museo para el cóctel. Había luces en los árboles y mesas en el césped, y una orquesta de cámara tocaba a Vivaldi. Chiara llevó a Irene y Raphael al bufé, y Gabriel se acercó a una de las barras en busca de un refrigerio. Había ocho barras en total, pero eligió la que estaba ocupada por los británicos. Jeremy Crabbe, de Bonhams, enfundado en *tweed;* el bronceado Simon Mendenhall, de Christie's, y el erudito Niles Dunham, de la National Gallery. Sarah Bancroft, la única estadounidense presente, se las había ingeniado de algún modo para conseguir un martini con tres aceitunas. Le estaba susurrando algo al oído a su marido, que tenía el brazo sobre los hombros del orondo Oliver Dimbleby. Julian Isherwood, la viva imagen de la *sprezzatura,* con una vieja chaqueta de etiqueta y la corbata anudada al desgaire, ocupaba su sitio de costumbre al final de la barra. Gabriel se acomodó a su lado y dijo:

—Bueno, Julian...

—¿Bueno qué, corazón?

—¿Qué te parece?

—¿Qué me parece qué, cariño?

—El Leonardo, hombre.

—¿Qué maldito Leonardo? —farfulló Oliver Dimbleby—. Nosotros solo hemos venido a Roma por la fiesta.

La fiesta terminó poco después de las diez y se reanudó en formato mucho más reducido en la terraza del bar del hotel Hassler. Los niños se quedaron dormidos a medianoche, y Gabriel y Chiara dieron las buenas noches y los llevaron a su *suite*. Se levantaron tarde y perdieron el tren de mediodía a Venecia. Tuvieron que coger el de la una y cuarto. Gabriel se sentó junto a Raphael y estuvo escuchando el suave rasgueo de su lápiz Faber-Castell contra el bloc de dibujo Strathmore Serie 300. Se preguntó, como había hecho ya otras veces, por qué había cambiado de opinión el chico. Seguro que había sido obra de un cómplice interno, pensó. Siempre lo era.

Nota del autor

La obra maestra es una novela de entretenimiento y como tal ha de leerse. Los nombres, personajes, lugares e incidentes que aparecen en sus páginas son fruto de la imaginación del autor o se han utilizado con fines puramente literarios. Cualquier parecido con personas vivas o muertas, empresas, sociedades, acontecimientos o lugares de la vida real es pura coincidencia.

Los visitantes del *sestiere* de San Polo buscarán en vano el *palazzo* reformado con vistas al Gran Canal donde Gabriel Allon vive con su esposa y sus dos hijos de corta edad. Tampoco hallarán la oficina de la Compañía de Restauración Tiepolo, dado que tal empresa no existe. Sí que hay, en cambio, un establecimiento en Campo dei Frari llamado bar Dogale, pero el camarero Paolo Caruso es invención mía, al igual que las cámaras de seguridad. El Caffè Poggi es un sitio maravilloso para tomarse un café después de visitar la Galería de la Academia, y Vini da Arturo es uno de nuestros restaurantes favoritos en San Marco. No hay ningún Caffè Michelangelo frente a los Museos Vaticanos, ni un Caffè Roma en Via Casati, en Ostiense, ni una Osteria Lucrezia cerca de la estación Termini. El hotel Brøndums fue efectivamente lugar de reunión de los pintores de Skagen, pero, que yo sepa, ya no acepta lienzos terminados a modo de pago.

Hay varios bancos en la Piazza della Riforma de Lugano, pero, por suerte, el SBL PrivatBank S. A. no es uno de ellos, ya que no existe. La empresa Piedmont Global Capital de Milán es también ficticia, al igual que la galería Van de Velde de Ámsterdam. Es cierto que hay una encantadora galería de arte en la esquina noreste de Mason's Yard, en St. James's, pero es propiedad de Patrick Matthiesen, uno de los marchantes de arte antiguo más prósperos y respetados del mundo. La alocada melé de personajes del mundillo del arte londinense que puebla las páginas de *La obra maestra* es totalmente inventada, como lo son sus peripecias personales y profesionales, a veces cuestionables. Mis más sinceras disculpas a Wiltons por convertir el elegante bar de ese famoso restaurante en su lugar de reunión nocturno, pero me temo que nadie más los aceptaría.

He visitado el laboratorio de conservación de la Pinacoteca Vaticana —de hecho, una vez me permitieron sostener el *San Jerónimo* de Leonardo—, pero nunca he pisado los almacenes del museo ni he intentado averiguar su verdadera ubicación. Todos los aspectos del robo descritos en la novela son inventados, con la excepción de la premisa de partida, es decir, que la inmensa mayoría de los robos en museos cuentan con la colaboración de cómplices internos. Robert Wittman, uno de los miembros fundadores del Equipo de Delitos Artísticos del FBI, calcula que el noventa por ciento de los robos en museos tienen un componente interno. Las poderosas redes de delincuencia organizada de Italia se han dedicado en ocasiones al robo de obras de arte. En 2016, la policía italiana descubrió dos cuadros robados de Vincent van Gogh en una finca vinculada al violento clan Amato-Pagano de la Camorra. En general, se da por sentado que la *Natividad con san Francisco y san Lorenzo* de Caravaggio, que fue sustraída del oratorio de San Lorenzo de Palermo en octubre de 1969, acabó en manos de la Cosa Nostra siciliana.

El robo de la *Mona Lisa* en agosto de 1911 se efectuó, sin duda, desde dentro: fue obra de un carpintero de origen italiano que había ayudado a construir la caja que protegía el cuadro. Los estudiosos coinciden en que Leonardo empezó a trabajar en el retrato en 1503, a su regreso a Florencia. El panel era de madera de álamo, muy abundante en la Toscana. En cambio, Leonardo pintó sus retratos milaneses sobre planchas de nogal. La versión del *Salvator Mundi* que Christie's vendió en 2017 por cuatrocientos cincuenta millones de dólares también estaba pintada sobre un panel de nogal con un gran nudo en la parte inferior central. En el momento de escribir estas páginas, la atribución del *Salvator Mundi* a Leonardo por parte de Christie's sigue estando en entredicho.

En abril de 1483, Leonardo aceptó el encargo de pintar un retablo para la Cofradía de la Inmaculada Concepción de la iglesia de San Francesco Grande de Milán. Mientras planificaba la obra, pintó el boceto preparatorio a punta de plata que se conoce como *Cabeza de muchacha* o *Estudio para un ángel,* que el legendario historiador del arte Bernard Berenson definió como «una obra cumbre de la historia del dibujo». Lamentablemente, nada indica que Leonardo llegara a pintar un óleo basado en este exquisito boceto. La bella joven milanesa sirvió simplemente como modelo para el arcángel que aparece en las dos versiones de la *Virgen de las rocas:* la que se encuentra en el Louvre y la de la National Gallery de Londres. Los estudiosos no se ponen de acuerdo sobre si el arcángel es Uriel o Gabriel. Yo he optado por identificarlo como Gabriel, el ser celestial cuyo nombre lleva mi protagonista.

Ojalá pudiera afirmar que el escándalo financiero del Vaticano narrado en *La obra maestra* no tiene base alguna en la realidad, pero no es así. De hecho, casi todos los aspectos de mi trama ficticia están basados en hechos reales, empezando por la enrevesada operación inmobiliaria londinense que está en la base del argumento. El edificio real no estaba situado en New Bond Street, sino en Sloane Avenue. Y el poderoso cardenal implicado en su compra no es Matteo Bertoli, sino Giovanni Angelo Becciu, un diplomático vaticano muy respetado que en su día ocupó el cargo de *sostituto.* En diciembre de 2023, un tribunal pontificio declaró al cardenal Becciu culpable de fraude y malversación y lo condenó a cinco años y medio de prisión. Otros ocho imputados —entre ellos, tres financieros italianos— fueron condenados por delitos relacionados. Todos negaron su implicación y, mientras escribo estas páginas, el cardenal

Becciu vive aún en un apartamento del Palazzo del Sant'Uffizio cedido por el Vaticano, a la espera de que se resuelva su apelación. Aclaro que ninguna de las personas involucradas en el caso fue acusada de tener vínculos con la mafia italiana.

No puede decirse lo mismo de Michele Sindona, el banquero milanés de altos vuelos protagonista de un escándalo que sacudió a la Iglesia a mediados de la década de 1970. El papa Pablo VI, poco después de su elección en 1963, encargó a Sindona la gestión de las finanzas de la Iglesia, a pesar de que su santidad era consciente de que había numerosas sospechas sobre los vínculos del banquero con la Cosa Nostra. La caída en desgracia de Sindona comenzó con la quiebra en 1974 del Franklin National Bank de Nueva York, en el que tenía una participación mayoritaria. La quiebra del Franklin precipitó el derrumbe del resto del imperio de Sindona, incluida la Banca Privata Italiana. Sindona se suicidó en una prisión italiana tras ser condenado por contratar a tres sicarios de la mafia para asesinar al liquidador judicial de la Banca Privata. Se calcula que treinta millones de dólares en activos del Vaticano se esfumaron como resultado del escándalo.

Roberto Calvi, el que fuera durante mucho tiempo socio comercial de Michele Sindona, se vio envuelto en el siguiente escándalo financiero que sacudió al Vaticano y que posiblemente fue peor que el primero. Conocido como «el banquero de Dios» por sus estrechos vínculos con la Santa Sede, Calvi era el director general del Banco Ambrosiano de Milán, que quebró estrepitosamente en 1982.

El Banco Vaticano, dirigido entonces por el arzobispo Paul Marcinkus, era el mayor accionista del Banco Ambrosiano, y Marcinkus presidía el *holding* Ambrosiano Overseas, con sede en Nasáu. Calvi logró huir de Italia con un pasaporte falso y fue hallado ahorcado en el puente londinense de Blackfriars la mañana del 18 de junio de 1982. La fiscalía de Roma concluyó que había sido asesinado por la Cosa Nostra. En cuanto a Marcinkus, fue objeto de una efímera orden de detención dictada por las autoridades italianas. El papa Juan

Pablo II se negó a cumplir la orden, lo que dejó a la Santa Sede en la incómoda situación de dar refugio a un fugitivo buscado por la justicia italiana. El Vaticano acabó aceptando pagar doscientos veinticuatro millones de dólares —unos setecientos millones de 2025— a los acreedores del Banco Ambrosiano en «reconocimiento de su implicación moral» en la quiebra del banco.

A pesar de la turbulenta historia del Banco Vaticano, el diario oficial de la Santa Sede expresó «perplejidad y sorpresa» en septiembre de 2010 cuando las autoridades italianas congelaron treinta millones de dólares de los fondos de la entidad como parte de una investigación por blanqueo de capitales. El aristócrata alemán Ernst von Freyberg asumió la dirección del banco en febrero de 2013, prometiendo una nueva era de transparencia. Sin embargo, solo cuatro meses después de la llegada de Von Freyberg al cargo estalló otro escándalo, provocado esta vez por la detención de monseñor Nunzio Scarano. Apodado «Monseñor Cinquecento» por su costumbre de llevar fajos de billetes de quinientos euros, Scarano fue acusado de fraude y corrupción por participar en un plan para pasar de contrabando veinte millones de euros en efectivo de Suiza a Italia a bordo de un avión privado. Un mes antes de su detención, había sido destituido de su cargo en la Administración del Patrimonio de la Sede Apostólica, acusado de blanquear setecientos cincuenta mil dólares de la mafia a través de su cuenta personal en el Banco Vaticano. La fiscalía italiana alegó que había actuado en connivencia con «empresarios» de Nápoles, sede de la despiadada Camorra.

Tras su detención, Scarano fue recluido en la austera prisión romana de Regina Coeli, en nada parecida al palaciego apartamento de casi setecientos metros cuadrados que poseía en la localidad costera de Salerno. En una ocasión, Scarano denunció que le habían robado obras de arte por valor de más de seis millones de euros. Cuando la policía le preguntó cómo podía permitirse tales tesoros teniendo un salario de cuarenta mil dólares al año en el Vaticano, el prelado afirmó que tanto las obras de arte como el piso eran regalo de benefactores adinerados. Un tribunal penal de Roma acabaría absolviendo a Scarano de los cargos más graves que se le imputaban.

Antes de la condena del cardenal Becciu por el escándalo inmobiliario de Londres, el funcionario vaticano de mayor rango declarado culpable de corrupción era Angelo Caloia, que dirigió el Banco Vaticano durante las dos décadas que siguieron al mandato plagado de escándalos del arzobispo Marcinkus. Un tribunal vaticano sentenció a Caloia en enero de 2021 a ocho años y once meses de prisión por malversar decenas de millones de euros del banco mediante operaciones inmobiliarias marcadas por la corrupción. Su antiguo abogado también fue declarado culpable y condenado a la misma pena. El tribunal les confiscó más de treinta y ocho millones de euros y los condenó a pagar veinte millones más en concepto de daños y perjuicios.

Fue el difunto papa Francisco, y no mi personaje ficticio Luigi Donati, quien hizo una visita histórica a la lejana isla italiana de Lampedusa para llamar la atención sobre la angustiosa situación de los migrantes. Francisco vivía también en dos sencillas habitaciones de la Casa de Santa Marta, no en el opulento *appartamento pontificio* de la tercera planta del Palacio Apostólico. Marcó el tenor de su papado la misma noche de su elección, cuando apareció en el balcón de la basílica de San Pedro vestido con una sencilla sotana blanca, con una cruz de color peltre al cuello y calzado con zapatos ortopédicos desgastados. «Se acabó el carnaval», le dijo al sastre pontificio.

Francisco transmitió un mensaje similar a la curia romana con respecto a la cuestión de las finanzas vaticanas, lo que desencadenó una batalla titánica que definiría su papado. Según *The New York Times,* el cardenal Becciu fue solo uno de los diversos cardenales con poder en la curia que intentaron sabotear las reformas de Francisco. Nicola Gratteri, fiscal de la región de Calabria, en el sur de Italia, advirtió de que Francisco se había ganado además la enemistad de poderosas fuerzas más allá de los muros del Vaticano. «Desde hace muchos años —declaró al periódico romano *Il Fatto Quotidiano—*, la mafia blanquea dinero y realiza inversiones con la complicidad de la Iglesia, pero ahora el papa está desmantelando los polos de poder económico del Vaticano, y eso es peligroso». Gratteri auguró: «Si los padrinos encuentran la manera de detenerlo, lo sopesarán seriamente».

El papa Francisco falleció a las 7:35 de la mañana del 21 de abril de 2025, mientras yo estaba terminando esta novela. Los ciento treinta y tres cardenales electores del cónclave eligieron como sucesor a Robert Francis Prevost, de sesenta y nueve años, el primer estadounidense en ocupar el cargo de sumo pontífice de la Iglesia católica. Es de esperar que Prevost —que fue misionero y pasó gran parte de su carrera trabajando en una región profundamente depauperada de Perú— continúe el ministerio de Francisco, con su empeño en crear una Iglesia más abierta y compasiva, dedicada a atender las necesidades de los pobres en vez de las de los ricos. Sin embargo, en mi recreación del Vaticano, esa labor esencial la lleva a cabo su santidad el papa Luigi Donati, un humilde cura de barrio que predicaba el Evangelio y construía escuelas y hospitales para los desdichados de la tierra. Un soldado de Dios en misión misericordiosa.

Agradecimientos

Tengo contraída una deuda eterna con el fallecido David Bull por sus consejos sobre todo lo relacionado con el arte y la restauración. Poco antes de su muerte en diciembre de 2024, David me ayudó a idear un plan que fuera razonablemente plausible para robar un cuadro hasta entonces desconocido de Leonardo da Vinci de los Museos Vaticanos y sacarlo a la venta. Su pasión por Leonardo ha dejado huella en las páginas de *La obra maestra,* al igual que su simpatía, su inteligencia, su humanidad y su extraordinario sentido del humor. David era mi maestro y mi amigo, y lo echo muchísimo de menos.

Mi esposa, Jamie Gangel, me escuchó pacientemente mientras elaboraba la trama de *La obra maestra* y corrigió con destreza y acierto mis primeros borradores, todo ello mientras trabajaba como corresponsal especial en la delegación de la CNN en Washington. Mis hijos, Lily y Nicholas, también hicieron hueco en su apretada agenda para brindarme apoyo moral y logístico mientras luchaba por cumplir mi plazo de entrega. Mi deuda para con ellos es inconmensurable, al igual que mi amor.

Maxwell L. Anderson, que ha sido cinco veces director de un museo de arte norteamericano, incluido el Whitney Museum of American Art de Nueva York, respondió a todas mis preguntas, por prosaicas que fueran. Mi superabogado de Los Ángeles, Michael Gendler, fue una fuente de sabios consejos legales, y Anthony Scaramucci, Tim Collins y Kamil Sadik, mi yerno, me brindaron asesoramiento financiero. Ni que decir tiene que ninguno de ellos ha participado jamás en el tipo de fraude y blanqueo de capitales perpetrado por el SBL PrivatBank y Piedmont Global Capital, mis sociedades imaginarias.

Mi querido amigo Louis Toscano, autor de *Triple Cross* y *Mary Bloom,* hizo un sinfín de mejoras en la novela, y mi correctora personal, Kathy Crosby, se aseguró con su vista de águila de que no contuviera errores tipográficos o gramaticales. El presidente y director editorial de Harper, Jonathan Burnham, es también mi editor, y *La obra maestra* se benefició de su mano firme. David Koral guio con suma destreza mi manuscrito a lo largo del proceso de producción con un plazo ajustadísimo.

Consulté cientos de artículos de periódicos y revistas mientras escribía *La obra maestra,* tantos que me es imposible citarlos aquí. Estoy, sobre todo, en deuda con los periodistas de *The New York Times* por su espléndida cobertura del último escándalo financiero del Vaticano, y con Rachel Sanderson, excolaboradora del *Financial Times,* que pasó casi un año investigando los pecados del Banco Vaticano. Algunos libros me fueron de especial ayuda: *Leonardo* y *Mi vida con Leonardo,* de Martin Kemp; *El último Leonardo: las vidas secretas del cuadro más caro del mundo,* de Ben Lewis; *Leonardo da Vinci: la biografía,* de Walter Isaacson; *Merchants in the Temple: Inside Pope Francis's Secret Battle Against Corruption Inside the Vatican,* de Gianluigi Nuzzi; *God's Bankers: A History of Money and Power at the Vatican,* de Gerald Posner; *Como un ladrón en la noche: la muerte del papa Juan Pablo I,* de John Cornwell; y *Gomorra: un viaje al imperio económico y al sueño de poder de la Camorra,* de Roberto Saviano.

Por último, gracias de todo corazón al resto del equipo de HarperCollins, y en especial a Brian Murray, Leah Wasielewski, Doug Jones, Leslie Cohen, Milan Bozic, Brianna Cedrone, Josh Marwell, Mark Ferguson, Robin Bilardello, Frank Albanese, Carolyn Bodkin, Chantal Restivo-Alessi, Julianna Wojcik, Mark Meneses, Beth Silfin, Lisa Erickson y Amy Baker. No hace falta decir que *La obra maestra* no podría haberse publicado sin su apoyo y su dedicación profesional, pero lo digo de todos modos, porque son los mejores en su oficio.